ELIZABETH VON ARNIM

Das Geheimnis der Schwestern

›Expiation‹

Roman

Aus dem Englischen übersetzt von
Mischa Lentz

Ullstein

Die Frau in der Literatur
Ullstein Buch Nr. 30375
im Verlag Ullstein GmbH,
Frankfurt/M – Berlin

Deutsche Erstausgabe

Umschlaggestaltung:
Theodor Bayer-Eynck
Illustration:
Walter Wyles/Agentur Luserke

Frontispiz:
Vorlage: Elizabeth von Arnim – Privatarchiv Pöthe

Printed in Germany 1995
Gesamtherstellung:
Ebner Ulm
ISBN 3 548 30375 7

Mai 1995
Gedruckt auf alterungsbeständigem
Papier mit chlorfrei
gebleichtem Zellstoff

Die Deutsche Bibliothek – CIP-Einheitsaufnahme

Arnim, Mary A. von:
Das Geheimnis der Schwestern : Roman – Expiation /
Elizabeth von Arnim. Aus dem Engl. übers. von Mischa Lentz. –
Dt. Erstausg. – Frankfurt/M ; Berlin : Ullstein, 1995
(Ullstein-Buch ; Nr. 30375 : Die Frau in der Literatur)
ISBN 3-548-30375-7
NE: GT

1

Milly saß bewegungslos in ihrem Stuhl. Ihr rundes, blasses Gesicht zeigte keinerlei Regung. Sie starrte auf ihre gefalteten Hände, die in ihrem schwarzen Schoß lagen, plump und passiv, als gehörten sie gar nicht zu ihr. So saß sie, ganz still und ihre Hände betrachtend, seitdem es passiert war.

»Muntern Sie sie auf«, hatte der Arzt geraten, als die Verwandten des armen Ernest ihn auf dieses Verhalten hinwiesen. Doch alle diesbezüglichen Versuche durch die Schar der Schwägerinnen waren vergeblich: Milly schwieg, verharrte in ihrer Reglosigkeit, sah auf ihre in ihrem schwarzen Schoß liegenden Hände hinunter.

»Wenn sie doch wenigstens weinen würde«, meinten die Botts untereinander.

»Es würde ihr so guttun.« Darin waren sich alle einig.

Weder vergoß Milly eine einzige Träne noch sprach sie, wenn man von dem Gemurmel ihrer sanften Stimme absah, wenn ein mitfühlender und kondolierender Verwandter ihren Arm tätschelte oder, hinter ihrem Stuhl stehend, über ihren nach vorn gebeugten Kopf strich, murmelte Milly: »Wie freundlich ihr alle seid.«

Arme kleine Milly, mit all ihrem Kummer, wer hätte nicht nett zu ihr sein wollen? Nicht nur die Familie, sondern ganz Titford war freundlich zu ihr. Die Botts waren sehr beliebt in diesem wichtigen Vorort im Süden Londons, hauptsächlich dank ihres Geldes, und ihre Wohlhabenheit schien sogar von Tag zu Tag zuzunehmen. Die Botts bildeten sozusagen das Rückgrat Titfords. Sie präsidierten, sammelten, spendeten, redeten, eröffneten. Es gab eine Menge Botts, und jeder einzelne war ein Gewinn für Titford. Man freute sich von Herzen mit ihnen, wenn sie eine Ehe schlossen, was sie verläßlich taten, sobald sie ins heiratsfähige Alter kamen, oder wenn sie Kinder in die Welt setzten, was sie ebenso verläßlich erledigten, nachdem sie verheiratet waren –

abgesehen von Ernest, der kinderlos geblieben war –, und ganz Titford trauerte und sympathisierte mit den Trauernden, wenn einer von ihnen das Zeitliche segnete, was allerdings in der Regel auch erst in hohem Alter geschah – abgesehen von Ernest, dem ein Autounfall dazwischenkam –, oder mit der Leidtragenden, normalerweise einer Witwe, aufgrund dieses merkwürdigen Naturgesetzes, nach welchem das Weib zum schwächeren Geschlecht zählt und dennoch letztlich sehr viel zäher ist als ein Mann.

In diesem Fall brachte man Milly ganz besondere Sympathie entgegen, denn sie war in Titford äußerst beliebt. Vor langer Zeit war man in dem Londoner Vorort zu der Ansicht gekommen, daß Mrs. Ernest Bott eine wirkliche Dame war, und man hatte sie schon deswegen ins Herz geschlossen. Fünfundzwanzig Jahre, fast auf den Monat genau, war es her, so erinnerte man sich, seit der arme Ernest Bott seine Braut in das hübsche Haus aus roten Ziegeln in der Mandeville Park Road gebracht hatte – ein unscheinbares schmächtiges Mädchen, fast noch ein Backfisch, das als Ehefrau für einen Mann mittleren Alters absurd jung schien, sich aber von Anfang an benahm, wie es einer Dame in ihrer Position zukam, und sich auch weiterhin so benahm, wie man es von ihr erwartete, und das trotz des Verhaltens ihrer Schwester in eben jenem hübschen Haus nur drei Monate später. Und bei diesem einwandfreien Benehmen war es seitdem geblieben. Die Jahre vergingen, runde, behagliche, untadlige Jahre, in denen die Schwester nicht wieder auftauchte und somit vergessen wurde, wenn auch nicht von den Botts, die sich schwertaten, jemanden zu vergessen, der bei ihnen in Ungnade gefallen war, und in all den Jahren hielt man Ernest von all den zahlreichen Männern dieser riesigen Familie für denjenigen, der am glücklichsten verheiratet war. Inzwischen war Mrs. Ernest zwar längst kein schmächtiges Mädchen mehr, eine Folge des soliden Luxus, mit dem zu verwöhnen Ernest zunehmend in der Lage gewesen war. Und nun war sie fünfundvierzig, eine kleine, mollige Frau mit blasser Haut und den Augen einer Taube, mit Grübchen in ihren plumpen Händen, wo bei anderen Menschen die Knöchel saßen, einem runden Gesicht, umrahmt von weichem Haar in der Farbe der Achtbarkeit. Ihr Leben, sieht man einmal von dem Skandal ab, den ihre Schwester verursachte – und wer kann dafür verantwortlich gemacht werden, was Schwestern anstellen? –, verlief wie gesagt untadelig. Es gab nichts über sie zu klatschen nichts an ihr zu kritisieren. Sie gereichte ihrer Familie und den Titfords zur Ehre – eine normale Frau mit ausgezeichneten Manieren, die nie etwas Ungewöhnliches sagte, überhaupt nie zuviel redete, die jederzeit bereit war, gefällig zu sein, die liebenswürdig lächelte und wohlgenährt war, die Besuche verläßlich erwiderte, anfangs in einem Ein-, später in einem Zweispänner, dann in einem Auto, das gegen immer größere ausgetauscht wurde, die zu Abendeinladungen Samtiges trug, in der Kirche Pelze und Federn, die einmal im Monat Besucher zu Hause in ihrem schmucken Salon empfing, diesen aufmerksam zuhörte, niemals widersprach, niemals altklug war, sich niemals in den Vordergrund drängte, allerhöchstens freundliche Vorschläge machte, aber ohne weiteres bereit war, diese lächelnd zurückzunehmen, wenn sie auch nur das vage Gefühl hatte, daß diese unwillkommen waren.

Was für eine Frau! Wie großartig wäre diese Welt, wenn es mehr Frauen wie Milly gäbe, hatten die männlichen Botts häufig gedacht – und sich darüber flüsternd unterhalten, aber es natürlich nicht laut ausgesprochen, weil sich das nicht gehörte –, wenn sie Probleme mit ihren eigenen Frauen hatten. Ernest hatte sich nicht einen einzigen Tag oder auch nur eine Stunde über Milly ärgern müssen. Was für eine liebe, kleine und bequeme Frau. Für so eine Frau würde man alles tun. Und so niedlich anzusehen ist sie – so rund und weich! Alle Frauen sollten so rund und weich sein, allein schon aus dem Grund, weil man mit ihnen schlafen mußte. Wer ging schon zu Whiteley's oder Shoolbred's, um dort ein hartes Bett zu erstehen, in der irrigen Annahme, darin bequem schlafen zu können? Genauso unsinnig war es zu erwarten, neben einer dürren und darum knochigen Frau jene erträumte angenehme, bequeme Behaglichkeit zu finden. Die spitzen Knochen einer Frau wirken sich zwangsläufig auf deren Charakter aus, dachten die männlichen Botts erbost, wenn sie sich über ihre dünnen Frauen ärgerten. Aber sie waren nur heimlich erbost; nach außen hin war jeder männliche Bott ein liebevoller und zufriedener Ehemann. Das gehört sich einfach so.

*

Und nun also war Milly Witwe, eine reiche Witwe zudem, aber unglücklicherweise war keiner der Brüder gerade Witwer und deshalb in der Lage, sie zu heiraten, um zu gewährleisten, daß ihr Geld und das des armen alten Ernest in der Familie blieb. Irgend jemand würde sie sich schnappen, das ließ sich wohl kaum vermeiden. Welcher Mann würde sich nicht wünschen, richtig ernsthaft wünschen, an ihren weichen, freundlichen und runden Busen gezogen zu werden und dort den Rest seines Lebens zu verbringen, sicher vor Streitigkeiten und bösen Worten?

Aber die Schwägerinnen, an all das schöne Bott-Geld denkend, sagten: »Natürlich denkt sie nicht im Traum daran, sich wieder zu verheiraten. Warum sollte sie auch, jetzt, da ihr Wohlstand ihr erlaubt, das zu tun, was ihr gefällt?«

Und eine der Schwägerinnen, die besonders stolz auf ihr Temperament war und ihrem Ehemann, wenn sich dieser darüber beschwerte, erwiderte, daß er Gott auf den Knien danken müsse, eine richtige Frau geheiratet zu haben, und nicht eines dieser langweiligen Wesen, meinte: »Ich glaube nicht, daß Millys Schoß Bedürfnisse verspürt. Was sollte ausgerechnet die arme Milly mit einem Mann anfangen?«

Und die alte Dame, in deren Haus über diese Dinge gesprochen wurde, die älteste des Clans, die wirklich alte Mrs. Bott, mehrfache Großmutter, in einem Fall sogar Urgroßmutter und eben dabei, Ur-Urgroßmutter zu werden, die gütig auf jenem Hügel residierte, dem Denmark Hill, wo sie von ihren Kindern leicht zu erreichen war, wenn sie gebraucht wurde, wie sie häufig betonte, der jedoch weit genug entfernt war, um niemandem das

Gefühl zu geben, sie dränge sich auf; diese alte Dame erinnerte sich, während sie langsam den Kopf schüttelte zu der Bemerkung von Georges Frau, die eher einer Zigeunerin ähnelte als einer Dame, wie Mrs. Bott manchmal dachte, aber nicht aussprach, weil sie seit langem zu der Erkenntnis gekommen war, je weniger man dergleichen kundtat, desto besser; diese alte Dame erinnerte sich in diesem Augenblick an eine seltsame Szene, die sich vor zehn Jahren in genau diesem Raum abgespielt hatte. Damals war Milly nämlich, bis dahin immer ruhig und sehr manierlich, plötzlich hereingestürmt, an einem warmen Frühlingsmorgen (es mußte ein warmer Frühling gewesen sein, denn das große Fenster war weit geöffnet, wie sie sich genau erinnerte, und der Gärtner mähte draußen den Rasen, der sich der Wärme wegen in eine Gänseblümchenwiese verwandelt hatte) zum Fenster gegangen, hatte eine Weile dem Gärtner zugesehen, sich dann aber abrupt umgedreht, mit einem recht merkwürdigen Ausdruck im Gesicht und hochroten Wangen – völlig erhitzt von dem Weg auf den Hügel, das arme Kind –, und gesagt, bald sei der Augenblick gekommen, in dem sie alles satt haben werde.

»Alles, wirklich alles!« hatte sie ziemlich laut gerufen, offenbar unfähig, sich länger zurückzuhalten, und ihre beiden Hände auf fast komische Weise nach vorn gestreckt, und mit Tränen in den Augen hinzugefügt: »Ich kann nicht mehr – ich bin am Ende . . .«

Am Ende? dachte die alte Mrs. Bott. An welchem Ende denn? Es gab so viele von diesen Enden im Leben; man sah sich häufig am Ende, wenn man jung war, um später herauszufinden, daß man ganz und gar nicht am Ende angelangt gewesen war.

Nun, sie hatte ihr eine Tasse Tee bringen lassen. Arme Milly! Da steckte sicherlich ein Mann dahinter, daran bestand kein Zweifel für die alte Mrs. Bott: entweder Ernest oder, was viel wahrscheinlicher war, irgendein neuer Mann, und sicher ging es um das, was diese armen, gequälten Kinder Liebe nannten.

Was immer es gewesen sein mochte, es ging vorüber. Milly verlor kein Wort mehr über diese Angelegenheit und fand bald darauf wieder zu ihrem ursprünglichen freundlichen, zufriedenen Wesen zurück; in der Tat schien sie ein paar Wochen nach diesem einmaligen Ausbruch noch entzückender, falls das überhaupt möglich war, und zufriedener als je zuvor. Sie wird weiser, dachte die alte Dame. Und ruhiger. Wie wir alle im Lauf der Zeit.

Arme Kinder, dachte die alte Mrs. Bott häufig, ihre Nachkommenschaft verachtend, sie haben es manchmal wirklich schwer. Und sie ahnten nicht, und niemand konnte es ihnen auch erklären, denn sie würden es ja doch nicht glauben, wie ruhig und ausgeglichen irgendwann alles werden würde, wie unwichtig ihnen ihre einstigen Schwierigkeiten letztlich vorkommen würden, wie sinnlos es gewesen war, sich aufzuregen oder sich zu ereifern – wirklich sinnlos und absolut unnötig.

Und nun, zehn Jahre später, war Milly durch den schmerzlichen Verlust so verstört, daß nichts sie aus der stummen Verachtung für ihren Schoß zu reißen vermochte. Sie saß in dem Schlafzimmer, das Ernest an seinem letzten Tag verlassen hatte, ohne im Traum daran zu denken, daß er es niemals wieder betreten würde, und die alte Mrs. Bott, die man zur Beerdigung von ihrem Hügel geholt hatte, saß bei ihr und versuchte sie zu trösten, mit Worten, die höchstwahrscheinlich die richtigen waren, und indem sie ihre zittrige Hand hin und wieder auf die starren Schultern Millys legte.

Wenn sich diese in trauerndes Schwarz gekleideten Schultern doch nur bewegen würden, dachte die alte Mrs. Bott; wenn die arme Milly doch nur weinen würde. Die Schultern nicht zu heben, nicht zu weinen, sondern einfach nur dazusitzen, blaß und stumm, den Kopf nach vorn gebeugt, zeugte von mehr als von extremer Trauer. Wer hätte je gedacht, daß Milly ihren Ernest so liebte? Die alte Dame rief sich leidenschaftslos ihren Sohn ins Gedächtnis und wunderte sich.

»Weißt du, meine Liebe«, meinte sie mit zitternder Stimme, denn sie war nun wirklich schon sehr alt, und alles an ihr zitterte, »wir werden uns um dich kümmern und dafür sorgen, daß du dich nie allein fühlst.«

Millys Kopf hing nicht mehr ganz so tief.

»Die Mädels«, so nannte die alte Mrs. Bott ihre Töchter und

Schwiegertöchter, die bereits alle um die vierzig, fünfzig, sechzig waren, »haben es sich in den Kopf gesetzt, sich ganz besonders liebevoll um dich zu kümmern.«

Millys Wimpern zitterten leicht.

»Und glaube nur nicht, daß sich an deinem Lebensstil etwas ändern wird, meine Liebe, denn Alec hat mir berichtet«, Alec war der älteste Sohn, »Ernest sei noch wohlhabender gewesen, als wir alle glaubten – ich weiß wirklich nicht, warum die Männer so ein Geheimnis daraus machen, was sie verdienen – und all das wirst du erben, folglich kannst du natürlich in diesem hübschen Haus bleiben, das du so magst.«

»Das verdiene ich nicht . . .«, flüsterte Milly schwach.

War das eine Träne? Irgend etwas war zweifelsohne in den schwarzen Schoß getropft.

»Nun, nun«, sagte die alte Mrs. Bott mit zitternder Stimme und nun selbst mit Tränen in den Augen. »Niemand verdient es mehr als du, Milly, meine Liebe. Du verdienst mehr, als wir dir geben können. Weine nur, du wirst dich danach besser fühlen, weitaus besser.«

Und sie weinte selbst ein wenig; nur ein bißchen, denn mit den Jahren waren ihre Tränen versiegt. Aber nun mußte sie an die Zeit zurückdenken, als Ernest noch ein Baby war, und sie erinnerte sich, wie stolz sie auf ihn gewesen war, an all die Hoffnungen, die sie in ihn gesetzt, und was für niedliche Löckchen er gehabt hatte, die sie immer in Form brachte, indem sie sie um ihre Finger wickelte – und dann bekam er schon ganz früh eine Glatze. Zu wissen, daß er nun ganz allein unter all den Kränzen – wunderschöne Kränze und so viele davon – auf dem Friedhof oben auf dem Hügel lag, schien merkwürdig und traurig zugleich zu sein, und, daß er dort so liegen würde, bis er im Jenseits verschwinden würde, und daß er nichts hinterließ, was bewies, daß er gelebt hatte, abgesehen von seiner Witwe und seinem Geld. Keine Kinder jedenfalls. Ernest war, was Nachkommenschaft betraf, eine Null gewesen, eine Sackgasse, ein *cul-de-sac*. Merkwürdig und traurig, wenn nichts von einem weiterlebte, wenn alles zum toten Punkt kam. Die alte Mrs. Bott konnte nicht anders, als ein bißchen zu weinen, wenn sie daran dachte. Armer Ernest; all die niedlichen Löckchen und all die Erwartungen, und was blieb übrig von ihm? Nur eine Witwe.

»Es ist nur ein Traum«, sagte sie, sich über die Augen wischend und weise nickend. »Das ganze Leben ist ein Traum.« Und dann fügte sie hinzu, als durch das offene Fenster vom Haus nebenan ein intensiver Geruch hereinströmte: »Curry! Ich bin sicher, bei den Glenmorgans gibt es Curry zum Mittagessen.«

Dann legte sie ihre Hand wieder auf Millys Schulter und rief sich die Jahre ihres eigenen Lebens ins Gedächtnis. Sie sah all die Verstorbenen als kleine schwarze Punkte, die immer winziger geworden waren, bis die ersten fast unsichtbar wurden, und es war recht schwierig für sie, sie zu sortieren und zu wissen, welcher Punkt zu wem gehörte. So sagte sie, wiederum weise nikkend: »Es sind alles Träume, meine Liebe. Wirklich, Milly, letztendlich nichts als Träume.« Dann sah sie mit roten, alten Augen zu dem Nachbarhaus hinüber, ihre Hand zitterte immer noch auf Millys Schulter, und sie überlegte, wie seltsam es war, daß die Persönlichkeiten, die die schwarzen Punkte repräsentierten, ihrem Gedächtnis völlig entfallen waren. An ihren Ehemann, zum Beispiel, der seit fünfzig Jahren tot war, dachte sie nur noch, wenn sie abends vergaß, den Deckel wieder auf das Vaselinedöschen zu schrauben. Seitdem sie erwachsen war, hatte sie sich jeden Abend vor dem Schlafengehen die Augenlider mit Vaseline eingefettet; manchmal vergaß sie allerdings, danach das Töpfchen wieder zu verschließen, und wenn ihr das passierte und der arme Alexander es morgens entdeckte, dann schimpfte er mit ihr. Er behauptete, sie könne sich gut erinnern, ihre Nachlässigkeit sei geradezu unverantwortlich, und er erwähnte den Staub und die Bazillen, die so in die Creme gelangen könnten. Wenn sie jetzt morgens erwachte und sich bei dieser Unzulänglichkeit erwischte, dann mußte sie unweigerlich an ihn denken; aber nur dann. Wie merkwürdig, dachte die alte Mrs. Bott und streichelte mechanisch Millys Schultern, daß von dem armen Alexander so wenig übriggeblieben ist und er einem nur einfällt, wenn der Deckel auf dem Vaselinetöpfchen fehlt.

Sie zwinkerte ein bißchen. Die Sonne schien direkt auf das rote Haus gegenüber und blendete sie. Das Leben war tatsächlich nur ein Traum. Auch aus diesem Haus wehte Essensgeruch herüber; Blumenkohl, sagte sich die alte Mrs. Bott, interessiert schnuppernd. Wahrhaftig, das Leben war ein Traum, aber ein Traum mit Augenblicken, die einen zwangen aufzuwachen. Eine Mahlzeit war bis zum Dessert eine reale und interessante Angelegenheit. Ohne Zweifel, die Leute im gegenüberliegenden Haus waren diejenigen, so dachte sie mit immer noch in die Luft gereckter Nase, über die Ernest sich des öfteren beschwert hatte, weil sie die Marotte hatten, kein Fleisch zu essen, und sich zudem noch unflätig über England ausließen. Arme Kreaturen, dachte sie nachsichtig, da müssen sie eben durch. Und je schneller sie es schafften, desto besser für sie, denn in der Zwischenzeit verpaßten sie eine beträchtliche Menge guter Lammkoteletts, und es war sicher schwierig, England oder irgendein anderes Land zu mögen, wenn man nichts anderes im Bauch hatte als Blumenkohl.

Gerade als sie diese Überlegungen anstelltc, öffnete sich die Schlafzimmertür, und ihr jüngster Sohn Bertie, ein fleischgefütterter Mann von 52 Jahren, steckte seinen Kopf so vorsichtig herein, daß man ahnte, der Rest seines Körpers lagerte auf Zehenspitzen.

»Komm rein, Bertie, und mach die Tür zu«, sagte die alte Mrs. Bott. »Du weißt, ich mag keinen Durchzug.«

»Fühlst du dich in der Lage zu einem Gespräch?« fragte er fast flüsternd, wie es sich im Haus trauernder Überlebender geziemte, und sah seine Schwägerin an.

»Sprich lauter, Bertie«, meinte seine Mutter mit einem Beben in der Stimme. »Wem soll es nützen, wenn du nur dastehst und Grimassen schneidest? Ob sie sich zu einem Gespräch in der Lage fühlt? Natürlich tut sie das. Milly fühlt sich immer in der Lage, zu allem . . . nicht wahr, meine Liebe?«

Und wieder streichelte sie die dunklen Schultern, denn diese Schwiegertochter mochte sie von allen am liebsten. Wirklich am liebsten. In der Tat, sie liebte sie.

Bertie machte einen kurzen Schritt vorwärts und schloß dann so vorsichtig die Tür hinter sich, daß keinerlei Lärm dabei entstand: Diese geräuschlose Aktion verriet eine Menge Übung, und die Geschicklichkeit, mit der er es tat, war geradezu erstaunlich für einen so großen, schweren Mann. Der alten Mrs. Bott kam zum erstenmal in den Sinn, bei ihrem Sohn handle es sich vielleicht um keinen sehr treuen Ehemann. Nun, das mußten die armen Kinder mit sich selbst ausmachen. Sie hoffte allerdings, Bertie machte sich nicht allzu große Sorgen deswegen oder litt gar unter Gewissensbissen. Wenn er erst einmal in ihr Alter gekommen war, würde er nämlich feststellen, daß auch diese Dinge Träume waren, und ein schlechtes Gewissen wegen etwas zu haben, das sich hinterher lediglich als Traum herausstellt, war die reinste Zeitvergeudung.

»Meine arme Milly«, begann Bertie feierlich, wie jemand, der Böses im Schilde führte.

Er scheint seltsam erregt, tatsächlich ziemlich wütend sogar, dachte die alte Mrs. Bott und beobachtete ihn überrascht mit wässrigen Augen, als er sich jetzt einen Stuhl heranzog, sich neben seine Schwägerin setzte und seine Hand auf ihren Arm legte, und die Überraschung seiner Mutter nahm noch zu, als sie merkte, daß diese Geste ganz offensichtlich dem Wunsch entsprang, Milly Mut zu machen. Mut? Wozu brauchte Milly Mut? Schließlich würde ihr die Erbschaft einige Tausend im Jahr einbringen.

»Ist das Testament vorgelesen worden?« erkundigte sich die alte Mrs. Bott.

»Er muß krank gewesen sein«, erwiderte Bertie, nachdem er sich ausgiebig geräuspert hatte.

»Krank?« wiederholte seine Mutter. »Meinst du, als er das Taxi nahm?«

»Als er sein Testament machte«, sagte Bertie und sah unbehaglich drein. »Oder vielmehr, als er diesen Zusatz hinzufügte.«

Der alten Mrs. Bott war in diesem Augenblick klar, daß irgend etwas im Begriff war schiefzugehen. »Was für ein Zusatz, mein Lieber?« erkundigte sie sich über Millys gebeugten Kopf hinweg.

Berties Blick ruhte auf Milly. Was für eine entsetzliche Vorstellung, jemandem einen Schlag versetzen zu müssen, der so freundlich, so taubenhaft und geduldig war wie diese rundliche, schwarzgekleidete Person in jenem Stuhl. Ihre Füße ruhten auf einem Schemel, denn ihre Beine waren recht kurz, und die Tatsache, daß die Beine der armen Milly nicht einmal den Boden erreichten, machte Berties unangenehme Aufgabe noch schwerer. Was für entzückende kleine Beine, dachte er und überschritt damit die Grenzen des Erlaubten. Erschrocken riß er sich zusammen. Dies war wirklich nicht der Augenblick, an dergleichen Dinge zu denken.

»Arme alte Milly«, sagte er und ergriff ihre Hand.

»Nun, Bertie, willst du nicht endlich reden?« forderte ihn die alte Mrs. Bott auf.

»Leider handelt es sich um etwas sehr Unangenehmes . . . tatsächlich, um etwas sehr Unangenehmes«, sagte Bertie ungewohnt zögernd und schüttelte den Kopf.

»Sinnlos, um den heißen Brei zu streichen, Bertie«, sagte seine Mutter.

Bertie umklammerte Millys Hand so verzweifelt, daß er ihr sicher weh tat, und plötzlich schien er zu explodieren, und seine Worte überschlugen sich, als er sagte, er könne Ernest nicht verstehen . . . er könne es einfach nicht.

»Warum?« erkundigte sich die alte Mrs. Bott mit zitternder Stimme und sehr ängstlich.

»Es ist so unfair«, meinte Bertie. »Und es gehört sich einfach nicht.«

»Aber warum, mein Sohn?« fragte die alte Mrs. Bott, und ihr Mund zitterte mehr als üblich.

»Warum?« wiederholte Bertie und gab Millys Hand frei, die wieder in ihren Schoß fiel und reglos dort liegenblieb. Er stand auf, ging zum Fenster und starrte hinaus. Er konnte Milly einfach nicht ansehen, nicht, während er ihr weh tat.

»Warum?« wiederholte er ein zweites Mal und ohne sich umzudrehen. »Genau das möchte ich ja wissen. Er hat Milly nur tausend Pfund hinterlassen . . . armselige tausend Pfund, ein Almosen, wenn man bedenkt, daß er hunderttausend hat, und den ganzen Rest soll eine verdammte wohltätige Einrichtung bekommen. Ist das etwa eine Art, sich gegenüber seiner Frau zu benehmen, die ihm fünfundzwanzig Jahre treu ergeben war? Ausgerechnet Milly gegenüber?«

Die alte Dame starrte auf den Rücken ihres Sohnes, ihr Mund zitterte jetzt so heftig, daß sie kaum in der Lage war zu sprechen.

»Aber was . . .«, begann sie.

»Und alles soll verkauft werden – das Haus, das Mobiliar und die ganze übrige Einrichtung –, und den Erlös bekommt ebenfalls dieser Wohlfahrtsverein!« Er drehte sich um, und seine abrupte Bewegung verriet, wie aufgebracht er war. »Er muß total verrückt gewesen sein. Sein Geld ausgerechnet einem Heim für gefallene Mädchen in Bloomsbury zu vermachen. Niemand von uns hatte je mit solchen Dingen zu tun. Ich wäre nie auf die Idee gekommen, daß Ernest überhaupt auch nur einen Gedanken an solche Einrichtungen verschwendet. Das läßt vermuten – der Teufel soll mich holen, wenn ich weiß, was das nicht vermuten läßt. Und für Milly, die beste aller Ehefrauen, nichts. Nicht einmal ein Möbelstück. Nichts, abgesehen von den läppischen tausend Pfund. Um sie eine Zeitlang vor dem Verhungern zu bewahren, nehme ich an. Um ihr die Gosse zu ersparen. Es ist wirklich mehr als skandalös . . .«

Die alte Mrs. Bott stand auf, was ihr sehr schwerfiel, und Bertie mußte ihr dabei helfen. »Ich gehe nach unten«, sagte sie. »Nicht ein Wort glaube ich von dem, was du mir da erzählst. Ich werde selbst mit Ernests Anwalt reden.«

»Von ihm wirst du nicht viel erfahren«, sagte Bertie und half ihr. »Diese schmallippigen, kaltblütigen . . .«

Aber er versuchte nicht, sie zurückzuhalten; im Gegenteil, er ermutigte sie zu gehen, führte sie am Ellbogen zur Tür und begleitete sie bis in das Eßzimmer im unteren Stock.

Dann kam er zurück. Milly saß noch genauso da, wie er sie verlassen hatte. Er schloß die Tür, sanft und leise, lehnte sich dagegen, die Hände im Rücken, als wolle er vermeiden, daß jemand dieses Zimmer betrat.

»Hör zu, Milly«, sagte er, »da gibt es noch etwas. Mutter wird auch das erfahren. Ich hoffe nur, die Zeitungen bekommen keinen Wind davon – du weißt ja, wie gierig sie sich auf die Neuigkeiten stürzen, sobald ein Mann ein Testament macht, das von der üblichen Norm abweicht. Was, glaubst du, hat Ernest noch hineingeschrieben in seinen letzten Willen?«

Milly, die Augen starr auf ihre Hände gerichtet, schüttelte ihren geduldigen Kopf.

»Da steht geschrieben, er hinterläßt dir die tausend Pfund, wobei er bewußt das Wörtchen *nur* hinzugefügt hat, was an sich schon einer Ohrfeige gleichkommt – die ganze Sache widert mich ehrlich an –, er schreibt da noch: ›Meine Frau wird wissen warum.‹«

*

Einen Augenblick lang legte sich eine spontane Gefühlsregung wie ein Schleier über Millys gütige Augen. Sekundenlang stieg ihr das Blut zu Kopf und rötete ihre Wangen, ihre Lippen öffneten sich. Sie hob den Kopf und sah Bertie an, während sich ihre bisher reglos in ihrem Schoß liegenden Hände verkrampften.

Nun, dachte Bertie, das ist ein völlig normales Verhalten für jemanden, dem so verdammt mies mitgespielt wurde. Arme kleine Milly. Ihr so etwas anzutun, dieser kleinen, freundlichen, niedlichen Frau, die keiner Fliege etwas zuleide tun konnte. Er hatte immer angenommen, daß Ernest ein anständiger Mann war – ein bißchen mürrisch manchmal, wenn ihn seine Leber zwickte, aber anständig. Wie enttäuschend, nun, nachdem er tot war, feststellen zu müssen, daß er in Wirklichkeit ein Schuft war. Ein wahrscheinlich unwichtiger Streit, ein spontaner Besuch danach bei seinem Anwalt, und schon waren jahrelange Ergebenheit und Zuneigung vergessen, ausgelöscht mit einer mehr als bösartigen Ohrfeige. Einer *Post-mortem*-Ohrfeige noch dazu – die gemeinste von allen. Tatsächlich war Bertie davon überzeugt, daß Milly weder streiten konnte noch wollte. Es mußte allein Ernests Schuld gewesen sein. Zu seiner Entschuldigung konnte allenfalls gesagt werden, daß er vielleicht krank war, einen besonders schmerzhaften Leberanfall erlitten haben mußte, als er diese gemeine Klausel in sein Testament aufnehmen ließ. Was für eine schreckliche Vorstellung, daß eine kranke Leber aus einem Mann solch einen Schuft machte!

»Ich bin fertig mit ihm – fertig mit ihm«, erklärte er aufbrausend; als ob von Ernest irgend etwas übriggeblieben wäre, mit dem man fertig hätte sein können.

Aber Milly hörte ihn nicht, noch sah sie ihn. Ihre weitgeöffneten Augen fixierten jetzt das Fenster, ihre Hände lagen immer noch verkrampft in ihrem Schoß.

»Seit wann?« brachte sie mühsam über ihre blassen, erstaunten Lippen, während sie auf das gegenüberliegende rote Ziegelhaus starrte.

»Was, meine Liebe? Was, mein armes kleines Mädchen?« fragte Bertie und beugte sich über sie.

Was für eine liebe kleine Frau. Was für eine besonders liebe kleine Frau. Was für hübsche dunkle Wimpern sie hatte, die sich an den Spitzen nach oben bogen. Seine eigene Frau schien keine Wimpern zu haben. Jedenfalls waren sie nicht sichtbar. Farblos wie Sand.

»Wann?« flüsterte Milly.

»Wann? Du meinst, wann er das in sein Testament geschrieben hat? Vor zwei Jahren. Einfach skandalös«, sagte Bertie, dessen Hand auf ihrer Schulter lag, und seine Augen wurden feucht aus ärgerlicher Sympathie für sie, als er ihre Wärme spürte. »Wie konnte er nur jemals mit dir streiten! Und das schlimmste ist«, fügte er wütend hinzu, »ich habe nicht einmal das Recht, ihn zu beschimpfen, denn er ist tot, und da gehört sich so etwas einfach nicht. Aber eines sage ich dir, Milly . . .«

»Pscht«, flüsterte Milly und griff rasch nach seiner auf ihrer Schulter liegenden Hand, immer noch zu dem roten Ziegelhaus hinüberstarrend. Also hat er es doch gewußt. Ernest hat es gewußt. Vor zwei Jahren. Zwei lange Jahre hat er es gewußt. Unglaublich . . .

»Aber eines sage ich dir, Milly«, insistierte Bertie, der nicht schweigen wollte, »wir werden nicht dulden, daß du leidest, nur weil Ernest sich wie ein verdammter Schuft benommen hat ...«

»Bitte nicht«, stammelte Milly. »Bitte ... ich ertrage es nicht ... du darfst nicht ...«

Und dann begann sie wirklich zu weinen, zum allerersten mal seit Ernests Tod. Sie legte ihre Wange in die Hand, die die ihre festhielt, und weinte so bitterlich, daß ihr ganzer Körper bebte. »Armer Ernest ...«, schluchzte sie. »Armer, armer Ernest ...«

Bertie war sehr gerührt. »Milly, du bist wahrhaftig ein Engel«, sagte er bewegt.

2

Die übrigen Botts hingegen betrachteten die Sache aus einem anderen Blickwinkel.

Zuerst schämten sie sich für Ernest, abgesehen davon, daß sie seinen Anwalt, der sich dazu hergegeben hatte, eine derart skandalöse Klausel in das Testament aufzunehmen, mit offenkundiger Kühle behandelten; aber jetzt, nachdem dieser seinen Aktenkoffer gepackt und geschlossen hatte und gegangen war und sie alle immer noch herumsaßen oder -standen, unsicher, was als nächstes unternommen werden sollte, wurde plötzlich eine sehr unfeine Bemerkung laut, die, wie ein ins Rollen gebrachter Stein, von einem Anwesenden zum anderen flüsternd weitergegeben wurde, bis sie endlich bei Georges Frau landete, die sie laut aussprach.

Die Sache *stank.*

Einmal ausgesprochen, erkannte man die Richtigkeit dieses Statements. Von welcher Seite auch immer man die Angelegenheit betrachtete – »stank« war das richtige Wort. Was Ernest getan und in den zwei Jahren nicht widerrufen hatte, war eines Mannes unwürdig, außer schwerwiegende Gründe hätten seine Handlungsweise bestimmt.

»O doch«, brach es unvermittelt aus Bertie heraus, »wenn dieser Mann ein gemeiner Schuft ist.«

»Bertie!« riefen alle schockiert und erinnerten ihn daran, nicht zu vergessen, daß Ernest tot war.

»Ich kann mir nicht helfen«, sagte Bertie – als ob irgend jemand annähme, er könne es.

Seine Frau betrachtete ihn mit zu Schlitzen verengten Augen. Seit langem schon verdächtigte sie ihn, an Milly interessierter zu sein, als es sich für einen Schwager gehörte.

Die alte Mrs. Bott äußerte den Wunsch, nach Hause gebracht zu werden. Arme Kinder; sie werden sich wieder streiten, dachte sie. Dabei war das ganz und gar sinnlos, wenn sie das doch nur begreifen würden – reinste Zeit- und Gefühlsverschwendung. Aber wenn sie erst einmal angefangen hatten, die armen Dinger, dann konnte sie nichts mehr aufhalten. In diesem Fall war sie zu Hause weitaus besser aufgehoben, bei einer Tasse mit gutem heißen Tee.

»Alec, mein Lieber, bringst du mich bitte nach Hause?« fragte sie mit zitternder Stimme, in der Hoffnung, die Aufmerksamkeit ihres ältesten Sohnes zu erregen, der aber viel zu durcheinander war, um sie zu hören.

Alle Botts waren recht verstört; in eher zufällig entstandenen Grüppchen standen sie im Eßzimmer, ohne die Erfrischungen zu beachten, die bereitstanden, und als die Mädchen versuchten, Suppe und Kaffee zu servieren, machten sie ihnen vor der Nase die Tür zu – eine Idee Freds. Der Augenblick schien ungeeignet, Bedienstete im Raum zu dulden oder gar Eß- und Trinkbares zu sich zu nehmen; obwohl Georges Frau, diese temperamentvolle Frau, deren Augen vor Aufregung und Neugierde funkelten – nun, sie war eben auch nur eine angeheiratete Bott –, gierig an einem Stück Schokolade knabberte.

»Diese Milly«, flüsterte sie, »wer hätte das gedacht? Diese stille unscheinbare Maus!«

Und die anderen Schwägerinnen stimmten ihr stumm zu.

Noch nie war so etwas in der Familie vorgekommen. Verwirrt starrten sich alle an. Und Titford lauerte im Hintergrund, ahnungslos noch, aber mit absoluter Sicherheit, und bald würden es alle erfahren, wie sie es immer sehr schnell erfuhren, wenn sich eine Gelegenheit bot, bei der es etwas gab, was sich zu erfahren lohnte – wenn nicht, noch in dieser Minute, Sicherheitsvorkehrungen getroffen wurden. Was sollte man nur tun? Ohne Zweifel, die Sache stank.

»Erinnert ihr euch an ihre Schwester?« flüsterte Berties Frau.

Natürlich erinnerten sich alle an Millys Schwester, so deutlich, als wäre alles gerade gestern erst passiert. Dasselbe Feuer im Blut, sagten ihre Augen, als sie mit den Köpfen nickten. Aber wenn dieses Feuer mit fünfundvierzig ausbrach, war dies natürlich weitaus schlimmer, als wenn dies mit neunzehn geschah.

Nein, nein, protestierten die Brüder und Schwager, das konnte unmöglich wahr sein. Wie mies, auch nur einen Augenblick daran zu denken, daß Milly ... Die Wahrheit war doch, daß Ernest ein Feigling war, der furchtbar jähzornig sein konnte, eine Charaktereigenschaft, die er wohlweislich unterdrückte. Er wußte, niemand würde glauben, daß Milly ihm irgendeinen Grund für seinen Ärger gegeben haben konnte. Also rächte er sich auf diese gemeine, hinterhältige Weise. Schrecklich, sich eingestehen zu müssen, daß er ein gemeiner Schuft war – jetzt nach seinem Tod –, aber so war es nun einmal.

Ja, ja, so muß es gewesen sein, stimmten die Schwestern und Schwägerinnen zu – wie konnten es seine Brüder nur wagen, so schlecht über Ernest zu sprechen, der doch nun tot war? Natürlich war es grauenvoll, das gaben sie zu, gerade von Milly anzunehmen – die ihnen immer als Vorbild hingestellt wurde, als Frau und als Tochter –, also, von Milly anzunehmen, daß sie alle von ihr hintergangen worden waren. Aber war es nicht noch viel schlimmer, die Toten zu beleidigen? Es stand ja wohl ohne Zweifel fest, daß Milly den armen Ernest, auf welche Weise immer, ungeheuer verletzt hatte. Das muß sie getan haben! Das hat sie getan! Nur so ließ sich diese verdammte Klausel erklären. Zwei Jahre, wahrscheinlich aber noch länger, hatte sie sie alle hintergangen; in ihrem Alter und mit *der* Figur.

»Laßt gefälligst Millys Figur aus dem Spiel, ihr spindeldürren Gerippe«, rief Bertie.

Wie kann er nur so etwas sagen, dachten sie schockiert; ausgerechnet jetzt, so kurz nach einem Begräbnis.

»Alec, mein Lieber . . .«, sagte die alte Mrs. Bott in einem erneuten Versuch, seine Aufmerksamkeit zu erregen.

»Sei still, Bertie«, murmelte sein Bruder George, ein ruhiger, stämmiger Mann mit einer Hornbrille.

Er hätte eigentlich selbst sehr gerne eine derartige Bemerkung gemacht, aber was brachte das? Schließlich mußten er und seine Brüder mit ihren Frauen das gemeinsame Bett teilen, und wer konnte es sich schon leisten, ehelicher Streitigkeiten wegen am nächsten Tag unausgeschlafen im Büro zu erscheinen? Im Bett nämlich, dachte George, der ein einfacher, sensibler Mann war mit einfachen, sensiblen Gedanken, genau dort bekamen sie einen dran; im Bett nämlich brachen die Frauen jeden männlichen Widerstand; das konnten sie, und das taten sie auch.

»Alec, mein Lieber . . .«

»Es ist die reinste Zeitverschwendung sich hier zu zanken«, sagte Fred, der Reichste der Familie, seine Uhr herausziehend.

»Ich würde sagen, das stimmt, vor allem, wenn man dabei vergißt, sich wie ein Gentleman zu benehmen«, sagte Alecs Frau, die selten das Wort ergriff, aber über Berties beleidigende Worte empört war.

»Die Frage ist nicht, was Milly getan oder nicht getan hat«, sagte Alec und strich nervös über seinen Bart, »und bestimmt nicht« – er lächelte versöhnlich in Richtung der versammelten Frauen –, »welche Figur das arme kleine Ding hat; die Frage, die sich uns stellt, ist, welche Schritte wir unternehmen müssen, um diese Angelegenheit zu verheimlichen. Es erscheint mir äußerst wichtig, daß nichts von all dem nach außen dringt.«

Das sahen alle ein; sie schauderten bei dem Gedanken daran, was die Leute in Titford sagen würden, sobald sie erfuhren, daß Ernest seine Frau enterbt hatte und alles – bis auf die beleidigenden tausend Pfund – diesem wohltätigen Verein vermacht hatte. Nichts davon durfte an die Öffentlichkeit gelangen. Das mußte um jeden Preis vermieden werden. Und ausgerechnet dieser spezielle Verein! Je mehr sie daran dachten, desto mehr schämten sie sich. In der Tat, noch nie waren so viele Menschen in einem Raum beisammen gewesen und hatten sich so geschämt wie an diesem Nachmittag die Anwesenden in Ernests Eßzimmer. Sie schämten sich Ernests wegen, des Anwalts wegen, Millys wegen, aber am meisten schämten sie sich dieses Vereins wegen. Ein Heim für gefallene Mädchen? Sich ausgerechnet so etwas auszusuchen. Völlig unerklärlich, wie Ernest darauf gekommen war.

Aber plötzlich fand man doch eine Erklärung dafür. Unklar, wer sie als erster fand, aber flüsternd wurde sie zwischen den Schwägerinnen von Ohr zu Ohr weitergegeben. Eine schreckliche Erklärung. *Er wollte damit für ihre Zukunft Vorsorge treffen.*

Man schauderte, man schwieg, irgend jemand kicherte.

»Alec, mein Lieber . . .«, versuchte es die alte Mrs. Bott wieder, diesmal mit Nachdruck. Arme Kinder; wie ärgerlich und unfreundlich sie doch waren. Warum aßen sie nicht einfach eine heiße Suppe und ein Sandwich, gingen nach Hause und überschliefen das Ganze? Das wäre so viel angebrachter gewesen.

»Bei Gott, ich wünschte . . .«, polterte Bertie los und ließ seine Faust derart heftig auf den Tisch knallen, daß die Tassen klirrten.

Was er wünschte, sagte er allerdings nicht. Hochrot im Gesicht und mit einem Ausdruck darin, als würde ihn der Hemdkragen im nächsten Moment zum Ersticken bringen, hielt er inne; es war sinnlos; und es war viel besser, sich zu beherrschen, dachte er, sich daran erinnernd, wie wichtig eine ruhige Nacht war. Schließlich mußte er morgen dieses delikate Geschäft mit Palliser und Leeds unter Dach und Fach bringen. Er konnte es sich einfach nicht erlauben, während dieser Verhandlungen mit den Nerven am Ende zu sein.

Fred sah wieder auf seine Uhr. »Wir verlieren unnötig Zeit«, erklärte er.

»Richtig«, stimmte Alec zu, nervös seinen Bart streichelnd. Er war der einzige Bott mit einem Bart, und es war ein besonders schöner – silbern, als er in die Jahre kam, lang und immer einwandfrei sauber, und von immenser Wichtigkeit für ihn; wenn er Sorgen hatte oder nervös war, pflegte er ihn zu streicheln, was sich beruhigend auf sein Nervensystem auswirkte.

»Was unternehmen wir also wegen Milly?« fragte Fred und klickte seine goldene Uhr zu, die ein Geschenk seines Vaters war.

»Viel wichtiger ist, was unternehmen wir Titford betreffend«, mischte sich Berties Frau ein.

»Ist das nicht ein und dasselbe?« erkundigte sich einer der Schwager. Er war ein sehr sanfter Mann und fragte sich sofort, ob seine Bemerkung etwa agressiv geklungen haben könnte. In der Tat schien Berties Frau so zu empfinden, denn sie fuhr ihm ziemlich barsch über den Mund und ließ ihn wissen, daß dem nicht so sei. »Mir kommt es jedenfalls nicht so vor«, sagte sie, »aber ich bin ja auch vielleicht nicht so klug wie du.«

Arme alter Bertie, dachten die anderen männlichen Verwandten.

Arme dumme Kinder, dachte die alte Mrs. Bott. »Alec, mein Lieber . . .«, sagte sie laut.

»Es *ist* ein und dasselbe«, sagte Fred.

»Das denke ich aber auch«, verkündete Alec, die Hand tief in seinem Bart. Wie sehr er diese Familientreffen haßte. Die Frauen echauffierten sich immer so, sobald sie zusammen waren. Einzeln waren sie ganz nett und gutmütig. Was war los mit ihnen, daß sie in der Gruppe so ungenießbar wurden? Selbst Ruth, seine sonst so ruhige Frau . . .

Walter Walker, Kompagnon von Shadwell und Walker, jenen wichtigen Wollmaklern in der Threadneedle Street, machte endlich, mit erhobener Stimme, einen ganz plausiblen Vorschlag. Er hatte lange gezögert, das Wort zu ergreifen, denn er war ja kein echter Bott und hatte deswegen wenig zu sagen, vor allem in einer delikaten Angelegenheit wie dieser. Alle drei oder sechs Monate, so regte er an, solle einer von ihnen Milly bei sich aufnehmen; aufnehmen und sich richtig nett um die arme Frau kümmern. Mutig sah er seine Schwägerinnen durch seine Brille hindurch an. Damit würde man drei Fliegen mit einer Klappe schlagen, fuhr er beherzt fort; einerseits gehörte es sich einfach, sich gegen diese Frau anständig zu verhalten, denn das hatte sie wohl mindestens verdient; andererseits helfe man damit der armen Milly, die so plötzlich alles verloren hatte: ihren Mann, ihr Geld, ihr Zuhause – und die zu allem Übel auch noch kinderlos war . . .

»Und wessen Schuld ist das alles?« unterbrach ihn seine Frau.

»Meine Liebe, du wirst doch wohl nicht andeuten wollen, daß es ihre Schuld ist, Ernest verloren zu haben?« fragte Walter.

»Oder daß sie keine Kinder hat?« fragte Bertie.

»Laßt uns bitte nicht *gewöhnlich* werden«, sagte Berties Frau.

»Ihr wißt ganz genau, was ich meinte«, sagte Walters Frau. »Wessen Schuld ist es, daß sie ihr Geld verloren hat?«

»Die von Ernest, natürlich«, meinte Bertie.

»Es ist ein Jammer, Bertie, daß du nicht aufhören kannst, so über den Toten zu reden«, wies ihn Alecs Frau zurecht.

Die armen Kinder; jetzt waren sie alle richtig wütend; und Ernest, über den sie sich so erregt stritten, lag ganz still in seinem Grab, dort oben auf dem Hügel, unter all den vielen hübschen Kränzen. »Alec, mein Lieber . . .«

»Also, dieses Thema sollten wir lieber im Moment fallenlassen«, bemerkte Fred, das dritte Mal auf seine Uhr sehend.

»Kann ich jetzt vielleicht meinen Satz beenden?« erkundigte sich Walter Walker sanft.

»Selbstverständlich«, meinte Alec und widmete sich wieder seinem Bart.

»Einerseits gehört es sich also, sich gegen diese Frau anständig zu verhalten«, fuhr Walter nunmehr fort, »drittens aber ist es die beste, wirklich die beste Art, Kritik und Klatsch zu vermeiden. Meiner Meinung nach – aber ich stelle es natürlich anheim, über diesen Vorschlag zu diskutieren –, sollte Milly abwechselnd von den Familienmitgliedern aufgenommen und äußerst liebevoll behandelt werden.«

»Gilt diese Lösung für immer?« erkundigte sich seine Frau.

»Warum nicht?« antwortete er.

»Du meinst also, sie soll uns bis an ihr Lebensende abwechselnd besuchen?« fragte Berties Frau ungläubig.

»Warum nicht?« wiederholte Walter Walker.

Es herrschte absolutes Schweigen im Raum. Die Frauen sahen einander an. Abgesehen davon, daß Walters Idee völlig absurd war, Milly äußerst liebevoll zu behandeln, ausgerechnet sie, die sie in diese entsetzlichen Schwierigkeiten gestürzt und Schande über sie gebracht hatte, abgesehen davon also war dieses *Jemanden-bei-sich-Aufnehmen* eine delikate Angelegenheit. Unter glücklichsten Umständen, so konnten sie sich vorstellen, würde das eine heikle Aufgabe bedeuten; ausgenommen, die Person, die man bei sich aufnahm, war finanziell so abgesichert, daß sie es eigentlich nicht nötig hatte, bei anderen zu wohnen. Aber in diesem Fall waren die Umstände alles andere als glücklich, es handelte sich hier eher um sehr zweifelhafte Umstände, dessen waren die weiblichen Botts sicher, und ihre Ehemänner vermuteten es. Man würde eine große Portion Menschenliebe beweisen müssen, überlegten die Frauen weiter – bis auf Georges Frau, die aufgeregt und neugierig war und Milly am liebsten gleich mit nach Hause genommen hätte –, um mit Milly unter einem Dach zu leben, was immer sie getan haben mochte, und vor allem, wenn man sich obendrein noch liebevoll um sie kümmern sollte!

»Walters Vorschlag ist nicht übel«, sagte Fred.

»Irgendwo muß sie ja wohnen, das ist sicher«, meinte Alec.

»Und von den Zinsen ihrer läppischen tausend Pfund kann sie nicht leben«, stellte Walter Walker ganz richtig fest. »Höchstens sterben, und das auch nur in einem Keller oder einer Bodenkammer. Und keiner von uns will doch, daß Milly stirbt, oder? Noch dazu in einem Keller oder in einer Bodenkammer.«

»Ich zahle meiner Sekretärin hundertfünfzig pro Jahr«, meinte Fred. »Das ist dreimal soviel, wie Milly bekäme, wenn wir ihr Geld sicher anlegten. Und trotzdem sieht das arme Ding, meine Sekretärin meine ich, immer halb verhungert aus.«

»Auf gar keinen Fall können wir zulassen, daß eines unserer Familienmitglieder in einem Keller oder in einer Bodenkammer lebt, geschweige denn stirbt«, sagte Alec, den das von Walter heraufbeschworene Bild schockierte.

Nein; die Gattinnen und Schwestern stimmten zu, daß dies nicht in Frage käme. Die Familie war in Titford bekannt für ihre Großzügigkeit, soweit es finanzielle Mittel betraf. Eine entsetzliche Vorstellung, man würde ihr nun plötzlich Geiz vorwerfen. Alles deutete also darauf hin, daß man Milly ein Zuhause gewähren mußte. Wie unangenehm; wie lästig; wie peinlich.

»Und je früher, desto besser«, sagte Bertie.

»Und wir machen wohl den Anfang, nehme ich an«, zischte ihn seine Frau an.

Sie ist wie ein Zahnstocher, dachte Bertie. Und sie hat die Proportionen eines Zahnstochers. Laut aber sagte er und zwang sich dabei, ganz ruhig zu sprechen: »Millys Haus kann jeden Tag verkauft werden. Der Ausdruck in den Augen dieses Kerls – ich meine Ernests Anwalt – hat mir ganz und gar nicht gefallen. Er ist gegen sie.«

»Vielleicht weiß er mehr als wir«, meinte seine Frau.

Wieder warf Bertie ihr einen bösen Blick zu, aber es gelang ihm, wenn auch nur mit größter Mühe, sich zu beherrschen.

»Ich frage mich, warum Ernest über unsere Köpfe hinweg diesen Anwalt eingeschaltet hat, den keiner von uns kennt, und den Direktor jenes sehr unangenehmen Vereins . . .«, überlegte Alec laut, sich an seinem Bart festhaltend.

»Ja, das verstehe ich auch nicht«, meinte Walter Walker.

»An dieser Sache ist wirklich etwas faul«, stimmte Fred zu.

»Sie stinkt«, sagte Georges Frau.

Tatsächlich, je mehr sie darüber nachdachten, desto offenkundiger wurde es, daß »stinkt« wirklich das einzig passende Wort war.

»Ihr Männer wollt also, daß wir sie nicht nur bei uns wohnen lassen, sondern uns auch noch um sie kümmern sollen . . .«, fing Berties Frau wieder an.

Sie *ist* ein Zahnstocher, dachte Bertie, schob seine Hände in die Hosentaschen, ballte sie dort zu Fäusten, ging zum Fenster hinüber und starrte hinaus. Sie bohrt und bohrt . . .

»Nur ein Mann kann auf so eine Idee kommen«, meinte Walter Walkers Frau und sah ihm mißmutig nach, als er ebenfalls zum Fenster ging, einem zweiten, und die Aussicht genoß, die sich in diesem Fall auf einen Nadelbaum beschränkte.

»Ach, hört doch auf damit«, sagte Fred, der eine Glatze hatte, obwohl er der Erfolgreichste dieser erfolgreichen Familie war. »Was Milly wirklich braucht, sind Streicheleinheiten.«

Streicheleinheiten?

Nun waren sie alle richtig schockiert.

»Damit werdet ihr Männer ohne Frage keine Probleme haben«, sagte Freds Frau, sonst recht zurückhaltend, unerwarteterweise.

»Ihr habt immer schon so ein absurdes Theater um Milly gemacht«, stimmte die älteste Bott-Schwester zu.

»Milly hier, Milly da; ihr habt uns zu Tode gelangweilt mit euren Schwärmereien«, fügte eine andere Schwester hinzu.

»Ihr habt sie geradezu bewundert, als sie aufging wie ein Hefekloß«, sagte eine andere; und alle vier Gattinnen aller vier Bott-Brüder nickten zustimmend.

Die Männer waren mehr als überrascht von diesen bitteren Bemerkungen. Sogar die beiden, die am Fenster standen, drehten sich erstaunt um.

»Bisher sind wir alle der Meinung gewesen, unsere Ehefrauen würden Milly mögen«, murmelte einer.

»Milly mögen? Aber natürlich mochten wir Milly«, kreischten alle. »Aber das heißt noch lange nicht, daß man deswegen blind sein muß . . .«

»Lassen wir das; jetzt ist ohnehin alles anders, und das wißt ihr genau . . .«

»Die Sache stinkt zum Himmel, das habt ihr doch selbst zugegeben . . .«

Arme Kinder, dachte die alte Dame, die diesen sinnlosen Diskussionen zwangsläufig zuhören mußte. Sie saß in ihrem Stuhl, die zitternde Hand um den Knauf ihres Stockes gekrallt, und wußte, der Versuch, die Kinder zum Schweigen zu bringen, war zwecklos. Da mußten sie durch. Aber irgendwann in naher Zukunft würde wieder Ruhe einkehren in diesem Raum, dieser unsinnige Streit würde dem Gestern angehören, dem vergangenen Monat, dem vergangenen Jahr, den vergangenen Jahren, und sich schließlich in Schweigen auflösen. Und diese armen aufgeregten Kinder würden ebenfalls ganz still werden, bevor sie überhaupt die Zeit hatten, darüber nachzudenken, und dort schlafen, wo Ernest schon jetzt ruhte. Es war wirklich ein Jammer, daß sie nicht nachdachten und niemand sie zu der Haltung veranlassen konnte, daß es letzten Endes keine Rolle spielte, was Ernest gewollt oder Milly getan hatte, und daß sie diesen speziellen Nachmittag, und all die anderen seltenen gemeinsamen Nachmittage, bei einem Teller Suppe und ein paar Sandwiches glücklicher miteinander hätten verbringen können. Millys Köchin war eine Meisterin im Zubereiten von Suppen und Sandwiches. Wirklich schade, das alles verkommen zu lassen, weil man wütend war und sich deshalb in Unfreundlichkeiten erging.

Sie hielt sich mit einer Hand am Kaminsims fest, mit der anderen stützte sie sich schwer auf ihren Stock und zog sich aus ihrem Stuhl hoch.

Überrascht sahen alle sie an. Sie hatten ihre Gegenwart völlig vergessen.

»Meine Lieben«, sagte die alte Dame mit zitternder Stimme, und der Stock schwankte unter ihrem Gewicht, »ich möchte heim.«

»Aber natürlich, Mutter«, sagte Fred, der am nächsten stand. »Müde?« erkundigte er sich, ihren Arm durch seinen ziehend.

»Ich werde den Wagen kommen lassen«, sagte Alec und klingelte.

»Du mußt so ruhig in deinem Stuhl gesessen haben, ich habe dich gar nicht bemerkt«, meinte George.

Die alte Dame ließ ihre Blicke von einem zum anderen wandern. »Und streitet nicht, meine Lieben«, sagte sie.

»Wir diskutieren«, erwiderte ihre älteste Tochter, die sehr spät geheiratet hatte, so daß Mrs. Bott maßlos erleichtert gewesen war, als es endlich geschah; eine Zeitlang hatte es fast so ausgesehen, als ob dieser Tag nie kommen würde, was wirklich ein Jammer gewesen wäre, denn nur eine Frau, die ihren Mann überlebte, konnte beurteilen, was Gott in seiner unendlichen Güte für sie tun konnte.

»Mutter glaubt immer, wir streiten, wenn wir etwas diskutieren«, erklärte sie den anderen, denen diese Theorie bekannt war.

»Und meistens streitet ihr euch auch«, sagte die alte Dame.

»Ganz rote, erhitzte Gesichter bekommt ihr dabei. Ich finde, ihr solltet lieber alle ein gutes Süppchen essen. Das tut euch bestimmt gut.«

»Mutter denkt, bei einer Suppe oder einer Tasse Tee ließe sich alles regeln«, erklärte die älteste Tochter den anderen, denen auch diese Theorie hinlänglich bekannt war.

»Und meistens klappt das auch, meine Liebe«, sagte die alte Dame an Freds Arm.

»Ich finde die Idee nicht schlecht«, meinte der Ehemann der jüngsten Tochter, ein Mr. Noakes, der für die Witwenkasse, die *Welsh Widowers' Life Assurance* arbeitete. Georges Frau stimmte ihm zu: »Genau, laßt uns einen Teller Suppe essen. Alec, wie wär's mit ein bißchen Suppe und einem Glas Sherry?«

»Und noch eines«, sagte die alte Dame, »ihr braucht euch nicht weiter den Kopf über Milly zu zerbrechen; ich würde sie von Herzen gern bei mir aufnehmen – bei mir aufnehmen und mich um sie kümmern«, sagte sie und nickte ihrem Schwiegersohn Walter Walker zu.

»Du, Mutter?«

Die Familie starrte sie an.

»Aber du kannst dir das doch gar nicht leisten . . .«, murmelte jemand.

»Kann ich das nicht? Nun ja, das stimmt, ich kann es nicht . . . aber ihr könnt es. Ihr legt einfach zusammen, jeder zahlt eine bestimmte Summe. Wieviel, das überlasse ich euch. Die arme Milly wird keine hohen Ansprüche stellen. Und sie ist eine sparsame Esserin.«

Die Familienmitglieder sahen sich an. Ja, natürlich, das war überhaupt die Lösung. Die Lösung schlechthin. Und so sicher. Warum war das bisher keinem eingefallen? Komisch, daß Mutter, in ihrem Alter, immer noch die besten Ideen hatte! Und viel kosten würde es auch nicht, sagte sich der Teil der Familie, der von der alten Mrs. Bott als Mädels bezeichnet wurde, nach einer raschen Kalkulation; die Spende konnte verhältnismäßig gering gehalten werden, schließlich waren da ja auch noch die Zinsen von den tausend Pfund, und bei neun Brüdern und

Schwestern – angenommen, jeder würde fünfzig Pfund im Jahr beisteuern . . .

Fünfzig jeder? O nein . . . viel zuviel! Das wären ja fünfhundert im Jahr, inklusive ihrer eigenen fünfzig!

Dann dreißig jeder.

Georges Frau bestand auf fünfzig, aber die anderen Frauen erklärten, daß dies aus ihrer Sicht vielleicht einleuchtend war, weil sie ja nur ein Kind hatte und dementsprechend kaum Unkosten anfielen . . .

»Gut, also zwanzig«, sagte jemand. »Zwanzig müßten reichen.«

Georges Frau bestand weiterhin auf fünfzig. Alecs Frau schlug dreißig vor . . .

Schließlich wurde beschlossen, das beste sei einfach, Mutters Haushaltskosten zu übernehmen und diese unter sich aufzuteilen.

»Wird sie denn keine Kleidung brauchen?« fragte Fred.

Kleider? Warum das denn? Sie war doch Witwe, und Witwen brauchten keine Kleider, jedenfalls nicht im ersten Jahr, da waren sich die Frauen einig. Und danach? Nun, da waren ja die Kleider, die sie getragen hatte, bevor Ernest starb. Nein, soweit das abzusehen war, würde sie die nächsten Jahre keine Kleider brauchen.

»Wenn ich bedenke, daß es unser Geld ist, das wir für Milly ausgeben . . .«, begann Bertie.

»Aber es ist nicht nur euer Geld«, widersprach seine älteste Schwester, sich vergegenwärtigend, daß sie und ihre Schwestern ihr eigenes Geld in die Ehe eingebracht hatten; die alte Dame, die befürchtete, daß es erneut zu einem Streit kommen könnte, unterbrach die Diskussion und sagte: »Ich nehme Milly gleich mit, wenn sie das möchte. Geh hinauf und hol sie, Alec, mein Lieber. Dann sind wir rechtzeitig zur Teestunde zu Hause.«

*

Aber Alec kehrte unverrichteter Dinge zurück, denn Milly schlief und hatte den Wunsch geäußert, nicht gestört zu werden.

»Merkwürdig, daß sie in der Lage ist zu schlafen«, murmelte Berties Frau.

»Das arme Kind«, sagte die alte Mrs. Bott. »Schläft seinen Kummer aus. Dann eben morgen«, fügte sie hinzu, als Alec und Fred sie zum Wagen begleiteten. »Ihr könnt sie bei mir absetzen, wenn ihr in die Stadt fahrt.«

Als sich jedoch die Brüder am nächsten Tag in die Mandeville Park Road begaben, um Milly von den Arrangements zu unterrichten und ihr zu erklären, daß dies nicht nur die beste, sondern auch die einzig mögliche Lösung war, daß sie unmöglich weiter in diesem Haus bleiben konnte, weil es jeden Augenblick verkauft werden konnte, wurden sie mit der Tatsache konfrontiert, daß Milly bereits vor dem Frühstück das Haus verlassen hatte, und keiner wußte, wohin sie gegangen war.

3

Denn Milly hatte gesündigt.

Zehn lange Jahre hatte Milly gesündigt. Die Verdächtigungen ihrer Schwägerinnen und die innere Unruhe ihrer Schwager waren absolut gerechtfertigt; sie hatte die Botts hintergangen und Ernest in all den Jahren betrogen.

Es hatte alles rein zufällig begonnen. Und was für ein Zufall, dachte Milly, zurückblickend mit der erschreckenden Klarheit, die das Entdecktwerden mit sich bringt. Mit winzigen Dingen fing es an. Fünf Minuten früher oder fünf Minuten später, und sie hätte Arthur niemals getroffen. Ein verpaßter Zug, ein langsameres Taxi, ein Innehalten, um den Tauben zuzusehen, ein kleines bißchen mehr Zurückhaltung wären die Rettung gewesen. Aber sie war rechtzeitig genug am Bahnhof gewesen, das Taxi fuhr zügig, die Tauben interessierten sie nicht, statt dessen ging sie durch das große Portal; und dort, im British Museum, in dem Saal, in dem die Büsten der römischen Kaiser ausgestellt waren, traf sie Arthur Oswestry, und sie sündigten.

Genauer gesagt: sehr viel später. Lange Zeit dachten sie nicht einmal daran, daß sie sündigen würden. Die Sünde kommt auf einen zugekrochen, entdeckte Milly, und ziemlich lange sieht sie ganz gut aus. Wochenlange Rendezvous gingen dem eigentlichen Beginn voraus – Rendezvous im British Museum, dann in der National Gallery, in Tea-Shops, Parkanlagen, einmal sogar in Westminster Abbey –, Wochen, in denen sie miteinander redeten, angenehm an- und aufregend nach dem gewohnten Titfordtratsch, und dann folgten Wochen voller Zweifel, in denen Milly zusammenzuckte und errötete, wenn Ernests unwissender Blick bei ihrer Rückkehr etwas länger als üblich auf ihr ruhte und in denen sie erschrak, wenn er plötzlich mit ihr sprach – sie sah jetzt, wie gemein, wie niederträchtig und verachtenswert solche außerehelichen Liebesaffären waren. Diese Wochen waren bestimmt von dem Wunsch, den Botts aus dem Weg zu gehen und ihren Verpflichtungen zu entfliehen, Wochen eigensinnigen Widerstands und sehnsüchtigen Verlangens, Wochen, in denen sie verzweifelt versuchte, ihren Pflichten nachzukommen, versuchte, sich Arthur aus dem Kopf zu schlagen, ihn nicht zu sehen, ihn zu vergessen. In der Tat, es dauerte sehr lange, bis alles anfing; doch das Ereignis war unaufhaltbar; und danach gerieten sie in diesen Zustand bedenklicher Seligkeit, der zu einer leidenschaftlichen Liebe gehört, einen Zustand ununterbrochenen Hoffens und ununterbrochener unerfüllter Erwartungen, wundervoller Träume, wenn sie nicht beisammen waren, und akuter, messerscharfer Reaktionen, wenn sie es waren, und dazu kam dieser entsetzliche Terror, entdeckt zu werden: eine leidenschaftliche Liebe, die verboten war; eine leidenschaftliche Liebe, die sich nicht auf den eigenen Ehemann bezog. Mit anderen Worten, und das war Milly schon von Anfang an klar: die Sünde.

Wer wäre je auf den Gedanken gekommen, dachte Milly damals, erstaunt über den vulkanartigen Umbruch in ihrem Wesen, daß sie zu leidenschaftlicher Liebe fähig war? Nicht einmal sie selbst hatte es auch nur geahnt. Zu jener Zeit war sie fünfunddreißig und wußte nichts über Liebe, geschweige über die Leidenschaft; und der zehn Jahre ältere Arthur wußte ebenfalls nichts, das behauptete er jedenfalls. Arthur, dessen freundliche

Schwester bei ihm gelebt hatte und kürzlich verstorben war, fühlte sich einsam und unglücklich, als er Milly traf; durch den plötzlichen Verlust der Schwester hatte er jegliche Freude am Leben verloren, aber dann fand er Milly, diese entzückende, sanfte Frau, dieses süße, kuschlige kleine Ding, das zwar keine Kinder hatte, jedoch voll mütterlicher Fürsorge steckte. An jenem Tag weinte sie – er konnte es einfach nicht ertragen, jemanden weinen zu sehen – und stand so nahe an der kalten Büste des Marcus Aurelius, damit man sie nicht bemerke, und ihre eigene warme Brust hob und senkte sich. Aber er bemerkte sie. Als er sich ihr näherte – er lahmte leicht, was später Millys zärtliche Gefühle für ihn noch steigern sollte –, entdeckte er sie und ihren Versuch, unbeobachtet zu bleiben. Wie brachte ausgerechnet er, der so wenige Frauen gekannt und allein mit seiner Schwester in der Wohnung in Oxford gelebt hatte – dort war er Dozent –, den Mut auf, sie anzusprechen? Aber er tat es; und sofort, obwohl er sich dessen erst später bewußt wurde, war er in eine leidenschaftliche Liebesaffäre verwickelt; eine leidenschaftliche Liebesaffäre mit der Frau eines anderen; mit anderen Worten: in die Sünde.

Und doch war er im Vergleich zu ihr der viel kleinere Sünder, dachte Milly, mit weit aufgerissenen Augen in die Vergangenheit starrend. Er war nicht verheiratet; er betrog keinen. Sie dagegen . . .

Schrecklich. Am Abend nach Ernests Begräbnis, in ihrem Schlafzimmer eingeschlossen und, wie alle dachten, den Schlaf erschöpfenden Kummers schlafend, wurde Milly alles erst richtig bewußt. In den mehr als neun Jahren – ihre Leidenschaft, ihre Ängste und Schuldgefühle dauerten nur ein Jahr – war ihr das Sündigen so zur Gewohnheit geworden, daß sie keinen Gedanken mehr daran verschwendet hatte. Wie schrecklich, wie entsetzlich, schrie es in Millys Herzen, während ihr Körper im Zimmer hin und her wanderte, sich an die Sünde gewöhnt zu haben. Aber daran ließ sich nicht rütteln – es war zur Gewohnheit geworden, und zu einer ziemlich regelmäßigen dazu. Einen Nachmittag der Woche verbrachte sie mit Arthur in Chelsea, wo er ein Apartment gemietet hatte – Ernests Büro und dementsprechend auch er befanden sich in der Stadt –, und sie war rechtzeitig zum Abendessen wieder zu Hause, erfrischt und glücklich. Erfrischt und glücklich? Erfrischt und glücklich, weil sie ihren Ehemann betrogen hatte? Oh, was soll ich nur *tun*? dachte Milly und schlug die Hände zusammen; wie sollte sie das je wieder gutmachen an Ernest; wie sollte er ihr je vergeben, jetzt, nachdem er tot war?

Trotz allem; sie war erfrischt und glücklich zurückgekehrt. Denn sobald sie und Arthur das Stadium anfänglicher Leidenschaft hinter sich gebracht hatten und sich deshalb weniger schuldig fühlten – Schuldgefühle belasteten und verstärkten die Angst, entdeckt zu werden –, da begannen sie recht glücklich miteinander zu sein. Das heißt, sie wurden ruhiger und sündigten in Ruhe. Wie schrecklich. Aber so war es nun einmal.

Was ihr geholfen hatte, die wahre Natur jener Nachmittage zu übersehen, war genau dieser erfrischte und glückliche Zustand, in dem sie nach Hause kam. Konnte etwas schlecht sein, was derart positive Folgen nach sich zog? Im zweiten Jahr ihrer Beziehung hatte sie sich das manchmal gefragt und beschlossen, daß das nicht möglich war. Nach den Nachmittagen mit Arthur war sie besonders nett und aufmerksam zu Ernest; besonders willig, sich zu entschuldigen, zu versprechen, zuzustimmen, zu loben; und nichts konnte ihr die gute Laune verderben, die sie dabei an den Tag legte.

»Was für eine Frau«, seufzten die Bott-Brüder.

»Milly ist einmalig«, sagte die alte Mrs. Bott.

Ganz Titford liebte sie.

Aber die Anzahl der Nachmittage nahm mit der Zeit zu. Konnte etwas sündhaft sein, was so lange andauerte? Das fragte sie sich, als sie nach Ernests Tod und noch ehe das Testament ihr die Augen öffnete in ihrem Schlafzimmer saß; sie erinnerte sich an das, was sie getan hatte, und suchte dafür eine Entschuldigung. Verwandelte die Zeit, wenn man ihr genügend Zeit ließ, letzten Endes alles? Wurde nicht aus dem schrecklichen Sprachgebrauch einer Generation – so versuchte sie sich zu beruhigen – die höfliche Sprache der nächsten? Sie hatten sich weiterhin gesehen, Arthur und sie, und die Nachmittage wurden zunehmend sicherer und friedvoller, zuletzt fast gewöhnlich und mechanisch, denn Arthur war seit langem nur ein lieber, sehr intimer Freund – ihr einziger wirklich –, und der Sex, der im zweiten und im dritten Jahr immer ruhiger geworden war, und im vierten Jahr nur mehr liebevolle Routine war, war nichts mehr als eine ziemlich sorgfältig entwickelte, aber süße Art zu fragen: Wie geht es dir? – um sich danach bei einer Tasse Tee zusammenzusetzen und sich über Dinge wie Ausgrabungen zu unterhalten, Arthurs spezielles Hobby – der Sex als solcher war also schließlich recht unidentifizierbar geworden.

Sie freuten sich, einander zu sehen; sehr sogar. Wenn Arthur die Tür öffnete, pflegte er sie mit einem »Nun, meine Liebe?« zu küssen und ihr dann von seiner Erkältung zu erzählen. Meistens hatte er nämlich eine Erkältung, denn er war sehr anfällig. Und wenn sie ihn verließ, dann begleitete er sie zur King's Road, setzte sie in ein Taxi, das sie zum Viktoria-Bahnhof bringen würde, erinnerte sie daran achtzugeben, daß ihre Füße nicht naß wurden, und erkundigte sich, ob sie genügend Kleingeld bei sich habe – mit anderen Worten: er benahm sich wie ein aufmerksamer Ehemann.

Solche harmlosen nachmittäglichen Rendezvous als Sünde zu betrachten, kam Milly später überhaupt nicht mehr in den Sinn.

Nein, nein – das war kein sündhaftes Verhalten, versuchte sie sich in den Tagen vor Ernests Begräbnis einzureden, während die freundlichen, nichts ahnenden Botts sie tätschelten und trösteten. Und letzten Endes hatte Ernest sogar noch von ihrem Glücklichsein profitiert. Aufgrund ihrer außerehelich gefundenen Wonne war sie in der Lage gewesen, ihm weiterhin eine gute Frau zu sein. So merkwürdig es den Botts, Titford oder der übrigen Welt vorkommen mochte: sie war Ernest eine gute Frau gewesen, und das nur, weil sie, wie die Botts und Titford und die übrige Welt das nennen würden, eine sehr schlechte Frau gewesen war. Dabei hatten jene ruhigen Nachmittage mit Arthur zur Folge, daß sie grenzenlos bereit war, Ernest jeden Wunsch zu erfüllen. Jene Nachmittage hatten das Haus in der Mandeville Park Road mit Licht und Wärme erfüllt. War die Liebe also nicht etwas Gutes, wenn eine Frau dabei so viel netter wurde? War dieser liebe, heimliche Freund für Ernest nicht nur von Vorteil gewesen?

Das waren ihre Überlegungen, und Arthur bestätigte sie darin, besonders in den ersten drei Wochen ihrer Liebe, als sie sich schuldig fühlte, Angst hatte und nach einer Rechtfertigung suchte; und das redete sie sich nun auch in den Tagen vor der Beerdigung ein. Arthur hatte versucht, schon ganz zu Anfang, ihr die Situation zu erklären, indem er sie darauf hinwies, daß nun drei Menschen zufrieden waren, die sich vorher allesamt unglücklich fühlten . . .

»Aber Ernest war nicht unglücklich«, erinnerte sie sich geantwortet zu haben.

»Tief in seinem Herzen muß er es gewesen sein«, hatte Arthur insistiert. »Er muß das Gefühl gehabt haben, daß du nur deine Pflicht tust und daß keinerlei Liebe dabei im Spiel war. Männer müssen so etwas wissen.«

»Ehemänner doch nicht«, hatte Milly gesagt.

»Ich denke doch«, hatte Arthur, der nie verheiratet gewesen war, sanft, aber bestimmt geantwortet.

Nun, vielleicht; vielleicht. Milly hatte ihm nicht widersprochen. Ernest war so ruhig, man wußte wirklich nie, was er dachte. Manchmal war sie sogar versucht gewesen anzunehmen, daß er an nichts dachte, abgesehen von seinem Geschäft natürlich. Zumindest sprach er mit ihr nie über etwas anderes als sein Geschäft oder die Reparaturen seines Hauses, und wenn er wütend auf sie war, sagte er überhaupt nichts mehr und schmollte. Dieses Schmollen wirkte wie ein schwelendes Feuer und war als Strafe viel effektiver als ein prasselndes Feuer. Er las auch nicht, er blätterte nur in Zeitungen und Magazinen, und er haßte es, wenn sie in seiner Gegenwart in einem Buch schmökerte. Die Abende waren einer wie der andere – sie saßen in ihren Lehnstühlen, er mit seiner Zeitung, sie mit einer Häkelarbeit, beide übersatt vom Abendessen. Fünfzehn Jahre lang verlief jeder Abend so, außer sie waren eingeladen oder luden selbst ein; und jedes Jahr wurde sie ein kleines bißchen fetter, ein bißchen schwerer, war ein bißchen teurer gekleidet und trug, weil sie wieder einen Geburtstag gefeiert hatte, ein Armband mehr an den Armen, die dicker wurden, oder eine Brosche mehr am runder gewordenen Busen.

Dieses rundum behagliche, aber langweilige Leben wirkte wie eine Mastkur. Wenn ich eines Tages vor Gott stehe, dachte sie manchmal, und er fragt mich, was ich mit meinem Leben angefangen habe, und ich zeige auf Ernest und sage, ich habe dafür gesorgt, daß seine Mahlzeiten gut und ausreichend waren, wird das genug sein?

Nein, es würde nicht genug sein; das wußte sie genau. Da sie keine Kinder hatte, die sie in zunehmendem Alter auf Trab hielten, die ihr Interesse für Neues und neue Hoffnungen weckten, nach fünfzehn Jahren mit eintönigen Abenden und Tagen, an denen Verwandte vorbeikamen oder sie selbst Besuche bei ihnen machte, wobei wieder und wieder die gleichen Dinge gesagt wurden, und alle das gewohnte Lächeln aufgesetzt hatten und sich in allem einig waren, nach diesen fünfzehn Jahren also fühlte sie sich so über alle Maßen einsam und bedrückt von den entsetzlichen Wiederholungen ihres Lebens, daß sie fast drauf und dran war, alles hinzuschmeißen und zu ihrer in Ungnade gefallenen Schwester zu ziehen, was einen Skandal hervorgerufen und die Botts in tiefster Scham hätte versinken lassen. Und so traf sie – damals erst Mitte dreißig und nicht annähernd so fett, wie sie es später wurde – an jenem bewußten unglücklichen Tag Arthur, der sie rettete.

Sie rettete? Mit einem Ehebruch? Milly schauderte bei dem Gedanken, daß es einmal eine Zeit gegeben hatte, in der sie davon überzeugt war, dieser Ehebruch wäre ihre Rettung. Wie absurd, mit welcher Leichtigkeit und behaglicher Zufriedenheit sie in all den Jahren, ehe alles herauskam, daran geglaubt hatte. Erst heute sah sie die ganze Sache so, wie sie wirklich war; erst heute, in der schrecklichen Konfrontation mit Ernests toten, anklagenden Augen.

Was sie getan hatte, war einfach schrecklich – den Menschen zu betrügen, der sie ernährte und einkleidete und ihr vertraute, und dabei auch noch zu lächeln; der ihr zumindest bis zu dem Augenblick vertraut hatte, als er vor zwei Jahren die Wahrheit herausfand – was nicht schwer war, wenn man bedenkt, wie unvorsichtig Arthur und sie geworden waren –, der sie aber weiterhin ernährte und einkleidete und sie lächeln ließ. Warum hatte er all dem kein Ende bereitet und sie hinausgeworfen? Vielleicht nahm er an, daß nun er an der Reihe war, sie zu betrügen und zu hintergehen. Vielleicht wollte er genauso niederträchtig sein wie sie, vielleicht hatte er darum, als er ihr Geheimnis herausfand, nichts gesagt, sich benommen wie immer, ihren Eifer, ihre Ergebenheit, ihr Bemühtsein akzeptiert – all die Dinge, mit denen man versucht wiedergutzumachen – und sich innerlich kaputtgelacht, während er beobachtete und schwieg, weil er seinerseits nichts darüber verlauten ließ, daß er sein Testament hatte ändern lassen.

Ein solches Benehmen, und ausgerechnet Ernest! Natürlich war auch das ihre Schuld. Sie hatte ihn zum Schuft gemacht, ihn, der wahrscheinlich nie einer geworden wäre, hätte man ihn nicht provoziert. Sie hatte jemanden, der von Natur aus recht einfach und leicht zu verstehen war, in eine zynische, bittere Kreatur verwandelt. An den Tagen vor dem Begräbnis, seit dem furchtbaren Nachmittag, an dem er von ihr gegangen war, ohne sein Bewußtsein wiederzuerlangen, so daß sie ihn nicht um Verzeihung bitten konnte, war sie fest davon überzeugt, daß er von nichts wußte, daß er sie all die Jahre geliebt und an sie geglaubt hatte, wie kompliziert er auch manchmal war, wenn es um Details ging; daß er gestorben war, während er sie immer noch liebte und an sie glaubte. Doch nun mußte sie erschrocken feststellen, daß dies keineswegs der Fall war. Das schlimmste für Milly aber war, daß sie erst heute in der Lage war, ihre eigene Gemeinheit zu erkennen, erst jetzt, nachdem alles herausgekommen war.

*

Sie verbrachte eine entsetzliche Nacht. Paralysiert von dem Wissen, daß der folgende Morgen unaufhaltsam auf sie zukam und mit ihm unweigerlich die Botts. Es war von enormer Wichtigkeit, daß sie in den wenigen Stunden, die ihr blieben, Klarheit in ihre Gedanken brachte und schnell zu einer Entscheidung kam; aber sie schaffte es einfach nicht. Die Botts würden sicherlich gleich nach dem Frühstück erscheinen und ihr helfen wollen, weil sie nicht genügend Zeit gehabt hatten, zwei und zwei zusammenzuzählen, und demzufolge nicht erraten konnten, was sie getan hatte, und das ganz offensichtlich noch bis vor kurzem, bis vor zwei Jahren nämlich, als Ernest die Zusatzklausel in sein Testament aufnahm – zu einer Zeit, als sie schon über vierzig war, und schon allein ihre Figur dieses Verhalten lächerlich und schockierend erscheinen ließ; es war ohne Zweifel nur eine Frage von Stunden, ehe sie alles durchschauen würden.

Die Scham brannte auf ihrer Haut. Sie sah die Sache jetzt so, wie die Botts und ganz Titford sie sehen würden, ohne zu ahnen, daß diese Affäre schon vor zehn Jahren begonnen hatte, als sie noch jünger und nicht so fett gewesen war, und daß die Affäre sich inzwischen längst in eine bloße Freundschaft verwandelt hatte. Wie sollte sie dieser geschändeten Familie gegenübertreten, die ihretwegen zweimal entehrt wurde; auch Agatha, die sie zuerst entehrt hatte, hätte dazu niemals Gelegenheit erhalten, wenn Milly sie nicht in die Familie gebracht hätte, indem sie Ernest heiratete. Wie sollte sie also dieser Familie gegenübertreten, mit dem Wissen, daß sie bereits am folgenden Tag Dinge von ihr erfahren haben würde, an die niemand auch nur zu denken wagte – von ihr, die in Wirklichkeit genauso anständig und respektabel war, wie man bis jetzt angenommen hatte?

Händeringend stand sie in der Mitte des Zimmers. War Arthur das wert gewesen? Ich bin nicht aus dem Stoff, aus dem Sünderinnen gemacht sind, dachte sie. Wie konnte es nur passieren, daß ich trotzdem eine wurde? In ihrer Verwirrung erinnerte sie sich nicht mehr an die Leidenschaft und den wunderbaren Anfang; sie dachte an Arthur nur noch als älteren Mann, der von Ausgrabungen erzählte und sich meistens mit einer Erkältung plagte. Außerdem war er der Mann, der sie in diese Misere gebracht hatte. Wenn also er nicht gewesen wäre . . .

Nein; Milly riß sich zusammen. Sie durfte nicht ungerecht sein. Es mußte heißen: Wenn sie nicht gewesen wäre. Was hätte

Arthur tun können, wenn sie nicht einverstanden gewesen wäre? Es ist die Frau, die den Ton angibt; dies war für die Botts und die Kreise maßgebend, die in Titford zählten; und niemand kann fünfundzwanzig Jahre in dieser Atmosphäre leben, ohne daß sie wenigstens ein klein wenig abfärbt. Es ist die Frau, so sahen es die Botts, die die Pflicht hat, auf dem Weg der Unbescholtenheit zu wandeln und so den Mann, von Natur aus ein Abtrünniger, dazu zu bringen, diesen Pfad ebenfalls zu beschreiten. Manchmal würde das nicht gelingen, gaben die Botts zu; dann war es die Pflicht der Frau, allein weiterzuwandeln. Ihr blieb nichts anderes übrig, als für ihn zu beten, denn sie ist dann eine gute Gattin und er ein schlechter Ehemann, und die Guten beten für die Schlechten. Das war die Weltanschauung der Bott-Gattinnen und Bott-Schwestern. Manchmal hatte sich Milly gefagt, was passieren würde, wenn die Schlechten beginnen, für die Guten zu beten, aber sie hatte sich nie getraut zu fragen.

Natürlich hatten die Botts recht. In dieser schmerzlichen Überzeugung und von Selbstvorwürfen geplagt, ging sie auf und ab. Sie sah nun, *wie* recht sie hatten. Ihr Leben lag in Schutt und Asche, weil sie sich nicht an diesen Standard gehalten hatte. Wie leicht wäre es für sie gewesen, Arthur dazu zu bringen, ihr auf dem Weg der Keuschheit und Ehre zu folgen. Er war einfühlsam und eher willig als bestimmend; sie hätte sich nur ein wenig mehr zurücknehmen müssen, und wenn sie sich sahen, hätte sie nicht vor offenkundiger Freude erröten und zittern dürfen. Sie wußte, daß ihr Gesicht zu strahlen begonnen hatte, denn sie konnte es auf dem seinen erkennen; und wenn ihres nicht gestrahlt hätte, hätte es auch das seine nicht getan. Die Schuld lag bei ihr. Sie hatte geführt, und er war ihr gefolgt. Die Botts hatten recht, wenn sie bei den seltenen Skandalen, die in Titford vorkamen, kommentierten: »Die Frau muß ihn dazu gebracht haben.«

Und obwohl sie heimlich gegen dieses Urteil rebelliert hatte und ihr Herz gefeit war gegen solche und andere Verdammungen, und obwohl sie das mit jenem Lächeln kaschierte, das sie in der Ehe mit Ernest gelernt hatte, war sie jetzt, als die Stunde ihrer Bloßstellung nahte, mehr als bereit, zuzustimmen, zu gestehen, sich selbst zu erniedrigen und zu erklären, daß alles, was passiert war, allein ihre Schuld war.

*

Sie erkannte, daß sie nicht einmal beten konnte, was ihre Verwirrung noch vergrößerte. Verschiedentlich kniete sie sich in dieser Nacht neben ihr Bett und versuchte es, weil sie auf Hilfe hoffte, auf das Licht, das ihre Verwirrung erleuchten würde; aber sie brachte kein Wort heraus. Arthur war kein Mann, der betete, und sie hatte es daher, in dieser Hinsicht von ihm beeinflußt, seit langem aufgegeben. Doch gerade jetzt, als sie sich nach Gottes weiser Führung sehnte und nach der Ruhe, die einen überkommt, wenn man sein Herz ausgeschüttet hat, brachte sie kein einziges Wort über die Lippen. Verzweifelt kniete sie da, die Hände in die Bettücher gekrallt. Doch ihr Herz blieb da, wo es war. Davon abgesehen hatte sie jedesmal, wenn sie erneut die demütige Haltung einnahm, das Gefühl, daß Ernest ganz in ihrer Nähe lauerte und sie spöttisch beobachtete.

Würde ihr seine Heimsuchung erhalten bleiben? War die Sache mit Ernest etwa immer noch nicht ausgestanden? Neben dem Bett zusammengekauert, immer noch in die teure Witwenkleidung gehüllt, die die Familie für sie bestellt hatte, versuchte sie, das Gefühl seiner Anwesenheit auszuschalten, indem sie ihr Gesicht in der Decke begrub und sich erneut bemühte, für ihr verängstigtes Herz um Hilfe zu bitten.

Aber der Erfolg blieb aus. Nichts rührte sich in ihr. Ihr Herz, ihr Verstand, ihre Seele blieben in ihrem Körper zusammengeballt, so schien ihr, wie eine hilflose, unbewegliche Masse.

Diese Unfähigkeit zum Beten war wohl ein Teil ihrer Strafe, nahm sie an, ihren Körper in eine sitzende Haltung bugsierend, die Wange gegen das Bett gepreßt. Sie litt unter dem Gefühl, durch und durch liederlich zu sein. Die Botts würden in wenigen Stunden immer dieses Wort verwenden, wenn sie von ihr sprachen – obwohl sie, wie sie wußte, bisher so viel von ihr gehalten hatten. Wie sehr mußte sie sich verstellt und gelogen haben, um bei der Familie diesen Eindruck der Unschuld zu erwecken. Und doch hatte sie immer wieder gelogen. Schon im ersten Jahr ihrer Ehe war sie zur aktiven Lügnerin geworden und dann immer wieder, als Ernest ihr verbot, ihrer Schwester Agatha, die die Familie entehrt hatte, zu schreiben und Briefe von ihr zu empfangen; sie hatte ernsthaft erwogen, ihm zu gehorchen, aber dann herausgefunden, daß sie dies nicht konnte, weil sie Aggie von Herzen liebte. Sie war jedoch zu feige, ihm das zu gestehen, und hatte deshalb immer wieder mit ihrer Schwester korrespondiert, sogar noch in der letzten Woche, gewieft im Hinein- und Hinausschmuggeln und immer gewitzter im Betrügen; manchmal, wenn Ernest überraschenderweise das Zimmer betrat, sah sie ihm, die Unschuld in Person, direkt in die Augen, obwohl sich gerade in diesem Augenblick einer der verbotenen Briefe in ihrer Tasche befand.

Milly war klar, daß dieser Briefwechsel sozusagen den Anstoß zu einem immer größer werdenden Betrug bildete, der in der Affäre mit Arthur seinen Höhepunkt erreichte; und nun hatte sie die Folgen zu ertragen. Wo stand geschrieben: *Sei sicher, deine Sünde wird herausgefunden werden?* In der Bibel? Es stimmte wohl. Nun war sie mit fünfundvierzig ertappt worden – was sicher schwerer wog, als im Alter von zwanzig –, abgerutscht von dem Podest universeller Zuneigung und Respekt, auf das man in einem gewissen Alter hinaufgehoben wird, im Dreck gelandet; und während der nächsten Stunden würde sie als die lächerlichste aller Sünderinnen, als ältere Magdalena gebrandmarkt werden.

Bei diesem unerträglichen Gedanken richtete sie sich schwerfällig auf; sie wollte keinen der Botts je wiedersehen; sie mußte fliehen, weg, nur weg; weg von diesem Haus, diesem Zimmer, in dem Ernest sie spöttisch zu beobachten schien, weil seine Strafe erfolgreich einsetzte . . . Ernest war allgegenwärtig in diesem Zimmer. Er hatte nicht viel Schabernack getrieben, als er noch lebte, doch ihr schien, als amüsiere er sich eben jetzt ganz prächtig auf ihre Kosten. Und es war ihre Schuld, durch ihre Gemeinheit war er zum Teufel geworden . . .

»Ich werde es wiedergutmachen – o ja, das werde ich«, stammelte sie – eines Tages – irgendwie . . .

Aber selbst dieser gute Vorsatz schien sich gegen sie zu richten, und die Worte, unter Schluchzen hervorgestoßen, kamen ihr verdächtig vor, doppelsinnig, wenngleich sie ihrem Zustand als Magdalena vielleicht entsprachen. Oder war es Ernest, der ihr diese Gedanken eingab und sich damit über sie mokierte?

Oh, wie schrecklich – er verfolgte sie. Voller Panik knipste sie die Lampen an, alle Lampen, hastete dann durch den Raum und begann Schubladen aufzureißen, um die wenigen Sachen, ohne die sie nicht auskommen würde, auf einen Haufen zu werfen. Fliehen, bevor es zu spät war . . ., fliehen, bevor die Bediensteten wach wurden und sahen, was sie tat . . ., fliehen, bevor die Botts auf der Bildfläche erschienen und sie zwangen, sich vor ihnen zu verantworten . . .

*

In dem schummrigen Flur, in dem es nach lackiertem Holz, nach Linoleum und Zigarren roch, war nur das laute Ticken der altmodischen Uhr zu hören, und durch das bleiverglaste Fenster stahl sich das schwache Licht des anbrechenden Tages, als sie, kurz nach fünf, mit einem Koffer und einer Handtasche ihr Zimmer verließ. In der Tasche befand sich das wenige Geld, das sie besaß; es waren weniger als fünf Pfund; aber es würde ausreichen, so dachte Milly, um sich in London einen Tag und eine Nacht lang zu verstecken, bis sie bei Ernests Anwalt gewesen war. Ihr war klar, daß sie dies als erstes erledigen mußte, und zwar schnell, um damit ihre Vergangenheit hinter sich zu lassen und zu Agatha zu fahren. Es war keine bewußte Entscheidung, sich an Agatha zu wenden, eher ein instinktiver Trieb. Sie würde zu ihrer Schwester fahren, von der sie geliebt wurde; heimkehren zu ihrem eigenen Fleisch und Blut. Aggie war wahrscheinlich der einzige Mensch in der Welt, der sich kein Urteil anmaßen würde, der sie nicht verdammen würde – schon aufgrund dessen, was sie selbst getan hatte. Bei ihr würde sie sicher sein.

Als sie die Treppen hinunterstieg, entschlüpfte ihr ein sehnsüchtiger Schluchzer; sie wollte in Sicherheit sein, allem entfliehen, sich weit genug von allen entfernen, die mit der Vergangenheit zu tun hatten, inmitten von Menschen leben, die keine Ahnung hatten – abgesehen von Aggie, vor der sie keine Geheimnisse haben und der sie alles frank und offen erzählen würde, wie bei einer Beichte. Aggie würde sie verstehen; Aggie würde ihr Zuneigung entgegenbringen, sich über alles Geschehene hinwegsetzen ...

Die Treppen knarrten, und jedesmal blieb sie stehen und lauschte, und das Herz klopfte ihr bis zum Hals. Wie fremd und anders das Haus aussah, die Dinge, die sie so gut kannte wie ihr eigenes Gesicht – das aus Eichenholz gefertigte Geländer, die kunstvoll geschnitzten Verzierungen; die maritimen Bilder in ihren kostbaren Rahmen; die aufgehängten irdenen Töpfe, in denen Farne wuchsen, Ernests Lieblingspflanzen, mit denen sie so lange gelebt hatte und die sie so gut kannte; sie sahen bereits aus wie Tote, wie Gespenster. Milly bewegte sich zum letztenmal an ihnen vorbei, das einzige Lebewesen in einem zum Mausoleum verwandelten Haus, vorsichtig, um keinen Lärm zu machen, geduldig den langen Schleier – der zur Witwenkleidung gehörte – von den Geländerknöpfen lösend, wenn er sich darin verfangen hatte, und jedesmal, wenn das Knarren der Treppe aufhörte und sie die Luft anhielt, um in Richtung der Dienstbotenzimmer zu lauschen, schien ihr Herz so laut zu ticken wie die altmodische Uhr.

Aber um diese Stunde schlief das Personal am tiefsten, und niemand hörte sie außer Ernests Hund, der im Büro schlief und zu jaulen begann, als sie endlich die Halle erreichte – vielleicht jaulte er, weil er nach Hundeart instinktiv ahnte, daß sie dabei war; etwas zu tun, was sich nicht schickte. Wie oft hätte er dann in der Vergangenheit bellen müssen, dachte Milly, als sie zitternd den Riegel der Haustür zurückschob. Aber er war immer still geblieben. Er war ihr eher mit kühler Zurückhaltung begegnet, stumm und mißtrauisch an ihren Schuhen schnüffelnd, und hatte sich das Gebell für jetzt aufgehoben. So kam es, daß sie als letztes ein schrilles, wütendes Hundegebell hörte, als sie ihr bisheriges Zuhause verließ.

War es Hohn? War es aus Rache für seinen Herrn? Sie eilte von dannen, von diesem Lärm verfolgt, und in ihrem erschöpften Zustand kam es Milly vor, als höre sie Ernests Stimme, die ihr auf diese Weise Lebewohl sagte.

»Du kannst nicht einfach davonrennen, es hat keinen Sinn zu fliehen«, schien der Hund ihr nachzubellen.

»O doch, ich kann – und ich tue es!« schrie Millys Herz zurück, als sie die Auffahrt hinunterhastete, um endlich die Straße zu erreichen.

*

Erst als sie um die nächste Ecke bog, wurde das schrille, wütende Gebell schwächer und störte nun nicht mehr den Frieden der morgendlichen Dämmerung. Titford schlief. Die Fensterläden waren geschlossen, was verriet, daß die Menschen dahinter schlummerten. Keiner sah die allen wohlbekannte und als freundliche, reiche kleine Frau geschätzte Mrs. Ernest Bott in ihrer Witwenkleidung mit ungewöhnlich schnellen Schritten die Straße entlanghasten und dabei Dinge tragen, die eine Person ihres Alters und ihres Standes niemals selbst beförderte. Dabei waren die leeren Straßen mehr als alles andere dazu angetan, Millys Gegenwart herauszuheben; wenn jemand hinter den geschlossenen Fensterläden gestanden hätte, hätte er nur einen runden, schwarzen Fleck in der blassen Klarheit des Morgens gesehen. Als sie sich dem Pfarrhaus von St. Timothy näherte, dessen Bewohner zu den merkwürdigsten Stunden ihren religiösen Praktiken nachgingen, zog sie ihren Hutschleier über ihr Gesicht, um sich dahinter vor eventuellen frühaufgestandenen Christen zu verstecken, die vielleicht gerade jetzt das Fenster öffneten, um Gottes Luft während des Betens hereinzulassen.

Milly schwitzte unter ihrem Schleier. Sie war bereits von dem überhasteten Lauf bis zum Tor und dem ängstlichen Beschleunigen in der Mandeville Park Road erhitzt, und der Schleier verstärkte dies noch. Als sie das Wohngebiet Titfords hinter sich gelassen hatte, in dem in fast jedem Haus Menschen schliefen, deren Namen auf ihrer Einladungsliste standen, und einen Pfad erreichte, der in nördlicher Richtung nach London führte, glaubte sie sich in einem Zustand geschmolzenen Eises. Der Schleier klebte in ihrem Gesicht, und unter ihrem Hut – die Botts pflegten ihre Witwen, zumindest für die ersten sechs Monate, wie Königin Viktoria auszustaffieren – rannen kleine Schweißperlen in ihren Musselinkragen; unter ihrem schweren Mantel schien sich alles zu verflüssigen.

Aber das nahm sie kaum wahr. Ihr Herz klopfte wild, einerseits aus Erleichterung, andererseits aus Überanstrengung. Jeder Schritt, mit dem sie sich von Titford entfernte, verstärkte ihre Erleichterung, aber auch ihre Atemnot. Endlich lagen Ernests Heimsuchungen in ihrem Schlafzimmer in der Mandeville Park Road hinter ihr, und er hatte sie nicht weiter als bis zur Eingangstür begleitet. Ihre Flucht war gelungen. Sie brauchte die Scham nicht auszuhalten, die ein Treffen mit den Botts ausgelöst hätte. Lange bevor diese erwachten, würde sie bereits in einem der Arbeiterzüge sitzen und in der Anonymität verschwinden, die große Städte so an sich hatten. Niemand würde sie dort während ihres kurzen Aufenthalts finden. Sie würde den Anwalt aufsuchen und ihre tausend Pfund in Empfang nehmen – nicht versiert in Anwaltsangelegenheiten, nahm sie an, daß ihr diese sofort ausgehändigt würden – und gleich danach in der Obskurität verschwinden; und dann, während die Familie vielleicht nach ihr suchte, obwohl sie hoffte, daß man sie einfach vergäße, wäre sie schon auf ihrem Weg in die Schweiz zu Agatha.

Agatha. Rasch vorwärtseilend, den Rücken der Vergangenheit, das Gesicht der Zukunft zugewandt, konzentrierten sich Millys Gedanken geradezu besessen auf Agatha, denn sonst kam ihr Arthur in den Sinn; die Gedanken an ihn ließen sie schaudern. Sie konnte sich eine solche Schwäche nicht erlauben. Der Augenblick war völlig ungeeignet. Nach Ernests Unglück hatte sie sich von Arthur zurückgezogen, als sei er irgendwie schuld an diesem schrecklichen Ereignis – Arthur, der seine Osterferien in

Rom verbrachte und sicherlich vergnügt zwischen den Ausgrabungen herumspazierte, während Ernest, der Betrogene, hilflos auf dem Totenbett lag; und dann, nach seinem Tod, als die mitfühlenden Botts sie in jenem Schlafzimmer trösteten, machte sie der Gedanke an Arthur, wenn es ihm gelang, in ihren Verstand zu kriechen, erst recht krank. Ihr Mit-Sünder, der nun vielleicht annahm, daß er sie heiraten müsse! Beschämt sank ihr Kopf tiefer. (»Arme kleine Milly«, sagten die Botts und tätschelten sie.) Sie hatte den erniedrigenden Gedanken beseite geschoben. Das wurde also aus einer Liebe, unabhängig davon, wie lichterloh sie anfangs gebrannt hatte: der Gedanke, daß er sie jetzt heiraten mußte. *Mußte.* Als ob dadurch alles gut würde; als ob, wenn Arthur und sie heirateten, diese Ehe je glücklich werden könne, mit Ernest zwischen ihnen und seinen toten, anklagenden Augen.

Nein, nein – Milly würde sich nur noch an den Konventionen orientieren; ohne Löcher und Nischen, ohne Komplotte und Lügen, bis an ihr Lebensende. Konventionalität . . . sie sehnte sich nach klarer Sicherheit. Konventionen waren trotz ihrer Langweiligkeit besser als das kurze Aufflammen schieren Entzückens, das eventuell das Gegenteil hervorrief; denn, wenn dies auch Liebe bedeutete und die Gewißheit, nicht verurteilt zu werden, was konnten Liebe und die nicht vorhandene Verurteilung, die sie von Arthur zu erwarten hatte, ihr jetzt nützen? Davon abgesehen hatte sie das Bedürfnis, jemandem, dem sie vertraute, zu erzählen, was sie getan hatte, und sich dadurch wenigstens zum Teil von der Bürde zu befreien. Arthur wußte es bereits. Wenn er von Ernests Tod und dem merkwürdigen Testament hörte, würde er sagen: »Nun, dann müssen wir eben heiraten . . .«, und dann erklären, daß er fürchtete, sich eine Erkältung eingefangen zu haben.

Für Milly bedeutete Agatha die Lösung schlechthin. Sie sehnte sich nach ihrer Schwester, wie die Durstenden nach Wasser lechzen; sie brauchte sie, wie die Psalmisten Gott brauchen. Agatha bedeutete Zuneigung, blutsnahe Loyalität, gemeinsame Kindheitserinnerungen und nun auch die Rettung. Nur Agatha konnte sie bei der Hand nehmen und sie aus dem Schlammtümpel herausziehen, in den sie aus Scham hineingeraten war; nur sie konnte ihr helfen ein neues, unbeschwertes Leben zu führen. Seit Aggies heimlichem hastigen Aufbruch aus der Mandeville Park Road vor einem Vierteljahrhundert – wie blödsinnig von Ernest und den Botts, so ein Aufheben darum zu machen, hatte Milly, die später selbst in viel Schlimmeres verstrickt war, lange gedacht; aber auch sie war anfangs zugegebenermaßen entsetzt gewesen – hatten sie sich nicht mehr gesehen. Aber die Briefe, die sie austauschten – nach einer leichten anfänglichen Kühle, die Agatha an den Tag legte, weil sie Milly übelnahm, daß diese, im Versuch, Ernest zu gehorchen, zunächst nicht geantwortet hatte – wurden von Mal zu Mal herzlicher, wie es häufig der Fall ist, wenn sich die Schreibenden nicht sehen. Sie verwandelten sich in wahre Ergüsse, da beide Beteiligten sie mehr und mehr als Ventil benutzten. Jede Herzensregung war in diesen Briefen offenbart worden, außer, in Millys Fall, die Regungen, die mit Arthur zu tun hatten; davon hatte sie nichts geschrieben; Agatha wußte absolut nichts von Arthur. Nach einigen Jahren begannen sie die Fotos und Schnappschüsse zu verabscheuen, die von ihnen gemacht wurden, denn sie wußten, daß diese nicht der Realität entsprachen, und so gaben sie es auf, sie den Briefen beizulegen; und dann, als sie nur noch auf das Geschriebene Bezug nehmen konnten und auf die Erinnerung, wie sie einmal ausgesehen hatten, begannen sie unbewußt, sich ein Bild von der anderen zu machen, ein Bild, das mit der Zeit immer verklärter wurde, und in ihren Briefen wandten sie sich mehr und mehr an sich selbst.

Dieses verklärte Bild von Agatha hatte Milly jetzt vor Augen, als sie vorwärtseilte; ihm stürmte sie endlich entgegen, den Griff des Koffers umklammert, der bei jedem Schritt schwerer zu werden schien; schon in ein paar Stunden würde sich ihr Wunsch verwirklichen, und schließlich und endlich konnte sie ihre Sünden loswerden. Aggie würde sie an ihr Herz drücken und sie, da sie Verständnis für sie aufbringen würde, lieben wie ehedem, schließlich hatte Aggie ebenfalls gesündigt, wenn auch nur drei Wochen lang und nur, weil es keine andere Möglichkeit gab. Verglichen mit Millys zehn Jahren waren Aggies drei Wochen natürlich nur ein Klacks, aber sei's drum, sie würden es Milly erleichtern, alles über Arthur zu erzählen. Ihre Schwester würde zumindest nicht überrascht oder schockiert sein. Milly hatte zwar vielleicht an einer größeren Leinwand gearbeitet, aber Agatha hatte, wenn auch *en miniature*, dasselbe getan. Sie war der einzige Mensch auf der Welt – außer Arthur, der in diesem Zusammenhang nicht zählte, das lag in der Natur der Dinge –, der sie nicht verdammen würde.

Sicher vor Verdammung, flüsterte Milly; versteckt in der Umarmung schwesterlicher Liebe; außer Reichweite von vorwurfsvoll ausgestreckten Fingern oder abgewandten Augen. Sie seufzte. Vielleicht war es feige, ihrer Strafe auszuweichen, sich in Agathas Arme zu flüchten, vielleicht wäre eine Frau mit edlerem Charakter geblieben und hätte sich den Botts gestellt. Aber genau darin lag ihre Schwäche – sie war ein Feigling. Sie hatte nicht den Mut zur Reue. Sie hatte überhaupt keinen Mut. Bei den minimalsten Anlässen hatte sie immer nach dem leichtesten Ausweg gesucht, ängstlich darauf bedacht, alles Unangenehme zu vermeiden. Waren ihre Fügsamkeit und ihr Lächeln etwas anderes gewesen als das, was sie jetzt im kleinen tat: nämlich vor den finsteren Blicken, vor der Mißbilligung zu fliehen? Mehr als alles andere in der Welt haßte sie Szenen und wütende laute Stimmen. Immer hatte sie endlose Qualen auf sich genommen, um zu gefallen, um alle glücklich zu machen, und das würde sich auch nach ihrer eigenen Einschätzung nie ändern. Und wenn sie gegensätzlicher Meinung war – das war sie häufig –, dann behielt sie das für sich. Ja; sie war ein Feigling. Solch ein taktvoller Feigling, daß niemand je den wahren Grund für ihre Liebenswürdigkeit erriet, derentwegen sie in Titford so beliebt war und die die Botts so schätzten.

Sie blieb einen Augenblick stehen, stellte ihren Koffer nieder und rieb sich die Schweißperlen von der Stirn. Niemand, so dachte sie, kann abscheulicher sein als ich. Sie befand sich in der Mitte der Gartenanlagen, die um diese Stunde verlassen dalagen, und hob daher ihren Schleier hoch, um zu Atem zu kommen. Ihr war wahnsinnig heiß. Sie hielt ihre Arme weit ab von ihrem warmen, feuchten Körper, hob ihr unbedecktes Gesicht in die kühle

Morgenluft, die sie so wohltuend umarmte wie ein Geliebter. Welch herrliche Frische – die ganze Welt scheint frisch gewaschen zu sein, dachte Milly und ließ ihr Gesicht und ihre geschwollenen Augen von der vorurteilslosen Brise liebkosen. Wie herrlich – wie freundlich – wie erfrischend – flüsterte sie mit geschlossenen Augen. In der Tat schien der Morgen sie zärtlich zu küssen. Als wäre ich ein anständiger Mensch, dachte sie.

*

Es war zu früh für den ersten Zug, und sie entschloß sich, zu Fuß Richtung London zu gehen und an irgendeinem Bahnhof den erstbesten Zug zu nehmen. Falls sie durch Zufall einem Taxi begegnete, würde sie sich nach Bloomsbury fahren lassen, wo sie in der Obhut ihres Vaters ihre Kindheit verbracht hatte; dort, so erinnerte sie sich, gab es genügend Pensionen, in denen man ein Zimmer mieten konnte; sie würde sich eine aussuchen, die in der Nähe des vertrauten Hauses lag, sie würde den heutigen Tag und eine Nacht dort bleiben, den Anwalt aufsuchen und am nächsten Morgen ihren Weg zu Agatha fortsetzen. Und wenn ich erst einmal geschlafen und gegessen habe, dachte Milly, den Koffer aufnehmend, dann werde ich mich vielleicht anders fühlen.

Aber obwohl sie seit dem Lunch, das man ihr auf einem Tablett in ihr Schlafzimmer gebracht hatte, nichts gegessen, und obwohl sie kein Auge zugetan hatte, schien ihr Verstand bereits etwas besser zu funktionieren. Eigentlich war es ihr Körper, der ihr im Augenblick die größten Schwierigkeiten machte – ihr war so entsetzlich heiß, und ihr Atem ging stoßweise, ihre Hände und Arme schmerzten vom Tragen des Koffers. Die Füße taten ihr weh, offenbar hatte sie überhaupt keine Kondition mehr, und sie war wütend auf ihren fetten Körper, der der Anstrengung nicht gewachsen zu sein schien. Aber dieses physisch unangenehme Gefühl hielt ihre Gedanken davon ab, an das plötzlich über sie hereingebrochene Unglück zu denken.

Als sie bis Tulse Hill gekommen war, befand sie sich in einem Zustand derartiger Erschöpfung, daß sie überhaupt nichts mehr dachte, sondern nur noch nach etwas Ausschau hielt, auf das sie sich setzen konnte.

Dieser Wunsch ging im Bahnhof in Erfüllung.

Eine Frau, die unendlich viel Gepäck bei sich hatte und ein Baby in den Armen hielt, rückte bereitwillig auf der Holzbank beiseite, um ihr Platz zu machen.

»Als ob ich nicht wüßte, wie einem zumute ist, Ma'm«, sagte sie und wiegte beruhigend ihr schreiendes Kind.

Sie schien unfähig, ihre Augen von Milly zu lassen, die auf der vordersten Kante der Bank saß, weil ihre Füße sonst nicht bis zum Boden reichten, die ihre Handtasche mit ihren Händen, die in neuen schwarzen Handschuhen und in blütenweißen Manschetten steckten, festhielt und angelegentlich zu dem Stückchen Himmel hinaufsah, das der obere Teil des Fensters freigab, damit sie nicht zu der Frau hinüberblicken mußte, die ja eventuell aus Titford hätte stammen können.

Himmel, dachte die Frau, voller Respekt für ihre Nachbarin, die so konzentriert das Stückchen Himmel anstarrte. Daran also denkt sie, die Arme. Schrecklich, wie so ein schmerzlicher Verlust einen mitnimmt.

Ein paar Arbeiter, die hereinkamen und die schwarze Figur, deren Trauer so offenbar war, auf der Bank entdeckten, nahmen ihre Pfeifen aus dem Mund und hörten zu reden auf; und der Mann hinter dem Fahrkartenschalter, der gewöhnlich um diese Stunde recht kurz angebunden war und ihr die Karte unwirsch zuschieben wollte, überreichte sie statt dessen mit einer derart höflichen Geste, als wolle er ihr kondolieren.

Jeder schien mit ihr zu leiden, und jeder war darauf bedacht, ihr zu helfen. Als sie vor dem Victoria-Bahnhof über die Straße gehen wollte, trat ein Polizist vor und sperrte die Fahrbahn mit einer leeren Obstkiste, da im Augenblick nichts anderes greifbar war; als sie schließlich vor der Abbey stand und hineingehen wollte, weil sie hoffte, in diesem großen, ruhigen Gebäude, in dem seit Jahrhunderten gebetet und gesegnet wurde, eventuell die richtigen Worte zu finden, die ihr in ihrem von Ernest heimgesuchten Schlafzimmer nicht eingefallen waren, um endlich einen Hilferuf nach oben zu senden, entschuldigte sich der diensthabende Wachmann, daß das Gebäude, dessen Funktion es ohne Zweifel war, den Hinterbliebenden Trost zu spenden, leider nicht geöffnet sei; und als sie sich einem Taxi näherte, das sich in eine Reihe nicht vorhandener anderer Taxen einreihte, und den Fahrer mit dieser flehentlichen Stimme ansprach, die sie sich in ihrer Ehe mit Ernest angewöhnt hatte und die ihr lange schon zur zweiten Natur geworden zu sein schien – am Ende des Satzes die Stimme etwas anhebend und damit ein Fragezeichen andeutend, das der Möglichkeit diente, ihre Bemerkung zurückzunehmen, falls sie nicht gefiel: »Taxi?« – sah sich der Fahrer träge, aber nicht abweisend um, denn er wußte ja, daß es ein Taxi war, in dem er fuhr, und sprang dann in dem Augenblick heraus, als er die offenbar Trauernde sah. Er öffnete ihr die Tür und half ihr so betulich hinein, als sei sie nicht nur schwer, sondern auch kostbar, und fuhr sie so vorsichtig nach Bloomsbury, als lenke er eine Ambulanz.

Oh, wenn die wüßten, dachte Milly, ganz verstört von dem Mitleid, daß sie auslöste.

Sie war nicht auf Aufmerksamkeiten und Freundlichkeiten vorbereitet; genau diese Dinge wollte sie nicht. Bevor sie das Haus in der Mandeville Park Road verließ, hatte sie, ganz versessen darauf, endlich wegzukommen, nur sehr oberflächlich in den Spiegel gesehen und wußte deshalb nicht, wie sie aussah. Da sie sich ganz auf ihre bevorstehende Flucht konzentrierte, hatte sie nur etwas Schwarzes wahrgenommen, das mit zitternden Fingern die Haube zuband, und ein kalkweißes Gesicht, das durch den Schleier leuchtete. Jetzt merkte sie, wie dumm sie gewesen war. Sie hätte das Haus in ihren ältesten, einfachsten Kleidungsstücken verlassen sollen. Natürlich wäre dies dem Anwalt gegenüber einem Eingeständnis gleichgekommen, daß sie nicht das moralische Recht besaß, sich als Ernests Witwe zu kleiden, aber warum nicht zugeben, was er ohnehin mit Sicherheit wußte? Natürlich wurden ihr diese Freundlichkeiten nur durch die

Vorspiegelung falscher Tatsachen zuteil. Wie sie sich in Titford hinter einem Lächeln versteckt hatte, so versteckte sie sich jetzt hinter dem ernsten Aussehen legitimer Trauer, und gewann so die Sympathie von Polizisten und allen ehrlichen verheirateten Frauen – eine Magdalena in Witwenkleidung.

Widerlich, dachte Milly und drückte sich in die Ecke des Taxis, indem sie instinktiv versuchte, vor sich selbst zurückzuschrumpfen. Sobald sie ihr Geld bekommen hatte, würde sie ihre Trauergarderobe ausziehen und normale Kleider kaufen, die niemanden verleiteten, sich zweimal nach ihr umzusehen. Bestimmt würde sie nicht als Witwe zu Agatha reisen. Ihre schwarzen Sachen und ihre Lügen sollten in England bleiben. Vielleicht wäre es sogar angebracht, den Botts die Kleidungsstücke zurückzugeben. Schließlich waren sie ganz neu und gehörten der Familie, die dafür bald die Rechnung bekommen würde. Aber ganz so einfach war das nicht mit dem Zurückschicken. Die Botts hielten es womöglich für Zynismus, für den Beweis ihrer Schamlosigkeit, wenn sie beim Öffnen des riesigen Paketes ein leeres Witwenkleid entdeckten.

Nun, sie würde darüber nachdenken, nachdem sie erst einmal geschlafen hatte. Dann werde ich in der Lage sein, Klarheit in meine verwirrten Gedanken zu bringen – und endlich Frieden zu bekommen, dachte sie, als sie mit müden Augen die ihr immer bekannter vorkommende Außenwelt betrachtete. In ihrem Herzen machte sich die Sehnsucht breit, in die Vergangenheit zurückzukriechen, in jenen Zustand der Unschuld, indem sie sich befunden hatte, bevor sie die Botts kennenlernte. Wie unglaublich schön war ihr Leben in Bloomsbury gewesen, so kam es ihr jetzt jedenfalls vor. In den glänzenden Straßen – sie hatten doch geglänzt, oder? – hatten Aggie und sie ihre Reifen entlangrollen lassen, die aus Sternen zu bestehen schienen, deren Licht sich in mysteriösen Fenstern spiegelte, und an den Sommerabenden ließen sie sich von der Musik bezaubern, die sie geweckt und aus dem Bett getrieben hatte. In dem Garten ihrer Kindheit waren wundervolle Dinge passiert, die Bäume darin trugen verzauberte Früchte, und die Luft erzitterte, wenn exotische Vögel darüber flogen. Und später, erinnerte sich Milly, hatte Ernest ihr in dem Salon dieses Hauses mit den hohen Fenstern und dem kleinen eisernen Balkon davor, den Hof gemacht – Ernest, der wohlhabende Freier, in dessen Macht es stand, das Leben ihres hart arbeitenden Vaters und ihrer jungen Schwester zu erleichtern; Milly, niemals zuvor umworben, hatte sich verzückt sein Liebesgestammel angehört und jedes Wort geglaubt.

Als sie nun am British Museum vorbeifuhr und sich einerseits an ihren Vater erinnerte, der dort Bibliothekar gewesen war, und andererseits an Arthur, dachte Milly daran, daß sie damals noch nicht gewußt hatte, daß die Liebe der Menschen unendlich war. Eines Tages hört sie auf, wie eine Krankheit, die nach einer gewissen Zeit auskuriert ist, dachte sie und starrte auf das ihr so gut bekannte Gebäude und auf den Türsteher – der noch derselbe zu sein schien – und auf die Tauben, die ganz offenbar auch dieselben waren. Nach einer Krankheit jedoch fühlt man sich, wenn sie erst einmal vorbei ist, besser – nach einer Liebe, die vorbei ist, miserabel.

Damals hatte sie nichts davon geahnt. Wie sollte sie auch? Sie war erst zwanzig und hatte noch nie einen Liebhaber gehabt – soweit sie das aber beurteilen konnte, war Ernest ein perfekter Liebhaber. Merkwürdig, sich an seine heisere Stimme zu erinnern, mit der er sich am Abend vor der Hochzeit von ihr verabschiedete, sie dann in seine Arme nahm und ihr versprach, sie bis in alle Ewigkeit glücklich zu machen; merkwürdig auch, sich daran zu erinnern, daß er das wirklich so meinte; in diesem Augenblick war es Ernest mit seinem Versprechen absolut ernst, obwohl er später nie wieder auch nur Ähnliches zu ihr gesagt hatte; merkwürdig auch, sich daran zu erinnern, mit welcher Selbstsicherheit sie sich mit ihm bis zu ihren Flitterwochen unterhalten hatte, dann aber fünfundzwanzig Jahre lang die richtigen Antworten lernen mußte. Und in die fünfundzwanzig Jahre, in denen im Grunde so wenig von ihr verlangt worden war, lagen eingebettet diese zehn Jahre, in denen sie gesündigt hatte, weil sie schwach, einsam und dumm war – zusammengerollt wie eine purpurne Schlange.

Milly riß sich zusammen. Auch wenn sie seit Ewigkeiten nicht geschlafen und nichts gegessen hatte, durfte sie sich nicht zu solchen Übertreibungen hinreißen lassen. Allein das Wort purpurn. Es mochte eine gewisse Berechtigung geben, ihre lange, erfreuliche Beziehung mit Arthur mit einer Schlange zu vergleichen, weil sie auf Hinterlist und Betrug basierte, aber scharlachrot – nein. Ernest würde dieses Wort wahrscheinlich verwendet haben, als Folge seiner entflammten Gefühle und erregten Gedanken, was völlig normal war für einen Gehörnten und schlecht informierten Mann; und die Botts, die die Apokalypse kannten, würden sie, in ihrer berechtigten Wut, zweifelsohne eine Scharlachrote Frau, eine Dirne, nennen. Sie selbst, die die Details jener Nachmittage kannte, konnte es nicht. Vor vielen Jahren hätte sie es vielleicht so gesehen; ganz am Anfang; diesem aufregenden Anfang; einer auflodernden Flamme gleich . . .

Sie starrte aus dem Fenster, die Lippen aufeinandergepreßt, damit sie nicht zitterten, als sie sich an diesen Anfang erinnerte und das, was damit verbunden gewesen war: die Angst, das Wunder, die Leidenschaft. Waren alle Anfänge so hitzig? Waren alle Enden so frostig und traurig? Wenn man bedachte, daß selbst Ernest am Anfang so warmherzig gewesen war und ihr geschworen hatte, sie bis in alle Ewigkeit glücklich zu machen . . . Jetzt war er tot, und er hatte sie nicht glücklich gemacht, und sie hatte ihn nicht glücklich gemacht, und alles war vorbei. Und sie kehrte allein an den Ort ihrer Jugend zurück, mittleren Alters, entehrt, arm; und nichts war ihr geblieben, wenn man von dem absah, was vielleicht von ihrer verflixten Seele gerettet werden würde.

Ja – und Aggie. Sie gab es noch, Aggie lebte noch. Wie konnte sie behaupten, sie habe alles verloren, solange es Aggie gab? Meine liebe, liebe Schwester, dachte Milly, und ihr Mund entspannte sich, meine liebste kleine Schwester – klein, weil sie die jüngere war, weil sie mütterliche Gefühle für sie empfand –, die in Wirklichkeit aber einen Kopf größer war, ein schlankes, hochgewachsenes Ding, mit fröhlichen Augen und roten Wangen, die sie auf den Stufen vor dem Haus in der Mandeville Park Road erwartet hatte, als Milly aus den Flitterwochen zurückkehrte. Sie sah aus wie eine blühende Blume, trotz der Trauerkleidung, die sie wegen des Todes ihres Vaters trug. Milly hatte ihre Arme um den jungen Mädchenkörper gelegt und Aggie an ihr Herz gedrückt, sie geküßt und geflüstert, daß sie sich um sie kümmern werde. Und das hatte sie getan. Bis zu dem Tag, drei Monate später, als Agatha, ohne jegliche Vorwarnung, in der Mitte der Nacht aus dem Haus floh, zu Millys Entsetzen, die damals noch nicht wußte, daß Menschen manchmal solche Dinge tun, auch wenn es sich dabei um die eigene Schwester handelt.

Wenn sie zehn Pfund in ihrer Börse gehabt hätte statt der lappischen vier, dann wäre sie geradewegs zu Agatha gefahren, ohne vorher zum Anwalt zu gehen, denn das geerbte Geld hätte auch nachgeschickt werden können; aber Agatha lebte mit ihrem Mann in einer nur sehr schwierig zu erreichenden Gegend, und Milly war sicher, die Reise dorthin kostete mehr, als sie augenblicklich besaß. Letzten Endes war es vielleicht ganz gut, nicht schon heute reisen zu können, beruhigte Milly sich, im Taxi vor sich hin dösend, da sie wirklich sehr müde war und der lange Weg nach Tulse Hill sie erschöpft hatte. Es war besser, sich erst einmal richtig auszuschlafen, ehe sie Aggie sah und ihr alles erzählte; sie hatte das Gefühl, keine weiteren Emotionen und Aufregungen mehr ertragen zu können, ehe sie nicht geschlafen hatte. Sie sehnte sich nach einem ruhigen Zimmer, in dem sie sich sofort zur Ruhe begeben würde, und viel später, wenn sie wieder frisch und munter war, würde sie etwas essen – ohne Zweifel konnte sie dann besser denken und die Dinge klarer sehen. Denn in diesem Augenblick war sie überhaupt nicht fähig zu denken. In ihrem Kopf, wie auch in ihrem Herzen, herrschte totale Verwirrung, und das eine wie das andere tat furchtbar weh . . .

*

Sie ließ das Taxi an der Ecke des Russell Square halten. Von hier würde sie zu Fuß weitergehen, bis sie ein Haus fand, in dem Zimmer vermietet wurden; sie würde sich dort einmieten, wenn es billig genug wäre, sich dann einschließen und sofort zu Bett gehen.

Am Russel Square waren zahlende Gäste offenbar unerwünscht; jedenfalls konnte sie kein Schild entdecken, auf dem dieser Wunsch geäußert wurde; deshalb ging sie zum Woburn Place, wo sie eine Minute vor der Kirche stehenblieb, in der sie geheiratet hatte. Von dort aus führte der Weg sie zwangsläufig in das Viertel, in dem ihr Vater gelebt hatte – ein bescheidenes Viertel, denn er war zwar intelligent, aber arm gewesen, und plötzlich drängte sich ihr der Gedanke auf, daß sie in dieser Gegend tiefer und besser schlafen würde als irgendwo sonst.

Ihr altes Zuhause war ganz in der Nähe, dort hinten in der Ecke, und spontan entschloß sie sich, obwohl sie so furchtbar müde war und ihr die Füße weh taten, hinüberzugehen und einen Blick darauf zu werfen; und so entdeckte sie das Schild. Ihr Herz klopfte wie wild, und sie beschleunigte ihre Schritte. Ungeduldig lüftete sie ihren Schleier, um besser sehen zu können, und da die Buchstaben der ersten Zeile des Textes groß waren und in der Sonne glänzten, war sie in der Lage, sie zu entziffern:

ZUHAUSE AUCH AUF REISEN
APPARTMENTS ZU VERMIETEN

und als sie noch einen Schritt näher trat, konnte sie auch die restlichen Zeilen lesen:

JEDER KOMFORT
NUR DAMEN
KEINE HERREN ODER HUNDE
INDIVIDUELLE BETREUUNG

Milly war fassungslos ob dieser göttlichen Fügung. Wie wunderbar. Sie war sofort ganz sicher, daß sie in dem Haus ihrer glücklichen Jugend endlich ihren Frieden finden würde. Besser als irgendwo sonst konnte sie sich darin verstecken, ausruhen, vielleicht sogar beten. Es war erstaunlich, überlegte sie sich, wenn man die lange Zeit in Betracht zog, in der sie niemals gebetet hatte, wie sehr es sie nun beunruhigte, nicht mit Gott in Kontakt treten zu können.

Die Tür stand offen, und sie ging die ihr so vertrauten Stufen hinauf. Das letztemal war sie als Ernests Braut hinuntergegangen, an dem Tag ihrer Hochzeit nämlich. Während ihrer Flitterwochen starb ihr Vater ganz plötzlich, und Agatha, telegrafisch von dem Tod in Kenntnis gesetzt, war mit ihrem Hab und Gut bereits in das Haus in Titford gezogen, als Milly zurückkam. Dies war auch der Grund, warum sie das väterliche Haus nie mehr betreten hatte – und es auch niemals mehr angesehen hatte, nachdem Arthur in ihr Leben getreten war. Zuvor hatte sie gelegentliche Wallfahrten zu dem Schauplatz ihrer Jugend unternommen, aber inzwischen waren mehr als zehn Jahre vergangen. Das letztemal, als sie es gesehen hatte, war es immer noch ein Privathaus gewesen.

Nun öffnete es, genau im richtigen Moment, seine Türen für sie. Meinte es das Schicksal trotz allem doch noch gut mit ihr? Zwangsläufig mußte sie an jenes andere merkwürdige Ereignis denken: Agatha war nur drei Monate vor ihr ebenfalls zur Witwe geworden, beide hatten sie ihre Ehemänner fast gleichzeitig verloren; nur deswegen bestand nun die Möglichkeit, wieder ein gemeinsames Leben aufzunehmen, und zwar an dem Punkt, an dem sie so grausam auseinandergerissen worden waren. Sprach das nicht dafür, daß jemand die Hand im Spiel hatte?

Milly streckte die ihrige aus, um zu klingeln; die Managerin – die Besitzerin der Pension nannte sich selbst so, um damit den Eindruck zu erwecken, daß sie die Geschicke einer Gruppe von älteren Männern leite, von denen sie im Falle eines Falles Rükkendeckung bekäme – die Milly bereits beobachtete, während sie gleichzeitig eine Bedienstete überwachte, deren Gewohnheit es war, sich auf den nächsten Stuhl fallen zu lassen, wenn sie nicht beobachtet wurde, erschien in der offenen Tür. Sie klatschte in die Hände, entsprechend ihrer Gewohnheit, jeder Mieterin oder möglichen Mieterin das Gefühl zu geben, sie sei ihre spezielle Freundin, und rief, während ihre Blicke über die

Person in Witwentracht huschten, im Ton echter Anteilnahme: »Sie arme, arme Frau!«

»Kann ich . . . ein Zimmer mieten?« fragte Milly, die vergessen hatte, wie sie aussah, und somit von dem Verhalten der Managerin irritiert war.

»Ein Zimmer? Aber das sollte ich doch *meinen.* Auch *fünfzig*, wenn Sie wollen«, sagte die Managerin enthusiastisch. »Nicht einmal einen *Hund* würde ich von der Schwelle weisen, wenn er erst kürzlich sein Herrchen verlo . . .«

Sie unterbrach sich, nahm Millys Koffer an sich und zog die schwarzgekleidete, rundliche Person in das Eßzimmer, denn sie erkannte sofort in dem neuen Gast – sie war richtig stolz auf die Geschwindigkeit, mit der sie Mieter einschätzen konnte – einen Menschen, dem man Entscheidungen abnehmen mußte. Bevor sie diese Frau nicht sicher in das Eßzimmer bugsiert und die Tür geschlossen hatte, bestand die Möglichkeit, daß sie womöglich wieder ging; der Konkurrenzkampf war hart, und dicke Witwen waren selten, und man mußte sich beeilen und zuschlagen, wollte man die Damen vor den gierigen Nachbarn retten.

»Es wäre nur für eine recht kurze Zeit«, hauchte Milly und schrumpfte in sich zusammen; einerseits wegen der Wirkung des vertrauten Eßzimmers, andererseits wegen der neuen autoritären Besitzerin.

»Wie kurz oder lange Sie immer wollen«, sagte die Managerin, zog einen Schaukelstuhl heran, setzte Milly hinein und griff mit raschen Bewegungen nach dem Geschirr auf dem Tisch, an dem offenbar jemand gegessen hatte. »Aber ich könnte wetten, wenn ich jemals dem schrecklichen Laster des Wettens unterliegen würde, was natürlich nicht der Fall ist, daß es eine lange Zeit sein wird, Mrs. . . .«

»Bott«, meinte Milly.

»Bott«, wiederholte die Managerin. »Meine Freundinnen – ich betrachte meine Damen immer als meine Freundinnen, und Herren oder Hunde sind hier nicht erwünscht, wie Sie ja auf dem Schild draußen lesen konnten, weil man mit ihnen nur Schwierigkeiten hat – da stimmen Sie mir doch zu?« unterbrach sie sich, um einen mitfühlenden Blick auf Milly zu werfen. »Selbstverständlich meine ich die Herren, obwohl auch Hunde recht lästig sind. Nun, davon wollen wir jetzt aber nicht reden«, fuhr sie fort und trug das Geschirr zu einem Beistelltisch, »nicht wahr? Später können Sie mir ja alles darüber erzählen, nicht wahr, Mrs. Bott? Und in der Zwischenzeit wollen wir nicht allzu traurig sein, sondern tapfer. Das schulden wir doch unseren Lieben, oder etwa nicht? Was *Sie* jetzt brauchen, ist ein anständiges Frühstück, das sieht ein Blinder. Habe ich recht? Denn Sie haben sicher noch nicht gefrühstückt. Und es macht solch einen Unterschied, ob man was im Magen hat oder nicht. Also – wie ich schon sagte, meine Freundinnen, meine Damen hier, die wollen hier gar nicht mehr weg. Es ist ihr *Zuhause*, verstehen Sie? Mit jeglichem Komfort. Individuelle Betreuung . . .«

Lieber Himmel, nein! dachte Milly. Das war ja unerträglich. »Ich nehme an, Ihre Preise . . .«, murmelte sie. »Ich kann mir das nicht leisten . . .«

Preise? Leisten? Die Managerin fand diese Worte abwegig, denn sie konnte sie absolut nicht mit der teuren Kleidung ihres neuen Gastes in Einklang bringen.

Sie ignorierte sie.

»Sie sollten *gar nichts* annehmen, meine Ärmste«, sagte sie und lächelte mit derart bestimmter Ermutigung, daß Millys Herz sank, »denken Sie einfach nur daran, daß Sie nach Hause gekommen sind. Über das Geschäftliche reden wir, wenn Sie wollen, nachdem Sie gefrühstückt haben. Ich war im Krieg freiwillige Helferin und weiß daher, daß man immer erst einmal frühstükken muß.«

Sie verließ den Raum, rief nach ihrer Bediensteten und eilte, als sie von dieser keine Antwort erhielt, weil sie im untersten Stockwerk auf einem Stuhl saß, den Flur entlang zur Hintertreppe.

Wie gut Milly diesen Flur und die Hintertreppe am Ende jenes Flures kannte. Rasch stand sie auf und stahl sich, mit schamrotem Gesicht, zur Tür, wobei sie nach ihrem Koffer griff. Hier konnte sie nicht bleiben. Wie hatte sie nur hier hereinkommen können, in der dummen sentimentalen Hoffnung, Trost in der Vergangenheit zu finden? Als ob vergangenes Glück jemals trösten könne, als ob es je etwas anderes tun könne, als einem einen Stich ins Herz zu versetzen. Fliehen, ich muß fliehen, dachte sie, wie sie es nachts in ihrem Schlafzimmer gedacht hatte; fliehen, solange noch Zeit war ...

Auf Zehenspitzen schlich sie – langsam bekam sie Übung, sich auf diese Art davonzumachen – zur Haustür, die immer noch offenstand, weil die Managerin es sich zur Gewohnheit gemacht hatte, das Haus auf diese Weise eine halbe Stunde zu lüften. Sie wollte gerade auf die Straße treten und so würdevoll wie möglich die nächste Ecke anstreben, als die Managerin aus dem unteren Stockwerk zurückkam. Instinktiv hatte sie geahnt, daß hier oben nicht alles in Ordnung war.

»Mrs. *Bott!*« rief sie.

Eine absurde Situation. Es war einfach lächerlich, sich darüber Gedanken zu machen, was diese fremde Frau von ihr halten mochte. Trotzdem fühlte sich Milly wie ein unartiges Kind, das man in flagranti ertappt hatte. Warum war sie nicht schon im Eßzimmer in der Lage gewesen zu sagen, daß ihr das Haus nicht zusagte? Warum war sie nicht einfach gegangen? Warum verstummte sie vor der Entschlossenheit anderer Menschen und erweckte damit den Eindruck, daß sie mit ihr machen konnten, was sie wollten? Und in der Folge war sie dann immer gezwungen, sich aus der mißlichen Lage herauszumogeln.

Mit hochrotem Kopf trat sie in die Halle zurück. »Ich fürchte ...«, begann sie.

Die Managerin war äußerst mißtrauisch. Handelte es sich hier um die Methode eines besonders raffinierten Diebstahls? Befanden sich etwa in diesem Augenblick ihre Löffel bereits in jenen Witwentaschen? Oder handelte es sich um eine jener vulgären Frauen, die keine Ahnung hatten, wie man sich in Gegenwart der Dame des Hauses benimmt, und einfach verschwanden, ohne sich auch nur zu verabschieden? Die Erfahrung mit ihren verschiedenen Mieterinnen hatten die Managerin gelehrt, eine gewisse Bestimmtheit an den Tag zu legen; in der Tat ging es in gar nicht anders, sonst ging man unter und verhungerte. Unwichtig, ob diese Frau vulgär oder kriminell war, sie durfte das Haus nicht auf diese Art verlassen; in prekären Situationen verhielt man sich am besten diplomatisch, das wußte die Managerin. Und so sagte sie, trotz ihres Verdachts, so herzlich und freundlich wie zuvor: »Sie fürchten? Arme Mrs. Bott. Arme, *liebste* Mrs. Bott. Hier gibt es nichts, wovor Sie sich fürchten müssen. Ich habe Ihnen gerade einen schönen heißen Kaffee und ein pochiertes Ei auf Toast bestellt.«

»Ich dachte . . .«, versuchte es Milly erneut.

»Ich weiß, ich *weiß*«, unterbrach die Managerin sie und nahm ihr den Koffer aus der Hand. »Aber das müssen Sie nicht, *wirklich* nicht. Es ist nicht gut für Sie, zu denken und zu grübeln – das macht alles nur noch schlimmer.«

»Ich dachte daran zu gehen«, meinte Milly verhältnismäßig mutig.

»Zu gehen?« wiederholte die Managerin erstaunt. »Warum denn?«

»Weil . . .«

»Aber Sie sind doch gerade erst gekommen.«

»Ja, aber . . .«

»Sie Arme«, sagte die Managerin beruhigend. »Sie sind ja ganz durcheinander. Sie wissen nicht mehr, was Sie wollen. Aber *ich* weiß es . . . ein Frühstück. Gladys!« rief sie in den hinteren Flur. »Beeilen Sie sich und bringen sie uns *sofort* dieses Frühstück. Und wenn Sie das erst einmal im Magen haben«, wandte sie sich an Milly und nahm deren Arm, »dann können Sie ja Ihren Weg freudig fortsetzen. Allerdings würde ich wetten, wäre ich ein Mensch, der so etwas tut, was ich natürlich nicht bin, daß Sie nicht gehen werden. Jedenfalls nicht freudig. Niemand hat mich je freudig verlassen. Alle wollen hierbleiben. Sie hassen es, von hier Abschied nehmen zu müssen. Es ist ein Zuhause, verstehen Sie, Mrs. Bott? Wie wäre es denn, wenn wir nach oben gehen, unsere Haube abnehmen und unsere Augen in feinem kalten Wasser waschen würden?« schlug sie fröhlich vor. »Ja, *ich* habe eine noch bessere Idee, ich lasse Ihnen das Frühstück aufs Zimmer bringen. Dort können Sie es in aller Ruhe genießen und gleich danach ins Bett gehen und sich richtig ausschlafen.«

Eine bemerkenswerte Frau, dachte Milly; mit genau dem Verständnis, das ich im Augenblick am dringendsten brauche. Wenn ich nur ein Zehntel dieser geradlinigen Entschlossenheit aufbringen könnte!

Milly gab auf. Frühstück und schlafen. Danach, an Körper und Geist erholt, würde sie eher den Mut aufbringen, dieses Haus zu verlassen. Schließlich konnte sie niemand zwingen hierzubleiben, und im Augenblick war es wirklich nicht der Rede wert, darüber zu diskutieren.

Sie wurde die ihr vertraute Stiege hinaufgeleitet, die jetzt mit sauberem Linoleum ausgelegt war, nicht wie in ihrer Jugend mit einem alten schäbigen Teppich, im ersten Stock am Salon vorbei, hinauf zum nächsten Treppenabsatz, wo früher ihr Schlafzimmer gewesen war und das von Agatha.

»Nein, nicht dort hinein«, flüsterte die Managerin und zog sie weiter, als sie instinktiv vor der verschlossenen Tür, die einst ihr gehört hatte, stehengeblieben war. »Es ist besetzt. Gestern abend hab ich es an eine Dame vermietet – tatsächlich war es sehr spät, als sie ankam, aber ich nehme solche Widrigkeiten gerne in Kauf. Sie ist auch eine Witwe, fürchte ich. Lieber Himmel, was für eine traurige Welt, nicht wahr? Ich hoffe, sie schläft noch, die Ärmste. Außer Atem? Ja, die Stufen *sind* recht hoch. Aber diese Zimmer sind alle vermietet. Nur noch ein Stockwerk, meine Liebe. Normalerweise bin ich ausgebucht. Na gut, dann setzen Sie sich einen Augenblick. Ich sehe ja, Sie sind nicht in bester Form, Mrs. Bott. Pscht, sagen Sie *nichts* – meine arme neue Freundin, da drinnen . . .«

Milly, atemlos vom Treppensteigen, ließ sich auf den Stuhl sinken, liebevoll von der Managerin assistiert; in ihrer Jugend pflegte sie zwei Stufen auf einmal zu nehmen, gejagt von Agatha mit der Absicht, sie in die Beine zu kneifen. Vor der Tür, die zu ihrem einstigen Schlafzimmer gehörte, standen ein Paar schwarzer Stiefel, deren Absätze abgelaufen waren und deren Leder so viele Falten aufwies, daß man das Gefühl hatte, sie dächten angestrengt über etwas nach, und eine kleine braune Kanne mit heißem Wasser.

Die Managerin stellte sich vor die Stiefel und das Wasserkännchen, wohl wissend, daß weder das eine noch das andere für ihr Etablissement sprach; sie legte ihre Finger stilleheischend auf ihre Lippen, falls Milly, die bis dahin kaum einen ganzen Satz gesprochen hatte und offenbar außer Atem war, plötzlich anfinge zu reden und sich womöglich nach dem Preis ihres Zimmers erkundigte, bevor sie dieses benutzt hatte. Während sie so stand und Milly auf ihrem Stuhl nach Luft rang, öffnete sich die Tür besagten Zimmers, und die Mieterin, offenbar auf der Suche nach dem heißen Wasser, erschien auf der Schwelle.

Die Managerin sprang beiseite. Die Mieterin sah die beiden Frauen erstaunt an, überrascht, sich zwei Menschen gegenüberzufinden, während sie doch nur einen leeren Flur erwartet hatte. Nach dem Gerede, das sie die letzten zehn Minuten erheblich gestört hatte, war wieder Ruhe eingekehrt.

Mit offenem Mund starrte Milly zurück.

Die Mieterin war eine große, knochige Frau mit dünnem grauen Haar, das sie sich schon hochgesteckt hatte, um mit dem heißen Wasser ihr Gesicht zu waschen, das viele Falten und herbe Züge aufwies – ein Gesicht, das offenbar lange Zeit harten Winden und hartem Wasser ausgesetzt war. Über ihre Schultern hatte sie, über einem Flanellbademantel, ihren Unterrock geworfen, den sie vorne zusammenhielt.

»Oh, meine Liebe . . .«, rief die Managerin aus, aber weitaus weniger nachdrücklich, als sie mit Milly sprach – das lag vor allem an den Stiefeln. Diese Stiefel, wirklich. In dem schummrigen Licht hatte sie die Stiefel während der nächtlichen Ankunft nicht beachtet. »Tut mir leid. Wir haben Sie geweckt, nicht wahr?«

Die Mieterin sagte nichts, weil sie Milly ansah, von der sie ebenso angestarrt wurde. Dann nahm sie ihr Wasserkännchen, verschwand in ihrem Zimmer und schloß die Tür.

Milly rutschte unruhig auf ihrem Stuhl hin und her und fixierte die geschlossene Tür. Was für eine grimmige Frau, dachte sie. Und wie sie mich angestarrt hat – als wäre ich ein Geist . . .

»Ausgeruht?« erkundigte sich die Managerin mit einem freundlichen Lächeln. Diese Witwe ist vielleicht eine Schwindlerin, dachte sie, und hat vielleicht versucht, mit meinen Löffeln zu verschwinden – sie würde in ihrer ersten freien Minute nachzählen –, aber sie sah in ihren brandneuen Lederschuhen wenigstens genauso aus wie jemand, auf den man stolz sein konnte.

»Dann können wir ja weitergehen.«

Milly sah sie verwirrt an. Sie hatte die Managerin völlig vergessen. Ja – sie sei bereit weiterzugehen, meinte sie abwesend.

Wenn man mich fragt, dachte die Managerin, ich würde sagen, sie ist mit ihren Gedanken sonstwo.

Mit Hilfe der Managerin ging Milly weiter; und weder sie noch Agatha waren sich darüber im klaren, daß sie sich gerade, nach fünfundzwanzig Jahren, wiedergesehen hatten.

4

Agatha lebte auf Grund ihrer Eheschließung mit einem Schweizer in der Schweiz.

Nach Ansicht der Botts, seit Jahren nicht mehr diskutiert und dennoch gedanklich gegenwärtig, war Agathas Flucht ein Skandal für die Familie, eine Schande für Milly und ihr eigener Ruin, der besonders schockierenden Umstände wegen. Richtig ist zwar, daß Agathas Flucht lange vor Ernests Tod stattgefunden hatte, aber das machte keinen Unterschied für die Botts, die nichts mehr haßten als einen Skandal, einen Skandal, der an die Öffentlichkeit gelangt war, über den sogar die Lokalzeitungen ausführlich berichtet hatten. Das hatten sie weder vergessen noch verziehen. Agathas unmoralisches Verhalten, gepaart mit enormer Undankbarkeit, war schlimm genug, aber darüber auch noch in den Zeitungen lesen zu müssen – wer soll das verzeihen können? Und selbst wenn man in der Lage war, dergleichen zu vergeben, vergessen konnte man es nicht, darin waren sich die Botts einig.

Nach dem Tod ihres Vaters war Agatha, eine mittellose Waise, in Ernests Haus aufgenommen worden, freundlich und ohne ein Wort des Vorwurfs. Natürlich war es für einen Mann nicht gerade angenehm, unmittelbar nach dem Ende der Flitterwochen feststellen zu müssen, daß er plötzlich nicht nur eine, sondern zwei Frauen ernähren mußte. Und schon drei Monate später hatte sich Agathas wahrer Charakter gezeigt, als sie mitten in der Nacht aus einem Fenster kletterte und mit einem Schweizer durchbrannte. Einem *Schweizer*, ausgerechnet, sagten die Botts, die, wenn sie jemals an einen Menschen dieser Nationalität gedacht haben sollten, dies nur im Zusammenhang mit Glocken, Alpen und Kellnern getan hatten.

Ein Schweizer! Das allein war schon schlimm genug. Aber das war leider Gottes nicht alles. Es hatte sich außerdem herausgestellt – es stand zwar nicht in den Zeitungen, darüber wurde aber in den Salons in Titford getuschelt –, daß das Paar zu Beginn zusammenlebte, ohne verheiratet zu sein. Milly versuchte zwar, ihrem Mann, der sich entschieden weigerte, mit ihr darüber zu diskutieren, und ihr verbot, jemals wieder Kontakt mit ihrer Schwester aufzunehmen, zu erklären, daß dies nicht Agathas Schuld war, sondern nur wegen einer unerwarteten Verzögerung aufgrund ihrer verschiedenen Nationalitäten hatte passieren können. Als könne dies das unmoralische Benehmen entschuldigen! Und davon abgesehen, eine Verzögerung war schließlich dazu da, abgewartet zu werden. Die Botts und ganz Titford fanden heraus, daß der unsittliche Zustand erst nach drei Wochen legalisiert worden war, worauf das Mädchen dem Mann folgte, der ihr Liebhaber gewesen war. Die Botts schraken vor diesem Wort zurück, sprachen es aber dennoch aus – und während er offenbar inzwischen tatsächlich ihr Ehemann zu sein schien, besaß dieser Mensch in der Schweiz tatsächlich ein Hotel; und das war nun wirklich der Tropfen, der das Faß zum Überlaufen brachte.

Es war den Botts unmöglich, dergleichen zu akzeptieren, geschweige denn darüber hinwegzukommen. So lieb und nett sie zu Milly waren, und die meisten der Brüder verehrten sie später geradezu, sie mußten immer daran denken, was ihre Schwester getan hatte. Es war ihnen einfach unmöglich, Agatha zu vergessen; sie wurde lediglich nicht mehr erwähnt. Ein Hotelbesitzer als Ernests Schwager! Ein Mensch, der sich am Eingang vor anderen verbeugte und sich die Hände rieb. Ein Mensch, der bei der Abreise Rechnungen präsentierte, die man bezahlte. Wirklich nett, das Ganze! Noch nie waren die Botts gezwungen gewesen, einen solchen Menschen in ihre Familie zu integrieren. Schon bei der Erwähnung der Alpen sahen sie rot, und das Wort Hotel rief gleichermaßen Empörung hervor. Als sie eine Reise nach Italien unternahmen, lud *Le Bon** sie ein – der eher *Le Mauvais*** hätte heißen sollen, ein umgänglicher Mann, der ihre Freundschaft suchte und schon zum Frühstück einen glänzenden dunklen Anzug und eine weiße Krawatte trug –, ihren Aufenthalt in seinem Hotel zu nehmen, umsonst und für wie lange auch immer. Die Botts betrachteten dieses Angebot als tödliche Beleidigung und ignorierten es. Als seine Frau anfangs Entschuldigungsbriefe an Ernest schrieb – Agatha war zu dieser Zeit erst neunzehn und daher Optimistin –, nahm er von diesen Briefen nicht nur keine Kenntnis, sondern er untersagte auch Milly jeden Kontakt. Und als Le Bon schließlich starb, in den Armen seiner Frau, einem Platz, den er selten verlassen hatte, da war er nicht einmal unglücklich darüber, sich nach fünfundzwanzig Jahren endlich entfernen zu können. Denn *la Bonne Agathe*, so nannte er sie, war so energisch – *d'une énergie formidable*, wie er manchmal seufzend dachte, als er zum Schluß das harte Leben satt hatte, daß ihm, sozusagen bereits auf dem Absprung, bewußt wurde, wie wenig Vergnügen es ihm beschert hatte. Und die Botts merkten nicht einmal, daß diese Kreatur, wie sie ihn in Gedanken nannten, aufgehört hatte zu existieren.

Milly teilte es ihnen nicht mit. Es hätte ihren Ungehorsam und ihre Täuschungsmanöver offenbart. Außerdem war es besser, ihn nicht zu erwähnen. Milly wollte sich nicht einmal vorstellen, wie Ernests Gesicht aussehen würde, wenn sie plötzlich anfinge, von Le Bon zu sprechen. Arthur allerdings berichtete sie von seinem Tod; worauf dieser sehr freundlich und völlig desinteressiert

* Le Bon-le Mauvais: der Gute, der Üble (Anm. d. Ü.)

** Le Bon-le Mauvais: der Gute, der Üble (Anm. d. Ü.)

meinte: »Der arme Kerl«; und später schien Le Bon endgültig in Vergessenheit zu geraten – außer in Agathas Briefen.

In Agathas Briefen wurde er wieder zum Leben erweckt, und zwar in seiner ganzen Pracht. Schon gleich zu Anfang hatte Agatha berichtet, wie zufrieden sie in ihrer Ehe sei; daraus schloß Milly, wie sehr Aggie ihren Schweizer geliebt hatte, und wie glücklich sie mit ihm gewesen war. Aber wie groß diese Liebe und dieses Glück tatsächlich waren, erfuhr Milly erst aus den Briefen, die sie nach seinem Tod erhielt. Ihre eigenen tröstenden Worte schienen ihr plötzlich unzulänglich angesichts dieses entsetzlichen Kummers. Während der ganzen fünfundzwanzig Jahre waren Agathas Briefe eher romantisch und dazu angetan gewesen, an Schweizer Almwiesen, hohe Berge und strahlendes Mondlicht zu denken, all die Dinge, die man wahrnahm, wenn man liebte; aber jetzt wurden sie geradezu poetisch. Aggie hatte offensichtlich eine Menge Poesie gelesen, die nun jederzeit abrufbar schien. Auch Arthur und Milly hatten sich häufig der Lektüre von Gedichten gewidmet, doch in Millys Briefen war davon nichts zu spüren. Agathas Briefe dagegen strotzten nach dem Tod ihres Mannes vor Poesie, und es war für den Lesenden fast unmöglich zu erkennen, wo die Poesie aufhörte und Agatha begann. Sie schrieb kaum noch über sich selbst. Vielmehr handelte es sich um die leidenschaftlichen Anwendungen des Gedankenguts großer Poeten. Shelley, Tennyson, Matthew Arnold – alle wurden durch Agathas elegische Mühle gemahlen, und alle mußten sich offenbar beim Dichten Le Bon vorgestellt haben. Sie *beschreiben* ihn, schrieb sie.

Milly war gerührt von den tiefschürfenden *Post-mortem*-Ergüssen ihrer Schwester. Das war die große, echte Liebe. Schon die Kuverts mit Trauerrand schienen ihre Finger zu verbrennen. Merkwürdig, zu all dem von einem Schweizer inspiriert worden zu sein! Milly konnte es kaum fassen. Niemals hatte sie das empfunden, außer ganz zu Anfang mit Arthur, was für Agatha offenbar an der Tagesordnung gewesen war; verglichen mit dem heißen Blut Agathas schien in ihren eigenen Adern nur Milch zu fließen.

»Es ist eine wahre Freude, wie sehr Aggie ihren Mann geliebt hat«, sagte sie eines Nachmittags zu Arthur, kurz nach dem Erhalt eines solchen Briefes. Und Arthur sagte, wiederum sehr freundlich und völlig desinteressiert: »Der arme Kerl!«

Agatha schrieb an Milly sehr viel seltener als Milly an Agatha, aber sie machte diese Unregelmäßigkeit wett, indem sie besonders ausführlich berichtete – allerdings achtete sie darauf, daß das zulässige Gewicht nicht überschritten wurde und somit eine zweite Briefmarke erforderlich gemacht hätte. Nach dem Tod Le Bons schrieb sie noch sporadischer, und ein- oder zweimal waren überhaupt keine Marken auf die Umschläge geklebt worden, was auf eine gewisse Zerstreutheit hindeutete. Trotz ihres Kummers führte sie jedoch das Hotel weiter, was sicher im Sinne des Verstorbenen sei, wie sie schrieb, und wagte sich sogar an neue Experimente, indem sie es jetzt auch den Winter über für die Skifahrer geöffnet ließ. Solcher Mut verdiente Erfolg; Erfolg und Glück, dachte Milly stolz und etwas neidisch, waren immer Agathas Begleiter gewesen, seitdem sie ihr Leben selbst in die Hand genommen und aus Ernests Haus geflohen war. Erfolg und Glück waren nicht denjenigen beschieden, die zu Hause rumsaßen und ängstlich ihre Ehemänner anlächelten; denn nur, wer etwas wagt, gewinnt.

Zu dieser Zeit, einige Wochen vor Ernests Tod, nicht ahnend, daß er ihre heimliche Liebschaft entdeckt hatte, war Milly eigentlich noch nicht wirklich neidisch; eher zufrieden mit ihrer gegenwärtigen Situation, glücklich über ihre Beliebtheit in Titford, die Zuneigung der Botts und Arthurs Liebe genießend, von der, wie sie annahm, keine Menschenseele etwas wußte.

Oder war es ihre Liebe zur Arthur, die sie glücklich machte?

Vielleicht. Es spielte keine Rolle. Solange überhaupt Liebe im Spiel war, dachte Milly, während ihre sanften Augen – die trotz ihres sündigen Lebenswandels ihre Ausstrahlung nicht verändert hatten – fürsorglich auf Arthur ruhten, der seine mageren Hände an einer heißen Tasse Tee wärmte –, solange diese Zuneigung, nach zehn Jahren Intimität, noch existierte, was spielte es da für eine Rolle, um welche Person es ging?

Und was Agathas Mut betraf – nun, den hatte sie wirklich. Und zwar mehr als genug, denn ein Vierteljahrhundert lang schaffte sie es, in ihren Briefen jedes Wort zu unterdrücken, das nicht schiere Zufriedenheit und wahres Glück verriet. Weil sie die Zähne zusammenbiß, fest entschlossen, daß weder ihre wohlhabende, sorgenfreie Schwester Milly noch die feindseligen und ungerechten Botts, zu denen sie jetzt gehörte, je erfahren sollten, wie sehr sie gestraft war.

*

Ja, sie wurde gestraft – die Botts, die an Gerechtigkeit glaubten, wären erfreut gewesen, das zu hören –, obwohl ihre Ehe wirklich ein Erfolg war. In jeder Beziehung bis auf eine einzige Ausnahme; aber dieser Makel war so wichtig, daß sein Fehlen Le Bon schließlich, unterernährt und voller Lebensangst, ins Grab gebracht hatte und Agatha bis auf die Knochen abgemagert war. Denn ohne Geld, zumindest ohne ein bißchen Geld, konnte ein Mann nicht fröhlich und eine Frau nicht wohlproportioniert sein. Le Bon, freundlich, aber inkompetent, der seinem Wesen entsprechend nur glücklich sein konnte, wenn Ruhe und Gelassenheit sein Leben bestimmten – *la tranquillité avant tout,** pflegte er in den frühen Tagen seiner Ehe zu sich selbst zu sagen, als er noch nicht so hungrig war und Agatha immer noch an *l'amour avant tout*** glaubte, zur Überraschung von Le Bon, der niemals mit ihr durchgebrannt wäre, wenn sie ihrerseits nicht darauf bestanden hätte, denn er war von Natur aus kein Durchbrenner, und der der Meinung war, daß so viel *amour* oder Liebe schlechthin, wenn die Flitterwochen erst einmal vorbei waren, nicht zu einer Ehe und den zunehmenden Alltagssorgen paßte, und Agatha selbst ersetzte später das Wort *amour* durch *le manger**** – Le Bon hatte von Jahr zu Jahr weniger Geld.

Jedes Jahr war sein Hotel etwas leerer als das Jahr zuvor und

* la tranquillité avant tout: das wichtigste ist die Ruhe (Anm. d. Ü.)

** l'amour avant tout: das wichtigste ist die Liebe (Anm. d. Ü.)

*** le manger: das Essen (Anm. d. Ü.)

dementsprechend auch seine Taschen und, noch schlimmer, sein Magen; jedes Jahr wurden neue, größere Hotels gebaut und eröffnet, in bequemer zu erreichenden, aber ebenso hübschen Gegenden, und sie hatten Zentralheizung und moderne sanitäre Installationen. Dies alles fehlte seinem Haus. Sein Hotel war ein kleines, einsam gelegenes Holzgebäude, weit entfernt von irgendwelchen Bahnhöfen, drei Meilen entfernt vom nächsten Dorf, in eine Talsenke geschmiegt, die sehr schwierig zu erreichen war, wenngleich man sehr hübsch wohnte, wenn man es einmal bis dorthin geschafft hatte, was sich aber nur sehr Entschlossene wagten, die keine Vorurteile gegen Maultiere hatten. Zu Anfang, als Agatha noch jung und voller Energie war, fest entschlossen das Hotel zu einem erfolgreichen Unternehmen zu machen, um Milly und Ernst und all den anderen niederträchtigen Botts zu beweisen, daß sie sich alle bezüglich ihrer Ehe geirrt hatten, pflegten aktive englische Kirchenmänner, darunter auch einige drahtige Bischöfe mit ihren ebenfalls sehr drahtigen Frauen, im August das Hotel zu bevölkern. Sie waren hingerissen von der gemütlichen familiären Atmosphäre – kein Wunder, Madame Le Bon war ja Engländerin. Sie schien nicht viel herzumachen. Aber sie wußte, daß Butter nur auf sehr dünnen Brotscheiben schmeckte, und sie wußte auch, wie richtiger englischer Tee zubereitet werden mußte. Und wenn sie auch nicht in der Lage war, ein wohltuendes Bad einzulassen, weil es überhaupt kein Badezimmer gab, so verstand sie es doch immerhin zur gegebenen Zeit, Zuber auf die Zimmer bringen zu lassen; die Frauen waren immer sehr nett zu Madame Le Bon – was für ein liebes, junges Ding, und so damenhaft, sagten sie; und die Bischöfe selbst waren ebenfalls sehr freundlich zu ihr und vergaßen nie, sie mit ein paar netten Worten zu verwöhnen, wenn sie das Hotel betraten oder es verließen; sie baten sie sogar, sich an ihren Tisch zu setzen, wenn sie sie in den *Salon* riefen, um sich über eine geplante Bergwanderung zu informieren; und sie zahlten alle pünktlich ihre Rechnungen.

Was für eine grandiose Zeit, verglichen mit dem, was danach folgte. Aber da steckten sie auch schon in finanziellen Nöten. Die

Saison war kurz; die Engländer – und nur diese nahmen das frugale Leben und den beschwerlichen steilen Bergpfad auf sich – hatten nur im August und September Ferien; Mitte September lag das kleine, einfache Hotel schon sehr früh am Tag im Schatten, und es wurde so kalt, daß selbst die anspruchslosesten Gäste abreisten; dann wurden die Fensterläden geschlossen, der Auftakt einer zehn Monate andauernden Trostlosigkeit mit dem Wissen, daß man ein Jahr lang keine Einnahmen mehr haben würde.

Jung, stolz und eisern entschlossen, den Botts keine Gelegenheit zu der Bemerkung »Das mußte ja so kommen« zu geben, tat Agatha alles in ihrer Macht Stehende, um ihrem Gaston über die einsamen Monate hinwegzuhelfen. Sie kochte und buk; sie sammelte Tannenzapfen und Holz für das Kaminfeuer, vor dem er so gerne träumte; sie trug all das Bettzeug nach draußen, um es in der mittäglichen Wintersonne zu lüften; sie nähte und flickte die dünnen Leintücher, sich wundernd, daß ausgerechnet Kirchenmänner so große Löcher hineinmachten; sie wachte über die lebenswichtigen Ziegen und kümmerte sich aufopfernd um die ebenso lebenswichtigen Hühner; und wenn sie dann Gaston, der nach der Teestunde vor dem Kamin zu sitzen pflegte, seine Pfeife gebracht hatte, hoffte sie, daß er vom Kauen am Mundstück satt wurde. Jeden Tag unternahm sie ganz allein einen Spaziergang; und sah zu, wie der Abend das weitentfernte Tal füllte, als wäre es eine Schüssel, langsam höher und höher kroch und das rote Licht der untergehenden Sonne ausknipste, bis schließlich die höchsten Berggipfel nur noch eine dunkle Silhouette zeigten; und dann hielt sie ihr Gesicht in die eisigkalte Luft der einsamen schneebedeckten Landschaft, um neuen Mut zu schöpfen und Energie zu tanken. Beides neigte dazu, sich nach einem langen Arbeitstag zu verflüchtigen.

Das durfte niemals passieren, hatte sie sich geschworen. Das würde sie niemals zulassen. Wie schön es hier ist, dachte sie, als sie noch jung und verliebt war. Sie genoß diese herrliche Klarheit der Wintertage, die sanfte Lieblichkeit der Junitage, und im Haus erwartete sie ihr lieber Gaston. Die Spaziergänge am Ende der Tage waren die reinste Wohltat für sie. Warum sollte sie demprimiert sein? Nur weil sie kein Geld hatten? Das würde sich zurechtrücken lassen; dafür würde sie sorgen. Diese Botts sollten niemals sagen können: »Das haben wir gleich gewußt!«

Zu dieser Zeit war Agatha Anfang zwanzig und sehr stark. Zehn Jahre später ging sie immer noch denselben Verrichtungen nach, ging abends immer noch zu den Sternen hinaus; aber im Grunde tat sie dies nur noch, um etwas frische Luft zu schnappen und ohne an etwas Besonderes zu denken, während sie alles mit müden Augen betrachtete. Sie war wirklich müde. Die fünfzehn Jahre machten sich bemerkbar. Und jedes dieser Jahre war schwieriger als das Jahr zuvor, und ihr Körper war knochig geworden.

Und immer noch – diese Botts! Sie dürfen nichts erfahren, dachte Agatha und hielt die Ohren steif; keiner von ihnen durfte die Wahrheit erfahren. Würde sie Milly von ihren Sorgen schreiben, würde diese ihr natürlich helfen, aber früher oder später – sie war jetzt schließlich eine Bott, und wie man ihren letzten Briefen entnehmen konnte, eine rundum zufriedene Bott – würde sie sich verraten, und dieser gemeine Ernest würde sich schadenfroh ins Fäustchen lachen. Davon abgesehen, war sie in Wirklichkeit nicht mit Reichtümern gesegnet, die mit keinem Geld der Welt zu kaufen waren? Mußte sie sich nicht überaus glücklich schätzen mit ihrem immer umgänglichen, immer freundlichen und höflichen Gaston? Er trug seinen Namen wirklich zu Recht. In ihren Briefen an Milly vergaß sie nie zu erwähnen, daß er genau seinem Nachnamen entsprach. Und er konnte keine Minute ohne sie sein, er hing völlig von ihr ab. Agatha mochte es, wenn man von ihr abhing. Sie hatte keine Kinder, vermißte sie aber auch nicht, denn ihr Kind war Gaston; er brauchte sie. Sie war es, die ihn in finanziellen Krisen tröstete und aufrichtete. Sie war die Stärkere und genoß es, die Stärkere zu sein. Ohne sie konnte er nicht einmal entscheiden, welche Krawatte er umbinden sollte. Sie liebte das.

Die Botts stellten sich wahrscheinlich vor, daß sie bedauerte, was sie getan hatte. Bedauerte? Niemals, sagte Agatha; und sie sagte es fünfzehn Jahre später immer noch, so groß waren ihr

Stolz und ihre Entschlossenheit. Und sie betrachtete mit müden Augen die hellen Sterne, die die stille, schneebedeckte Landschaft funkeln ließen. Was für eine Menge Schnee. Schade, daß man ihn nicht essen konnte.

Zehn Jahre später würde niemand Agatha wiedererkannt haben. Sie war nun vierundvierzig, sah aber aus wie über sechzig und ähnelte anderen hart arbeitenden Frauen: den Bäuerinnen, die sich mit ihren schmutzigbraunen Gesichtern auf größere Entfernung kaum von dem Boden unterschieden, den sie beackerten. Ihre lederartige Haut spannte sich über die hervortretenden Backenknochen; die Sonne, das Schneelicht, die beißenden Winde im Winter, das kalte Wasser, das wie Nadeln stach, wenn man sich damit wusch, hatten ihre Spuren hinterlassen; und ihr Körper ähnelte einem ausgetrockneten, erstarrten Seil. Der Krieg machte ihre mühsam aufrechterhaltenen Hoffnungen, daß sich alles zum Besseren wenden würde, endgültig zunichte. Kein einziger Gast verirrte sich mehr zu dem einsam gelegenen Hotel, dessen Fensterläden geschlossen blieben. Le Bon und sie ernährten sich ausschließlich von Ziegenmilch und Ziegenkäse und von dem Brot, das sie aus dem bißchen Getreide, das sie im Sommer anbauten, herstellten. Le Bon hing mehr denn je von ihr ab, aber er hatte aufgehört, sie um ihren Rat bei der Auswahl seiner Krawatten zu bitten, weil keine mehr da waren. Das spielte aber keine allzu große Rolle mehr; da er sich nicht mehr rasierte, wuchs sein Bart und bedeckte die Stelle, wo früher die Krawatten hingen. Aber er sah immer noch sehr gut aus. Sein Bart wurde ziemlich weiß, und Agatha gestand sich schließlich ein, daß ihr Mann alt geworden war, was ihr zuvor nicht aufgefallen war. Er war bereits früh so kahl um den Kopf herum, daß kein einziges Haar verriet, was die Jahre ihm antaten. Doch plötzlich war er sehr alt geworden. Mit seinem immer längeren weißen Bart ähnelte er einem kleinen Patriarchen, und manchmal ertappte Agatha sich dabei, wie sie ihn überrascht anstarrte, weil er so ganz und gar keine Ähnlichkeit mehr mit dem Mann hatte, mit dem sie einst durchgebrannt war. Auch er ließ manchmal seine müden Blicke verwundert auf Agatha ruhen. Diese hagere, knochige, finstere Frau – war das wirklich Agatha? Le Bon seufzte dann und schloß die Augen.

Im fünfundzwanzigsten Jahr ihrer Ehe begann er zu sterben; nicht an einer spezifischen Krankheit, wie der Arzt feststellte, der den mühsamen Maultierpfad heraufgekommen war, sondern offenbar, weil ihm die Fähigkeit zu leben abhanden gekommen war. Le Bon wollte nicht mehr leben. Er hatte es endgültig satt, mit leerem Bauch auf einem durchgelegenen harten Bett in eisiger Kälte dahinzuvegetieren. Seine arme Agatha war auch schon ganz dünn und hart. Schluß damit. *»C'est assez«**, waren die letzten Worte, die er artikulierte, als Agatha sich in tiefer Hoffnungslosigkeit über ihn beugte; und selbst in der Wahl seiner letzten Worte bewies Le Bon seine Freundlichkeit, denn eigentlich hatte er murmeln wollen: *»C'est trop«***. Aber das hätte seine arme, treue Freundin verletzt. So starb Le Bon und war bis zuletzt freundlich und höflich geblieben; und der Besitzer eines großen Hotels unten im Tal kaufte für einen absurd niedrigen Preis das einsam gelegene Haus oben am Berg, um dort eine kleine Dépendance für seine sportlichen und unternehmungslustigen Gäste einzurichten.

Agatha durfte bleiben – als Buchhalterin. Dieser Posten wurde ihr teils aus Freundlichkeit offeriert, teils, weil sie mit den dortigen Bedingungen vertraut war, teils, weil sie eine billige Arbeitskraft sein würde. Trotz des geringen Gehalts nahm sie an; wo sollte sie auch hin? Von irgend etwas mußte sie ja schließlich leben; weniger denn je kam es für sie in Frage, Milly ihre Armut und Gastons Inkompetenz zu gestehen; nachdem sie nun so lange behauptet hatte, die Frau eines erfolgreichen Mannes zu sein, konnte sie sich doch nicht jetzt ohne einen Pfennig dem eventuellen Mitleid der Botts aussetzen. Davon abgesehen, was hätte das für einen Sinn ergeben? Milly mußte immer noch ihre Briefe vor dem unnachgiebigen Ernest verstecken. Selbst wenn sie sich also erniedrigte und als Bittstellerin erschien, war es mehr als wahrscheinlich, daß sie abgewiesen werden würde. Und überhaupt:

* C'est assez: das ist genug (Anm. d. Ü.)
** C'est trop: das ist zuviel (Anm. d. ü.)

Bittstellerin? Gastons Witwe eine Bittstellerin? Lieber werde ich verhungern, murmelte Agatha und hielt weiter die Ohren steif.

So arbeitete sie also als Buchhalterin und beobachtete grimmig, mit welch kleinem Kapital und mit welch geringer Kompetenz sich Gastons Fiasko in ein ziemlich vielversprechendes Unternehmen verwandelte.

An diesem Punkt ihres Lebens suchte sie Trost in der Poesie. Im Vergleich zu früher hatte sie fast nichts zu tun und wurde zum erstenmal seit Jahren anständig ernährt. Also begann sie, in den dünnen Gedichtbänden zu lesen, die ihr die dankbaren Kirchenmänner statt eines Trinkgeldes beim Verlassen des Hotels überreichten. Sie war völlig überrascht zu entdecken, daß die großen Dichter offenbar alle über und für Gaston geschrieben hatten. Sie konnte Milly nicht allzu häufig schreiben, denn sie konnte sich die Briefmarken nicht leisten, ihr Gehalt wurde von den Rechnungen verschlungen, die bei Gastons Tod angefallen waren; aber wenn sie schrieb, dann waren ihre Briefe in jenem merkwürdig leidenschaftlichen und poetischen Stil verfaßt, der Milly so erstaunte. Agatha saß dann in ihrer Dachkam mer und kopierte die grandiosen Formulierungen anderer, mit steifen, aber entschlossenen Fingern; nichts hatte Agatha jemals davon zurückgehalten, das zu tun, was sie für richtig hielt, und sie empfand es geradezu als ihre heilige Pflicht, Milly – und damit, falls Milly sich verraten sollte, die Botts – wissen zu lassen, was für ein Mann Gaston in Wirklichkeit gewesen war. Edel und verkannt; edel bis zum letzten Atemzug. Ihr Mitleid mit dem von allen falsch eingeschätzten Gaston und ihre Wut auf die Botts trieben ihr die Tränen in die Augen. Milly, ihre kleine Schwester, die nun, nach Gastons Tod, die einzige in der Welt war, die für Agatha die Liebe repräsentierte – nun, Milly war umgeben von diesen schrecklichen Botts und unerreichbar für sie, außer durch diese Briefe. Sie wäre ohne zu zögern bereit gewesen, für Milly zu sterben. So empfand Agatha, während ihrer einsamen Spaziergänge in der eiskalten Dämmerung auf dem verschneiten Pfad hinauf in die Berge. Aber ihr Tod würde Milly nichts nützen. Niemand schien irgend etwas zu brauchen, was sie hätte geben können, obwohl doch gerade sie soviel Liebe zu geben vermochte.

Agatha weinte. Dann eines Tages, Ende März, als der Schnee matschig zu werden begann und die letzten Skigäste ihre Abreise vorbereiteten, entdeckte sie in der *Continental Daily Mail,* der englischen Zeitung, die der Hotelbesitzer für seine *clientèle** abonniert hatte, weil sie billig war, die Nachricht von Ernests Tod.

Sie war ziemlich schockiert und ging zum Fenster hinüber, durch das sie nach draußen starrte, ohne etwas zu sehen. Der gemeine Schuft war also tot. Und die kleine Milly war Witwe; Milly machte nun das durch, was sie am eigenen Leib erfahren hatte – Einsamkeit, gnadenlose Einsamkeit.

Agatha erfuhr keine Einzelheiten. Ernests Tod war in einem Artikel erwähnt, der sich mit der beunruhigenden Anzahl von Verkehrsunfällen in London auseinandersetzte. Aber sein Name und seine Adresse waren ihr sofort ins Auge gesprungen; und noch ehe sie sich wieder vom Fenster abwandte, stand ihr Entschluß fest.

Nun gab es nichts mehr, was sie von Milly trennte. Jetzt waren sie beide frei. Ihr Platz war an Millys Seite, wie schmerzlich es auch sein würde, dem Rest der Familie Bott wiederzubegegnen; aber das würde sie auf sich nehmen, um Milly in ihrem Kummer beizustehen; sie war es schließlich gewöhnt, auch Unerträgliches auszuhalten. Ernest war ein harter und grausamer Mann gewesen, was sie anbelangte; aber er verfügte wohl auch über andere Seiten, wenn sie den Inhalt von Millys Briefen richtig interpretierte. Milly war offenbar zufrieden und glücklich, besonders während der letzten Jahre, und sicherlich hatte sie alles, was man für Geld bekommen konnte. Agatha hingegen war die Armut leid und auch die Angst vor der Zukunft, in der man sie irgendwann nicht mehr als Buchhalterin beschäftigen würde. Mit Milly, ihrer Schwester, würde sie endlich ein angenehmes, wenn auch trauriges, aber zumindest finanziell abgesichertes Leben führen können; Millys finanzielle Verhältnisse waren allerdings

* clientèle: Gästeschaft (Anm. d. Ü.)

für ihren spontanen Entschluß nicht ausschlaggebend, aber sie erleichterten ihn.

Konsequent wie immer, wenn es sich um Menschen handelte, die sie liebte, packte sie all ihr weltliches Hab und Gut in dieselbe kleine Tasche, mit der sie einst durchgebrannt war und die sehr viel leerer schien als fünfundzwanzig Jahre zuvor. Dann ging sie den steilen Bergpfad hinunter, den sie sicher vermissen würde, zum neuen Hotel im Tal und bat dessen Besitzer mit solcher Bestimmtheit, ihr Geld für eine Fahrkarte nach London zu leihen, daß dieser es ihr wie hypnotisiert ohne Widerrede aushändigte. Ihre Schwester würde es ihm zurückzahlen, versicherte Agatha mit stolz erhobenem Kopf. Ihre Schwester war reich . . .

Der Hotelbesitzer, der der armen Madame Le Bon, dieser tapferen Frau, die so viel hatte erleiden müssen und deren Hotel er sich wirklich äußerst billig unter den Nagel gerissen hatte, das Geld für die Reise zum Abschied gern geschenkt hätte, überlegte es sich auf ihre Bemerkung hin anders. Er streckte es ihr lediglich vor. Es wäre ja zu dumm, dachte er, ihr das Geld zu schenken, wenn sie eine reiche Schwester hatte; und die arme Frau war ihm sogar noch äußerst dankbar für seine gütige Geste.

Als sie kurz nach Mitternacht in London ankam und versuchte, den Anschlußzug nach Titford zu erreichen, um Milly so bald wie möglich an ihr Herz zu drücken, wie diese es getan hatte, als sie aus ihren Flitterwochen zurückkam, und ihr zu versprechen, sich um sie mit zärtlicher Zuneigung zu kümmern, wie Milly es ebenfalls versprochen hatte – Agatha erinnerte sich an jedes Wort; dergleichen vergaß sie nie –, fand sie heraus, daß der letzte Zug bereits abgefahren war. Also nahm sie ihre Tasche und begab sich in die Londoner Nacht, um ein billiges Zimmer zu finden. Sie schlug den Weg nach Bloomsbury ein, immerhin einige Kilometer Fußmarsch, was ihr aber nicht schwerfiel, nach dem täglichen Training in den Schweizer Bergen; sie erinnerte sich nämlich, genau wie Milly am nächsten Morgen, daß es in Bloomsbury in fast jedem Haus Zimmer zu mieten gab. Und auch sie fand es tröstlich, eine Nacht in der Gegend zu schlafen, in der sie ihre Jugend verbracht hatte. Aber obwohl sie sich verirrte und plötzlich am Piccadilly Circus landete, wo sie fälschlicherweise den Trafalgar Square vermutet hatte, wurde sie auf ihrem Weg mit Respekt behandelt und in keiner Weise belästigt. Als sie schließlich das Viertel ihrer Kindheit erreichte, konnte sie nicht widerstehen, erst einen Blick auf das Haus zu werfen, in dem Milly und sie gewohnt hatten. Und dort sah sie, was Milly am nächsten Morgen ebenfalls sehen würde: das Schild.

Das Licht einer Straßenlaterne half ihr beim Entziffern des Textes.

Wie merkwürdig. Welch glücklicher Zufall.

Obwohl es inzwischen fast zwei Uhr war und niemand im Haus mehr wach zu sein schien, stieg sie die Stufen hinauf und klingelte.

Auf dem Schild stand *Apartments zu vermieten.* Kein Zusatz wies darauf hin, daß dies nicht auch nachts möglich war, beruhigte sich Agatha und nahm sich vor, so lange zu klingeln, bis jemand öffnete.

Der erste Mensch, der erschien, war ein Polizist. Er schlenderte langsam den Platz entlang, betrachtete sie beinahe neugierig und verschwand in der Dunkelheit.

Als nächstes sah sie den Kopf der Nachbarin, den diese zum Fenster herausstreckte. Diese Frau wies sie darauf hin, daß es keinen Sinn habe weiterzuklingeln, weil sie da drüben alle taub seien, aber wenn die Dame ein Zimmer suche, könne sie bei ihr . . .

In diesem Augenblick kam die Managerin; hastig und im Morgenmantel; instinktiv war sie aus ihrem Schlummer erwacht. Schnell schloß sie die Haustür auf, gerade noch rechtzeitig, um die gierige Nachbarin daran zu hindern, sich wie ein primitiver Aasgeier auf die Dame zu stürzen, die auf ihrer eigenen Türschwelle stand.

»Meine arme, arme *Freundin!*« rief sie beim Anblick der schlanken Witwe.

»Ich möchte, bitte, ein Zimmer mieten«, sagte Agatha schon im Hineingehen und stellte ihre Tasche auf den Tisch in der Halle.

»Aber natürlich, das ist genau das, was wir bieten können«, versicherte die Managerin, die bisher keine Zeit gehabt hatte, einen Blick auf die Stiefel der Witwe zu werfen.

So geschah es, daß Agatha sich bereits in dem früheren Haus ihres Vaters aufhielt, als Milly am nächsten Morgen ankam – und sie sich nicht erkannten.

5

Eine Stimme jedoch vergißt man nicht.

An diesem Abend erwachte Milly in ihrem dunklen Zimmer. Sie hatte nach dem Frühstück den ganzen Tag geschlafen, ohne ihre Position auch nur ein einziges Mal zu verändern. Bei ihrer enormen Erschöpfung war dies auch nicht weiter verwunderlich.

Sie setzte sich im Bett auf, glättete wie üblich ihr Haar und entdeckte, dank eines erleuchteten Fensters im gegenüberliegenden Haus, daß in der Zwischenzeit jemand in ihrem Zimmer gewesen sein mußte, denn das Frühstückstablett war verschwunden. Sie hatte es nicht gemerkt; sie hatte den ganzen Tag nicht den geringsten Lärm wahrgenommen.

Oh, welch gesegneter Schlaf, der mich umfing! zitierte Milly, denn Arthur hatte ihr immer laut Gedichte vorgelesen. Sie fühlte sich wie neugeboren. Ihr Kopf schmerzte nicht mehr, ihr Verstand funktionierte wieder einwandfrei, und einige Minuten lang konnte sie sich nicht einmal daran erinnern, daß sie eine reuige Sünderin auf der Flucht war.

Als das Bewußtsein wieder einsetzte, traf sie diese Erkenntnis wie ein Schock. Sie hatte sich so gut und friedlich gefühlt. War sie wirklich schlecht? Natürlich war sie das. Die Botts wußten zu dem jetzigen Zeitpunkt sicher bereits alles darüber. Und nur weil sie es wußten, war sie schlecht; weil Ernest alles herausgefunden hatte. Wenn alle ahnungslos geblieben wären . . .

Resolut zwang sie sich aus diesem Gedankengang zu lösen, der für jemanden, der bereute, nicht schicklich war. Schon wieder sehnte sie sich nach tröstlichen Geheimnissen, nach der Zuflucht im Betrug. Sie wäre gerne aufgestanden und nach draußen gegangen, um Luft zu schnappen, während ihr Zimmer für die kommende Nacht vorbereitet wurde, falls es noch nicht zu spät war. Sie mußte unbedingt Ordnung in ihre Gedanken bringen. Und ihre Situation klar einschätzen. Ein Gewissen hatte man, oder man hatte es nicht; keinesfalls stand es in irgendeinem Zusammenhang mit der körperlichen Konstitution eines Menschen.

Sie tastete sich durch den Raum, es schien weder Streichhölzer noch Kerzen noch elektrisches Licht zu geben, und die Fensterläden des Fensters im gegenüberliegenden Haus waren inzwischen geschlossen worden. Plötzlich blieb sie, immer noch auf der Suche nach ihrer Haube, bewegungslos stehen.

Eine Stimme. Sie hörte eine Stimme.

Sie lauschte so angestrengt, daß sie dabei fast erstarrte.

Wessen Stimme war das?

Sie hielt die Luft an, strich ihre Haare hastig hinter die Ohren zurück. Gab es in diesem Haus Geister?

Die Stimme drang aus dem unteren Stockwerk herauf. Aber wessen Stimme war es?

Zitternd tastete sie sich zur Tür und öffnete sie einen Spalt.

Jetzt konnte sie die Stimme besser hören, sie schien aus der Halle zu kommen. Und eine andere Stimme mischte sich ein – offenbar die der Managerin.

Milly lauschte, verzaubert in die Dunkelheit starrend, und hatte das Gefühl, in frühere Zeiten katapultiert zu werden.

»Nein, nein . . . danke, aber es ist schon viel zu spät«, hörte sie die Stimme sagen. »Viel zu spät, um noch was zu essen, danke. Ja, ich weiß, Abendessen gab es um halb acht, aber ich wurde aufgehalten. Ist kein Brief für mich da? Ich erwarte nämlich einen Brief. Nun, dann wird er sicher morgen mit der Post eintreffen. Und danach reise ich ab . . .«

»Abreisen?« fragte die Managerin überdeutlich. »Das können Sie nicht.«

»Wie . . . das kann ich nicht?« wollte die andere Stimme wissen.

»Nicht, wenn Sie nicht eine Woche vorher Bescheid geben. Dies ist schließlich kein Hotel.«

»Und danach reise ich ab«, wiederholte die Stimme, die von beinahe melancholischer Bestimmtheit war. »Ich warte nur auf den Brief meiner Schwester. Sie lebt in Titford. Ich habe ihr heute morgen geschrieben und nehme mit Sicherheit an . . .«

Milly wartete nicht länger. Sie riß die Tür auf, stürmte nach draußen in den Flur, der völlig im Dunkeln lag, tastete sich bis zum Treppengeländer vor, an dem sie sich ängstlich festklammerte, während sie sich Stufe für Stufe nach unten arbeitete, wobei sich ihre Füße manchmal in ihrem langen Rock verfingen und sie sehr viel Zeit verlor, sich aus diesen Fallen zu befreien. Endlich erreichte sie stolpernd und seltsame Geräusche verursachend die Halle, die ebenfalls ziemlich dunkel war, wenn man von der trüben Funzel absah, die für die Sparsamkeit der Hausbesitzerin sprach.

»Aggie! Ich bin es . . . Milly . . . Aggie!« rief sie, voller Angst, die Stimme könne sich entfernen, noch ehe sie sie erreicht hatte, voller Angst, es könnten Umstände eintreten, die ihre erneute Trennung zur Folge haben würde. »Warte! Ich komme! Aggie! Oh . . . *Aggie!*«

Eine große Frau, behaubt und bemantelt, dunkler noch als die sie umgebende Finsternis, rannte auf sie zu, die Arme wie eine Ertrinkende hilflos in Richtung der Treppe streckend, in die Milly schluchzend hineinstolperte.

*

Aha, dachte die Managerin.

Unbeachtet stand sie in der Dunkelheit am Fuß der Treppe, eine erstaunte Zeugin dieser Szene. Komisch, was die ruhige Mrs. Bott für einen Lärm machte. Und die mit dem ausgemergelten Gesicht – erstaunlich wie sanft deren Schluchzer klangen. Ein solches Gezeter hatte die Managerin zum letztenmal gehört, als diese Miss Scrymgour abreiste und ihre Rechnung nur teilweise bezahlen wollte.

Sie fragte sich, ob dies eine der seltenen Gelegenheiten war, bei der man die helle Lampe neben der Haustür anknipsen sollte, was üblicherweise nur bei Ankunft einer neuen Mieterin geschah. Sie kam aber sehr schnell zu der Ansicht, daß sich dieser Aufwand nicht lohnte. Hingegen war in dieser Situation ein gewisser Takt angebracht. Ganz ohne Zweifel handelte es sich um ein unerwartetes Wiedersehen. Sie würde sich zurückziehen und damit den Beweis erbringen, daß sie genau wußte, wann man sich nicht einzumischen hatte. Leise suchte sie das Eßzimmer auf, nicht ohne vorher die Tür, die nach draußen führte, abzuschließen und den Schlüssel in die Tasche zu stecken. Nur so konnte sie sicher sein, unerfreuliche Überraschungen zu vermeiden – emotionale Damen neigten, während sie diese Anfälle hatten, manchmal zur Vergeßlichkeit, was ihre Rechnungen betraf, und verließen das Haus, ohne zu bezahlen.

*

Zu dieser Abendstunde hielten sich die Mieterinnen entweder im Salon auf, der recht und schlecht beleuchtet war, oder in ihren Schlafzimmern, in denen es jeweils eine Kerze gab. Das Treppenhaus und die Gänge waren unbeleuchtet, um dort etwaigen Unterhaltungen vorzubeugen. Die Managerin wußte aus Erfahrung, wie geduldig die Damen diesen Mangel an Licht in Kauf nahmen und zufrieden durch die Dunkelheit stolperten. Warum also sollte sie es anders halten? Man mußte sparen, wo man konnte. Das Leben war hart und die Anzahl der Etablissements, die schließen mußten, beträchtlich.

Daher trafen Milly und Agatha nach all den Jahren in ziemlicher Dunkelheit aufeinander und erkannten sich eigentlich nur an ihren Stimmen. Wie die Kletten hingen sie aneinander, hin- und herschwankend in ihrer Umarmung, und die Managerin, die sich so taktvoll in das Eßzimmer zurückgezogen hatte, ließ die Tür offen, weil sie neugierig war.

Agatha und Milly konnten nichts sehen, nur hören und fühlen; eine Zeitlang hörten sie nur ihr Schluchzen; und was sie fühlten, bemerkten sie nicht, weil ihr Verstand nur den unglaublichen Trost registrierte, der ihr Wiedersehen vermittelte. Sie waren nicht mehr allein, sondern zu zweit. Was war das für ein Wunder in dieser desolaten, furchteinflößenden Welt!

»Oh, kein Mensch sollte je allein sein«, schluchzte Milly, sich an Agatha klammernd, das Gesicht in deren schwarzen Mantel gedrückt, überwältigt von schierer Freude und Erleichterung darüber, schon jetzt den ersehnten Schutz und die ersehnte Liebe gefunden zu haben – was einem Wunder gleichkam. Dieses herrliche Gefühl des Heimkommens nach einer langen, mühsamen Wanderung; sich endlich in Sicherheit zu wissen nach der tödlichen Angst.

»Was? Was, meine geliebte Milly?« weinte Agatha, die Schwester fest an sich drückend und so überwältigt von ihren Gefühlen, daß die Berührung mit Millys Körper und dessen Zustand keinerlei Erstaunen bei ihr auslösten, geschweige denn in ihr Bewußtsein vordrang.

»Meine Aggie . . . oh, meine *Aggie!«* schluchzte Milly als Antwort.

»Meine Milly . . . oh, meine *Milly!«* weinte Agatha.

Und die Managerin in ihrem Eßzimmer dachte: Aha.

Es war einer dieser seltenen Momente, in denen nur noch Gefühle zählten. Nicht eine einzige Frage kam den beiden in den Sinn, denn in diesen Sekunden waren ihre Köpfe leer, ihre Herzen aber voll. Sie dachten nicht; sie fühlten. Was für ein herrlich warmes, unglaublich tröstliches Gefühl war es, der Schwester so nahe zu sein; sie zu berühren, sie nach all den Jahren an die Brust zu drücken. Milly vergaß in diesem Moment alles, was seit dem letztenmal, als sie Agatha gesehen hatte, passiert war; sie vergaß die Existenz der Botts und die Existenz eines Mannes, der Le Bon hieß; Ernest war so gründlich aus ihrem Gedächtnis gewischt wie ein störender Schmutzfleck; Arthur war vollständig vergessen. Verwandtschaftliches Blut war das einzige, was eine Rolle spielte – die Blutsverwandtschaft und die gemeinsamen Kindheitserinnerungen. Nur eine Schwester hatte dieselben Erinnerungen, nur eine Schwester konnte lieben, ohne dafür eine Gegenleistung zu erwarten, ohne Hintergedanken.

»Erinnerst du dich, wie wir immer zusammen gelacht haben?« schluchzte Milly.

»Und wie ich mich daran erinnere«, weinte Agatha.

Fünfundzwanzig Jahre – »Oh, *stell* dir vor, *Aggie* . . . fünfundzwanzig Jahre ist es her!« – war es her, seit sie zum letztenmal ihre Stimmen gehört hatten, fünfundzwanzig Jahre seit dem vertrauten Gute-Nacht-Sagen an jenem letzten Abend in der Mandeville Park Road; Milly hatte ganz normal an der Tür ihres Schlafzimmers mit dem Kopf genickt, und Agatha war fest entschlossen gewesen, ganz normal zu wirken, als sie in dem ihren verschwand, um gleich darauf aus dem Fenster zu steigen. Milly erinnerte sich sehr gut an diesen Augenblick, an Agatha, die Hand bereits an der Türklinke, schlank wie eine Gerte, das dunkle Haar im zarten Nacken zusammengesteckt, das Gesicht jung und mit geröteten Wangen. Und Agatha, die Milly immer noch eng an sich drückte und unbewußt deren rundliche Figur wahrnahm, erinnerte sich ebenfalls sehr gut an diesen Augenblick, an Milly, dieses kleine, schlanke Ding, die ihr nichtsahnend über den Flur zurief: »Schlaf gut, Aggie« – sanft wie ein Vogel, ein Jahr älter und bereits verheiratet, und nichts, absolut nichts ahnend von den komplizierten Ängsten, die einen in letzter Minute heimsuchen, ehe man aus dem Fenster steigt, unter dem ein Mann wartet.

»Milly . . . meine kleine Milly . . .«

»Aggie . . . meine liebe Schwester . . .«

Und die Managerin, mit gespitzten Ohren hinter der Tür ihres Eßzimmers stehend, murmelte: »Schwestern. *Aha!*«

*

Es war ein überwältigender Augenblick, aber er konnte unmöglich ewig dauern. Er endete, als Agatha ein Taschentuch herauszog, um sich die Tränen abzuwischen. Daraufhin hob Milly den Kopf etwas, der an Agathas Schulter gelegen hatte, um Luft zu bekommen. Die Kleidung ihrer Schwester roch etwas merkwürdig, wie sie unbewußt wahrnahm, weder nach Tinte noch nach Leim, eher nach einer Mischung aus beidem. Sobald sie wieder atmen konnte, begann sie zu sprechen, und in dieser Sekunde fing Agatha ebenfalls an, und damit war der Zauber gebrochen – das Gefühl schierer Freude und schierer Dankbarkeit vorbei.

»Aber wie . . . aber warum?« fragte Milly, in das Gesicht ihrer Schwester starrend, das von den Falten des zurückgeworfenen Schleiers umrahmt war.

»Daran ist nichts merkwürdig«, sagte Agatha, und ihre Stimme vibrierte dabei, und sie rollte das R wie nie zuvor, wodurch sie wie eine Ausländerin klang, »daß wir uns so wiedertreffen, und ausgerechnet hier.«

»Oh, Aggie . . . warum nicht?« meine Milly, immer noch überwältigt von diesem merkwürdigen Zufall. Sie hatte völlig vergessen, daß sie und Agatha im Treppenhaus standen und wahrscheinlich jeder im Haus sie hören konnte. »Wir sind beide Witwen.«

»Beide Witwen«, wiederholte Agatha, »alte Witwen, meine liebe Milly.«

»Aber nicht doch«, sagte Milly. »Du bist doch erst seit drei Monaten . . . und der arme Ernest . . . nun, das ist erst letzte Woche passiert.«

»Gott, wenn man es so betrachtet . . . dann sind wir beide tragisch junge Witwen. Nein, ich dachte an unser Alter.«

»Unser Alter?« wiederholte Milly, die es nicht gewöhnt war, an ihr Alter zu denken – warum sollte sie auch? Mit Arthur und den sie bewundernden Schwagern und Ernest, der so viel älter gewesen war. »Ich bin noch nicht sehr alt, und du bist sogar ein Jahr jünger als ich, meine liebe Aggie.«

»Ich bin alt«, insistierte Agatha mit tiefer Stimme. »Alt und gebrochen.«

»Wie kannst du so etwas Dummes sagen«, rief Milly – beinahe lachend, so voller Freude über das wunderliche Wiedersehen mit Agatha. Alt und gebrochen! So würden sie doch nicht ihr neues gemeinsames Leben beginnen. Wie alt auch immer sie sein mochten, sie waren natürlich nicht mehr jung, aber mußten sie sich nicht wie *neugeboren* fühlen? War das nicht die einzige Möglichkeit, alles hinter ihnen Liegende zu vergessen und ein neues Leben zu beginnen?

»Wie kannst du alt und gebrochen sein, Aggie, Liebe, wenn ich es nicht bin?« erkundigte sie sich.

Daraufhin hielt Agatha sie auf Armeslänge von sich ab, als wolle sie das Gesicht ihrer Schwester betrachten, was sie aber nicht konnte, weil es so finster war. Sie sagte: »Du gehörst doch wohl nicht zu den Frauen, die sich weigern, ihr wahres Alter zu akzeptieren, oder?«, was Milly etwas überraschte, wenn auch nur ein ganz klein wenig, und ihre Freude um eine Winzigkeit trübte.

»Laß uns in dein Zimmer gehen oder in meines«, schlug sie vor, als sie aus der Halle plötzlich ein Geräusch hörte und ihr klarwurde, daß sie vielleicht doch nicht so allein waren, wie die Finsternis sie glauben machte. »Wir haben uns soviel zu erzählen. Und hier können wir nicht reden . . .«

»Das ist richtig, und es ist wahr, wir haben uns viel zu erzählen«, stimmte Agatha zu; langsam begannnen sie die schmale Treppe hinaufzusteigen, ein schwieriges Unterfangen mit ihren langen Kleidern und auch, weil Agatha ihren Arm um Milly gelegt hatte, der sich wie ein Eisenring um das weiche Fleisch legte. »Wir werden die ganze Nacht brauchen, um uns alles zu erzählen«, fuhr Milly fort. »Wie kommt es, daß du hier bist? Ausgerechnet in diesem Haus?«

»Wie kommt es, daß *du* hier bist, meine Kleine, weg von zu Hause und so bald nach . . .«

»Woher weißt du die Sache mit Ernest? Ich hatte keine Zeit, dir zu schreiben. Es kam so plötzlich, so erschreckend plötzlich . . . und auf so schreckliche Weise . . .«

»Pscht«, unterbrach Agatha und verstärkte ihren Griff, als könne sie damit ihre Schwester vor traurigen Gedanken bewahren; der Aufstieg war mehr als kompliziert; der tiefen Stufen, der langen Röcke, der unterschiedlichen Körpervolumen wegen.

»Daran darfst du nicht denken . . . nicht an die schrecklichen

Umstände. Stell dir einfach vor, wie glücklich er jetzt in Frieden ruht.«

»Aber woher weißt du *davon?*« fragte Milly zum zweitenmal, nach der Erfahrung in ihrem Schlafzimmer unfähig zu glauben, daß Ernest in Frieden ruhte, aber nicht gewillt, dies Agatha zu sagen – nicht jetzt, nicht in diesem Augenblick, nicht im Treppenhaus. Bald würde sie ihr alles erzählen, von Anfang an. Eine komplette Beichte ablegen. Nicht das kleinste Geheimnis durfte es zwischen ihnen geben, nicht die winzigste Vorspiegelung falscher Tatsachen. Was man getan hatte, konnte niemals so schlecht sein, um jemandem, den man liebte, vorzumachen, daß man es nicht getan hatte, dachte Milly. Davon abgesehen, warum etwas vormachen? Aggie war ihre Schwester, Aggie liebte sie. Und Liebe bedeutete Verständnis und Vergebung. Liebe richtete nicht. Liebe verdammte nicht. Nur wenn die Liebe nicht stark genug war, war man außerstande, zu verstehen und dementsprechend zu verzeihen. Aggies Liebe zu ihr reichte allemal aus, um mit fünfzig Arthurs fertig zu werden. Und Milly glaubte sich in diesem erhebenden Augenblick der Wiedervereinigung absolut in der Lage, Agatha noch viel schlimmere Dinge als die Sache mit Arthur anvertrauen zu können – wenn es solche gegeben hätte.

»Wie ich es erfahren habe?« wiederholte Agatha mit dieser vibrierenden Stimme, die viel tiefer und kräftiger geworden zu sein schien und sich auf einen übertrug, so daß man das Gefühl hatte, ein Bienenstock zu sein. Vielleicht war das die Folge ihres Lebens zwischen den hohen Bergen, vielleicht hatte sie ihre Stimme, ihr Herz, ihre Ansichten diesen hohen Bergen angepaßt. Ihre Briefe bewiesen es – so schön waren sie.

»Das Schicksal scheint es zu wollen«, fuhr Agatha fort, während sie weiter die Treppen hinaufstiegen, »daß wir traurige Dinge immer sehr schnell erfahren. Zufällig habe ich einen Blick in eine Zeitung geworfen, die ich sonst nie lese – die *Continental Daily Mail* –, und da stand es. Es war ein solcher Schock – vorsichtig Milly, sonst stolperst du –, ein solcher Schock, plötzlich diese Nachricht zu lesen, schwarz auf weiß. Sein Name sprang mir sofort ins Auge. In einem Artikel über Unfälle. Armer Mann.

Etwas streng in seinen Urteilen vielleicht. Etwas zu engstirnig. Und manchmal etwas zu beharrlich in seinen Ansichten, kam mir vor . . .«

Ernest, dachte die Managerin, die ihr Eßzimmer fast kriechend verlassen hatte, weil die Stimmen immer undeutlicher wurden, und die nunmehr in der Halle die Ohren spitzte, Ernest mußte mit Mr. Bott identisch sein.

Aggie, dachte Milly, spricht so ganz anders als früher. Oder bilde ich mir das ein?

»Aber das ist ja jetzt alles vorbei«, fuhr Agatha fort. »Sein Tod hat in mir nichts weiter als Mitleid erweckt, pures Mitleid und die Bereitschaft, ihm zu verzeihen. Mein Groll gegen ihn ist verschwunden, von einem Moment zum anderen, einfach so. Armer Ernest.« Sie seufzte. »Ich habe mich sofort auf den Weg gemacht.«

»Stell dir nur vor, wir hätten uns verpaßt«, sagte Milly und blieb stehen. Sie war nicht nur außer Atem wegen der extrem hohen Stufen, sondern auch wegen der Vorstellung, wie unerfreulich es für alle gewesen wäre, wenn sie auf Aggies Berg angekommen wäre, nur um herauszufinden, daß diese nach Titford gereist war, wo keiner sie erwartete, außer den feindseligen Botts. »Wäre das nicht entsetzlich gewesen?«

»Wir hätten uns nicht verpaßt«, meinte Agatha, Milly noch immer festhaltend. »Ich hätte deine Rückkehr nach Titford abgewartet.«

»Aber ich hatte nicht vor zurückzukehren. Ich war auf dem Weg in die Schweiz.«

»In die Schweiz?«

»Zu dir. Zu dir zu fahren war der einzige Gedanke, der mich seit ges . . . seit es passiert ist, beseelte.«

»Aber . . .«, begann Agatha, nun ihrerseits überrascht.

Schweigend betrachtete sie das dunkle Gesicht ihrer Schwester. Wie es der Zufall wollte, hatte auch sie den Entschluß gefaßt, Milly nichts mehr vorzumachen, sondern ihr endlich alles zu erzählen. Sie würde ihren Stolz, der sie seit dem Tag ihrer Flucht durch das Fenster begleitete, dieses eine Mal vergessen und Milly das ganze Desaster ihres Lebens gestehen. Das würde schwierig und sehr schmerzhaft sein nach all dem, was sie geschrieben hatte; aber noch schlimmer wäre zweifellos gewesen, wenn Milly in dem Hotel die Geschichte von anderen erfahren hätte. Nur die traurigen Tatsachen, ohne Entschuldigungen, Rechtfertigungen und ohne das Motiv zu kennen – ein Motiv, das mit Sicherheit nicht unedel war. Den Mann seiner Wahl zu lieben und ihn vor den Attacken schrecklicher Verwandter zu beschützen, die nur auf die Chance warteten, schadenfrohe Bemerkungen loszuwerden wie »Na also« oder »Haben wir es nicht gesagt?« – war das etwa nicht edel? Aber sie zog es vor, Milly selbst alles zu erzählen; bei weitem. Schließlich hatte sie seit Jahren fortgesetzt einen falschen Eindruck erzeugt. Ihre Feinde würden sogar behaupten, daß sie bewußt die Unwahrheit geschrieben hatte. Und das einzugestehen war zweifellos eine schwierige Aufgabe, weil Milly sich mit Sicherheit an den Ton in ihren Briefen erinnerte. Am besten wäre es natürlich, weiterhin zu lügen, dachte Agatha, die die Idee eines Geständnisses schon wieder abschreckte; aber mit einem Menschen ständig unter einem Dach zu leben, wie Milly und sie das von nun an tun würden, war doch etwas anderes, als nur Briefe zu schreiben. In ihren täglichen Unterhaltungen würde sich kaum aufrechterhalten lassen, was ihr brieflich so leicht gefallen war, fürchtete Agatha.

»Du hättest nicht gefunden«, sagte sie mit noch tieferer Stimme, in der ihre tiefe Abneigung mitklang, sich so bald offenbaren zu müssen, »was du mit Sicherheit erwartet hättest.«

»Richtig«, sagte Milly und küßte sie. *»Dich* hätte ich ja nicht mehr vorgefunden, Liebste.«

»Das ist nicht ganz das, was ich meinte«, sagte Agatha; und fügte nach einem kurzen inneren Kampf hinzu: »Ich muß dir ein Geständnis machen, Milly.«

»Ein Geständnis?« wiederholte Milly. »Du, Aggie?«

»Ein Geständnis?« wiederholte die Managerin ganz leise und kroch ein paar Stufen höher, um auch nicht ein einziges Wort zu verpassen.

»Vielleicht sollte ich besser sagen . . . eine Erklärung«, sagte Agatha, deren Stolz sich tapfer gegen den Tod wehrte.

»Mir wäre ein Geständnis lieber«, meinte Milly mit einem nervösen kleinen Lachen. Wie sehr würde das die Sache für mich erleichtern, wenn Aggie auch etwas zu gestehen hätte, dachte sie. Aber diese Vorstellung war absurd. Was sollte Aggie, ganz allein da oben in den hohen Bergen, angestellt haben? Beim Sündigen mußte einem geholfen werden. Davon abgesehen, was war denn mit Le Bon und all den wunderschönen Briefen?

Milly lachte nervös. Wie konnte sie sich wünschen, daß Aggie etwas angestellt hatte? Das war gemein; aber sie tat es trotzdem. Ihre eigenen Verfehlungen wären dann nur noch halb so schlimm. Sie säßen dann quasi im selben Boot, was eine günstige Voraussetzung für ihr zukünftiges gemeinsames Leben bedeutete. Denn egal, ob Heiliger oder Sünder – in der Gemeinschaft Gleichgesinnter war man immer gut aufgehoben.

Agatha wunderte sich über Millys Lachen, und noch mehr darüber, welche Bemerkung es begleitet hatte.

»Du lachst, Milly?« fragte sie erstaunt und irritiert. Ein Zeichen von Hysterie? Wahrscheinlich. Agatha faßte fester zu. Arme kleine Schwester . . .

Und sie drückte Millys Wange fest gegen ihre Brust, ohne zu bedenken, wie rauh das Material ihres Mantels war, wie ungeeignet, jemanden zu besänftigen. »Du bist ganz durcheinander.«

Nicht ganz richtig im Kopf, wenn man mich fragt, dachte die Managerin eine Treppe tiefer als ihre beiden Mieterinnen.

»Das war ich«, gab Milly zu, erschrocken über ihre Gedanken und ihr Lachen, nur einen Tag nach der Beerdigung und den drückenden Schuldgefühlen. »Aber das wird sich geben, weil du jetzt bei mir bist, Aggie. Endlich kann ich all die Dinge aussprechen . . . nun, die man eben nur einer Schwester anvertrauen kann. Selbst mit Arthur konnte ich es nicht . . .«

»Ernest«, korrigierte Agatha sanft.

»Nein . . . Arthur. Also selbst mit ihm . . .«

»Milly, meine Liebste, der Name deines Mannes war Ernest«, sagte Agatha und zog sie weiter die Treppe hinauf, wo sich irgendwo Millys Bett befinden mußte. Denn sie mußte sich unbedingt hinlegen. Das arme kleine Ding war ja völlig hysterisch und außerstande, weitere Aufregungen zu vertragen. Darum war es wohl besser, ihre eigenen Erklärungen auf morgen zu verschieben. Milly mußte ausgeschlafen sein, wenn sie sie hörte.

Milly hingegen wunderte sich, warum sie Arthur erwähnt hatte, spontan und unvorbereitet, noch dazu in diesem finsteren Treppenhaus. Als sie den Flur im zweiten Stock erreichten, führte Agatha sie in Richtung des Schlafzimmers, an dessen Tür sie morgens die grimmige Frau angestarrt hatte.

Milly zuckte zurück. »Nein, nein«, flüsterte sie. »Nicht dort hinein. Das Zimmer ist vermietet. Meines ist weiter oben.«

»Vermietet?« wiederholte Aggie fassungslos.

Vermietet? dachte die Managerin, nur ein paar Stufen tiefer.

»Ja. Sie ist da drin«, flüsterte Milly. »Ich habe sie gestern gesehen.«

»Sie ist darin?« wiederholte Agatha erstaunt.

Sie ist darin? wunderte sich die Managerin.

»Pscht. Sonst hört sie uns«, flüsterte Milly. »Komm nach oben in mein Zimmer.«

»Aber . . .«, begann Agatha.

»Pscht«, sagte Milly.

Agatha murmelte so etwas wie »erstaunlich«, und das war das letzte, das die Managerin hörte.

Das würde ich aber doch auch denken! empörte sich die Managerin. In der Tat erstaunlich. Und sobald sie hörte, wie die Tür des Schlafzimmers im dritten Stock ins Schloß gefallen war, eilte sie zu dem Zimmer im zweiten Stock, um selbst nachzusehen, wer es gewagt hatte . . .

Aber das Zimmer war leer.

»Aha«, murmelte sie. Inzwischen war sie zu dem Schluß gekommen, daß diese beiden merkwürdigen schwarzen Vögel auf der Durchreise in ihrem Etablissement nicht nur unerwünscht waren – wenn man ihre seltsame Beziehung zum Tod, ihren Willen Geständnisse abzulegen, ihren Wunsch gleich nach der Ankunft wieder abzureisen bedachte, und dann diese Stiefel, die eine Schande für jede Türschwelle waren, besonders in ihrem Haus –, sondern auch nicht ganz richtig tickten, so viel stand fest. Warum würden sie sonst behaupten, eines der Zimmer sei untervermietet? Die Managerin ließ ihre Blicke durch den Raum wandern, in dem sie nichts entdecken konnte außer den billigen Toilettenartikeln, die sie bereits während der Abwesenheit der Eigentümerin eingehend in Augenschein genommen hatte, und den Hausschuhen, die noch immer unter dem Bett standen und noch älter und noch abgetragener aussahen als die Stiefel.

6

In ihrem Zimmer im dritten Stock suchte Milly verzweifelt nach Streichhölzern, ein fast aussichtsloses Unterfangen in dieser Finsternis und mit Agatha, die ihren Arm nicht losließ.

»Ich möchte dich anschauen, Aggie, Liebste«, sagte Milly. »Ich *sehne* mich danach, dich endlich anzuschauen.«

»Und ich sehne mich in diesem Augenblick danach, dich endlich im Bett zu wissen, meine arme, erschöpfte kleine Schwester«, sagte Agatha. »Und dann werde ich hinuntergehen und diese Frau fragen, was sie sich eigentlich . . .«

»Ich habe doch den ganzen Tag nichts anderes getan als zu schlafen«, sagte Milly und tastete sich, mit Agatha am Arm und ausgestreckter Hand, durch den stockdunklen Raum. »Tief und fest, stundenlang.«

»Ach, du bist in der Lage zu schlafen?« fragte Agatha erstaunt, denn sie erinnerte sich, nach Gastons Tod nächtelang kein Auge zugetan zu haben, fügte dann aber hinzu, daß sie sich darüber freue.

»Sie scheinen in diesem Haus recht sparsam zu sein, was die Beleuchtung betrifft, findest du nicht?« fragte Milly, sich weiter durch das Zimmer tastend.

»Und trotzdem wird sie es uns auf die Rechnung schlagen«, sagte Agatha, erfahren in diesen Praktiken, aber böse, wenn sie auf sie selbst angewandt wurden. »Ich nehme an«, fuhr sie fort, ohne Millys Arm loszulassen, »ihr habt jetzt elektrisches Licht im Haus – früher war es Gas, erinnere ich mich –, wahrscheinlich sogar in den Dienstbotenzimmern, und es macht wohl kaum etwas aus, wenn es die ganze Nacht brennt.«

»Ernest hat es etwas ausgemacht«, sagte Milly, die völlig mit ihrer Suche beschäftigt war und vermutlich einen Kerzenständer umgeworfen hatte, denn er fiel mit einem blechernen Geräusch zu Boden und ging nicht dabei kaputt.

»Der arme Mann«, seufzte Agatha. »Nun macht ihm nichts mehr etwas aus.«

»Das sollte mich wundern«, sagte Milly, die auf dem Boden herumkroch, bis sie schließlich den Kerzenständer fand, in dem keine Kerze steckte, an dem aber die Reste einer Kerze klebten.

»Meine kleine Milly«, sagte Agatha sehr liebevoll, »daran solltest du nicht zweifeln. Denk lieber daran, Ernest hat jetzt nichts mehr, worüber er sich Sorgen machen müßte, der arme Mann. Er klettert jetzt die Himmelsleiter hinauf zu anderen Freunden.«

»Ich glaube nicht, daß er das tut«, sagte Milly, wild entschlossen, endlich die Streichhölzer zu finden; vielleicht gab es ja doch irgendwo in diesem Zimmer eine Kerze, die sie in der Finsternis nur nicht fand. »Ernest verabscheute alles, was mit Treppensteigen zu tun hatte. Letztes Jahr hat er deshalb einen Lift einbauen lassen. Nur, um damit vom Erdgeschoß in sein Schlafzimmer im ersten Stock zu fahren.«

»So reich?« sagte Agatha, die genau wußte, was der Einbau eines Liftes kostete, denn Gaston und sie hatten abendelang Kataloge gewälzt, ganz zu Anfang, als sie noch an eine erfolgreiche Zukunft glaubten und den Plan hatten, das Hotel aufzustocken, was natürlich den Einbau von Fahrstühlen vorausgesetzt hätte.

Ein Lift kostete Hunderte von Pfund, Tausende von Franken, und nur um einen gesunden Mann in sein Schlafzimmer zu befördern – Unfälle waren für sie keineswegs mit einer Krankheit gleichzusetzen, da sie keinen kranken Zustand voraussetzten –, während sie zwischen all ihren hohen Bergen jeden Rappen umdrehen mußte, um für ihren heiklen Mann ein Essen auf den Tisch zu bringen.

»Ja, er war reich«, meinte Milly, die mit der Hand über die Kommode tastete und dabei ganz staubig wurde.

Agatha bekämpfte und besiegte ihre Neidgefühle. Schließlich würde auch sie bald von Ernests Reichtum profitieren: »Wie glücklich ich für dich bin, meine Milly, daß du so gut versorgt bist.«

»Nun«, sagte Milly, die im letzten Moment eine Vase auffing, ehe sie zu Boden fiel, »so ist es eigentlich nicht. Oh, Aggie, ich muß dir ja so viel erzählen!« Für einen Augenblick legte sie ihre Wange an Agathas Schulter, und ihre Knochen spürend, fügte sie hinzu: »Wie *dünn* du bist.«

»Natürlich bin ich dünn«, antwortete Agatha. »Kummer frißt einen auf.«

»Tatsächlich?« fragte Milly. Und sie selbst? Wurde sie vom Kummer aufgefressen? Mit Sicherheit nicht. Nun, man konnte auch kaum erwarten, daß das in Jahren angefressene Fett in einer einzigen Woche verschwand, oder? Aggie hatte immerhin drei Monate gehabt.

»Doch«, sagte Agatha. »Das bereitet uns vor.«

»Worauf?« fragte Milly, mit ihrer Schwester am Arm, weitersuchend.

»Worauf, meine Liebe? Auf die Wiedervereinigung natürlich. Ist das nicht unsere einzige Hoffnung? Ist das nicht alles, was uns geblieben ist? Das und der Trost durch die Gewißheit, daß unsere Lieben Glück und Frieden gefunden haben. So mußt du dir jetzt Ernest vorstellen, Milly – glücklich und zufrieden.«

»Glaubst du, daß er das ist?« fragte Milly. »Ich habe das Gefühl, daß er sich ganz in der Nähe befindet . . . und gar nicht *wirklich* verschwunden ist.«

»Er ist ja auch nicht wirklich verschwunden, Milly«, versicherte ihr Agatha. »Tatsächlich ist er dir sehr nah. Er paßt auf dich auf.«

»Er paßt auf, aber nicht auf mich«, sagte Milly schaudernd, weil sie sich an jene Nacht im Schlafzimmer erinnerte.

»Nein, er paßt auf dich auf, Milly«, insistierte Agatha. »Mit all seiner Liebe. Was hast du gesagt?« fragte sie, weil wieder etwas umfiel und einen höllischen Lärm machte.

»Ich sagte, ich glaube nicht, daß er das tut«, sagte Milly.

Agatha blieb stehen und zwang sie damit, ebenfalls stehenzubleiben.

»Milly, meine Liebe, der Schock hat doch wohl nicht deinen Glauben zerstört?«

»Nein«, sagte Milly; und das stimmte; denn diese Art von Glauben, der in Agathas letzten Briefen überdeutlich geworden war, diese Art von Glauben hatte sie nie besessen; folglich war er ihr auch nicht abhanden gekommen. Gaston hatte vielleicht, vielleicht auch nicht, getan und gefühlt, was Agatha ihm nachsagte – er war ein Schweizer, und die waren möglicherweise anders; aber daß Ernest liebevoll auf sie aufpaßte, das konnte sie einfach nicht glauben. Warum sollte er? Er hatte sie nicht einmal geliebt, als er noch am Leben war; er hatte sie vielmehr gehaßt, so sehr sogar, daß er sich die Zeit genommen hatte, sich eine besonders perfide Strafe für sie auszudenken. Ihrer Sünde wegen war der Haß in sein Herz eingezogen, der ihn dazu bewogen hatte, diesen gmeinen und feigen Plan in die Tat umzusetzen; und er sollte sie, die Urheberin seiner teuflischen Gedanken, lieben? Das war nun doch zuviel verlangt. Sie war sogar doppelt schuldig. Denn sie war verantwortlich für Ernests Gemeinheit und Feigheit. Und für Arthurs Abkommen vom Pfad der Tugend war sie ebenfalls verantwortlich. Ihre Sünden wogen schwer. Sie mußte unbedingt Aggie alles erzählen, ihr reinen Wein einschenken – der Teufel sollte die verdammte Kerze holen –, auf der Stelle . . .

Als sie gerade dabei war, ihre Suche nach Licht aufzugeben und mit ihrer Sündenlitanei zu beginnen, fand sie eine Schachtel mit Streichhölzern.

»Da sind sie«, rief sie. »Ich habe sie gefunden!«

Mit einer sanften Bewegung befreite sie sich von Agathas Arm, öffnete die Schachtel und zündete ein Streichholz an.

Direkt vor ihr, direkt unter ihrer Nase, befand sich ein zweiter Kerzenhalter, mit einer Kerze darin. Sie wandte Agatha ihren Rücken zu, die Flamme mit der hohlen Hand schützend, um die Kerze anzuzünden.

»Ich habe dir so viel . . . oh, so *viel* zu erzählen, Aggie, Liebste«, sagte sie mit zitternder Stimme, weil der Augenblick der Wahrheit gekommen war.

Mit Hilfe des Streichholzes schmolz sie den Docht, der sich im Wachs versteckt hatte, frei und fuhr fort: »Du wirst sehr geduldig mit mir sein müssen, sehr geduldig«, nun zitterte auch ihre Hand, »und mich sehr liebhaben ... wirst du mich immer lieben, Aggie?« fragte sie. »Was immer ich ge ... was immer passiert ist?«

»Aber Milly«, sagte Agatha, die die Frage etwas pathetisch fand, die aber gleichzeitig jener ähnelte, die sie selbst ihrer Schwester bald hatte stellen wollen, »habe ich nicht aus diesem Grund die lange Reise aus der Schweiz bis hierher gemacht? Um dich immer zu lieben und selbst immer von dir geliebt zu werden?«

»Ich kann mir gar nicht mehr vorstellen ...«, sagte Milly, endlich erfolgreich beim Versuch, den Docht freizulegen und die Kerze anzuzünden, »... wie ich diese vielen Jahre leben konnte ohne ...«

Sie wollte fortfahren »meine liebe Schwester«, aber als sie sich, die brennende Kerze in der Hand, umdrehte, blieben ihr die Worte im Hals stecken. Eine unheimliche Stille beherrschte den Raum, während sich die beiden anstarrten.

Dann endlich sagte Agatha mit einer tiefen Stimme, die belustigt vibrierte: »Milly?«

Und Milly fragte zögernd, als suche ihr Verstand einen Ausweg: »Das warst also *du,* heute morgen ...«

*

Eine entsetzlich steife Höflichkeit überkam sie beide. Milly schlug die Augen nieder, als erinnere sie sich plötzlich daran, wie taktlos es war, Fremde so anzustarren.

Sie wandte sich ab und stellte die entsetzliche Kerze auf die Kommode – sehr vorsichtig, denn ihre Hände zitterten.

Aggie. Wor war Aggie? Wer war die Person, mit der sie sich im selben Raum befand? Ihre Schwester – was war aus der geworden? Diese hagere Frau mit den großen Augen, in denen erstaunte Feindseligkeit funkelte, diese Frau war nicht Aggie, konnte nicht Aggie sein, nur jemand, der ihre Stimme gestohlen hatte. *Meine Schwester . . . oh, meine Schwester!* schrie Millys Herz, aus dem alles verschwunden war, was es ihr Leben lang gefüllt und erwärmt hatte.

Sie verkroch sich in die Höflichkeit. Und das tat Agatha ebenfalls, zutiefst erschrocken von Millys Aussehen. In diesem Fettkloß hätte sie niemals ihre Schwester erkannt. Nur ihre Augen und ihre Stimme hatten sich nicht verändert, der Rest von Milly jedoch hatte nicht mehr die geringste Ähnlichkeit mit der Milly von früher, sondern wies die typischen Merkmale langexerzierter ununterbrochener Selbstnachsicht auf.

Das Wort *aufgedunsen* kam ihr in den Sinn. Sie war äußerst befremdet. Schweigend betrachtete sie Millys teuer gekleideten Rücken. Sie war hergekommen, um ihre leidende Schwester zu trösten, aber wo war ihre leidende Schwester? Wer wirklich Kummer hat, ist niemals fett, dachte sie.

»Ich fürchte«, sagte Milly höflich, immer noch abgewandt und fest entschlossen, etwas zu sagen, aber plötzlich in einem Ton, der sich so maßgeblich von dem unterschied, den sie vorher benutzt hatte, daß es ihr selbst auffiel, »du bist sehr müde.«

»Müde? Ganz und gar nicht«, sagte Agatha genauso höflich, »nur älter.«

Um das schreckliche Schweigen zu überbrücken, irgendwie, ganz egal wie, beugte sich Milly geschäftig über die Kerze, deren Docht die Tendenz hatte zu qualmen.

Meine Schwester – oh, meine Schwester . . .

Natürlich konnte man nicht in einer Woche dünn und grauhaarig werden, das wußte Agatha wohl, obwohl es einigen der ganz Großen in der Geschichte widerfahren war – tatsächlich hatten manche nur eine Nacht dafür gebraucht, jedenfalls was die grauen Haare betraf –, aber zumindest zeigte es sich normalerweise deutlich, wenn man Schlimmes durchgemacht hatte. Milly jedoch wies keinerlei Anzeichen auf. Nichts deutete auf eine ernsthafte Reaktion auf ihre letzten Erfahrungen hin, um nicht zu sagen, irgendwelcher Erfahrungen. Sie sah aus wie eine Puppe; eine kugelrunde Puppe. Rosarot, und auch weiß. Rosarot und weiß mit fünfundvierzig! Wie konnte man in diesem Alter aussehen wie eine rosarote und weiße Puppe? Nach einem Vierteljahrhundert eines Lebens, in dem es doch Höhen und Tiefen gegeben haben mußte, trotz des vielen Geldes? So sah man nur aus, wenn man zu keinen echten, tiefen Gefühlen in der Lage war, oder? Ernsthaft, wie sollte sie einer Puppe helfen und sie trösten, fragte sich Agatha.

Milly, des unerträglichen Schweigens müde, holte den einzigen vorhandenen Stuhl und brachte ihn der immer noch stehenden Agatha.

»Möchtest du dich nicht setzen?« fragte sie, ohne die derart Angesprochene dabei anzusehen.

»Danke«, sagte Agatha und sah sie auch nicht an. Trotzdem sahen sie sich natürlich; und sie sahen alles.

Agatha setzte sich vorsichtig auf den altersschwachen Stuhl, indem sie ihre mageren Knie zur Seite rückte, weil er zu niedrig für sie war. Allein die wenigen letzten Tage, dachte sie, die Kommode fixierend, diese letzten schrecklichen Tage, in denen jede einzelne Stunde eine Qual bedeutet haben mußte, jedenfalls für jede Frau, die echte Gefühle besaß, reichten normalerweise aus, um tiefe Furchen in ein Gesicht zu graben. Doch in Agathas Gesicht konnte sie keine Furchen entdecken, nicht eine einzige Falte. Natürlich hatte sie eine leichte Schwellung und Rötung um die Augen, aber sie hatte schließlich nicht die lange Reise aus der Schweiz bis hierher auf sich genommen, um eine leichte Schwellung und Rötung zu trösten, oder? Und sie erinnerte sich an die Mahlzeiten, ohne die sie und ihr Gaston hatten auskommen müssen. Milly dagegen mußte sogar in dieser letzten Woche regelmäßig, und zwar große Mengen gegessen haben, sonst wäre sie keinesfalls so . . .

Agatha war wirklich befremdet. Noch lange nach Gastons Tod war es ihr unmöglich gewesen, mehr als eine gelegentliche Tasse Tee oder ein kleines Stückchen Brot zu sich zu nehmen. Wer wirklich liebte und seinen Liebsten verlor, der konnte einfach nicht essen. Was hatten sie gemeinsam, sie und Milly, die so offenkundig oberflächlich war?

Milly setzte sich ebenfalls, im rechten Winkel zu ihr, auf die Kante ihres Bettes, während die Flamme der Kerze im Wind, der durch das offene Fenster hereinströmte, flackerte und einen gigantischen behaubten Kopf an die Wand zauberte, der fast die Decke berührte – ein unruhiger Schatten, der grotesk hin und her wackelte. Agatha wandte ihr das Profil zu, weil es für sie zu schmerzhaft war, zu sehen, was aus Milly geworden war. Und ihr Profil wirkte auf Milly nicht ganz so fremd wie ihr Gesicht von vorn, denn Profile hielten sich länger als Gesichter; aus dieser Seitenansicht kam es Milly ein wenig vertraut vor, wie eine ältere Tante, die gewisse Familienähnlichkeit mit Agatha aufwies und zu Besuch gekommen war; eine dieser Ähnlichkeiten, die zukünftige Ehemänner abschreckte. Aber es hat nichts mit *Aggie* zu tun, dachte Milly, während sie in ihrem leeren Herzen das Gefühl nicht loswerden konnte, einen tragischen Verlust erlitten zu haben – es hatte nichts mit ihrer Schwester zu tun, die noch vor fünf Minuten mit ihrer warmen Herzlichkeit ihr Herz erfreut hatte.

Sie strich das Kleid über den Knien glatt, faltete die Hände im Schoß und betrachtete sie so intensiv, als müsse sie achtgeben, daß sie sich anständig benahmen. Trotzdem sah sie sie nicht. Sie sah nur Agatha; ganz deutlich sah sie diese Fremde mit Agathas Stimme.

Meine Schwester – oh, meine Schwester!

»Wann bist du aus der Schweiz abgereist?« fragte sie, immer noch paralysiert von der auferlegten Höflichkeit, nervös nach einer Möglichkeit suchend, dieses fürchterliche Schweigen zu brechen. Die Fremde auf dem Stuhl schien das Schweigen nicht zu stören. Jedenfalls tat sie nichts, um es zu brechen.

»Vorgestern, im Morgengrauen«, antwortete Agatha mit stetem Blick auf die Kommode.

»Dann mußt du ja völlig erschöpft sein«, meinte Milly zu ihren Fingern.

»Ganz und gar nicht«, sagte Agatha zu der Kommode.

Der Schatten an der Wand ruckte und wanderte über die Decke. Milly stand auf und schloß das Fenster.

»Damit du nicht im Luftzug sitzen mußt«, sagte sie, erleichtert, etwas tun zu können, während sie mit dem Fenstergriff hantierte, der nicht schließen wollte.

»Das hat mir noch nie etwas ausgemacht«, sagte Agatha, bewegungslos auf ihrem Stuhl sitzend.

»Ich kann mir vorstellen, daß es in der Schweiz eine Menge gibt«, sagte Milly. »Bei all diesen hohen Bergen.«

»Wovon soll es eine Menge geben deiner Ansicht nach?« fragte Agatha mit Engelsgeduld.

»Luftzug«, sagte Milly.

»Möglich«, sagte Agatha.

War das nicht völliger Quatsch, sich über den Luftzug zu unterhalten, dachte Milly, und nach dieser ewig langen Trennung höflich miteinander zu sein, sich zu benehmen, als hätten sie sich nie zuvor gesehen? Dabei hatten sie doch nur noch sich und ihren Trost und ihre Liebe.

Nun, sie würde, sie *würde* sich natürlich geben, sie würde sich dazu zwingen . . .

»Du hast dich natürlich verändert«, sagte sie, die Hände immer noch am Fenstergriff – entweder war das Ding kaputt, oder ihre Hände zitterten zu sehr, auf alle Fälle aber reichte es als Entschuldigung, um sich nicht umdrehen zu müssen. »Aber das macht nichts, Aggie« – erstaunlich, wie schwer es ihr fiel, die Fremde dort auf dem Stuhl Aggie zu nennen –, »Körper spielen keine Rolle. Äußerlichkeiten sind wirklich unwichtig.«

»Sie sind immerhin so etwas wie eine Art Symbol«, sagte Agatha.

»Daran glaube ich nicht«, meinte Milly.

»Wie bitte?« fragte Agatha, die nichts gehört hatte, weil Milly mit dem Fenster so einen Krach machte.

»Nein, nein und abermals nein!« rief Milly und drehte sich rasch um, um die bewegungslose Agatha zu fixieren. »Sprich nicht so mit mir . . . sag nicht *wie bitte* und solche Dinge zu mir – zu *mir,* als ob ich . . . als ob . . .«

Die Worte blieben ihr in der Kehle stecken. Sie konnte einfach nicht weitersprechen. Ein Gefühl tiefer Einsamkeit befiel sie. Diese zu Eis erstarrte Fremde dort auf dem Stuhl, die sie nicht ansah, das miese kleine Zimmer . . .

Meine Schwester – oh, meine Schwester! Sie hatte sie verloren, für immer verloren. Die Gedanken an sie, an deren Liebe und Verständnis sie immer geglaubt hatte – ja, unabhängig davon, was sie tat oder nicht tat –, sie hatten sie in all den Jahren aufgerichtet und gewärmt . . .

»Als ob . . .?« ermutigte Agatha sie kühl weiterzureden.

Milly riß sich zusammen. Himmel, wie idiotisch das alles war. Sie *durften* sich nicht länger voreinander verstecken, sie *mußten* sich durch diese Körper, die ihnen offenbar unangenehm waren, hindurcharbeiten, bis sie zu ihren Herzen gelangten, in denen mit Sicherheit noch die alte, einfache, herzliche Liebe zueinander vorhanden war.

»Aggie.« Milly zwang sich, den Namen auszusprechen.

»Ja, Milly?«

»Habe ich mich wirklich so verändert? Kannst du mich deswegen nicht anschauen?«

»Du bist etwas beleibter geworden«, sagte Agatha zu der Kommode.

»Ich weiß, ich weiß. Das läßt sich nicht vermeiden . . . in fünfundzwanzig Jahren. Aber das spielt doch keine Rolle. Was macht das schon aus? Ich denke, es ist völlig normal, etwas runder zu werden. Was *wirklich* zählt, ist . . .«

»Und ich?« unterbrach Agatha. »Bin ich auch runder geworden, wie du das nennst?«

Nein; Agatha war mit Sicherheit nicht runder geworden. Im Gegenteil, sie hatte all ihre früheren Rundungen verloren. Aber war das ein Grund, sie zu beglückwünschen? In ihrer Stimme klang wieder diese seltsame Feindseligkeit mit. Warum?

»Wenn ich dir«, sagte Agatha, ohne den Blick von der Kommode abzuwenden, »wie eine betrübte Frau vorkommen, dann bitte ich dich das zu entschuldigen. Versuche daran zu denken, daß ich eine betrübte Frau *bin.*«

»Bin ich das nicht auch?« fragte Milly. »Bin ich nicht auch eine traurige Frau? Schließlich . . .«

Milly unterbrach sich. Konnte sie sich allen Ernstes als bekümmerte Frau bezeichnen? Im Zusammenhang mit Agatha, deren Trauer tief und echt war? War sie nicht eher eine Frau mit Schuldgefühlen, die sich nur so miserabel fühlte, weil ihr Tun entdeckt worden war?

»Ich weiß, daß du sehr bekümmert sein mußt, deswegen habe ich ja auch die lange Reise aus der Schweiz hierher unternommen, um dich zu trösten. Aber . . .«

Auch sie unterbrach sich; ihre melancholische Stimme hing wie ein Echo in dem kleinen Zimmer, und als sie das Wort *trösten* aussprach, normalerweise ein Wort, mit dem menschliche Wärme zum Ausdruck gebracht werden soll, klang es wie eine Totenglocke.

Milly rutschte auf der Kante des Bettes in Agathas Nähe. »Das war sehr lieb von dir . . . sehr lieb«, sagte sie und griff resolut nach der Hand ihrer Schwester. Im Dunkeln hätte sie sie geküßt. In diesem Augenblick schien es wirklich angebracht; aber beim Kerzenschein konnte sie es nicht. In der Dunkelheit zu küssen war viel leichter, fand sie und wandte ihren Blick von Agathas hartem Profil ab. Die Dunkelheit war überhaupt in vielen Fällen hilfreich, und wenn diese Kerze nicht gebrannt hätte, hätte sie Agatha längst die Sache mit Arthur erzählt.

Sie schauderte. Wie schrecklich, dachte Milly. Was für eine schreckliche Vorstellung, die Geschichte jemandem erzählt zu haben, den man für seine Schwester hielt, um dann beim Anzünden der Kerze herauszufinden, daß auf dem Stuhl eine Fremde saß und zuhörte. Die Kerze hatte sie gerettet. Leider nur kurzfristig. Es war höchste Zeit, Agatha alles zu gestehen. Sie konnte doch nicht mir ihr in die Schweiz reisen und ihr Brot teilen, wenn nicht alles zwischen ihnen geklärt war. Davon abgesehen mußte sie ohnehin irgendwie die Tatsache erwähnen, daß sie kaum Geld hatte, und gezwungenermaßen die Gründe dafür erläutern. Die wahren Gründe. Keine Lügen mehr, befahl Milly sich.

Meine Schwester – oh, meine Schwester . . .

Die rundliche Milly saß auf der Bettkante und stellte sich taub, als ihr Herz sich wieder zu melden begann. Dieses Fremdeln zwischen ihnen würde bald verschwinden; bald würde Agatha sie so akzeptieren können, wie sie war. Offenbar hatte ihr das gealterte Aussehen einen Schock versetzt. Aber Milly hatte das Gefühl, daß sie sich nach einer Zeit der gegenseitigen Gewöhnung mit den Tatsachen abfinden könnten. Sicherlich . . .

Millys Blick, der sich von Agathas Profil abgewandt hatte, fiel zufällig auf deren Hand, die sie in der ihren hielt, was ihre Überlegungen jäh unterbrach.

»Aggie . . .«, stammelte sie schließlich, denn die Hand, die sie eben zum erstenmal richtig wahrgenommen hatte, war eine total ruinierte Hand; nicht einfach schlechthin eine von der Arbeit und ungünstigen Wettereinflüssen ruinierte Hand, sondern . . .

»Aggie . . .?« stammelte sie wieder, außerstande sich deutlicher zu artikulieren. Waren diese Hände nicht . . . konnte es sein, daß diese Hände jemandem gehörten, der lange Zeit auf vieles hatte verzichten müssen, sogar auf . . . *meine Schwester, oh, meine Schwester!* . . .ausreichendes Essen?

Und Agatha, die nun ebenfalls auf ihre Hände und das darüber gebeugte Gesicht starrte und den Kontrast wahrnahm zwischen dem weichen, runden und formlosen Gesicht und den beschämend häßlichen, verdorbenen Händen, überkam der spontane Wunsch, auf der Stelle ihr Geständnis abzulegen, und zwar, von einem seltsamen Impuls getrieben, so exakt und so schmerzhaft wie möglich. Merkwürdigerweise wollte sie nicht mehr das Beste daraus machen, sondern das Schlimmste.

»Arbeit«, erklärte sie kurz und bündig. Und nach einer Pause, in der sie Millys unförmigen Körper angewidert betrachtete, als überlege sie, in welches weiche Stück Fleisch sie gleich ihr Messer rammen würde, fügte sie hinzu: »Und Hunger.«

*

Sie starrten sich in die Augen, in totaler Bewegungslosigkeit verharrend. »Hunger?« flüsterte Milly, und in ihren Augen spiegelte sich erstauntes Entsetzen. »Hunger . . .?«

»Ist dir dieses Wort etwa unbekannt?« fragte Agatha, selbst überrascht über die Bitterkeit, die wie eine riesige Welle über sie hinwegging, die sie jahrelang heimlich in ihrem Herzen gehütet und nicht nach außen hatte dringen lassen, während sie mit stolz erhobenem Kopf und Tränen in den Augen, Hand in Hand mit Gott, auf jenem einsamen Bergpfad entlanggewandert war. Nun ließ sie sie an Milly aus.

Lag der Grund etwa darin, daß es dort oben in den Bergen, wo die wenigen Einwohner ebenfalls arm waren und um das schiere Überleben kämpften, nichts gab, womit sie ihre eigene Misere vergleichen konnte? Oder hatte sie, wohl wissend, wie wohlhabend Milly war, nur nicht bemerkt, wie widerlich dieser Reichtum war? Schon allein die von Millys überladenem Tisch gefallenen Brotkrumen hätten Gaston und sie vor den Stichen in ihren leeren Mägen retten können, diesen furchtbaren Schmerzen des Hungers, mit denen sie in den letzten Jahren hatten leben müssen. Zugegeben, in den vergangenen paar Wochen hatte sie genügend zu essen bekommen, aber es würde mit Sicherheit mehr als ein paar Wochen dauern, um die Spuren der Armut zu entfernen – die körperlichen, versteht sich, denn die seelischen würden bleiben, dessen war sie sich sicher.

Milly schien die Bitterkeit in ihrer Frage zu überhören und starrte sie noch immer mit diesen entsetzt aufgerissenen Augen an. Nur sehr langsam und mühsam begriff Milly, daß Aggie ganz schrecklich arm gewesen – ganz schrecklich arm war; und wenn das stimmte, was wäre dann aus ihnen beiden geworden, wenn sie tatsächlich in die Schweiz gereist wäre, um bei ihr zu leben?

»Erzähl, Aggie«, flüsterte sie. »Erzähl mir alles . . .«

*

Und Agatha erzählte. Alles. Sie schonte dabei weder sich noch Milly.

Nach den ersten Sätzen ließ Milly sich zu ihren Füßen nieder, ihren Arm um die mageren Knie gelegt und ihre Wange an die knöchrigen Hände ihrer Schwester gepreßt.

Es hat schon seine Richtigkeit, dachte Agatha, während sie ihre Geschichte aufrollte, daß ihre verwöhnte, baumwollgekleidete Schwester endlich gezwungen wurde zu begreifen, wie hart die Realität des Lebens ist. Denn davon hatte sie ganz offenbar keine Ahnung.

Sie konnte Millys Gesicht nicht sehen, die bewegungslos und schweigend dasaß, und schon sehr bald fing sie an zu weinen, bei der Erinnerung, was sie alles mit und für Gaston durchgemacht hatte, während andere die Annehmlichkeiten des Lebens genossen – Menschen wie die Botts, zum Beispiel, und deren Freunde, Verwandte und Mitläufer, sogar Menschen wie die Bediensteten der Botts, verwöhnt und natürlich überfüttert. Und die Tränen rannen über ihr hageres Gesicht.

Ihr käme es so vor, sagte sie, als sei die Unfähigkeit, Gefühle zu empfinden, die einzige Voraussetzung für ein erfolgreiches und glückliches Leben. Sobald man Gefühle entwickelte – für das Schöne im Leben, für das Unsterbliche –, wurde man dafür gestraft, verlor jede Aussicht auf Erfolg und Glück, im Gegenteil, man ging vor die Hunde. Sie und Gaston hatten ein Hundeleben geführt, weil sie an Ideale glaubten und gewillt waren, sie zu verwirklichen. Unglaubliche Dinge, von denen alle anderen verschont blieben, passierten ihnen. Sie würde gleich mit ein paar Beispielen aufwarten – die natürlich fast trivial wirkten im Zusammenhang mit Tod und Leiden, aber sie waren der Anfang vom Ende gewesen: Gäste, zum Beispiel, die Zimmer bei ihnen reserviert und angezahlt hatten und denen offenbar der Verlust der Anzahlung nichts ausmachte, wurden im letzten Moment krank oder hatten einen Unfall und kamen nie an. Einer der Gäste starb am Anfang der Saison im Hotel, und da er sich ausgerechnet die Zeit nach dem Abendessen dazu ausgesucht hatte, erschreckten sich die anderen Gäste und reisten geschlossen ab, womit der Eindruck entstand, und zwar für einige Jahre, daß mit dem Wasser etwas nicht in Ordnung gewesen war. Einmal brach sogar ein Feuer aus; es beschränkte sich auf nur zwei Zimmer, aber diese waren danach total verwüstet; und da sie nicht versichert waren, weil sie das Geld für die immens hohe Prämie nicht aufbringen konnten, war der Schaden wirklich enorm. Unglücksfälle dieser Art nahmen ständig zu. Rohre platzten; das Dach brach unter dem Gewicht der Schneemengen zusammen; die Hühner wurden von einer seltsamen Krankheit befallen; die Ziegen waren außerstande, sich fortzupflanzen, und krepierten der Reihe nach; die Kartoffeln befiel die Knollenfäule; die Roggenernte wurde durch außergewöhnlich starke Regenfälle vernichtet; und wenn die Leintücher in den Betten Löcher aufwiesen, dann schoben die Gäste es auf die miese Qualität der Wäsche. Und dann kam der Krieg, und damit begann der richtige Hunger. Sie selbst war so stark, daß sie in der Lage war, ohne Essen auszukommen, aber Gaston konnte es nicht, weswegen sie seinetwegen auf ihre Ration verzichtete und ihn trotzdem während seiner Krankheit pflegte. Tatsächlich hatte sie alles ausgehalten, dank Gott, der ihr die Kraft dazu gab, körperlich wie geistig, nur eines hätte sie auf keinen Fall verkraften können – den Hohn, den triumphierenden Hohn, des grausamen Ern . . . dieser grausamen Familie, der Botts, den sie gegen ihren geliebten Mann gerichtet hätten, sobald sie von ihrer Armut erfahren hätten.

Hilfe wäre angebrachter gewesen als Hohn, sagte Agatha und zog eine Hand unter Millys Wange hervor, um ihre Tränen abzuwischen. Aber zu großer Reichtum tötet die Seelen der Menschen. Wenn Gaston nur ein bißchen Kapital, eine gelegentlich helfende Hand zu spüren bekommen hätte, wäre er niemals in diese mißliche Lage geraten. Er war schuldlos. Schon eine geringe Summe hätte vermieden, daß sie nach seinem Tod das Hotel verkaufen mußte. Noch dazu für einen Pappenstiel. Und sie hätte nie den Posten einer Buchhalterin akzeptieren müssen, in dem Haus, das einmal ihr eigenes gewesen war. Wahrscheinlich hätte schon die Summe, die die Botts zur Ernährung überflüssiger Dienstboten ausgaben, ausgereicht, um Gaston wieder auf die Füße zu bringen. Dann wäre er der vielen Arbeit wegen nicht alt und krank geworden, dann würde er heute noch leben. Sie beschuldigte nicht Ernest, denn der war ja nun tot, sondern die Botts als Familie. Ernest hatte ohne Zweifel geglaubt, das Richtige zu tun, indem er sie und Milly trennte; sie maßte sich auch keineswegs an, an ihm Kritik zu üben. Der Arme war ja nun tot. Aber sein Handeln hatte sie zu einer Ausgestoßenen gemacht und ihren Mann, der der edelste Mensch war, der je Gottes Erde betreten hatte, gleichzeitig als Schurken abgestempelt. Jede Frau mit nur einem Körnchen Stolz, und sie war erfreut, sagen zu können, daß sie mehrere dieser Körnchen besaß, würde wie sie gehandelt haben. Sie hätte Milly die wahren Zustände ihres armseligen Lebens verheimlicht, auch wenn sie als Schwester einen Anspruch auf die Wahrheit hatte. Aber Milly war gleichzeitig eine loyale, liebende Ehefrau und außerdem die Gattin jenes Mannes, der für ihre Trennung veantwortlich war. Und als solche befand sie sich im feindlichen Lager. Natürlich wolle sie damit nicht zu verstehen geben, daß Ernest ein Feind gewesen sei, wie könnte sie auch, jetzt nach seinem Tod. Aber es gab tatsächlich Menschen, die Erfolg mit Geld verwechselten, die darüber hinaus unfähig waren, die Verdienste des Geistes zu verstehen, die alle mit Liebe gleichzusetzen waren. Ihre Ehe war mindestens so erfolgreich und reich gewesen wie Millys, aber auf einer Ebene, dic Ernest nie verstanden haben würde – einer Ebene, auf der nichts anderes existierte als Liebe.

Das sagte sie selbstverständlich ohne jede Kritik, nie würde sie sich herausnehmen, jemanden zu kritisieren, der tot war. Und schließlich waren ihre bitteren Erfahrungen und das verwerfliche Handeln, dessen sie sich schuldig gemacht hatte, indem sie Milly Dinge schrieb, die nicht ganz der Wahrheit entsprachen (außer im geistigen Sinn, was aber vielleicht schwierig zu erklären sein würde), auf eine einzige Sache zurückzuführen – auf die ungerechte, engstirnige und grausame Einstellung gegenüber ihrer Heirat –, die die Botts an den Tag gelegt hatten.

»Aber inzwischen ficht mich das nicht mehr an«, fuhr sie fort, ihre Hand auf Millys Schulter legend, nachdem sie die Tränen abgewischt hatte. Diese fühlte sich an wie ein kleines gut gestopftes Kissen, und sie war davon so unangenehm berüht, daß sie sie sofort wieder zurückzog. Sie sah sich gezwungen, sich erneut zu fragen, ob sich akuter Kummer, sei es ihr eigener oder der jeder Frau, die den geliebten Mann verloren hatte, besonders wenn es so plötzlich, so unerwartet und auf so grausame Art geschah, ob sich dieser akute Kummer in solch geschmeidiger Plumpheit äußern konnte. »Mich fechten die Ungerechtigkeiten anderer Menschen nicht mehr an. Darüber bin ich hinaus. Ich bin darauf vorbereitet, all das Leid, das diese Familie mir angetan hat, zu übersehen und mit ihr – etwas zurückgezogen vielleicht, aber nur, so weit es die Höflichkeit nicht verletzt – zu leben. Ich bin hierhergekommen, um dir zu helfen, Milly – dir zu helfen und dich zu trösten, und ich werde nicht zulassen, daß mich die Botts daran hindern. Meine Liebe zu dir, abgesehen von dem Gefühl, meine Pflicht tun zu müssen, veranlaßten mich, sofort zu dir zu eilen in der Stunde deiner . . .«

Eigentlich hatte sie sagen wollen: in der Stunde deiner Not; aber war eigentlich nicht nur sie selbst in Not? Diese kissenartige Schulter, diese runde, weiche Wange, beides auf ihren Schoß gebettet, und kein einziges graues Haar auf dem Kopf! Ja, im Treppenhaus war Milly emotional, fast hysterisch gewesen, aber im Licht der Kerze, welche Anzeichen verrieten da ihre Not? Ein fettes, selbstgefälliges und vom Luxus verdorbenes Geschöpf, das ihren Blick vermied und dummes Zeug redete – mehr als unschicklich in dieser tragischen, ernsten Situation -, das hatte sie gesehen und gehört, und die Tatsache, daß dies ihre Schwester war, durfte sie nicht dazu verleiten, der Wahrheit nicht ins Auge zu sehen. Deswegen ersetzte sie das Wort *Not* durch *Witwendasein*, das stimmte zumindest. »In der Stunde deines Witwendaseins«, beendete sie also ihren Satz.

Milly, zu ihren Füßen hingekauert, sagte nichts. Agatha wischte sich mit der freien Hand die Tränen ab, während sie innerlich mit sich kämpfte, ob sie den dritten Grund ihres eiligen Besuches verschweigen sollte.

Sie zögerte. Warum sagte Milly nichts? Warum kauerte sie da unten zu ihren Füßen, stumm wie eine Schlafende? Sie schlief keineswegs, denn Agatha spürte auf ihrer Hand die Wimpern, die sich auf- und abbewegten. Warum sagte sie nichts?

»Davon abgesehen«, fuhr Agatha fort, nun doch entschlossen,

die Wahrheit zu sagen, obwohl ihr das sehr schwer fiel, »ich habe diese Armut satt ... einfach satt.«

Ihre Stimme klang hohl und unglaublich müde.

»Ja, ich gebe meine Schwäche zu, ich werde dir nichts verschweigen. Ich bin kein materiell denkender Mensch, glaube ich, zumindest hoffe ich es. Luxus finde ich abscheulich, verdammenswert. Hingegen sehne ich mich nach Sicherheit. Ja, ich sehne mich ...«, sie unterbrach sich, um ihre Stimme unter Kontrolle zu bekommen, beschämt, daß diese zitterte, »... danach, sorgenfrei leben zu können. Ich möchte endlich diese Angst los sein. Das Leben ist sehr schwer, wenn man ständig Angst hat – Angst vor der Zukunft, Angst davor, im Alter nicht genügend versorgt zu sein und womöglich hungern und frieren zu müssen. Es ist außerordentlich schwierig, sich die Freiheit des Geistes zu bewahren, wenn er ständig mit höchst unerfreulichen Dingen beschäftigt wird. Mein Gehalt als Buchhalterin betrug hundert Franken pro Monat, das sind weniger als fünfzig Pfund im Jahr. Der neue Hotelbesitzer hat mir das Reisegeld geliehen. Ich habe ihm gesagt, du würdest es zurückzahlen. Wer weiß, wie lange ich meine Stellung noch behalten hätte, wenn ich dageblieben wäre? Habe ich dir nicht gesagt, daß ich eine alte und gebrochene Frau bin? Wie lange konnte ich erwarten, daß dieser Mann Geduld und Mitleid zeigen würde? Tag und Nacht hat mich diese Frage beschäftigt. Dann passierte das mit Ernests Unfall, und so traurig und furchtbar sein Tod für dich sein muß, wenn du ihn genauso geliebt hast, wie ich meinen Gaston liebte, Ernests plötzlicher Tod hat mich gerettet. Ich will ganz ehrlich mit dir sein. Natürlich bin ich aus Liebe zu dir hierhergekommen, und auch, weil ich es als meine heilige Pflicht ansehe, meiner Schwester beizustehen in ihrem Kummer. Aber es gibt noch einen Grund: Ich bin gekommen, um meiner bitteren und hoffnungslosen Armut zu entfliehen und endlich ein Zuhause zu finden.«

Agatha hielt inne. Sie hatte alles gesagt, was es zu sagen gab. Zum erstenmal in ihrem Leben hatte sie sich offenbart.

Und Milly, die schweigend und bewegungslos zugehört

hatte, sagte sanft, fast als spräche sie zu sich selbst: »Das alles ist so schrecklich, daß ich es kaum aushalten kann.«

»Wie bitte?« fragte Agatha in der Annahme, sie habe falsch gehört; sie konnte und wollte nicht glauben, daß Milly so egoistisch und selbstgefällig war zu erklären, daß sie nicht einmal die Beschreibung dieses Lebens aushalten konnte, das Agatha fünfundzwanzig Jahre lang ertragen hatte!

»Welch eine Strafe«, murmelte Milly.

»Wie bitte?« fragte Agatha zum zweitenmal. »Willst du damit andeuten, daß du es als Strafe empfindest, was Gaston und ich durchmachen mußten? Darf ich dann vielleicht wissen wofür? Oh, sag nichts, ich kann deine Gedanken erraten. Wie kannst ausgerechnet du, meine Schwester, nach all diesen Jahren, an jene kleine, zeitweise und unter den damaligen Umständen unvermeidbare Mißachtung der Konventionen denken?«

Milly antwortete nicht. Und sie bewegte sich auch nicht. Aber Agatha spürte, wie etwas Nasses auf ihre Hand kullerte.

7

Tränen.

Welchen Grund kann Milly dafür haben? dachte Agatha, zutiefst betroffen, daß Milly in diesem Zusammenhang von Strafe gesprochen hatte. Warum also weint sie? *Ich* habe gelitten, nicht sie.

Millys Benehmen war wirklich unglaublich. Tränen – aus Selbstmitleid wahrscheinlich, weil sie sich eine derart schreckliche Geschichte hatte anhören müssen –, und dann dieses herzlose, ungerechte Wort.

Aber Agatha vergaß diese Tränen und dieses gemeine Wort auf der Stelle, weil Milly ihr nämlich mitteilte, daß Ernest ihrer lieben Schwester tausend Pfund vermacht hatte.

»Wie bitte?« fragte Agatha fassungslos.

Milly setzte sich auf und betupfte ihre Augen mit einem völlig zerdrückten Taschentuch.

»Ja«, murmelte sie kaum hörbar. »Ich denke, er wollte damit alles wiedergutmachen.«

»Tausend *Pfund?*« meinte Agatha. »Bist du sicher, daß du Pfund meinst und nicht Franken?«

»Ich spreche von Pfund«, sagte Milly, sich an ihrem Taschentuch festhaltend. »Wird dir das ein bißchen helfen, Aggie?«

»Helfen?«

Agatha holte tief Luft.

»Helfen!« wiederholte sie.

Tausend Pfund – das sind fünfundzwanzigtausend Schweizer Franken, rechnete sie rasch. Nur die Hälfte dieser Summe vor zwei Monaten in ihrem Besitz, und sie hätte sich in das Hotel einkaufen können. Der neue Besitzer hatte ihr das Angebot gemacht, falls sie in der Lage war, zwölf- oder fünfzehntausend Franken aufzubringen. Natürlich war es pure Höflichkeit von ihm gewesen, denn er wußte sehr wohl, daß sie außerstande sein würde, eine derartige Summe zu beschaffen; aber angenommen, sie hätte es gekonnt und das Angebot angenommen? Die Partnerschaft in einem erfolgreichen Unternehmen hätte ihre Unabhängigkeit bedeutet und ihr die Möglichkeit gegeben, an derselben Stelle, an der Gaston versagt hatte, als Andenken für ihn ein Monument zu schaffen. Verglichen damit war die Vorstellung, in Millys Haus in Titford zu leben, inmitten dieser schrecklichen Botts, deren Brot sie würde essen müssen, geradezu ein Horror.

Tausend Pfund. Agatha konnte es nicht fassen. Noch nie in ihrem Leben hatte sie eine derartige Summe besessen. Wer hätte das gedacht ... Ernest hinterließ ihr tausend Pfund! Offenbar war ihm doch noch klar geworden, wie schändlich er sich ihr gegenüber verhalten hatte, und er wollte es auf diese Weise wiedergutmachen ...

Aber diese erstaunliche Geste kam zu spät. Das Hotel war weg. Und sie war trotz allem auf Millys Großzügigkeit angewiesen. Welche Ironie des Schicksals, dieses Geschenk war das erste, das sie je erhalten hatte, wenn man von ihrer Jugend absah, die aber im Grunde kein Geschenk gewesen war, weil sie einem wieder genommen wurde, und ihrem Gaston, den man ihr auch wieder genommen hatte. Andererseits, wie herrlich, tausend Pfund zu besitzen! Ein solider Rückhalt, der ihr Leben vergoldete; der ihre Position grundlegend veränderte und damit den Umgang mit den Botts erleichterte.

Wenn diese sie mit arroganter Kühle behandelten, war sie nun in der Lage, sie in ihre Schranken zu weisen. »Euer Sohn, euer Bruder hat erkannt, wie entsetzlich unrecht er mir getan hat; sein Testament beweist es, da steht es schwarz auf weiß.«

Und die Familie wäre wohl oder übel gezwungen, ihr Verhalten zu ändern.

Sie hob die Hände, als wolle sie Ernest postum segnen. »Ich habe Ernest falsch eingeschätzt«, sagte sie gerührt. »Eigentlich war er ein gerechter Mann.«

»Ja«, sagte Milly.

»Er hat bereut«, meinte Agatha, »und wiedergutgemacht.«

»Ja«, sagte Milly.

»Sein Tun wird mich vor den Botts rehabilitieren«, sagte Agatha.

»Ja«, sagte Milly und fügte nach einer Pause, die sie mit ihrem Taschentuch ausfüllte, hinzu: »Allerdings wirst du kaum eine Chance haben, das auszukosten.«

»Wie bitte?«

»Ich habe sie verlassen. Ich gehe nicht zurück zu den Botts.«

»Du hast die Botts verlassen? Du hast Titford verlassen?« rief Agatha. »Wolltest du etwa ... dachtest du etwa daran, für immer zu mir in die Schweiz zu kommen?«

Plötzlich sah sie sich mit Milly den einsamen Bergpfad hinaufklettern zu dem einsamen Hotel, das sie mit Millys Geld zurückkaufen würden – nicht nur einen Teil, sondern das ganze –, und sie sah, wie sie beide gemeinsam ein neues Leben beginnen würden, ein sorgenfreies und daher friedliches Leben, dank ihrer Kompetenz, denn die hatte sie, und dank Millys Kapital.

»Milly«, sagte sie und legte ihr die Hand auf die Schulter, »hast du daran gedacht?«

Und Milly sagte, nachdem sie sich geräuspert hatte, um den

Kloß in ihrem Hals hinunterzuwürgen, daß sie nicht daran gedacht habe.

»Ich wollte dir nur das Geld bringen, Aggie«, brachte sie mühsam hervor. »Und ich wollte dich wiedersehen, wir haben uns doch seit Ewigkeiten nicht gesehen, und dann wollte ich wieder zurück . . .«

»Zurück zu wem? Nachdem du die Botts verlassen hast? Nein, und dreimal nein, meine Liebste, meine kleine Schwester. Dein Platz ist bei mir. Deine Zukunft und die meine gehören zusammen. Zusammen werden wir uns auf den Weg machen zu jenem Ort, der besser, reiner und einfacher ist, als du dir vorstellen kannst, weit weg von allem, das dich so traurig werden ließ. Hand in Hand werden wir einen neuen Anfang machen . . .«

»Das können wir nicht«, meinte Milly kopfschüttelnd. »Nichts können wir Hand in Hand machen, Aggie. Denn ich habe kein Geld. Ernest hat mir nichts hinterlassen. Abgesehen von den tausend Pfund für dich hat er alles der Wohlfahrt vermacht.«

*

Während Milly, in völliger Bewegungslosigkeit und schweigend, Agatha zugehört hatte, krampfte sich ihr Herz so schmerzhaft zusammen, daß sie glaubte, daran sterben zu müssen. *Deine Sünde wird mit Sicherheit herauskommen* - ja, darüber wußte sie inzwischen alles; aber gab es irgendeinen Grund, warum Aggie, die selbst nur Gutes in ihrem Leben getan hatte, über ihr sündiges Verhalten Bescheid wissen müßte? Milly preßte die kalten Hände im Schoß zusammen und versuchte zu beten – tatsächlich handelte es sich weniger um Gebete, sondern mehr um eine Art ängstlicher Hilferufe, die sie nach oben sandte: Was soll ich tun? Was kann ich tun, um sie so wenig wie möglich zu verletzen? Ist es nicht falsch, sie für etwas zu bestrafen, was *ich* getan habe?

Aber Gebete, daran erinnerte sie sich, werden nicht beantwortet; jedenfalls ihre nicht. Folglich gab sie das Beten auf und entschloß sich, wieder zu lügen. Das konnte sie immerhin.

Wenn sie log, konnte sie Agatha die tausend Pfund geben und sie in dem Glauben lassen, daß Ernest sie ihr tatsächlich vermacht hätte. Diese Summe zumindest sollte sie haben. Es war das einzige, was Milly für sie tun konnte. Wenn es doch das Zehn- oder Zwanzigfache gewesen wäre! Ansonsten war Milly bereit, das Lügen sein zu lassen. Über Arthur, zum Beispiel, würde sie die Wahrheit sagen, obwohl sie sich nicht mehr sicher war, ob Aggie die Sache mit Arthur verstehen würde. Wie gerne würde sie diese Angelegenheit einfach unter den Tisch fallen lassen. Aber sie konnte doch nicht jemanden unterschlagen, der nun, aller Wahrscheinlichkeit nach, Agathas Schwager werden würde; Milly war sich im klaren darüber, daß nur die Wahrheit erklären konnte, warum sie nun, arm wie eine Kirchenmaus, Arthur heiraten mußte, und zwar mit einer für eine Witwe höchst unschicklichen Hast. Trotzdem würde es sehr schwierig werden. Eisige Zweifel ließen sie bis ins Rückenmark erschauern bei der Vorstellung, wie Agatha reagieren würde. Angenommen sie war schockiert? Ihr Äußeres wie auch ihr Benehmen verrieten eiserne Prinzipien. Sie war sehr streng geworden, diese leidenschaftliche, vitale Person, die Milly in ihrer Jugend gekannt hatte.

Milly preßte ihre kalten Hände zusammen. Kein Wunder, daß so selten die Wahrheit gesagt wurde, und wenn, dann nur aus Liebe, aus Höflichkeit und aus dem Wunsch heraus, nicht zu schockieren oder zu verletzen. Oder geschah es aus Furcht? War sie, wie schon so verdammt oft, einfach nur feige?

Mit Sicherheit. Schon bei dem Gedanken, die Sache mit Arthur erklären zu müssen, brach sie in Schweiß aus. Sie seufzte und hielt Agathas Hand fest, als diese sie zurückziehen wollte, nachdem sie hörte, daß Ernest sein Geld der Wohlfahrt vermacht hatte.

»Heißt das, daß du arm bist, Milly?« fragte Agatha entsetzt und ungläubig. *»Du?«*

»Ohne einen Penny stehe ich da«, antwortete Milly und wiederholte, selbst ganz überrascht, »ja, ohne einen Penny.«

»Mittellos?« fragte Agatha, in deren Herzen es eiskalt wurde; schon wieder schlug das Schicksal zu, in genau dem Augenblick, in dem sie im Begriff war, ihren Kopf wieder hochzuhalten. Milly ohne jegliche Geldmittel? Und sie plötzlich diejenige, die Geld hatte? Mußte die Erbschaft etwa für sie beide reichen? Aber das war unmöglich. Ernest konnte Milly doch nicht . . . warum sollte er? Warum sollte er so etwas Unnatürliches tun?

»Es kommt einem merkwürdig vor, nachdem ich jahrelang im Geld geschwommen bin, nicht wahr?« sagte Milly und fügte, Agathas Hand sehr fest haltend, hinzu: »Habe ich dir nicht gesagt, daß du mit mir geduldig sein . . . und mich sehr lieben mußt?«

»Aber Milly, natürlich liebe ich dich«, sagte Agatha, erbost über den festen Griff, mit dem ihre Hand festgehalten wurde. »Es wäre doch seltsam, wenn Schwestern einander nicht lieben würden. Aber ich weiß aus eigener bitterer Erfahrung, daß es sehr schwer fällt zu lieben, wenn man wirklich arm ist.«

»Aber sagtest du nicht, du und Gaston . . .«

»Mag sein, daß ich das gesagt habe, aber jetzt sage ich dir, es ist schwierig, und meine tausend Pfund, fürchte ich, werden wohl kaum . . .«

» . . . für unsere Liebe ausreichen«, beendete Milly sanft den angefangenen Satz.

» . . . für unser gemeinsames *Leben* ausreichen«, korrigierte Agatha. »Denn eines steht ja wohl fest . . . man muß leben, um lieben zu können.«

»Nein . . . man muß lieben, um leben zu können«, korrigierte ihrerseits Milly. »Das ist auch der Grund, warum . . .«, zitternd packte sie die günstige Gelegenheit beim Schopf, ». . . warum ich . . . nun, das ist auch die Erklärung für Arthur.«

Arthur.

Schweigend saß Agatha da und sah auf den runden Kopf und die noch runderen Schultern hinunter, die an ihren Knien lehnten.

Arthur. War das nicht der Name, den Milly schon einmal erwähnt hatte? Im Treppenhaus? Wer und was war dieser Arthur? Warum mischte er sich fortgesetzt in ihre Unterhaltung?

Sie kramte in ihrer Erinnerung. War Arthur vielleicht einer dieser zahlreichen Bott-Schwager? Und wenn dem so wäre, was hatte er mit dem Unsinn zu tun, den Milly gerade geäußert hatte?

»Ist das ein Bott?« erkundigte sie sich.

»Nein«, sagte Milly. »Ganz im Gegenteil.«

»Ganz im . . . ?«

Und Milly wagte den Sprung in das eiskalte Wasser der Wahrheit. »Arthur ist der Grund, warum dem Ernest sein Vermögen der Wohlfahrt vermacht hat.« Und während Agatha noch versuchte, hinter den eigentlichen Sinn dieser Aussage zu kommen, fuhr Milly mit einer Stimme, die plötzlich klar und ruhig war, weil der so lange gefürchtete Augenblick endlich da war, fort: »Er ist der Mann, den ich heiraten werde.«

*

Es war erst kurz nach zehn, als sie dies sagte, aber Agatha verließ sie erst gegen zwei und ging in ihr Zimmer.

»Dazu gibt es nichts zu sagen«, waren ihre letzten Worte, als sie in der Dunkelheit, die Kerze war längst heruntergebrannt, zur Tür stolperte.

Und Milly, die auf dem Bett lag, das Gesicht fest in das Kissen gedrückt und völlig erschöpft von ihrem Geständnis, konnte nur noch murmeln: »Ich denke, nein . . .«

Das ist also das Ende, dachte Milly, als sich die Tür hinter der Person schloß, die sie in ihren Träumen für ihre Schwester gehalten hatte. Man muß den Tatsachen ins Auge blicken. Ja, Tatsachen sind dazu da, akzeptiert zu werden . . . sinnlos, sich etwas vorzumachen . . . sich etwas vorzumachen war ausgesprochen dumm . . .

Sie setzte sich langsam auf und begann sich, mit geschlossenen Augen und nickendem Kopf, auszuziehen – sie konnte schließlich nicht noch eine Nacht in ihren Kleidern verbringen. Dann schlüpfte sie unter die Decke und war im Nu tief und fest eingeschlafen.

Agatha, nur ein Stockwerk tiefer, zog sich weder aus, noch schlief sie. Sie empfand solche alltäglichen und friedlichen Dinge als Betrug an ihren wahren Gefühlen, die in ihr brodelten, weil sie in dieser Nacht herausgefunden hatte, daß das Leben derjenigen, die sie geliebt und an die sie geglaubt hatte, aus nichts anderem bestand als Betrug und Lügen. Warum war ausgerechnet sie mit einer gefallenen Schwester geschlagen, die noch dazu dank des Testaments von Ernest öffentlich als solche gebrandmarkt war? Welcher Horror, was für eine Schande! Niemals würde sie die letzten Stunden vergessen können und das, was sie dabei durchmachte. Waren sie nicht die schrecklichsten von allen, die sie hatte durchleben müssen und die das Schicksal für sie bereitgehalten hatte? Bisher hatte sie wenigstens ihre Würde behalten, und auch die Hoffnung, die in jeder Herausforderung liegt, und natürlich auch jenen Stolz, der einen motiviert auszuprobieren, wie hoch man den Kopf halten kann, auf den die Schicksalsschläge niederprasseln. Aber dieser fürchterlichen Geschichte eines lasterhaften Lebens, die Milly ihr offenbart hatte, oder besser gesagt, die Person, die einst Milly gewesen war, fehlte jede Würde, jeder Stolz, jede Herausforderung. Fast zynisch hatte Milly sie erzählt. Ja, zynisch; denn an einem Punkt hatte sie sogar gewagt, ihr Benehmen – einen jahrelangen Ehebruch – mit Agathas Benehmen zu vergleichen; sie hatte ihr zu verstehen gegeben, nachdem sie eine Zeitlang Agathas Reaktionen beobachtet hatte, daß sie dasselbe mit Gaston . . .

»Aber er war mein Mann«, hatte Agatha sie zurechtgewiesen.

»Nicht am Anfang«, hatte Milly geantwortet und ihr erneut den Vorwurf ins Gesicht geschleudert, daß auch sie die Konventionen mißachtet hatte, bevor sie in den heiligen Stand der Ehe trat. Und als Agatha, beinahe sprachlos, aber geduldig, darauf hinwies, daß kein Mann gleich zu Beginn ein Ehemann ist, hatte Milly mit unglaublicher Keckheit geantwortet: »Oh, . . . denkst du wirklich *so* schlecht von Frauen?«

Was sollte man darauf erwidern? Armer, unglücklicher Ernest. Der gute, betrogene Mann. Er hatte die Geduld eines Engels bewiesen. Ohne ein einziges Wort des Vorwurfs oder Tadels hatte er der Frau, von der er wußte, daß sie ihn betrog, gestattet, weiter unter seinem Dach und mit seinem Namen zu leben. Geradzu ein Heiliger, dieser Ernest. Und selbst seine Geduld hatte Milly gewagt zu kritisieren, bis Agatha sie scharf zurechtwies. Eine gefallene Frau, die ihren aufrechten Mann kritisiert!

Ein solch lasterhaftes Verhalten war in den Bergen einfach unbekannt. Wie gewisse empfindliche Bäume gedieh so etwas nicht oberhalb der Tausender-Grenze. Kein Mensch beging da oben Ehebruch. Zum Glück gab es dafür auch gar keine Gelegenheit. Die paar verstreuten Ehemänner, praktisch schneegebunden, verweilten bei ihren mageren, hart arbeitenden Ehefrauen und waren mit der Kunst des Überlebens beschäftigt. Sie betranken sich nicht einmal, obwohl unten im Tal, wo es Weinberge gab, Trunkenheit häufig vorkam. Ja, im Tal unten, inmitten der Weinberge soff man, und in den Städten, inmitten vollgefressener Faulpelze, brach man die Ehe. Häufig. Offenbar. Denn sogar in ihrer eigenen kleinen Familie war eines der beiden Mitglieder damit beschäftigt gewesen.

Nun, sie würde die Summe annehmen, die Ernest ihr vermacht hatte, und sich den Staub dieser entsetzlichen Stadt von den Füßen schütteln. Dann würde sie in die Unverdorbenheit der Bergwelt zurückkehren und Milly ihrem zweiten, ehrlosen Ehemann überlassen. Natürlich war sie gezwungen, diesen Mann zu heiraten, es gab keine andere Buße für ihre schreckliche Tat; aber war es nicht grauenvoll, daß Gottes heiliger Segen quasi als Staubtuch herhalten mußte, um diese Sünde wegzuwischen?

Offenbar gab es keine andere Möglichkeit der Buße. Glücklicherweise, dank Ernests kluger Vorsorge, hatte Milly wenigstens kein Geld mehr. Anderenfalls würde sie diesen Mann niemals heiraten, dies entnahm Agatha einigen ihrer Bemerkungen, und somit niemals für ihre Sünden büßen. Angenommen jedoch, Milly wurde in ihrer Ehe glücklich? Agatha konnte nur den Kopf schütteln über die möglichen Ungerechtigkeiten des Lebens.

Sie saß am Fenster und betrachtete die Sterne, die durch die Wipfel der um den Platz unten gepflanzten Bäume funkelten, und hegte die Hoffnung, daß sich alles zum Besten wenden würde. Schließlich mußte man an seinen Idealen festhalten, so unerfreulich die Umstände auch sein mochten. Plötzlich erinnerte sie sich daran, daß Milly und sie in ihrer Jugend immer an diesem Fenster gesessen hatten und, bevor sie zu Bett gingen, Luftschlösser bauten. Wie traurig das Leben doch war. Und wie anders alles kam, als man es sich als junges Ding vorstellte. Damals hatten sie nicht gezweifelt, daß ihnen eine herrliche Zukunft bevorstand und alle ihre Wünsche erfüllt werden würden. Eines Abends hatte Milly – sie konnte sich genau an die kleine zierliche Person im Morgenmantel erinnern – die Arme dem funkelnden Firmament entgegengestreckt und gerufen, sie würde nach den Sternen greifen, um schon lange vor ihrem Tod im Paradies zu leben.

Und nun wurde sie dafür bestraft, und das war auch richtig so. Andererseits – arme Milly. Und auch – arme Agatha. Wenn sie die Gedanken, die sie auf der Hinreise beschäftigten, mit jenen verglich, die sie auf der Rückreise beschäftigen würden! Wie furchtbar auch zu wissen, daß sie Milly, die Milly, die ihrer Vorstellung entsprach, niemals wiedersehen würde. Aus und vorbei; das längste Kapitel in ihrer beider Leben war vom Schicksal zu Ende geschrieben worden. Von nun an würde sie völlig auf sich selbst gestellt sein. Die Person, zu der Milly sich entwickelt hatte, würde mit ihr morgen früh zum Anwalt gehen, um ihr Erbe abzuholen, und dies würde ihr letzter gemeinsamer Spaziergang sein. Danach würde jede ihres Weges gehen; sie würden sich Adieu sagen, und es würde der Abschied für immer sein.

Bewegungslos starrte sie zu den Sternen hinauf. Schrecklich, dachte sie, die Zuneigung eines ganzen Lebens, der Glauben, eines ganzen Lebens . . .

Sie konnte die Konturen der Sterne nicht mehr erkennen.

Da sie beide in dieser Nacht kein Auge zutun würden – warum sollten sie die letzten Stunden nicht gemeinsam verbringen? Selbst, wenn sie sich nichts mehr zu sagen hatten – auch ein gemeinsames Schweigen konnte Nähe vermitteln. Sogar in der neuen Milly steckte noch Gutes. Ohne jeden Neid hatte sie die Tatsache akzeptiert, daß Agatha die tausend Pfund erbte, sie schien sich sogar darüber zu freuen. Nein, ihre Schwester war nicht von Grund auf schlecht. Etwas milder gestimmt dachte Agatha darüber nach, zu ihr hinaufzugehen und zu sagen: »Milly, dies ist aller Wahrscheinlichkeit nach unsere gemeinsame letzte Nacht« - und wenn Milly ihr Bedauern über die Geschichte wiederholen sollte, wie sie es bereits mehrfach getan hatte, dann würde Agatha sie vielleicht küssen. Doch, sie würde die Sünderin küssen. Arme Milly, ohne Zweifel lag sie dort oben und wälzte sich unruhig hin und her – ein letzter Kuß der Schwester schien in dieser Situation angebracht, ehe sie sich ein für allemal trennten.

Mit einer brennenden Kerze stieg Agatha die Treppe hinauf, öffnete die Tür zu Millys Zimmer, ganz sanft, um niemanden im Haus zu wecken, ging zum Bett und sagte: »Milly . . .«

Aber Milly, taub und offenbar ohne den Wunsch nach schwesterlicher Zärtlichkeit, schlief tief und fest den Schlaf des Gerechten.

*

Es ist hoffnungslos; sie ist ein hoffnungsloser Fall, dachte Agatha, als sie empört die Treppe wieder hinunterstieg. Unvorstellbar, wie sie nach dieser Szene, die so peinlich war, daß Agatha überzeugt war, nie wieder ein Auge zutun zu können, tief und fest schlief! Und Agatha, die wieder ihre Nachtwache am Fenster aufnahm und die Kerze ausblies, spürte jene Enttäuschung in sich, die ein erfolgloser spontaner Entschluß mit sich bringt. Bereit, den endgültigen Abschied so liebevoll wie nur möglich zu gestalten, war sie hinaufgegangen und hatte erfahren müssen, wie unerwünscht das war. Darüber hinaus hatte sie Milly überreden wollen, sich doch wenigstens um ein wenig Schlaf zu bemühen, und war natürlich davon überzeugt gewesen, daß diese ihren Überredungskünsten nicht erliegen würde; und was bekam sie zu sehen? Eine Person, die auch ohne den liebevollen Rat ihrer Schwester ganz ausgezeichnet schlafen konnte. Hoffnungslos; sie war wirklich ein hoffnungsloser Fall.

Das ganze Ausmaß dieser Hoffnungslosigkeit bestätigte sich am nächsten Morgen, als Agatha, nachdem sie ihre brennenden Augen sorgfältig in kaltem Wasser gebadet hatte, zum Frühstück erschien – ohne Appetit zwar, aber in dem Wissen, daß sie das Frühstück auf jeden Fall würde bezahlen müssen – und von der Managerin erfuhr, daß Milly bereits das Haus verlassen hatte und voraussichtlich nicht vor zwölf zurück sein würde.

Welche perfide Doppelzüngigkeit, dachte Agatha, während sie die Managerin wütend anstarrte. Wie sollte man sich gegen eine Person verhalten, die erst vorschlug, sie nach dem Frühstück zu diesem äußerst wichtigen Rendezvous zu begleiten, und die dann, völlig unberechenbar, schon vor der morgendlichen Mahlzeit verschwand und lediglich die Nachricht hinterließ, daß sie gegen Mittag wieder aufkreuzen würde? Mittag? Dann war der halbe Tag bereits vorbei, dieser überaus wichtige Tag, an dem Agatha ihr Erbe in Empfang nehmen und damit in die Schweiz abreisen würde; denn natürlich würde sie nach Erhalt des Geldes sofort abreisen, und zwar mit dem allerersten Zug. Das konnte Milly zwar nicht wissen, aber mit Sicherheit ahnte sie, daß ihre Schwester den erstbesten Zug nehmen würde, um den Ort zu verlassen, an dem sie ihren Glauben verloren und mit Schande konfrontiert worden war. Dieser Zug *via* Laon und Bern – die Vormittagszüge würde sie natürlich wegen des Besuchs beim Anwalt verpassen –, verließ London um zwei Uhr. Sie benötigte keinen Fahrplan. Sie hatte die Abfahrtzeiten seit jenen Tagen im Kopf, als wenigstens noch ein paar Engländer den Wunsch verspürten, ihre Ferien in Gastons Hotel zu verbringen, so daß sie am Bahnhof im Tal mit Maultieren abgeholt werden mußten. Das Leben mochte sich ändern, aber die Züge fuhren weiter. Um neun, um elf, um zwei und um vier hatten die Menschen, die des schmutzigen und sündhaften Londons überdrüssig waren, die Möglichkeit, den Zug zu besteigen und vierundzwanzig Stunden später in der klaren und kühlen Ruhe einzutrudeln, die man die Schweiz nannte. Sie würde den Zwei-Uhr-Zug nehmen, hatte sie sich während ihrer Nachtwache entschlossen, so hatte sie den ganzen Vormittag für den Besuch beim Anwalt zur Verfügung. Aber nun würde sie diesen verpassen, dank Millys unberechenbarem, unerklärbarem Verhalten. Eventuell verpaßte sie sogar den Vier-Uhr-Zug. Wirklich; was für ein unzumutbares Benehmen ...

Ihre großen, müden Augen fixierten die Managerin.

»Nun, das hat sie jedenfalls *gesagt*«, meinte die Managerin und drehte sich um, um der anderen Mieterin ihre Aufmerksamkeit zuzuwenden. »Da kann *ich* Ihnen auch nicht helfen, Mrs. Le Bon. Dafür kann *ich* doch nichts, oder?« Im stillen dachte sie, daß der Name »Beinig« für diese hagere Person eher angebracht schien, bei der Figur und diesem Charakter, während sie mit geübtem Griff Agathas Porridge auf den Teller schöpfte.

Und während sie den Teller auf den vorgesehenen Platz stellte, gestand sie sich ihre Erleichterung über Agathas Abreise ein. Je früher sie dieses Wesen loswurde, desto besser. Allerdings würde sie ihre Schwester mitnehmen. Und das war das einzige, was gegen diese Abreise sprach. Nach diesem Geflenne und Gestammel im Treppenhaus war kaum anzunehmen, daß die beiden sich trennten; die Managerin mochte Milly: ihr Gesicht, ihre Kleidung, ihre sanfte Stimme und ihr freundliches Auftreten, das dafür sprach, daß man ohne jegliche Komplikationen mit ihr machen konnte, was man wollte; außerdem schätzte sie dieses unendliche Vertrauen, das sie ihr entgegenbrachte. Millys Handtasche ruhte nämlich samt den inliegenden vier Ein-Pfund-Noten sicher verschlossen in einer Schublade des Sekretärs in den Privaträumen der Managerin. Diese war ihr anvertraut worden, ehe Milly vor etwa einer Stunde das Haus verließ.

Die Managerin schätzte eine solche Haltung sehr. Handtaschen mit Pfundnoten vermittelten ihr eine gewisse Sicherheit und ersparten ihr die Notwendigkeit, ständig die Haustür im Auge zu behalten. Wie kam nur eine wirkliche Dame wie Mrs. Bott zu einer Schwester wie dieser Mrs. Le Beinig! Eigentlich unerklärlich. Doch als Frau rascher Schlußfolgerungen kam sie zu der Ansicht, daß es sich bei Le Beinig vermutlich um einen Bastard handeln mußte.

So muß es ein, dachte sie mit einem wachen und feindseligen Blick auf Agatha, die sich gerade noch mehr Zucker auf ihr Porridge streute, was weder notwendig noch damenhaft war. Genau, dachte sie, *ihre* Geburt hat nichts, aber auch gar nichts mit dem heiligen Stand der Ehe zu tun.

Währenddessen spazierte Milly durch London.

Das war zwar eine merkwürdige Beschäftigung an einem Tag, der viel zu kurz war, um alles zu erledigen, was erledigt werden mußte, aber die Umstände zwangen sie dazu. Agatha, die weder den Namen des Anwalts noch seine Adresse kannte, hatte sie gestern abend wissen lassen – irgendwann, als sie Luft holen mußte, um genügend Atem für die nächste Vorhaltung zu haben –, daß sie gleich nach dem Frühstück von ihr den Weg zur Kanzlei des Anwalts zu erfahren wünschte. Deswegen war Milly so früh und allein auf den Beinen.

Sollte Agatha sie zum Anwalt begleiten, würde sie notgedrungen herausfinden, daß die Sache mit der Erbschaft gelogen war, und diesen weiteren grausamen Schock und diese weitere bittere Enttäuschung wollte sie ihrer armen Schwester unbedingt ersparen.

Agatha hatte während der letzten zwölf Stunden, weiß der Himmel, Schlimmes durchgemacht. Und sie brauchte die tausend Pfund sehr viel dringender als Milly, die ja ihren Arthur hatte; vielleicht würde sie sich auch plötzlich weigern, das Geld anzunehmen, ihrer Prinzipien wegen; andererseits zweifelte Milly daran, denn ihr Durchblick hatte in dem Maß zugenommen, wie ihre Illusionen geschwunden waren. Sie schlich also mit besonderer Vorsicht an Agathas Zimmer vorbei und dachte daran, wie schön es wäre, wenn dieses Herumgeschleiche endlich ein Ende nähme. Das dauerte schon viel zu lange, obwohl es in Wahrheit erst vierundzwanzig Stunden zuvor begonnen hatte. Es war eine äußerst unerfreuliche Art der Fortbewegung, und sie freute sich schon auf den Augenblick, an dem sie wieder eine Tür krachend zuschlagen könnte.

Glücklicherweise wurde das Frühstück in dieser Pension erst um neun serviert, da die Managerin der Meinung war, daß im Bett befindliche Damen weniger störten als solche, die im Haus herumrumorten. Folglich blieb Milly genügend Zeit, die Treppe hinunterzuschleichen, ehe Agatha ihre Kanne mit heißem Wasser hereinholte.

Es war die Stunde des Lüftens, die Haustür stand offen, und sie war gerade dabei hinauszuschlüpfen – bald würde auch das endlich vorbei sein –, als die Managerin aus dem Nichts auftauchte und den Weg versperrte.

»Ah . . . Mrs. *Bott!*« rief die Managerin in demselben Ton wie beim erstenmal.

Aber heute ließ Milly sich nicht einschüchtern. »Pscht«, flüsterte sie. »Wir dürfen doch die anderen im Haus nicht stören.«

Und bevor die Managerin noch etwas sagen konnte, und sie hätte eine Menge zu sagen gehabt, denn das Stören oder Nicht-Stören anderer war schließlich ihr ureigenstes Problem, öffnete Milly ihre Handtasche, suchte ein paar lose Silbermünzen heraus, zeigte ihr die vier Ein-Pfund-Noten und bat sie, diese bis zu ihrer Rückkehr in Gewahrsam zu nehmen und ihrer Schwester auszurichten, daß dies nicht vor zwölf Uhr der Fall sein würde. Dann eilte sie die Stufen hinunter und der nächsten Ecke entgegen, eine konsternierte Pensionsinhaberin im Rücken, die über die raschen und entschlossenen Schritte der Frau, die noch tags zuvor nichts weiter als eine plumpe Masse gewesen war, mehr als staunte.

Den Blicken der Managerin erst einmal entronnen, verlangsamte Milly ihren Schritt. Sie hatte keine Eile. Vor zehn würde sie den Anwalt nicht in seiner Kanzlei antreffen, und jetzt war es erst halb neun. Während sie gemütlich durch die Straßen schlenderte, überdachte sie ihr Vorhaben, und zwar in einer Ruhe, die wohl auf ihren tiefen Schlaf zurückzuführen war. Die wenigen Stunden hatten ganz offenbar ausgereicht, um sie aller Illusionen und sentimentaler Gefühle, Agatha betreffend, zu berauben. Ihr war zumute, als habe man sie im betrunkenen Zustand in eiskaltes Wasser getaucht, was zur Folge hatte, daß sie völlig ernüchtert war. Sie wußte genau, was sie in den nächsten zwei Stunden alles erledigen mußte. Zunächst war ein Telegramm an Arthur zu schicken, dessen Ferien zu Ende waren und der am Vorabend wieder in Oxford eingetroffen sein mußte. So hatte er es ihr mitgeteilt, und er war ein Mann, der sein Wort hielt; dann würde sie in dem A.B.C.-Shop, der sich früher in der Nähe des British Museum befunden hatte und wahrscheinlich immer noch dort war, frühstücken; dann würde sie zum Ufer des Flusses hinuntergehen und dort auf einer Bank bis zehn Uhr warten.

Das waren die Dinge, die sie zuerst erledigen mußte. Danach würde sie Agatha das Geld überreichen, sie zum Bahnhof begleiten, denn ihre Schwester wollte London bestimmt mit dem erstmöglichen Zug verlassen – nein, sie würde sie besser nicht begleiten, denn der Zug fuhr vom Viktoria Bahnhof ab, von wo aus auch die Züge nach Titford abfuhren, was bedeutete, daß sie dort eventuell einen der Botts treffen würde. Sie würde sich also in der Pension von Agatha verabschieden, dann den Bus nach Chelsea nehmen und direkt zu Arthurs Wohnung gehen.

Und dann? Nun, das beste war – und mit Sicherheit war es auch die billigste Lösung –, sie wohnte bis zur Hochzeit bei Arthur; das stellte kein Problem dar, denn Arthur würde wie gewöhnlich nach Oxford zurückkehren, was gewiß auch den Vorteil hatte, daß sie nicht in Versuchung gerieten; denn mit dem Sündigen war jetzt Schluß, bis sie verheiratet waren. Und wenn die Frau, die dort gelegentlich saubermachte, auftauchte und sich über ihre Anwesenheit wunderte, würde sie ihr einfach erklären: »Mr. Oswestry hat mir sein Zimmer bis zu unserer Hochzeit zur Verfügung gestellt.«

Natürlich würde die Haushaltshilfe dann einen erstaunten Blick auf ihre Witwenkleidung werfen, die so nigelnagelneu und ungetragen aussah, und mit offenem Mund fragen: »Hochzeit?«

Und Milly würde einmal in ihrem Leben mutig sein und antworten: »Ja - wir heiraten.«

Um sich die Wartezeit zu verkürzen, spazierte sie gemütlich und mit wachen Sinnen durch die sonnigen Straßen und über schattige Plätze. Sie sah die Dächer der Häuser, die sich glänzend gegen den Himmel abhoben, den aufgeschreckten Flug der Tauben, deren Flügel ebenfalls glitzerten, die Reflexe im Haar eines Mädchens, das ein paar Stufen schrubbte, sie hörte das Pfeifen des Milchmanns und roch den Duft von frisch aufgebrühtem Kaffee und gebratenem Speck, zwei Dinge, die offenbar in ganz Bloomsbury zum Frühstück gehörten. Das Leben schien merkwürdigerweise wieder normal zu sein. Aggie war verschwunden, und Agatha hatte ihren Platz eingenommen. Arthur als »Sünde« war verschwunden, und Arthur als Ehemann würde seinen Platz einnehmen. Ja, es tat richtig gut, die Dinge so zu sehen, wie sie waren. Und was Agatha betraf, nun, sie hatte erkannt, daß man viel häufiger sich selbst belügt als andere. Man lebt und gedeiht mit den Lügen, die man sich fortgesetzt auftischt. Seit Jahren lebte sie von den Illusionen über Agatha. War das vielleicht Agathas Schuld? Was konnte Agatha für Millys Hirngespinste? Alles läuft darauf hinaus, dachte Milly, daß man die Wahrheit nicht sehen will, wenn man liebt, und daß man sich über die Wirklichkeit hinwegtäuscht, wenn sie nicht ins Bild paßt. Das kleinste Wort, die winzigste Ermutigung hatte zur Folge, daß man sich etwas einbildete. Agatha, vom selben Blut wie sie, hatte damit angefangen; aber war es nicht ausgesprochen dumm anzunehmen, daß Liebe etwas mit Blut zu tun hatte? Im Gegenteil – was sich da ganz natürlich ergab, das war keine Liebe; man erhob lediglich Anspruch darauf. Und das bringt nichts als Ärger, dachte sie, einer Bananenschale ausweichend, als sie den Platz überquerte, weil sie in einer Seitenstraße ein Postamt entdeckt hatte.

Ärger. Ein mildes Wort. Aber im Augenblick war sie die Sanftmut selbst. Sie schien an diesem herrlichen Morgen nur aus Augen zu bestehen, ruhigen Augen, in die die Weisheit Einzug gehalten hatte. Unter anderem dachte sie, daß die wahre Buße für ihre Sünde nicht darin lag, zu Agatha in die Schweiz zu ziehen und dort ein neues Leben zu beginnen, wie sie fälschlicherweise geglaubt hatte, sondern darin, Arthur zu heiraten. Agatha hatte in dieser Beziehung recht gehabt, wenngleich sie das auch etwas freundlicher hätte ausdrücken können. Schließlich entsprach es den Konventionen; und es entsprach mit Sicherheit Arthurs Absichten; und obwohl es ihr einerseits ungerecht vorkam, daß Arthur unerwarteterweise als Büßer endete, war es andererseits eine Lösung, die den Frieden und den Trost brachte, die auf einen Kampf und sein anständiges Ende folgten.

Liebe muß entweder mit Anstand beginnen oder mit Anstand enden, wenn man wirklich Frieden haben will, dachte Milly und betrat die Post. Das heißt, eine Liebe muß entweder mit einem

Ehemann beginnen oder mit einem enden. Sie suchte nach einem Stift, der funktionierte, und beneidete die Frauen, die ihr Leben mit beidem beginnen. Wenn Arthur und sie gleich zu Beginn ihrer Liebe hätten heiraten können, das wäre einfach wundervoll gewesen. Jetzt, nachdem sie sich bereits geliebt hatten, konnten sie endlich heiraten. Geliebt hatten ...

Trotzdem, sagte sie sich, und borgte sich einen Bleistift bei der jungen Dame hinter dem Gitternetz, die ganz offenkundig noch nie um einen solchen Gefallen gebeten worden war, aber deren hartes Herz beim Betrachten von Millys blassem Gesicht mit dem Witwenschleier schmolz; trotzdem, wiederholte sich Milly, war es das einzig richtige; und nur indem man das Richtige tat, konnte man den inneren Frieden erlangen. Und nach Frieden sehnte man sich ab einem gewissen Alter. Und sie war in dem gewissen Alter. Davon abgesehen brachte die Heirat mit Arthur auch einen immensen Vorteil mit sich: Er mußte nicht mehr auf jedes ihrer wöchentlichen Rendezvous warten, um ihr von seinen Erkältungen zu erzählen.

Während sie das Telegrammformular ausfüllte, lächelte sie. War der Gedanke an die Erkältungen etwa zynisch? Es lag nicht in ihrer Absicht, zynisch zu sein; sie fühlte sich absolut nicht in einer derartigen Stimmung, eher leer und ausgelaugt; als gäbe es nichts mehr, wofür es sich lohnte, sich aus der Ruhe bringen zu lassen; vielleicht irgendwie betäubt, weil Agatha sie in der letzten Nacht mit unzähligen Vorwürfen attackiert hatte. Natürlich wußte sie, wie gemein sie gehandelt hatte, aber erst Agatha machte ihr das ganze Ausmaß ihrer Niedertracht klar. Ihrer Ansicht nach war sie es nicht einmal wert, daß man für sie betete. Allerdings schien diese Minderwertigkeit Vorteile zu haben – sie klärte die Verhältnisse, brachte Erleichterung und sogar eine gewisse Bequemlichkeit mit sich; man gab auf, man konnte sich aufgeben, man konnte endlich Ruhe finden. Ruhe war etwas sehr Behagliches, und die Stimmung, in der sie sich im Augenblick befand, war mit Sicherheit sehr friedlich; alle Zweifel, mit denen sich ihr gemartertes Hirn geplagt hatte, waren verschwunden; sie wußte jetzt, daß sie Arthur heiraten mußte. Auch das war ein sehr merkwürdiges und unerwartetes Ende für Arthur: er war nun zur Alternative zum Verhungern geworden.

In ihrem Telegramm bat sie ihn, sie noch an diesem Nachmittag, um drei Uhr, in seiner Wohnung in Chelsea zu erwarten, und nicht erst nächste Woche, wie sie es vor seiner Abreise aus England vereinbart hatten; und nach einer kurzen Pause des Nachdenkens fügte sie noch das Wort *dringend* hinzu, obwohl sie es ganz und gar nicht schätzte, Arthur mit einem solchen Wort zu beunruhigen. Aber angenommen, er kam nicht? Sie wußte, wie beschäftigt er nach seiner vierwöchigen Abwesenheit sein würde, und ahnte, daß er kein Verständnis für diese Änderung haben würde, wenn sie ihn nicht auf zwingende Gründe hinwies. Aller Wahrscheinlichkeit nach hatte er nichts von Ernests Tod erfahren, denn in den Ferien las er keine Zeitungen, und wenn er doch durch Zufall davon wußte, hätte er ihr vermutlich sofort geschrieben . . .

Nein; er wußte nichts davon. Aber er würde es spätestens erfahren, wenn er ihr die Tür öffnete und ihre Trauerkleidung sah. Und auf seinen fragenden Blick hin würde sie nicken; und dann würde er sie in seine Arme nehmen, ganz lieb und voller Mitgefühl, denn er wußte, daß der Tod, auch wenn er keinen Verlust bedeutete, ein gravierendes Ereignis und das für die Hinterbliebenen immer mit einer gewissen Tragik verbunden war; und schon nach kurzem würde er sagen: »Nun, dann werden wir heiraten«; und danach, gewohnt, ihr immer alles zu erzählen, würde er von seinen Ferien und den Sehenswürdigkeiten berichten, während sie nebeneinander auf dem Sofa saßen, ihr Kopf an seiner Schulter, sein Arm um sie gelegt. Und dann würde er ihr erklären, wie leicht und wie häufig man sich bei solchen Ferienreisen erkältete.

Und war es nicht gut so? War es nicht richtig und vernünftig, nicht weiter in immer denselben Gefühlen herumzurühren? Frauen, dachte Milly beim Verlassen der Post und auf der Suche nach einem Frühstück, neigen dazu, eine Situation zu übertreiben, sie in Großbuchstaben zu schreiben, mit Ausrufungszeichen zu versehen und sie unverändert mit sich herumzuschleppen.

Glücklicherweise taten Männer das nicht, denn sonst würde das Leben aus einer nicht endenden Serie gewaltiger Explosionen bestehen, und zwar ohne Hoffnung auf eine Lösung. Schließlich mußte das Leben weitergehen – oder war es das Sterben? Die Halsschmerzen des heutigen Tages waren interessanter als eine zehn Jahre zurückliegende Leidenschaft. Was man tut, ist wichtig, nicht was man getan hat. Denke ich etwa in Gemeinplätzen? fragte sich Milly und kam zu dem Schluß, daß das wahrscheinlich zwangsläufig der Fall war, wenn man die gesamten Gefühle auf ein Schulterzucken reduzieren konnte.

Der A.B.C.-Shop befand sich immer noch an derselben Adresse, und im Schaufenster lagen ganz offenbar noch dieselben Kuchen. Milly begab sich hinein, um zu frühstücken, wobei sie sich so viel Zeit wie möglich ließ, und die Kellnerin bediente sie sehr freundlich und aufmerksam. So freundlich und aufmerksam, daß Milly, als sie das erfreulich junge Gesicht betrachtete, ihrem einfachen und leeren Herzen Luft machte und sagte: »Mir fällt auf, daß die Menschen so nett zueinander sind, wenn sie sich nicht kennen und daher nicht wissen, wie sie wirklich sind.«

Das Mädchen blieb ihr eine Antwort schuldig; und in ihr liebes Gesicht trat der einfältige Ausdruck beunruhigten Erstaunens.

Das war dumm von mir, dachte Milly, nahm die Rechnung an sich und gab dem Mädchen die Hälfte des verlangten Betrages. »Ich nehme an, man unterhält sich mit Fremden nur über das Wetter, obwohl doch gerade sie die einzigen in der Welt sind, mit denen man in rückhaltloser Aufrichtigkeit sprechen könnte.«

Und als sie hinausging, lächelte sie der Kellnerin zu, die höchst verlegen vorgab, den nicht verschütteten Kaffee von der Marmortischplatte zu wischen.

Milly ging zum Ufer hinunter und setzte sich auf eine Bank, um zu warten, bis sie den Anwalt aufsuchen konnte.

Der Anwalt war ein gewisser Mr. Jenkyns, von Jenkyns und Rowe, deren Kanzlei sich ganz in der Nähe, in der Essex Street befand. Sie kannte die Adresse sehr gut, denn sie hatte sie oft auf Ernests Briefen gesehen, und die Namen Jenkyns und Rowe waren ihr sehr vertraut, da Ernest sie seit ihrer Heirat häufig erwähnte. Bei ihrer Hochzeit war Rowe anwesend, bei dem Begräbnis Jenkyns. Rowe war vor einigen Jahren gestorben, und die Firma bestand jetzt nur noch aus Jenkyns, hieß aber weiterhin Jenkyns und Rowe. Sie erinnerte sich an Rowe als freundlich lächelnden Mann, aber vielleicht hing das mit seiner Rolle als Hochzeitsgast zusammen. Jenkyns hingegen hatte sie nie kennengelernt. Sie war sicher, daß er ihr keine allzugroße Sympathie entgegenbringen würde, und noch vor vierundzwanzig Stunden hätte sie ziemliche Angst vor dieser Begegnung gehabt. Nun aber machte es ihr nichts aus. Die Angelegenheit mußte erledigt werden, und was spielte es schließlich für eine Rolle, was Jenkyns von ihr hielt? Wie immer er sie einschätzen mochte, es konnte nicht so schlimm sein wie das, was Agatha, ihre Schwester, die Person, die behauptet hatte, sie zu lieben, von ihr dachte. Es hatte seine Bedeutung verloren, wie viele andere unerfreuliche Dinge. Das ist der Vorteil, wenn man ständig vom Unglück heimgesucht wird, dachte Milly, während sie die Möwen beobachtete.

In diesem Augenblick schob sich die Gestalt eines Mannes zwischen sie und die Möwen; er blieb stehen, um auf seine Uhr zu sehen, und Milly blickte gezwungenermaßen auf den Störenfried, nicht ahnend, daß es sich bei diesem Herrn um Jenkyns handelte.

*

Es war Mr. Jenkyns Gewohnheit – aus gesundheitlichen Gründen, und nicht, weil er es besonders schätzte –, sich jeden Morgen von seinem Haus in Kensington zu Fuß zu seinem Büro in der Essex Street zu begeben, und am Abend vice versa. Das Resultat dieser Spaziergänge war, daß er hier wie dort stets ein wenig verärgert anlangte, denn der Weg zog sich in die Länge, und die Gehsteige waren hart. Trotzdem kasteite er sich, denn er war der Ansicht, daß er seine Jugendlichkeit dieser strapaziösen Übung verdankte. Das sagte er auch seiner Frau, wenn sie ihm, enttäuscht von den kurzen Abenden, vorschlug, sich doch wenigstens für eine Strecke ein Taxi zu nehmen. Und wenn sie ihn dann ehrlich überrascht ansah und sagte: »Ach, das ist mir gar nicht aufgefallen!« schwieg er beleidigt.

Sein täglicher Spaziergang führte ihn am Ufer entlang, und wenn er die Bank erreichte, auf der im Augenblick Milly saß, pflegte er auf seine Uhr zu sehen. War er zu spät dran, beeilte er sich, war er zu früh dran, ließ er sich Zeit. Er verabscheute nichts mehr als die Unpünktlichkeit, mit der manche Menschen zu früh oder zu spät erschienen.

An diesem Morgen fand er durch einen Blick auf seine Uhr heraus, daß er durch seinen raschen Gang zweieinhalb Minuten gewonnen hatte; der plötzlichen Frühlingsstimmung wegen, und weil er vielleicht ein bißchen müder war als sonst, entschloß er sich, ebenfalls auf der Bank Platz zu nehmen. Das hätte er nie getan, wenn die Person, die dort bereits saß, den Gedanken an diese widerlichen kleinen Insekten hätte aufkommen lassen, ein Verdacht, der sich bei vielen auf Bänken Sitzenden aufdrängte. Doch diese Witwe, in nagelneues und teures Schwarz gekleidet, die ohne Zweifel die ideale Klientin eines Kollegen war – denn Witwen brauchen Anwälte so dringend wie Anwälte Witwen brauchen –, wirkte derart vertrauenerweckend auf ihn, daß er zu der Ansicht kam, in ihrer Nähe sicher zu sein. So zog er also seinen Hut und fragte höflich: »Erlauben Sie?«, und Milly, mindestens ebenso höflich, antwortete: »Aber bitte«, worauf er sich neben sie setzte und gemeinsam mit ihr die Möwen betrachtete.

Dieselben Vögel zu beobachten, schien ein Band zwischen ihnen zu knüpfen. Diesen Eindruck hatte zumindest Mr. Jenkyns, dessen tägliche Spaziergänge ihn immerhin so jung erhalten hatten, daß er mit Leichtigkeit eine attraktive Frau erkannte, wenn er einer begegnete. Und diese kleine Frau neben ihm war ohne Zweifel sehr attraktiv. Und während er einen Blick auf die keusch mit Schwarz bedeckten Knie wagte, dachte er: Armes junges Ding. Sie war natürlich kein Mädchen mehr – zum Glück, denn Mr. Jenkyns kam mit jungen Mädchen nicht zurecht – und ein bißchen auseinandergegangen vielleicht, molliger als notwendig sozusagen; aber auf jeden Fall war sie jung genug, um auch als zurückhaltende Witwe für ihn interessant zu erscheinen.

Dreißig, schätzte Mr. Jenkyns, der auch einmal dreißig gewesen war und sich genau erinnerte, wie vergnügt er in diesem Alter noch gewesen war; und deshalb fragte er sie, nachdem er sich geräuspert hatte, in jenem vertrauenerweckenden Ton, der guten Ärzten und Anwälten zu eigen ist, das heißt mit einfühlsamer und doch beherrschter Stimme, die gleichzeitig grenzenlose Diskretion verspricht, ob sie nicht auch glaube, daß dies ein besonders schöner Morgen sei.

Milly antwortete etwas reserviert, daß sie das auch fände; und als sie sich mit einem Blick von seiner Redlichkeit überzeugt hatte, seine Handschuhe und sein Aktenkoffer sprachen hinreichend dafür, fragte sie ihn, ob es weit bis zur Essex Street sei.

»Essex Street? Aber dort will ich auch hin«, sagte Mr. Jenkyns, erstaunt über dieses zufällige Zusammentreffen von Umständen.

»Ist es weit bis dahin?« insistierte Milly, die fand, daß er ihre Frage nicht beantwortet hatte.

»Das hängt davon ab«, sagte Mr. Jenkyns mit der gewohnten Vorsicht seines Berufes, »wie schnell man geht. Man kann es in zehn Minuten schaffen, aber davon rate ich ab. Ich selbst erlaube mir elf Minuten. Eine Dame wird vielleicht, na sagen wir, zwölf Minuten brauchen.«

»Ich möchte um zehn Uhr dort sein«, sagte Milly.

»Tatsächlich?« fragte Mr. Jenkyns, wiederum erstaunt über die Übereinstimmung ihrer beider Pläne. Und nach einer kleinen Pause, in der er darüber nachdachte, welche Vorsichtsmaßnahmen er ergreifen müsse, und zu dem Schluß kam, daß keine erforderlich waren, fügte er hinzu: »Ich auch.«

Er holte seine Uhr hervor und zog sie mit nachdenklich gerunzelter Stirn zu Rate. »Es ist jetzt zwölf Minuten . . . nein, Entschuldigung, zwölf und eine halbe Minute vor zehn. Von hier, wie ich schon sagte, braucht man elf Minuten. Eine Dame zwölf. Wenn Sie mir erlauben, zeige ich Ihnen den Weg.«

»Das wäre sehr freundlich von Ihnen«, meinte Milly.

Er stand auf, und sie folgte seinem Beispiel. Gemeinsam gingen sie am Ufer entlang.

In eine anregende Unterhaltung verstrickt, gewillt zu gefallen und hier und da auf etwas Interessantes hinweisend . . . »Das ist der Dom von St. Paul«, paßte Mr. Jenkyns seine Schritte den ihrigen an. Es war ihm in diesem Augenblick klar, daß er sich heute um ein paar Minuten verspäten würde, aber das spielte keine Rolle. Auch ein Spaziergang und eine Unterhaltung mit einer fremden Dame hielten einen jung. Seit geraumer Zeit träumte er von einem kleinen Abenteuer, als Beweis quasi, daß er noch nicht alt war. Irgendeine kleine Affäre, vorausgesetzt, sie konnte mit Fingerspitzengefühl gehandhabt werden. Die Dame – denn um eine solche würde es sich natürlich handeln – mußte moralisch und gesellschaftlich einen einwandfreien Ruf genießen, denn er hatte eine tiefe Abneigung gegen jegliche Schattengewächse, und selbstverständlich setzte er voraus, daß sie hübsch war. Sein Beruf brachte ihn sehr häufig mit traurigen Schicksalen in Berührung, und die Erfahrung hatte ihn gelehrt, daß die von ihm erträumte Kombination ausgesprochen selten war. Und auf dem Weg des Abenteuers wohl kaum zu finden. In der Tat fiel es ihm schwer, sich vorzustellen, welche möglichen Formen ein so biederes Abenteuer annehmen konnte. Doch jetzt schien sich sein Wunschtraum zu erfüllen.

Dankbar und leicht erregt, schritt er plaudernd an Millys Seite und fühlte sich plötzlich zehn, nein, zwanzig Jahre jünger – er war bereits in dem Alter, in dem sich zehn Jahre noch keineswegs wohltuend ausgewirkt hätten. Er verlangte sehr wenig. Er wußte, daß es in seinem Alter keinen Sinn hatte, viel zu verlangen, und als Anwalt hochangesehener Familien war es riskant, überhaupt etwas zu verlangen. Aber die Bekanntschaft mit dieser Dame konnte seinen Ruf nur fördern, sollte er in ihrer Gesellschaft gesehen werden, und kein Mensch würde auf die Idee kommen, daß er nicht einmal ihren Namen kannte. Tatsächlich verlangte er sehr wenig. Er wollte nicht mehr und nicht weniger als eine attraktive, nette Frau, mit der er nicht verheiratet war, die ihr Interesse an ihm bekundete, die erkannte, daß er ein Mann war, die ihm zuhörte, ihn anlächelte. Diese hier hatte eine besonders entzückende Art, ihm zuzuhören und ihn anzulächeln. Und wenn sie ihm antwortete, sah sie ihn mit ihren bezaubernd sanften und tiefblauen Augen an – feuchten Augen, in denen noch die Tränen der Trauer schimmerten, dachte Mr. Jenkyns mit einem Blick tiefen Mitgefühls.

»Verzeihen Sie, wenn ich es erwähne«, sagte er, als sie darauf warteten, die Straße überqueren zu können, »aber Ihre Kleidung verrät mir . . . so befürchte ich . . . daß Sie . . . nein, nein, noch nicht«, unterbrach er sich rasch und griff nach ihrem Arm, als sie im Begriff war, vom Randstein in den sicheren Tod zu laufen. Seine Frau verhielt sich ebenso leichtsinnig und trieb ihn damit zur Verzweiflung. Milly hingegen brachte ihn nicht aus dem Tritt, denn schließlich war sie nicht seine Frau, sondern ein Abenteuer. Zudem gab es ihm die Möglichkeit, da er sie ja gerettet hatte, ihren Arm weiter festzuhalten und sie sicher auf die andere Straßenseite zu führen.

»Darf Ihnen ein Fremder sein Beileid aussprechen?« fragte er, ohne ihren Arm loszulassen, für den Fall, daß sie wieder leichtsinnig wurde.

»Danke«, murmelte Milly mit einem leichten Beugen ihres Kopfes.

Eine Taube, dachte Mr. Jenkyns. Eine Taube. Und widerwillig ließ er ihren Arm los.

Als sie sich seinem Büro näherten und er sich bei Milly erkundigte, welche Hausnummer sie in der Essex Street aufzusuchen gedenke, nannte sie ihm die Nummer des Gebäudes, in dem sich seine Kanzlei befand. Zu seinem Erstaunen und zu seiner Bestürzung entdeckte er, daß es sich bei der Dame an seiner Seite um keine andere handelte als die entehrte und ehrlose Mrs. Ernest Bott. Als dieser blitzartige Gedanke wie ein außerordentlich unangenehmes Schwert in sein Hirn eindrang und er daraufhin eine gezielte Frage hervorstieß, bestätigte sie seinen Verdacht. Natürlich. Was für ein Narr war er gewesen, sich so an der Nase herumführen zu lassen. Als ihn diese jugendliche Witwe fragte, ob es weit zur Essex Street war, hätte er ihre Identität erraten müssen. Tatsächlich erwartete er ja ihren Besuch. Mr. Herbert Bott war gestern unerwartet bei ihm erschienen, im Zustand erregter Sorge, und hatte sich erkundigt, ob er Mrs. Bott gesehen oder ob sie mit ihm Kontakt aufgenommen habe. Auf sein verneinendes Kopfschütteln hatte er ihm mitgeteilt, daß sie sich mit Sicherheit bald bei ihm melden würde, denn sie verfüge über keinerlei Mittel; und er hatte ihn gebeten, ihr tausend Pfund zu geben, das Erbe, auf das sie, laut Testament, Anspruch hatte, wenn sie in seiner Kanzlei auftauchte. Mr. Bott hatte die besagte Summe auf den Tisch gelegt und die Bitte geäußert, ihr dieses Geld sofort auszuhändigen, denn man konnte schließlich nicht zulassen, daß sie verhungerte, nur weil es endlos dauerte, bis die Formalitäten des Nachlasses erledigt waren. Mr. Bott hatte hinzugefügt, sie würde ihm später, sobald alles geregelt war, die Summe zurückzahlen.

Mr. Jenkyns empfand es als seine Pflicht, ihn darauf hinzuweisen, daß die tausend Pfund aller Wahrscheinlichkeit nach nie zurückgezahlt werden würden, aber Mr. Bott wies diesen Gedanken erregt von sich.

Schließlich hatte ihn Mr. Herbert Bott gebeten, ihm den persönlichen Gefallen zu erweisen, der Dame gegenüber nicht zu erwähnen, daß es sich bei den tausend Pfund um eine geliehene Summe handle, sondern sie in dem Glauben zu lassen, es handle sich um die Erbschaft. Er würde sie später selbst davon unterrichten; und als er seiner ersten Bitte noch die weitere hinzufügte, Mr. Jenkyns möge seinen Besuch seinen Brüdern gegenüber unerwähnt lassen, kam der Anwalt zu der Überzeugung, daß, falls sein armer Klient Ernest Bott die Scheidung hätte einreichen wollen, hier vor seinem Schreibtisch sein Rivale saß.

Aber Ernest Bott hatte mehr Großmut bewiesen, als es sich sein Freund und Anwalt je hätte träumen lassen. Indem er erklärte: »Ich kenne den Namen des Mannes nicht und möchte ihn auch nicht wissen«, hatte er seinen eigenen Bruder gedeckt. Normal hingegen war, daß ein gehörnter Ehemann außerstande war, der Versuchung zu widerstehen, sich eine kleine Rache auszudenken; der Zusatz im Testament war, in Mr. Jenkyns Augen, die mildeste Form von Rache, mit der ein betrogener Ehemann reagieren konnte.

Deshalb betrachtete er Milly, deren Charme er vor kurzem

noch genossen hatte, nun mit unübersehbarer Abneigung. Wie sehr er diese Frauen verabscheute, die wie ein Raubvogel auf ihr Opfer niederstießen und es dann betrogen. Kein Mann war sicher vor ihnen. Sie becircen einen mit langen Wimpern und kleinen runden Brüsten, dachte er, und bevor ein Mann weiß, wie ihm geschieht, ist er seiner Ehre und seines Glücks beraubt.

Ein Wolf in Trauerkleidung, dachte er und sein Blick wurde eisig.

»Ich nehme an, Sie sind Mr. Jenkyns«, sagte Milly, der die erniedrigende Veränderung seines Benehmens nicht entging.

Der Finger der Verachtung – zum erstenmal in ihrem Leben wurde sie damit konfrontiert; zugegebenermaßen war es ihr unangenehm. Mit diesem Blick also betrachteten rechtschaffene Männer schlechte Frauen; das heißt, Männer, die sich für rechtschaffen hielten, betrachteten so Frauen, von denen sie sicher waren, daß sie schlecht waren. Nun erlebte sie es selbst. Abgesehen von der Erniedrigung, die sie empfand, war ihr Interesse geweckt, denn die Rolle einer schlechten Frau war ihr ja verhältnismäßig neu. War diese Reaktion das, was sie von nun an erwarten mußte? Und warum machte es ihr soviel aus? War sie nicht auf die Feindseligkeit Jenkyns' vorbereitet gewesen? Vielleicht lag es daran, daß er noch vor kurzem so nett und freundlich zu ihr gewesen war und sie ganz offenkundig bewundert hatte. Sie fühlte sich geschlagen.

Mit eisiger Höflichkeit und erstarrten Gesichtszügen hielt ihr der große, schlanke Mr. Jenkyns die Schwingtür auf, die zu dem Gebäude gehörte, in dem sich seine Kanzlei befand, und folgte ihr die abgetretenen Steinstufen hinauf. Er führte sie durch den Raum, in dem sein persönlicher Sekretär vor einer Schreibmaschine saß, direkt in sein Zimmer, deutete auf den Besucherstuhl und sagte: »Sie sind wegen Ihrer Erbschaft hier, nicht wahr?«, und ohne ein weiteres Wort öffnete er den Safe und entnahm ihm das Kuvert, das Bertie Bott ihm am Vortag ausgehändigt hatte.

»Ich nehme an, es ist die Summe, die Sie erwarten«, sagte er und überreichte ihr das Kuvert. »Wenn Sie vielleicht die Freundlichkeit hätten nachzuzählen.«

Und während sie dies mit zitternden Fingern tat, hätte sie am liebsten geweint – völlig absurd, wegen eines Menschen wie Jenkyns zu weinen, schalt sie sich ärgerlich – und beugte ihren Kopf tief über die Pfundnoten, damit der herunterfallende Schleier ihr Gesicht verbarg, und Mr. Jenkyns nahm den Hörer auf und begann eine lange und sehr technische Unterhaltung, als habe sie für ihn aufgehört zu existieren.

Das hatte sie auch für ihn, wenn auch auf unerfreuliche Weise. Zu seiner generellen Abneigung gegen solche Frauen gesellte sich die Wut, daß er sich zu ihr hingezogen gefühlt hatte und dann an der Nase herumgeführt worden war. Und dazu kam dieses Gefühl unglaublicher Frustration, als habe man ihm seinen Drink vor der Nase weggeschnappt. Richtig war zwar, daß dieses Getränk nicht stärker als, nun, als eine Tasse Tee war, aber selbst die Erfrischung, die einem eine Tasse Tee verschaffte, war nun seinen vor Durst trockenen Lippen vorenthalten worden.

Als Milly mit dem Zählen der Pfundnoten fertig war, blieb sie ruhig auf ihrem Stuhl sitzen. Schließlich konnte sie nicht einfach aufstehen und das Büro verlassen, solange er telefonierte, noch konnte sie ihn dabei unterbrechen, um ihm mitzuteilen, daß die Summe stimmte; von Sekunde zu Sekunde kam sie sich mehr und mehr wie eine gezüchtigte Küchenhilfe vor. Mr. Jenkyns hatte offenbar sehr viel mit der Person am anderen Ende der Leitung zu diskutieren, und tat dies ausführlich und lange. Als er schließlich den Hörer auflegte, nach einer Verabschiedung, die mindestens fünf Minuten dauerte, so kam es Milly jedenfalls vor, drückte er auf einen Knopf an seinem Schreibtisch, und der Sekretär erschien so schnell, daß sie keine Chance hatte, etwas zu sagen.

Folglich schloß sie den bereits geöffneten Mund und wartete. Egal, dachte sie, sich selbst ermutigend. Mr. Jenkyns ist mir ohnehin absolut gleichgültig.

Und doch machte es ihr etwas aus.

»Schreiben Sie eine Quittung über tausend Pfund aus«, sagte Mr. Jenkyns zu dem Sekretär, der stumm aus dem Raum huschte.

Mr. Jenkyns, die Ellbogen auf die Armlehnen seines Stuhles

gestützt, damit seine Fingerspitzen sich berühren konnten, sah nicht Milly an, sondern auf seine Nase hinunter. »Dies ist in höchstem Maß regelwidrig.«

»Was?« fragte Milly unsicher, denn sie fürchtete, er werde gleich eine scheußlich persönliche Bemerkung machen.

»Ihnen dieses Geld zu geben.«

»Warum?« fragte sie und atmete tief aus.

»Weil ich keine Beweise für Ihre Identität habe.«

»Oh«, sagte Milly und dachte nach. Tatsächlich hatte sie das auch nicht. Ihr war gesagt worden, daß sie Milly war, und sie hatte das sehr früh akzeptiert. Wie sollte sie dies aber beweisen?

»Sie meinen . . . Sie können nicht sicher sein, daß ich Mrs. Bott bin?«

»Mrs. *Ernest* Bott«, betonte er.

»Mrs. *Ernest* Bott«, wiederholte Milly und überlegte.

Nach einer Minute äußerte sie als Resultat ihrer Überlegung: »Nun, ich bin es.«

Mr. Jenkyns schwieg. Bewegungslos starrte er auf seine Nase.

Plötzlich erinnerte sich Milly, daß es doch etwas gab, womit sich beweisen ließe, wer sie war; hastig zerrte sie sich den engen, widerspenstigen Handschuh von der linken Hand.

»Hier«, sagte sie und reichte ihm ihren Ehering über den Schreibtisch. »Sehen Sie selbst, hier ist mein Name eingraviert und der von Ernest sowie das Datum unserer Hochzeit.«

Mr. Jenkyns machte sich nicht die Mühe, sondern nur eine angewiderte Geste.

»Ja, ja. Zweifellos, zweifellos«, sagte er, schockiert von der Taktlosigkeit, das Symbol jener feierlichen Gelübde, die sie, wie er wußte, gebrochen hatte, als Beweis ins Spiel zu bringen, daß sie tatsächlich die Frau seines armen Klienten war, diesen Ring, den er einer Frau in Liebe und Vertrauen an die Hand gesteckt hatte, die ihn betrügen würde. »Im Gerichtssaal würde das nicht als Beweis akzeptiert werden.«

»Aber wir sind nicht im Gerichtssaal«, sagte Milly.

Mr. Jenkyns Lippen wurden noch schmaler und dünner. Genauso argumentierte immer seine Frau. In ihrer Hirnlosigkeit ähneln sie sich alle, dachte er, glücklicherweise unterscheiden sie sich wenigstens in moralischer Hinsicht.

Der stumme Sekretär erschien, legte die Quittung auf den Tisch und verschwand wieder.

»Wenn Sie bitte hier unterschreiben«, sagte Mr. Jenkyns, tauchte die Feder in das Tintenfaß und reichte sie ihr.

Geduldig wartete er, bis sie den rechten Handschuh ausgezogen hatte. Er war noch enger als der der linken Hand. Das lag daran, daß es ein neues Paar war, aus Ziegenleder und eine Nummer zu klein; von den Botts zusammen mit der Trauerkleidung bestellt; man hielt sie für klein in dieser Familie, und hatte deshalb vorausgesetzt, daß ihre Hände es ebenfalls waren; was auch stimmte, wenn man davon absah, daß sie auch plump waren. Plumpe Hände aber, die sich in Handschuhen der Größe sieben wohl fühlten, paßten nur sehr schwer in Handschuhe, die eine halbe Nummer kleiner waren.

Und genau das war auch ihr Problem beim Ausziehen, während Mr. Jenkyns, immer noch die Feder in der Hand, geduldig und aufmerksam ihre Bemühungen beobachtete. Milly begann zu schwitzen. Verdammter Handschuh, dachte sie. Und während sie verzweifelt daran zerrte und zog, fielen die Pfundnoten von ihrem Schoß zu Boden. Mr. Jenkyns fürchtete, daß seine guten Manieren ihn zwingen würden, sie aufzuheben.

Aber er konnte sich einfach nicht dazu überwinden. Nein; sich quasi einer solchen Frau zu Füßen zu werfen, überstieg seine Kräfte. Deshalb klingelte er nach dem Sekretär.

»Oh, ich danken Ihnen«, sagte Milly verwirrt, aber voller Wärme, und versuchte, den Handschuh auszuziehen und gleichzeitig nach dem Geld zu greifen. Während sie den Sekretär ansah und sich bei ihm bedankte, lächelte sie, und ihr Lächeln war freundlich und süß.

Wie gut sie aussieht, dachte Mr. Jenkyns, und seine Abneigung gegen sie wuchs. Es war eine Schande, wenn jemand so gut aussah, aber dem nicht entsprach.

Eine Schlange, dachte Mr. Jenkyns mit dünnen Lippen. Eine Schlange, die sich als Taube verkleidet hat.

8

Kurz vor elf war Milly wieder in Bloomsbury, die tausend Pfund – neun Hundert-Pfund-Noten und zwanzig Fünf-Pfund-Noten, denn Bertie Bott war ein kluger Mann, der wußte, sie würde Kleingeld brauchen – steckten in einem Kuvert, das unter ihrem Kleid auf ihrem Herzen ruhte. Mr. Jenkyns hatte sie nicht daran gehindert zu gehen. Düsteren Blicks hatte er beobachtet, wie sie das Kuvert verstaute, und mit Widerwillen daran gedacht, daß sich dort ihr Busen befinden mußte. Er erkundigte sich nicht nach ihrer Adresse, denn seiner Meinung nach war es besser, sie nicht zu kennen. Laß sie verschwinden, sagte er sich. Dann ist die Familie sie wenigstens los. Mr. Herbert Bott hatte ihn gebeten, ihn sofort im Büro anzurufen, wenn sie auftauchte, indem er darauf hinwies, wie wichtig es war, mit ihr in Kontakt zu kommen; aber Mr. Jenkyns hatte nicht die Absicht, diesem Ansinnen nachzukommen. Warum sollte er? Es war nicht seine Art und war es nie gewesen, Rivalen zu ermutigen. Mit ihr in Kontakt zu kommen! Welch passender Ausdruck fürwahr. Und *ihn* darum zu bitten, ihm dabei auch noch behilflich zu sein. Für wie dumm hielt ihn dieser Mensch eigentlich? Als Bertie um die Mittagszeit anrief und sich mit seiner ewig besorgten Stimme erkundigte, ob sich seine Schwägerin gemeldet habe, bekam er die knappe Antwort, daß sie dagewesen und wieder gegangen sei; die Worte, mit der er diese Auskunft hatte erwidern wollen und die wahrscheinlich einer gewaltigen Explosion geähnelt hätten, blieben anfangs in einem Hustenanfall stecken, lösten sich daraus aber dann als Flüche, worauf Mr. Jenkyns langsam, aber bestimmt das Gespräch unterbrach, indem er den Hörer auflegte.

Auf dem Rückweg zur Pension versuchte Milly, nicht mehr an Mr. Jenkyns zu denken. Der heikle Besuch war überstanden, und damit basta. Wenn man bedachte, wie viele Dinge sie belasteten, war es eigentlich erstaunlich, welche Bedeutung sie ihm beimaß. Kein anderer Mann war je so rüde mit ihr umgegangen, abgesehen von Ernest natürlich, und ihre Haut brannte, als habe man sie geschlagen. Oder war der plötzliche Wechsel von reizender Verbindlichkeit, verbunden mit dem nicht übersehbaren Wunsch zu gefallen, in diese kühle und vernichtende Höflichkeit etwa nicht rüde? Ernest mußte ihm schreckliche Dinge über sie erzählt haben. Nun, sie würde nicht mehr daran denken. Vergiß den dummen Jenkyns mit seinen schlechten Manieren, sagte sie sich und machte instinktiv mit den Schultern eine Bewegung, um ihn abzuschütteln. Es tat ihr gut, an Jenkyns nur mit seinem Familiennamen zu denken, ohne ›Herr‹ oder sonstige Titel, die er vielleicht für sich in Anspruch nahm; sie kam sich dabei vor wie ein kleiner Junge, der jemandem die Zunge rausstreckt, der ihm den Rücken zuwendet. Doch obwohl sie ihren Kopf hoch hielt, glänzte es in ihren Augen verdächtig – Tränen der Erniedrigung. Und sie nahm sich vor, besonders freundlich, besonders unkritisch zu sein, wenn sie in Zukunft einem Sünder begegnete. Nun, vielleicht traf sie ja fortgesetzt auf Sünder, nur waren diese offenbar klüger als sie und hatten sich nicht erwischen lassen.

Sie erreichte die Pension eine Stunde früher, als sie es angekündigt hatte, obwohl sie so langsam wie möglich ging, weil sie keine rechte Lust verspürte, Agatha schon jetzt gegenüberzutreten; ihr Besuch bei Jenkyns war schneller erledigt, als sie angenommen hatte.

Wie immer erschien die Managerin, die einen unglaublichen Instinkt besitzen mußte, und eilte ihr zur Begrüßung entgegen. Sie händigte ihr ihre Handtasche aus, mit tausend Versicherungen, daß sie den Inhalt unberührt vorfinden würde; und sie erwähnte, Mrs. Le Bon erwarte Milly in ihrem Schlafzimmer, und wie glücklich sie sein würde, sie zu sehen, nachdem sie die Nachricht, die Mrs. Bott für sie hinterlassen hatte, ziemlich aufgebracht hatte – ». . . wenn Sie *mich* fragen!«, fügte die Managerin vielsagend hinzu.

Ob *sie* jemals gesündigt hat? fragte sich Milly, als sie ihre Handtasche an sich nahm und dabei ihren Blick über das Gesicht der Frau wandern ließ. Wirklich gesündigt, meine ich, die zehn Gebote und so – hat sie?

Stumm fixierte sie dieses Gesicht und versuchte, es sich zwanzig Jahre jünger vorzustellen, denn das mußte ungefähr die Zeit gewesen sein, in der die Managerin für Todsünden anfällig gewesen war.

Nein, mit Sicherheit hatte sie nicht gesündigt. Andererseits, wie sehr konnte man sich bei solchen Spekulationen irren. Ihr Gegenüber würde ja auch sicher sein, daß Milly niemals gesündigt hatte, und sich damit absolut im Irrtum befinden. Man konnte überhaupt nie sicher sein. Vielleicht hatte sogar Jenkyns ...

Langsam und nachdenklich stieg sie die Treppe hinauf und kam dabei zu dem Schluß, daß es sich bei Jenkyns um keinen Sünder handelte, indem sie sich selbst sagte, daß er sie dann nicht so gemein und rüde behandelt hätte. Wurde man, wenn man gesündigt hatte, milder? Großzügiger? Toleranter? Verständnisvoller? Wenn dem so war ...

Milly unterbrach ihre Überlegungen. Dies alles war sehr schwierig. Nach einer kurzen Pause vor Agathas Tür holte sie tief Luft, klopfte und trat ein.

*

Agatha war sehr ärgerlich.

»Das dachte ich mir schon«, sagte Milly, an ihren obersten Knöpfen fummelnd, um das Geld herauszuholen.

»Wie konntest du so rücksichtslos sein und einfach verschwinden? Du wußtest doch, was für eine lebenswichtige Verabredung wir einzuhalten hatten!« rief Agatha.

»Ich habe sie eingehalten«, sagte Milly.

»Du hast sie eingehalten?«

»Ja. Und ich habe das Geld. Hier ist es«, sagte Milly und deutete auf das Kuvert. »Hier, die tausend Pfund«, erklärte sie, als Agatha keine Anstalten machte, den Briefumschlag entgegenzunehmen.

»Was?« sagte sie statt dessen. »Meine Erbschaft?«

»Ja. Hier ist sie.«

»Meine tausend Pfund? Die hat man dir ausgehändigt?«

»Ja. Möchtest du sie nicht endlich nehmen?«

Agatha bemächtigte sich schließlich des Kuverts, hielt es mit beiden Händen fest und starrte Milly an, entsetzt und furchtsam zugleich, als sei sie mit knapper Not einem unvorstellbaren Unglück entronnen. Denn dort, an Millys Busen, nur geringfügig geschützt durch ein schwarzes Kleid, war ihre Erbschaft durch die Straßen Londons, bekannt für seine Diebe, getragen worden – ihre Rehabilitation, ihre Ehre, ihr Glück, ihr Leben.

»Bist du *zu Fuß gegangen?*« erkundigte sie sich leise.

»Ja.«

»Aber Milly . . . du hast tatsächlich diese Riesensumme offen durch die Stadt getragen?«

»Nicht offen. Mein Kleid war ja zugeknöpft.«

»Aber . . .«, sagte Agatha und preßte das Kuvert an ihre Brust, »du hättest überfahren werden können.«

»Bin ich aber nicht«, sagte Milly.

Sie ging zum Fenster hinüber und ließ sich dort auf den Stuhl fallen. Sie war müde; ihr war heiß; sie wünschte sich, sie wäre schon bei Arthur in Sicherheit, und sie wünschte sich, die nächsten Stunden wären bereits Vergangenheit. Agatha würde sie gleich in ein Kreuzverhör nehmen, um herauszufinden, wie sie in den Besitz des Geldes gelangt sei, das ihr nicht gehörte, und warum der Anwalt es ihr ausgehändigt hatte, ohne dazu bevollmächtigt zu sein; und Milly würde gezwungen sein, eine Ausrede zu erfinden, und keine Ausrede wäre befriedigend. Es gab einfach keine Ausrede, die plausibel klingen würde, dachte Milly, verzweifelt suchend. Und wenn Agatha die Wahrheit erriet, würde ihr Stolz ihr dann verbieten, das Geschenk anzunehmen? Weil sie Milly als Schandfleck empfand? Und angenommen, sie tat es, was würde dann geschehen? Wenn man sie nicht ohne einen Penny dem Schicksal überlassen wollte, würde sie Arthur um Hilfe bitten müssen; aber auch er war natürlich ein Schandfleck.

Ihre besorgten Überlegungen erübrigten sich, denn Agatha vergaß alles, als sie das Kuvert öffnete und dessen Inhalt betrachtete. Ihre Haube zitterte erregt – bei Millys Ankunft war sie bereits reisefertig –, als sie ihren unerwarteten Reichtum endlich in den Händen hielt. Für sie waren tausend Pfund der schiere Reichtum. Sie war sicher, mit dem Inhalt des Umschlags die Welt erobern zu können.

Einen Augenblick starrte sie fassungslos auf die Banknoten, ging dann zum Bett hinüber, mit ernsten, fast feierlichen Schritten, als bewege sie sich auf einen Altar zu, in ihren Händen den Kelch des Lebens; dann kniete sie nieder, holte die knisternden Pfundnoten aus dem Kuvert, mit zitternden Händen, weil sie so aufgeregt war, und breitete sie auf dem Bett aus, eine neben der anderen, mit übertriebener Hochachtung, wie es Milly schien, und begann, sie andächtig zu zählen.

Milly saß auf ihrem Stuhl und beobachtete sie. Die entrückte Seligkeit, mit der Agatha diese bedruckten Papierfetzen zu vergöttern schien, verriet ihre Armut mehr als ihre ruinierten Hände und ihr ausgemergelter Körper. Oh, arme Aggie . . . arme, arme Aggie, dachte Milly mitleidig und zärtlich. Es brach ihr fast das Herz, mit ansehen zu müssen, was wirkliche Armut aus den Menschen machte. Milly erinnerte sich noch gut an die Zeit, in der Agatha jung und großzügig gewesen war, körperlich wie geistig.

Zu großzügig und zu leichtgläubig. Ihre exzessive Treue und Zuversicht, Tugenden, die kultiviert, aber nicht übertrieben werden sollten, waren schuld daran, daß sie mit ihrem Liebhaber zu seinen Gipfeln entschwebte, und übertriebener Stolz ließ sie darauf bestehen, sich immer noch dort oben zu befinden, als sie längst in die Tiefe gestürzt war. Wie tapfer von ihr, das sinkende Schiff nicht zu verlassen, welch bewundernswerter Mut; während Milly, dieser bequeme Feigling, diese Meisterin täglicher Betrügereien, sich dazu hinreißen ließ, an Agathas Qualitäten zu zweifeln, Qualitäten, die von dem unsäglichen Unglück kaschiert wurden – und nur, weil Agatha ziemlich unliebenswürdig zu ihr war. Unliebenswürdig! Wie würde denn Milly an Agathas Stelle reagieren? Mit Sicherheit weitaus schlimmer und wahrscheinlich ohne jeden Stolz.

Während sie Agatha bei ihrer andächtigen Beschäftigung beobachtete, kam ihr in den Sinn, daß eigentlich ihr Sündenfall dies ermöglicht hatte. Der Ehebruch mit Arthur und Ernests Bestrafung waren letztendlich für Agathas Freude verantwortlich. Das war wirklich mehr als merkwürdig. Ganz schwindelig konnte einem davon werden. Zumindest schien es ihrem Verstand Schwierigkeiten zu bereiten, sich damit auseinanderzusetzen. Am besten, man dachte nicht zuviel darüber nach, sagte sich Milly, der klar wurde, daß sie auf diese Art sehr viel mehr für Agathas Rettung getan hatte, als wenn sie sie bei sich in der Mandeville Park Road aufgenommen hätte, wo sie zwar komfortabel, aber inmitten der voreingenommenen Botts hätte leben müssen, die sich immer weigern würden, Agathas Flucht und die Sache mit dem Hotel zu vergessen. Und *diese* Rettung Agathas war tatsächlich nur möglich, weil Ernest die Sache mit Arthur herausgefunden und sie enterbt hatte. Ihre Schwester hätte es gehaßt, abhängig zu sein; und Milly wiederum hätte unter ihrer von stummen Vorwürfen geprägten Laune leiden müssen. Tatsächlich hatte Ernest, indem er ihr nur tausend Pfund hinterließ, mehr Gutes erreicht, als er ahnen konnte.

»Stimmt die Summe?« erkundigte sie sich, als sie das Gefühl hatte, Agatha müsse mit dem Zählen endlich fertig sein.

»Ja«, sagte Agatha, ohne sich umzudrehen, und begann die Scheine sorgfältig einzusammeln.

Erst legte sie die Fünf-Pfund-Noten säuberlich eine auf die andere. Es waren zwanzig. Zwanzig Scheine, jeder hundertfünfundzwanzig Schweizer Franken wert. Und jeder der größeren war mindestens zweitausendfünfhundert wert – zweitausendfünfhundert! –, und davon gab es neun Stück.

Mit diesen so erfreulich knisternden Scheinchen würde sie an den Ort zurückkehren, an dem sie mit Herz und Seele hing, und sich an dem Hotel beteiligen. Beteiligen und schließlich den Besitzer, bevor dieser wußte, wie ihm geschah, abfinden; sie würde nicht ruhen, bis sie die dafür notwendige Summe gespart hatte. Und dann konnte sie endlich tun und lassen, was sie wollte. Es gab nichts, was nicht möglich war, wenn man ihr nur eine Chance, ein bißchen Kapital gab. *Madame la Patronne* . . .

Immer noch in Andacht versunken, kniete sie vor dem Geld, das jetzt in einem nicht sehr hohen Stoß vor ihr ruhte. Dann faltete sie die Pfundnoten zusammen, steckte sie in das Kuvert zurück und drehte sich um, um mit einer steilen Falte zwischen den Brauen zu sagen: »Was ich immer noch nicht begreife ... warum hast du heute morgen ohne mich das Haus verlassen und mein Geld geholt, obwohl ich dir dazu keinerlei Erlaubnis erteilt habe? Davon abgesehen finde ich es skandalös, um nicht zu sagen kriminell, daß der Anwalt es dir ausgehändigt hat. In der Schweiz könnte und würde er verklagt werden.«

»Auf jeden Fall hast du es ja *bekommen*«, sagte Milly und sah zum Fenster hinaus, um Agathas Blick zu entgehen.

»Aber wie war das möglich?« insistierte Agatha. »Und warum bist du ohne mich zu ihm gegangen?«

»Oh, Aggie ...«, seufzte Milly. »Was spielt das jetzt noch für eine Rolle? Die Hauptsache ist doch, daß du das Geld hast. Ich bin etwas früher aufgewacht als sonst und hatte Lust auf einen kleinen Spaziergang. Und nachdem ich nun schon einmal dabei war, dachte ich, ich könnte genausogut das Geld gleich holen und damit Zeit sparen.«

Eine armselige Ausrede, dachte Milly; ziemlich weit hergeholt, das Ganze ...

Agatha schwieg, weil sie damit beschäftigt war, ihr Kleid wieder zuzuknöpfen, nachdem sie das Kuvert an ihrem Busen verstaut hatte. Dann allerdings sagte sie: »Ich würde allzugern die wahren Gründe für dein Verhalten kennen.«

»Oh, Aggie ... laß es gut sein«, meinte Milly. »Selbst wenn ich wollte, ich könnte es dir nicht erklären.«

»Alles kann erklärt werden«, sagte Agatha und erhob sich mißtrauisch. Angenommen, Ernest hatte ihr sehr viel mehr als nur die tausend Pfund vererbt? Woher sollte sie wissen, daß er es nicht getan hatte? Sie wußte nur, was Milly ihr erzählt hatte. Sie kannte nur Millys Version in dieser Angelegenheit. »Nur Gründe, die unglaubwürdig sind, können nicht erklärt werden.«

Milly schwieg; sie fragte sich erstaunt, ob es nicht vielleicht doch die guten Menschen waren, denen man unkritisch und geduldig gegenübertreten sollte – und nicht den Sündern.

Glücklicherweise klopfte in diesem Augenblick die Managerin an die Tür, um den Damen beim Hereinkommen zu erklären, daß das Mittagessen um halb zwei serviert würde.

»Ich reise ab«, sagte Agatha, ziemlich verärgert über die Störung. »Mit mir brauchen Sie also zum Mittagessen nicht zu rechnen.«

»Entschuldigung, Mrs. Le Bon«, sagte die Managerin recht kühl, »aber wenn Sie einfach so abreisen, ohne mir Bescheid gegeben zu haben, müssen Sie für die ganze Woche bezahlen. Ich habe Ihnen doch gestern abend schon erklärt, daß dieses Haus kein Hotel ist. Es ist eine Privat-Pension. Und die Regeln dieses Etablissements besagen . . .«

»Ich bezahle für die Zeit, die ich hier war«, sagte Agatha sehr bestimmt. »Und keinen Penny mehr.«

»Die Regeln besagen . . .«, wiederholte die Managerin mit funkelnden Augen.

»Ihre Regeln interessieren mich nicht«, unterbrach Agatha. »Machen Sie meine Rechnung fertig.«

Die darauf folgende Unterhaltung war in höchstem Maß unschicklich.

Milly war es zutiefst unangenehm, zuhören zu müssen, aber an Flucht war nicht zu denken, denn die Managerin lehnte mit ihrem Rücken an der Tür und machte es somit von ihrer Entscheidung abhängig, wer den Raum verlassen durfte. Milly sah sich also gezwungen zu bleiben. Die Unterhaltung zwischen den beiden Frauen war sehr rüde – zumindest das, was die Managerin von sich gab, während Agatha die Argumente mit zunehmender Kälte beiseite fegte und auf ihrem Standpunkt beharrte. Milly konnte nicht umhin, Agathas Entschlossenheit zu bewundern; sie selbst war allzu schnell kompromißbereit, und zwar bereits in dem Augenblick, in dem sie ahnte, daß es zu einer Szene kommen würde. Sie gab lieber sich auf, als nicht aufzugeben. Sie hielt jeden Streit für eine Art von Gewalttätigkeit, bei der das, was tief in einem ruhte, mehr litt, als man gewinnen konnte, wenn man nachgab.

Aber vielleicht war das eine armselige, verachtungswürdige

Art, die Dinge zu betrachten. Verschiedentlich versuchte sie deshalb, ihre Freundlichkeit in das heftige Gespräch einzubringen, doch die Stimme der Managerin war zu schrill und die von Agatha zu mächtig, um der sanften Milly Gehör zu verschaffen. Es muß schwierig sein, mit Agatha zu leben, dachte Milly, die entsetzt zuhörte. Sicher war es auch schwierig, mit der Managerin zu leben, doch da sie das nichts anging, spielte es auch keine Rolle; aber schließlich hatte ihr noch vor wenigen Stunden ein gemeinsames Leben mit Agatha vorgeschwebt. Wie sehr sie sich danach gesehnt hatte! Inzwischen wußte sie, wie kompliziert sich dieses Leben gestaltet hätte. Dieser unheimliche Mut und diese Einsatzbereitschaft, diese unglaublichen Mengen von Courage ... Beherztheit waren ohne Zweifel bewundernswert, aber doch nicht in diesen Mengen. Wie war Le Bon damit zurechtgekommen? Nun, gar nicht; er war gestorben. Allerdings war das noch nicht allzulange her – fünfundzwanzig Jahre hatte er immerhin ausgehalten. Was für ein Mann mag er gewesen sein? Vielleicht wären er und sie Freunde geworden. Vielleicht hätten sie einander trösten müssen.

Das Streitgespräch nahm jetzt entsetzliche Formen an. Agatha warf der Managerin an den Kopf, das englische Gesetz und die englische Polizei könnten ihr den Buckel runterrutschen, weil es sich bei ihr um eine unabhängige und freie Schweizerin handle. Und die Managerin keifte schrill, daß sie sich dafür schämen solle, und sie war gerade dabei, sich in ihrer Erregung dazu hinreißen zu lassen, etwas Abfälliges und Beleidigendes über Agathas Eltern zu sagen, was Milly als besonders dumm empfand.

Waren Agathas Eltern schließlich nicht auch die ihren?

Für ihre Verhältnisse überaus energisch mischte Milly sich ein. Sie stand auf, ging auf die Managerin zu und legte dieser, mit all der ihr zur Verfügung stehenden Bestimmtheit, ihre Hand auf den Arm.

»Hören Sie auf«, bat sie. »Bitte ...«

Und das wiederholte sie so lange, bis die Managerin endlich reagierte.

»Bitte«, bat Milly erneut. »Meine Schwester ...«

»Die . . . Ihre Schwester?« rief die Managerin mit bebenden Nüstern. »Das glaube ich nicht, Mrs. Bott – nicht einen einzigen Augenblick glaube ich das. Sie *denken* vielleicht, sie sei Ihre Schwester, und gewissermaßen ist sie das auch, aber bestimmt ist sie es nicht auf eine Weise geworden, über die man offen redet. Wenn Sie *mich* fragen, dann hat Ihr Vater . . .«

Und die Managerin, die nun jegliche Kontrolle über sich verlor, war im Begriff, ihre Theorie bezüglich der Geburt von Mrs. Le Bon ins Gespräch zu bringen, was Milly gerade noch zu verhindern wußte, indem sie ihre eigenen Worte vor die schreckliche Bemerkung klemmte, die schon auf den Lippen der Managerin lag.

»Meine Schwester reist in die Schweiz«, stieß sie atemlos hervor. »Sie muß unbedingt den Zwei-Uhr-Zug erreichen. Deshalb kann sie nicht hier speisen. Um die Rechnung kümmere ich mich. Sollten wir nicht am besten gleich hinuntergehen und die Sache regeln?«

»Aber, Mrs. Bott! Sie werden mich doch nicht etwa auch verlassen?« rief die Managerin, durch Millys Worte beschwichtigt und an die vier Pfund in deren Handtasche denkend.

»Ich fürchte doch«, sagte Milly und lächelte liebenswürdig. »Es tut mir wirklich leid . . .«, fuhr sie mit unendlich sanfter Stimme fort; alles, wirklich alles war sie bereit zu tun, wenn sich die Frau nur beruhigte. »Ich wäre so gerne noch geblieben. Sie waren so freundlich. Aber ich hoffe, hierher zurückzukommen . . .«

Agatha bereitete diesem skandalösen und völlig unnötigen Gefasel ein Ende.

So schrecklich die Erkenntnis auch war, die Lügerei schien eine Spezialität der unglücklichen Milly zu sein; warum sie sich dabei allerdings so viel Mühe gab, nur um einer dummen alten Schachtel zu schmeicheln, lag jenseits ihres Verständnisses. »Unwahrheiten«, unterbrach sie mit gewisser Strenge und drohend erhobenem Arm. »Nichts als Unwahrheiten. Meiner Schwester tut es nicht leid. Sie wäre nicht gerne noch länger bei Ihnen geblieben. Sie waren nicht freundlich. Und sie wird auch nie hierher zurückkommen.«

Und Milly, Agatha verlegen und erstaunt betrachtend, dachte erneut, daß es nicht die Sünder waren, für die man Verständnis, Geduld und Güte aufbringen mußte, sondern die guten Menschen.

*

Eine Stunde später wurde Mr. Jenkyns, der gerade einen wichtigen Klienten unter Verbeugungen zur Tür gebracht hatte, von seinem Sekretär davon unterrichtet, daß ihn eine Mrs. Le Bon zu sprechen wünsche; nachdem er jedoch herausfand, daß sie keine Verabredung mit ihm hatte, weigerte er sich, sie zu empfangen.

Der Sekretär kam Sekunden später wieder herein, um ihm mitzuteilen, daß er die Dame nicht loswurde, weil sie den dringenden Wunsch habe, Mr. Jenkyns zu sehen. »Eine Witwe, Sir«, erklärte der Sekretär. »Sie wartet schon seit einer halben Stunde. Sie wird Sie wirklich nur ein paar Minuten aufhalten, sagt sie.«

Eine Witwe. Mr. Jenkyns überlegte. War er nicht ein Spezialist für Witwen? Witwen, die in ihrer ersten Verwirrung als Klienten leicht zu handhaben waren? Weil sie ebenso dankbar wie leicht zu führen waren; außerdem, obwohl er eine gutgehende Praxis sein eigen nannte, war die Gelegenheit, eine neue Klientin zu gewinnen, noch dazu eine Witwe, nicht leichtsinnig von der Hand zu weisen.

»Sieht sie . . .«

Eigentlich wollte er sagen *wohlgenährt aus*, denn arme Witwen waren schlimmer als gar keine Witwen.

»Sieht sie respektabel aus?«

»O ja, Sir«, versicherte ihm der Sekretär. »Sehr sogar. Mehr ist kaum möglich.«

Mr. Jenkyns seufzte und spielte nervös mit einem Bleistift.

»Also gut, fünf Minuten gebe ich ihr. Danach kommen Sie bitte herein und geben vor, mich zu brauchen.«

Doch er läutete schon nach drei Minuten nach seinem Sekretär. »Bringen Sie die Dame bitte hinaus«, sagte er mit hochrotem Kopf; denn Agatha, die von direkten Methoden mehr hielt als von Takt und außerdem von ihrem Mißtrauen geleitet wurde, hatte unglücklicherweise auf der Stelle begonnen, den fürwahr erstaunten Mann einem Verhör zu unterziehen, mit welchem Recht er die Summe, die Ernest Bott hinterlassen habe, einer dritten Person ausgehändigt habe – *ihr* Geld, aber ohne *ihre* Vollmacht.

Mr. Jenkyns war dermaßen überrascht, daß er die Frauensperson eine halbe Minute lang sprachlos über seine Brillengläser hinweg anstarrte. Dann allerdings kam sein Blut in Wallung. Diese unglaubliche Person wagte es doch tatsächlich, ihm mit einer Klage zu drohen – ihm, einem Mann, der das Gesetz vertrat.

Als er sich einigermaßen erholt hatte, machte er kurzen Prozeß mit Agatha, die nun ihrerseits sprachlos dasaß. Sie wurde in dem Testament gar nicht erwähnt? Das Geld stand ihr von Rechts wegen gar nicht zu und war nur ein Geschenk von Milly?

»Ein überaus großzügiges Geschenk«, sagte Mr. Jenkyns und drückte auf die Klingel. »Und wenn ich Ihnen einen Vorschlag machen darf, Madam ... ich, an Ihrer Stelle, würde mich an das Sprichwort halten: Einem geschenkten Gaul schaut man nicht ins Maul.«

»Dann hat sich meine Schwester ...«, wiederholte Agatha zum drittenmal mit riesengroßen Augen, »dann hat sich meine Schwester die ganze Geschichte nur ausgedacht?«

»Über deren Resultat mir kein Urteil zusteht«, sagte Mr. Jenkyns und ordnete mit müden Bewegungen die vor ihm liegenden Akten. »Bringen Sie die Dame hinaus«, fügte er hinzu, als sein Sekretär erschien.

Agatha stand langsam auf. Ihr Mißtrauen war größer denn je. Woher sollte sie wissen, daß die Behauptungen dieses Mannes der Wahrheit entsprachen? Vielleicht war er nichts anderes als ein Schurke. Gab es da nicht eine Redensart im Zusammenhang mit Anwälten, die schon sprichtwörtlich geworden war? Davon abgesehen, es war doch mehr als absurd, daß ausgerechnet Milly sich von einer solchen Summe trennen und sie ihr schenken würde. Die Menschen verschenkten keine Reichtümer. Und sie erinnerte sich an Millys Worte, als sie ihr von der Erbschaft berichtet und ihr gesagt hatte, daß es sich um eine Art Wiedergutmachung handle, weil Ernest wohl eingesehen habe, wie verwerflich sein Verhalten Agatha gegenüber gewesen war. Sie hatte dieses Argument auf Anhieb akzeptiert, weil es ihr so richtig und natürlich vorgekommen war.

Keine Frage, mit diesem Anwalt stimmte etwas nicht.

»Tun Sie mir den Gefallen«, sagte sie zu Mr. Jenkyns, der sich schon halb erhoben hatte, um eine Verbeugung anzudeuten, »und zeigen Sie mir dieses Testament. Ich möchte mich selbst von dessen Inhalt überzeugen.«

Auf diese Bemerkung hin erhob sich Mr. Jenkyns in seiner vollen Größe, womit er nun ebenso groß war wie sie, und sah sie schweigend mit stahlharten Augen an.

»Entfernen Sie sie«, wies er seinen Sekretär an.

*

Es war inzwischen kurz vor eins. Um zwei fuhr der Zug in die Schweiz. Agatha stand verunsichert auf dem Gehsteig zur Essex Street, wie ein schwarzer Zenotaph, auf beiden Seiten vom Strom der gleichgültigen Fußgänger umbrandet. Viel Zeit, um zu einem Entschluß zu kommen, blieb ihr nicht. Wenn dieser Mann die Wahrheit gesagt hatte, und sein Zorn am Ende ihrer Unterhaltung ließ darauf schließen, dann verlangte es ihr Stolz, daß sie in die Pension zurückkehrte, Milly das Kuvert mit dem Geld vor die Füße warf, ihre Träume ein für allemal vergaß und sich ohne einen Penny auf den Weg machte, um ihren Überlebenskampf erneut aufzunehmen. Sie war es schließlich gewöhnt zu leiden. O ja, sie hoffte, sie war genauso leidensfähig wie alle anderen auch, und ihr Kinn schob sich energisch vor. Vielleicht sollte sie eine der kleineren Pfundnoten aus dem Kuvert nehmen, für die Fahrkarte – Milly war so durcheinander und ohnehin kein Mensch, der Geld nachzählte –, in die Schweiz zurückfahren, sich auf Gnade und Ungnade dem Hotelbesitzer ergeben, um so eventuell ihre alte, miserable Stellung wiederzubekommen. Oder war das niederträchtig, eine Pfundnote zu entwenden und nichts davon zu erwähnen? Nein, nicht direkt niederträchtig, es war schließlich nur eine Leihgabe auf Zeit – irgendwann würde sie das Geld mit Hilfe ihres geringen Gehalts zurückzahlen.

Ihre Unentschlossenheit machte sie zu einer Insel inmitten des heftigen Verkehrs. Mit einer Hand preßte sie das Kuvert mit dem kostbaren Inhalt an die Brust. Wenn sie das Geld zurückgab und damit ihre Hoffnungen vernichtete, wie sollte sie das ertragen? Wie?

Zögernd machte sie ein paar Schritte, blieb wieder stehen, die Noten knisterten unter dem festen Druck ihrer Hand, die vorbeieilenden Fußgänger achteten nicht auf sie – sie waren unverändert egoistisch, geschäftig, gleichgültig.

Mr. Jenkyns, auf dem Weg zu seinem Lunch, gehörte zu ihnen, aber ihm fiel die reglos Dastehende sofort auf, worauf er eiligst die Straßenseite wechselte. »Pah!« murmelte er – ein Mann, dem solche Äußerungen völlig fremd waren! Aber das Wort schien seine Stimmung am besten auszudrücken. Er sehnte sich, trotz der ungewöhnlichen Stunde, nach einem Bad. Der Grund für diesen seltsamen Wunsch lag in den Ereignissen dieses Vormittags; erst die Begegnung mit dieser Frau, dieser lasterhaften Witwe des armen Ernest Bott, die ihn an der Nase herumgeführt hatte; dann das in höchstem Maß unerfreuliche, wenn auch kurze Gespräch mit ihrer taktlosen Schwester. Er überlegte, wie vorteilhaft es wäre, eine Seife zu erfinden, mit der sich die menschliche Verwirrung abwaschen ließe; eine Art Kurbehandlung für den Verstand . . .

Und Agatha, die schließlich ihren Weg fortsetzte, die Hand schützend auf das Vorderteil ihres Kleides gepreßt, fühlte sich entsetzlich einsam, zum erstenmal seit Gastons Tod. Warum hatte sie darauf bestanden, daß Milly ihr die Adresse des Anwalts verriet? Natürlich hatte Milly sich zu drücken versucht, aber je mehr sie sich wand, desto hartnäckiger wurde Agatha – eine natürliche Reaktion in Anbetracht dieser Widerspenstigkeit, die den Verdacht nur bestätigte, daß man etwas vor ihr geheimhielt. Und hatte es sich nicht genauso verhalten? Jetzt kannte sie die Wahrheit; und sie hatte sich als exaktes Gegenteil von dem erwiesen, was sie geargwöhnt hatte; und sie hatte ihre Zukunft zerstört.

Welche Möglichkeit bot sich ihr jetzt noch, das Geld zu behalten? Ganz davon zu schweigen, wofür es stand – diese Geste der Verachtung, dieser Fußtritt, den der wütende Ehemann seiner treulosen Frau zum Abschied versetzt hatte –, wie sollte Agatha es mit ihren Prinzipien vereinbaren, Geld von einer gefallenen Frau anzunehmen? Das war absolut unmöglich! Allein der Gedanke daran . . . das Geld einer Magdalena. In der Gosse zu verhungern war besser, als um diesen Preis zu Reichtum und Ehre zu kommen. Sie fühlte sich außerstande, sich das anzueignen, was ein anderer Mensch verdient hatte, indem er sündigte. Natürlich hatte Milly gewußt, daß sie dafür nicht geschaffen war, deswegen hatte sie die Geschichte mit der Erbschaft erfunden.

War das freundlich von Milly? War es Freundlichkeit, die Milly zu dem Geschenk bewogen hatte? Ja, sie nahm an, es war freundlich. Ja, es schien eine recht liebevolle Geste zu sein. Andererseits, wenn Milly den Pfad der Tugend nicht verlassen, die Treue nicht gebrochen hätte, hätte sich diese komplizierte und auf Lügen basierende Freundlichkeit erübrigt. Die knisternde Vergeltung für eine Sünde – nein, sie konnte das Geld nicht behalten; es kam Agatha vor, als würde sie allein für Millys Sünde bestraft. Denn Milly konnte den Gefährten ihrer Sünde heiraten und vielleicht sogar mit ihm glücklich werden; und natürlich würde sie aufhören, sich schuldig zu fühlen. Sie würde für den Rest ihres Lebens versorgt und damit alle Sorgen los sein; während ihre Schwester, die nie etwas anderes getan hatte, als ein edles Leben anzustreben . . .

Zwei Tränen kullerten über Agathas hageres Gesicht. Sie hatte einfach schon zu viel ertragen müssen. Sie war es leid – und nun begann alles von vorn . . .

Und dann stand Agatha am Ufer, in ihre eigenen Gedanken versunken und gleichgültig dem gegenüber, was um sie herum vorging – und die vorbeieilenden Fußgänger starrten sie an und sahen, daß sie weinte; und manchen tat sie leid, und sie dachten flüchtig: arme alte Frau.

Agatha kämpfte einen schweren Kampf, während sie mit tränenfeuchtem Gesicht nach Bloomsbury zurückging, begleitet von ihrem Stolz und ihren Prinzipien. Als sie die Pension erreichte, hatte sie sich zu einem Entschluß durchgerungen. Wie schon so oft, hatte das Gute in ihr gesiegt. Sie würde sich bei Milly für deren gutgemeinte Geste bedanken, ihr das Kuvert in die Hand drücken, sie allerdings darum bitten, ihr eine der Fünf-Pfund-Noten zu leihen, damit sie sofort in die Schweiz zurückreisen konnte. Es würde kein Geheimnis mehr zwischen ihnen geben, und keine überflüssigen Worte würden gewechselt werden müssen.

Die Zeit war knapp, wenn sie ihren Zug erreichen wollte – sie mußte ihn erreichen, um dieses tragische Kapitel in ihrem tragischen Leben so schnell wie möglich zu beenden. Ihrem Versuch, einer Schwester, die in den letzten zehn Jahren nur in ihrer Einbildung existiert hatte, Trost und Liebe zu vermitteln, war kein Erfolg beschieden gewesen.

Weder rechts noch links würde sie schauen, weder an die Hoffnungen denken, mit denen sie gekommen war, noch an die Hoffnungslosigkeit, mit der sie zurückfuhr. Mit hoch erhobenem Kopf würde sie den Rest ihres Lebens meistern. Ich weigere mich, mich geschlagen zu geben, ich weigere mich, aufzugeben, dachte sie, die Hand an ihren Busen gedrückt, wo das kleine, inzwischen warme Bündel ruhte, das ihr die Erfüllung aller Träume ermöglicht hätte. Wie ein Kind, dachte sie plötzlich; doch sofort schämte sie sich dieser Absurdität.

Stolz darauf, ihren inneren Schweinehund besiegt zu haben, eilte sie mit hoch erhobenem Kopf in die Empfangshalle der Pension. Doch in dem Augenblick, als sie schon den Mund öffnete, um sich kurz bei Milly zu bedanken, die aus dem Eßzimmer kam, zögerte sie, als habe sie Angst vor einer Begegnung mit ihr. Und sie gab sich in dem Augenblick, als ihre Hand schon im Begriff war, das Kuvert herauszuholen und es Milly zu überreichen, in genau diesem Moment gab sie sich geschlagen.

Ihre Hand erreichte nicht den Ort ihrer Bestimmung, ihre Worte blieben ungesagt. Mit großen Augen und tief Luft holend sagte sie zu Milly: »Ich bin doch nicht beim Anwalt gewesen, ich fürchtete ... nun, ich dachte daran, daß ich sonst meinen Zug verpasse.«

*

Agatha, deren hagere Gesichtszüge wie versteinert schienen und die nur sehr wenige Worte mit Milly gewechselt hatte, saß aufrecht in eine Ecke des Abteils zweiter Klasse gedrückt, während die Gepäckträger Türen schlossen und Reisende verwirrt auf dem Bahnsteig hin und her eilten. Plötzlich aber sprang sie auf, umklammerte mit ihrer behandschuhten Hand den Rahmen des geöffneten Fensters und sagte mit einer seltsam klingenden Stimme: »Milly.«

Milly stand draußen auf dem Bahnsteig und schien vage in die Richtung zu schauen, in die der Zug gleich fahren würde. Letzten Endes hatte sie sich doch entschlossen, Agatha zum Bahnhof zu bringen, weil es ihr inzwischen gleichgültig war, ob ihr jemand aus Titford über den Weg laufen würde. Agatha hatte gelogen, mit der verstockten Dreistigkeit eines Kindes, das sich in die Enge getrieben fühlt, und Millys Herz quoll vor Liebe über. Arme, arme Aggie – wie groß muß deine Verzweiflung sein, daß du zu lügen bereit bist! Milly riß sich zusammen. Auf keinen Fall durfte Agatha ihre zärtlichen Gefühle auch nur ahnen, weil sie sonst erriet, daß Milly alles wußte. Als Agatha ihr dreist ins Gesicht gelogen hatte, meinte Milly lediglich, nachdem sie sich von ihrem Erstaunen erholt hatte, wie froh sie sei, daß Agatha vor ihrer mit Sicherheit anstrengenden Reise nicht den langen und ermüdenden Weg auf sich genommen habe. Sie hatte dann resolut ihren Mantel angezogen, ihre Handschuhe übergestreift und hinzugefügt: »Ich komme mit dir zum Bahnhof.«

»Das brauchst du nicht«, sagte Agatha grimmig.

Im Taxi – sie waren gezwungen, eins zu nehmen, weil sie nicht mehr viel Zeit hatten – sprachen sie kaum miteinander. Übrigens auch am Bahnhof nicht, weil sie sich sputen mußten, um die Fahrkarte zu besorgen. Und als Agatha dann endlich sicher in ihrem Abteil saß und Milly draußen auf dem Bahnsteig stand, jede den Blick der anderen vermeidend, da sagten sie immer noch nichts zueinander, bis das bißchen Zeit, das ihnen noch blieb, nur noch aus Sekunden bestand.

Nur einmal ergriff Milly das Wort und wies Agatha beruhigend darauf hin, daß es verhältnismäßig windstill war und die Überfahrt deshalb ruhig sein würde; aber Agatha machte sich nicht die Mühe, darauf zu antworten.

Und gerade als sie im Begriff war zu denken: wie schrecklich ... nur noch wenige Sekunden bis zu Aggies endgültigem Verschwinden ..., da hörte sie diese seltsam klingende Stimme, die sagte: »Milly.«

Rasch drehte sie sich um. Agatha sah ihr in die Augen, und aus ihrem hageren Gesicht war jede Starre gewichen.

»Milly ...«

»Ja, Aggie?«

»Ich möchte dir sagen ... ich würde dir gerne sagen ...«

Milly schluckte und sah sprachlos nach oben in das Gesicht am geöffneten Fenster.

»Gott segne dich«, brachte Agatha endlich mit verzerrtem Gesicht hervor.

So schnell sie konnte, kletterte Milly auf das Trittbrett und legte ihre Arme um Agathas Hals.

»Gott segne *dich*«, flüsterte sie.

Und plötzlich begann Agatha, sie wie wild zu küssen und zu stammeln: »Milly, Milly ...«

Und eine männliche Stimme forderte streng und unnachgiebig: »Bitte vom Bahnsteig zurücktreten ...«

9

An den Nachmittagen ihrer heimlichen Rendezvous in Chelsea war es eine liebe Gewohnheit, daß Arthur kurz vor Milly in der Wohnung eintraf und, hinter dem Vorhang stehend, wartete, bis sie an der Straßenecke auftauchte, um ihr die Tür zu öffnen, sobald sie die oberste Stufe erreichte. So hatten sie es am Anfang ihrer Beziehung gehalten, als sie beide noch vor Angst zitterten, Milly könne beobachtet werden. Und dieses Verhalten war zu einem festen Ritual geworden. Automatisch nahm Arthur seine Position ein, und automatisch öffnete sich die Tür, hinter der er sich versteckte, bis sie die Wohnung betreten hatte. Anfangs fielen sie sich dann ungestüm in die Arme und genossen stumm und selig aneinandergeschmiegt die wundervolle Nähe des anderen. Heute war das natürlich nicht mehr ganz so. Die Jahre waren vergangen, und die Umarmungen verloren ihre Intensität. Das ist völlig normal, sagte sich Milly, vernünftig und einsichtig, als Arthurs Umarmung zum erstenmal wirklich langweilig war. Leidenschaft hielt schließlich nicht ewig, aber an ihre Stelle trat etwas Schöneres – ohne Zweifel Schöneres, redete sich Milly ein; und dann saß sie da und überlegte, um was es sich eigentlich handelte.

Als Arthurs Leidenschaft nachzulassen begann, spürte es Milly natürlich sofort, und einfühlsam, wie sie war, paßte sie sich der neuen Situation an; ohne viel davon zu merken, hatten sie das zweite Stadium der Liebe erreicht, das Stadium, in dem es die Frau ist, die mehr liebt. Sie liebte ihn sehr, glücklicherweise liebte er sie auch, aber eben nicht ganz so sehr. Seine Zuneigung war offenkundig, aber sie liebte ihn; und nun war es sie, die Blumen mit in die kleine Wohnung brachte. Dann, mit den Jahren, erreichten sie das dritte Stadium, in dem keiner von beiden mehr Blumen mitbrachte; ihre Liebe hatte sich in eine von beiden Seiten gleich starke Zuneigung verwandelt – bequem, sicher, tröstlich, ohne unnötige Aufregung und ohne ein Aufheben davon zu machen. Die Tür öffnete sich immer noch, aber es war nur noch eine Gewohnheit, und kein Wunder erwartete sie dahinter. Sie wurde ohne Eile und Hast geschlossen, sobald Milly die Wohnung betreten hatte, und dann lächelten die beiden sich an – beherrscht und liebevoll. Jeder hätte sie dabei sehen dürfen, jeder hätte ihnen zuhören können.

»Nun, meine Liebe?«

»Na, Arthur?«

»Ich hätte fast meinen Zug verpaßt heute. Er ist eine Minute früher gefahren als es im Fahrplan steht.«

»Wirklich? Ich hoffe, du hast dich beim Laufen nicht zu sehr erhitzt. Was macht deine Erkältung, Liebling?«

Ungefähr so spielte sich die Sache ab. Das ist normal, dachte Milly; auch die Sünde beruhigt sich und läßt sich schließlich nicht mehr von der Tugend unterscheiden. Alles wird ruhiger. Normaler.

Milly, die sonst immer vom Victoria-Bahnhof ein Taxi zur King's Road genommen hatte, wenn sie Arthur besuchte, ging heute zu Fuß. Sie tat es aus zwei Gründen: Erstens war es noch sehr früh, und Arthurs Zug, mit dem er immer fuhr und in dessen Speisewagen er bequem zu Mittag essen konnte, kam in Paddington nicht vor drei Uhr an; und zweitens war ihr beim Bezahlen des Taxis aus Bloomsbury angesichts der Leere in ihrer Handtasche bewußt geworden, daß die Managerin, unnachgiebig in ihrer Preisvorstellung, ihr alle vier Ein-Pfund-Noten abgenommen hatte. Nach dem Bezahlen des Taxis blieben ihr noch zwei Schillinge um genau zu sein zwei Schillinge, eine Münze im Wert von drei Pennies und fünf einzelne Pennies.

Darum ging sie jetzt zu Fuß. Und dabei kam ihr in den Sinn, woran sie bisher überhaupt noch nicht gedacht hatte, nämlich daß Arthur von nun an für ihre Bedürfnisse aufkommen mußte; schließlich mußte sie irgend etwas essen und irgendwo wohnen – ja, und Kleidung würde sie ebenfalls brauchen; denn selbst auf dem Standesamt, einer Institution, wo Sentimentalitäten so gut wie keine Rolle spielten, würde es unangenehm auffallen, wenn sie sich in ihrer Witwenkleidung trauen ließe. Es war also unvermeidbar, daß Arthur seiner Zukünftigen als erstes neue Kleidung schenken mußte.

Das würde ihm nichts ausmachen; genausowenig wie es ihr etwas ausmachte, ihn darum zu bitten; denn sie, die es gewöhnt war, Geld zu besitzen, und auch immer bereitwillig gab, war auch einfach und unkompliziert im Nehmen. Es würde ihn auch nicht stören, daß Ernest ihr nur tausend Pfund hinterlassen hatte. Geld war ihm unwichtig; im Gegenteil, er würde es gutheißen, daß sie es ihrer Schwester geschenkt hatte. Davon abgesehen war er vor kurzem zum Senior Tutor seines College berufen worden, eine Position, die ihm ein geräumiges Haus, groß genug für eine ganze Familie, mit einem Garten garantierte, und er war absolut in der Lage, eine Frau zu ernähren. Lächelnd hatte sie ihn darauf hingewiesen, als er sie, auf ihr Bitten hin, nach Oxford eingeladen hatte, um das Haus zu besichtigen und darin Tee zu trinken, und er hatte geantwortet: »Ah, ja«, aber er hatte nicht, wie zu Anfang ihrer Beziehung, hinzugefügt: »Wenn wir doch nur heiraten könnten!«

Das ist völlig normal, dachte Milly, irgendwann verdrängt man den Gedanken an Unmögliches; und Arthur hatte den Gedanken daran schon so lange verdrängt, daß es ihm nicht auffiel, daß sich gerade jetzt dazu eine wunderbare Gelegenheit bot. Statt dessen begann er, ihr von einem Fragment zu erzählen, welches vor kurzem in Neapel entdeckt worden war und zu einer Schrift zu Ehren von C. Duilius zu gehören schien, dem Mann, der die Karthagische Flotte 260 v. Chr. besiegt hatte. Auch das ist normal, dachte Milly, die wußte, wie sehr er sich gerade im Augenblick für Duilius interessierte.

In dieses Haus mit Garten würde sie nun einziehen; und indem sie auf Umwegen in Richtung Chelsea schlenderte, weil ihr noch soviel Zeit blieb und es sozusagen die erste Station ihres neuen Lebens war, ließ sie ihren Gedanken freien Lauf – tatsächlich war es eher ein gemütliches Dahinschlendern, denn sie fühlte sich noch ganz entspannt nach der aufregenden Abreise ihrer Schwester, und sie erinnerte sich, daß in der Mitte des Gartens ein hübscher alter Apfelbaum stand, und sie stellte sich vor, wie sie an friedlichen Maitagen darunter sitzen und träumen würde, während Arthur ihr mit seiner bezaubernden Stimme etwas vorlas, was ihn im Augenblick interessierte. Und während sie bei diesem friedlichen Bild verweilte, mußte sie plötzlich daran denken, wo bei all dem – nun, nach Aggies Segen und Abreise und Arthurs voraussichtlicher Freundlichkeit, mit der er sie fortan ganz offiziell an seinem Leben teilnehmen lassen würde –, wo bei all dem eigentlich die Buße für ihre Sünde ihren Platz hatte.

Vielleicht hat sie überhaupt keinen Platz, dachte Milly, deren Gesicht noch von den letzten verzweifelten Küssen brannte, deren getröstetes Herz deshalb freundlich gestimmt und ruhig war. Aggie hatte sie gesegnet. Die Bitternis und die Enttäuschung, die das Wiedersehen hervorgerufen hatte, waren verschwunden. Und im Grunde genommen verdankte sie es Agathas Strenge, daß sie ihren Weg so klar und deutlich vor sich sah – denn es war Agathas Idee gewesen, daß Milly ihre Sünde nur wiedergutmachen könne, indem sie Arthur heiratete. Agatha hatte erreicht, daß sie nüchtern denken konnte. Diese dumme Vorstellung, vor Arthur fliehen zu müssen, daß Ernest bei einer Heirat für immer anklagend zwischen ihnen stehen würde, war nichts anderes gewesen als ein Hirngespinst, das Agatha glücklicherweise aus ihren Gedanken entfernt hatte. Vor Arthur fliehen? Milly fragte sich, wie sie je so etwas denken konnte. Warum sollte sie vor ihm fliehen? War er nicht das einzige, was ihr in dieser Welt geblieben war? Ihre einzige Verbindung mit Liebe und Wärme? Darüber hinaus war er der einzige Mensch, den sie richtig küßte; und jede Frau brauchte in ihrem Leben jemanden, den sie richtig küssen konnte, sonst mußte sie verhungern. Genau das war Aggies Problem, abgesehen von ihrer entsetzlichen Armut – sie hatte niemanden, den sie küssen konnte. Und was den Unsinn betraf, daß Ernests Andenken Arthur oder sie selbst stören würde – nun, wenn es dazu wirklich kam, dann würde Arthur, der Ernest gegenüber nie irgendeine Feindseligkeit empfunden hatte und mit Sicherheit die schreckliche Art seines Ablebens bedauerte, freundlich sagen: »Armer Kerl«; und kein Geist, auch wenn er noch so besessen war, konnte dieser immensen Güte standhalten.

Tatsächlich erschien es ihr unklar, wie all dies sich mit ihrer Buße vereinbaren ließe. Das Leben mit Arthur, aus den Augen und aus dem Sinn der Botts, versprach friedlich zu werden. Kein Mensch in Oxford würde auch nur auf die Idee kommen, daß sie eine Frau mit Vergangenheit war, denn die Botts hatten mit Oxford nichts am Hut, weil sie alle privat unterrichtet worden waren, wie Ernest immer zu betonen pflegte. Und nur aus ihrer Erscheinung auf eine »Vergangenheit« zu schließen, war wirklich unmöglich. Wie kann es sein, dachte Milly, die langsam durch die sonnigen Straßen in westlicher Richtung ging, fast wie ein träger schwarzer Käfer kriechend – sie war plötzlich sehr müde –, wie kann es sein, daß ich so leicht davonkomme? Nun, leicht war vielleicht nicht das exakte Wort; ›ganz und gar‹ paßte eher. Wo blieb die Strafe für das, was sie getan hatte? Und ihre Bußpläne waren auch völlig durcheinandergeraten. Ihre Zukunft versprach Frieden, Sicherheit und Zuneigung. Mit halbgeschlossenen Augen ging sie weiter, wobei sie ein wenig schwankte, und wieder sah sie sich unter jenem Apfelbaum, unter dem ihr in den zukünftigen Sommern vorgelesen werden würde, und im Winter würden sie vor dem wärmenden Kaminfeuer sitzen wie früher in der Wohnung in Chelsea. Und sie träumte von der Vergangenheit, während sie durch die Straßen ging, und erinnerte sich, wie sie Keats und Shelley zu lesen pflegten – in ihrer stürmischen Zeit ganz zu Beginn. Was für eine herrliche Zeit das gewesen war! Das war ihr erst zu Bewußtsein gekommen, als sie schon Vergangenheit war. Arthur, durch die Liebe aus den langweiligen Fahrwassern gerissen, in die man in der Mitte seines Lebens zwangsläufig geriet, war von jungenhafter Ausgelassenheit, und sie war so glücklich, durch seine Leidenschaft ihre Jugend wiederzufinden. Was für eine süße und alberne Zeit . . .

Nun, wie auch immer, sie mochten sich immer noch sehr gern, und wurde mit der Zeit nicht jeder älter? Sie waren gereift, als nach Keats und Shelley schließlich Milton und Blake zu ihrer Lektüre wurden, und sie waren definitiv reifer, als er versuchte, ihr Italienisch beizubringen, damit sie Dante im Original lesen konnte. Nach und nach gerieten die Poeten in Vergessenheit, weil die Ausgrabungsperiode begann, in der er ihr dicke Geschichtsbücher in die Hand drückte, weil es ihm wichtig war, daß sie seine Interessen teilte – enorme Wälzer, die sie mit nach Hause nahm und so umsichtig verstecken mußte, als handle es sich um Liebesbriefe. Seit sieben Jahren beschäftigte er sich nun schon mit Ausgrabungen, und sie hatte das Gefühl, daß es in Zukunft keine neuen Perioden mehr geben würde. Abgesehen von den Altertümern Roms und Griechenlands schien ihn nichts mehr wirklich zu erregen; und genauso, wie sie sich erfolglos bemüht hatte, Verständnis für Poesie aufzubringen und Italienisch zu lernen, genauso war sie bestrebt, sich mit den notwendigen Fakten der Ausgrabungen vertraut zu machen, um ihn in dem Glauben zu wiegen, daß sie eine intelligente Zuhörerin war. Sie reagierte sogar zu seiner Zufriedenheit, wenn er sich mit ihr über jene männlichen Figuren unterhielt, die dazu dienten, vorspringende Gebäudeteile zu stützen; sie konnte nicht umhin, ein wenig zu lächeln, denn natürlich führte sie ihn an der Nase herum; aber war es nicht wichtig, nicht nur die Geliebte eines Mannes zu sein, sondern auch seine Gefährtin? Und wenn man ungebildet war, dann mußte man eben irgendwie darüber hinwegtäuschen. Und der mütterliche Aspekt durfte natürlich auch nicht außer acht gelassen werden: Ein Mann hatte das Recht, gestreichelt zu werden, wenn er an Kopfschmerzen litt; an den Busen gedrückt zu werden, wenn er müde war – glücklicherweise besaß jede Frau einen Busen, unabhängig von dem Zustand ihres Gehirns; heiße Getränke serviert zu bekommen, wenn eine Erkältung im Anzug war; bemitleidet und verwöhnt zu werden. All dies bereitete ihr keine Schwierigkeiten, weil es in ihrer Natur lag, mütterliche Fürsorge zu empfinden. Wenn Ernest und sie Kinder gehabt hätten, hätte sie aller Wahrscheinlichkeit nach keine Unzufriedenheit und dementsprechend nicht den Wunsch verspürt, an jenem Tag nach London zu fahren, und wäre Arthur nie begegnet.

Wäre das nicht schade gewesen? Ganz ehrlich?

Ah, ja, ja – die Liebe verpaßt zu haben, sie nie kennengelernt zu haben . . .

Was? Dachte sie das wirklich? Dachte sie allen Ernstes, es wäre schade gewesen, keinen Ehebruch begangen zu haben?

Milly war fassungslos. So hatte sie das natürlich nicht gemeint. Natürlich war sie . . .

Nun, mit diesem delikaten Thema konnte sie sich jetzt nicht beschäftigen, das war Milly klar, die offenen Fragen mußten ein andermal beantwortet werden; denn in diesem Augenblick befand sie sich an der Ecke der King's Road und konnte bereits zu ihrer Linken die vertraute Tür sehen.

Mit Herzklopfen bog sie um die Ecke. Dies war kein gewöhnliches Rendezvous. Wichtiges hatte sich ereignet, seitdem sie sich zum letztenmal gesehen hatten. Die jetzige Situation war ernst: aufgrund des kürzlichen Ablebens von Ernest, aufgrund des Endes einer Epoche und aufgrund der Hoffnung auf den Beginn eines neuen Lebens. Ein Glück, dachte sie dankbar und ausgeruht, daß der Mann, den sie heiraten würde, keine Überraschungen mehr für sie bereithielt; sie kannte ihn so gut, in- und auswendig sozusagen; sie wußte, welche Worte er finden, wie er reagieren und wie er aussehen würde. In ungefähr einer Minute, wenn er ihr die Tür öffnete und sie in ihrer Trauerkleidung sah – sie wußte genau, welcher Ausdruck in sein Gesicht treten würde –, würde er sie mit Mitgefühl, aber auch mit kaum verhehlter Erleichterung ansehen. Nach zehn Jahren Liebe gibt es wirklich kaum Dinge, die eine Frau über ihren Mann nicht weiß, dachte Milly, dankbar, endlich die Sicherheit des Heimathafens, der ruhigen Gewässer zu erreichen; glücklicherweise, fügte sie stumm mit einem Lächeln hinzu, als sie die Stufen hinaufging.

Aber zum ersten Mal in den zehn Jahren irrte sich Milly.

*

Das fing schon damit an, daß sich die Tür nicht auf magische Art öffnete; sie sah sich sogar gezwungen zu klopfen.

Das war noch nie vorgekommen.

Sie klopfte, wartete, klopfte wieder. Auf der Straße begann man, sich für sie zu interessieren, aber das war auch alles.

Milly fiel ein, daß Arthur, hinter dem Vorhang stehend, zweifellos außerstande war, in der schwarzgekleideten Frau, in dieser seltsamen Witwe Milly zu erkennen. Wie dumm von ihr, nicht daran zu denken und bei ihrer Ankunft den dichten Schleier zurückzuschlagen.

Das tat sie nun und klopfte wieder; die gesteigerte Aufmerksamkeit der Straße war ihr gewiß, aber das war auch alles.

Sie konnte sich Arthurs erstauntes Gesicht vorstellen, mit dem er die fremde Besucherin zur Kenntnis nahm, bevor er sich verärgert und perplex vom Fenster abwendete, entschlossen, sich nicht zu zeigen, ehe dieser seltsame schwarze Vogel von den Stufen verschwunden war, und in der Hoffnung, daß dies der Fall sein würde, bevor Milly kam.

Sie mußte sich etwas einfallen lassen, um ihn wieder an seinen Fensterbeobachtungsposten zu bringen, damit er sie nun, mit dem zurückgeschlagenen Schleier, erkennen konnte; und wieder klopfte sie, laut und dreist; alle Augen hingen wie gebannt an ihr.

Endlich kam er – nicht ans Fenster, sondern direkt zur Tür, wütend darüber, daß es jemand wagte, solchen Lärm zu machen. Sie hörte die unregelmäßigen Schritte des Lahmenden, und kurz danach wurde die Tür aufgerissen, und ein empörter Arthur erschien auf der Schwelle.

»Milly!« rief er mit ungläubig weitaufgerissenen braunen Augen. »*Milly* . . .«, wiederholte er etwas leiser. Und in sein Gesicht trat ein Ausdruck, der ihr neu war, obwohl sie doch so sicher gewesen war, mit ihm vertraut zu sein.

Er vergaß, die Tür zu schließen. Starrte auf ihre Kleidung. »Bist du . . . ist das möglich . . .?« murmelte er; Arthur war zwar kurzsichtig und meist unaufmerksam, aber eine Witwe erkannte er in jedem Fall – davon abgesehen, daß Milly als Witwe unmöglich zu übersehen war. Vielleicht lag es an der Bottschen Tradition, aber tatsächlich war sie die perfekteste Witwe, die man sich vorstellen konnte.

Bestürzt sah er sie. Ja, dieser Ausdruck in seinem Gesicht, den sie nie zuvor gesehen hatte und den sie deshalb auch nicht einordnen konnte, verriet simple, heftige Bestürzung. Sie hielt sich nicht lange damit auf, sich *darüber* zu wundern, sondern wunderte sich vielmehr über sein Aussehen. Was war mit Arthur los? Braungebrannt in einem Maß, wie es noch nie in irgendwelchen Ferien vorgekommen war, geradezu unverschämt gut sah er aus, ungewöhnlich adrett, obwohl er immer sehr sauber gewesen war, und enorm alert. Merkwürdigerweise schien er ganz in die Gegenwart zurückgekehrt zu sein. Selbst seine Stimme klang munterer, forscher. Und um dem ganzen die Krone aufzusetzen, trug er – ihr Mund öffnete sich erstaunt, als sie es bemerkte – Gamaschen.

Ihr Erstaunen war so groß, daß sie ganz vergaß, wie sie selbst aussah.

»Wie *gut* du aussiehst, Liebling«, sagte sie etwas zögernd und zwang sich, den Blick von den Gamaschen zu lösen und ihn anzusehen. Sein Gesichtsausdruck hatte sich nicht verändert. Dieser paßte so überhaupt nicht zu seiner veränderten Ausstrahlung, geschweige denn zu den optimistischen Gamaschen. Was ist geschehen? fragte sie sich. Hätte es sich um jemand anderen gehandelt, würde sie glauben . . .

Sie dache nicht weiter. Er bat sie mit einer Geste einzutreten. Natürlich, sie standen immer noch auf den Stufen und voll im Blickfeld der neugierigen Gaffer.

Sie trat ein, und er schloß die Tür. In dem mit einem Vorhang von der übrigen Wohnung abgeteilten kleinen Flur legte er seinen Finger für einen Moment auf ihren Ärmel und sagte: »Milly . . . warum? Was ist . . .?«

»Ernest«, sagte sie mit einem langsamen Nicken, sich an den Ernst der Situation erinnernd; dann sah sie ihn an, während sie darauf wartete, in die Arme genommen zu werden.

Aber Arthurs Benehmen war so merkwürdig und ungewöhnlich wie alles andere an ihm. Er nahm sie nicht in die Arme; er betrachtete sie stumm, und der Ausdruck in seinem Gesicht, den sie nicht einzuordnen vermochte, schien sich zu vertiefen; und alles, was er schließlich sagte, wenn auch mit offenkundiger Bewegung, war: »Mein Gott.«

Dieser Ausdruck gehörte nicht zu seinem ihr vertrauten Repertoire und versetzte sie in allergrößtes Erstaunen. Gott? Sie konnte sich nicht daran erinnern, daß er je zuvor so etwas gesagt hatte.

»Ich wußte«, sagte sie sanft, »daß es ein Schock für dich sein würde . . .«

Als er nichts darauf sagte, sondern statt dessen den Vorhang teilte, um ihr den Eintritt in das Wohnzimmer zu erleichtern, tat sie ihm den Gefallen.

Er folgte ihr auf den Fersen. Aber nichts deutete auf seine Absicht hin, irgend etwas von dem zu tun oder zu sagen, was sie sich vorgestellt hatte, nur dieser seltsame Gesichtsausdruck, von dem sie bei jedem anderen gesagt hätte, es handle sich ... aber das war es natürlich nicht; das konnte nicht sein.

»Liebling ...«, begann sie und legte ihre schwere Haube ab.

Er unterbrach sie. »Wann, Milly?« erkundigte er sich abrupt.

»Freitag«, antwortete sie.

»Freitag? Letzten Freitag? Vor weniger als einer Woche? Aber ... warum? Warum sollte er ...?«

»Ein Unfall«, flüsterte sie; und Arthur reagierte seltsam und stieß wieder hervor: »Mein Gott.«

Milly lehnte sich an den Tisch. Aus unerfindlichen Gründen zitterten ihr die Knie. Nein, damit hat es eine natürliche Bewandtnis, sagte sie sich: der lange Weg vom Victoria-Bahnhof bis hierher, und nicht zu vergessen der lange Weg zur Essex Street und zurück zur Pension. Aber warum küßte Arthur sie nicht? Er küßte sie doch immer bei ihrer Ankunft – liebevoll und freundlich. Warum tat er es ausgerechnet heute nicht? Er mußte doch wissen, daß ihr erbärmlich zumute sein mußte; er mußte doch verstehen, daß das, was geschehen war, ihre Hochzeit bedeutete.

Mit nervösen Bewegungen strich sie sich über das Haar, das die Haube unansehnlich zusammengedrückt hatte, und bemerkte dabei, daß nicht nur ihre Knie, sondern auch ihre Hände zitterten.

Das überraschte sie. Das Zittern der Hände stand in keinem Zusammenhang mit ihren anstrengenden Fußmärschen. Warum also zitterten sie? Jetzt, nachdem sie bei Arthur in Sicherheit war ...

Aber war sie denn bei Arthur in Sicherheit?

Sie hatte das Gefühl, daß tief in ihrem Inneren eine Tür aufgestoßen wurde, durch die ein eisig kalter Wind hereinfegte. Hastig schlug sie diese Tür zu und lehnte sich mit aller Kraft dagegen. Oh, Unsinn ... was für ein Unsinn ...

Arthur stand vor dem nicht angezündeten Kamin, den Ellbogen auf dessen Sims gestützt, und sah sie an; und seine braunen Augen, die immer so freundlich schauten, verrieten – was?

Kummer, außerordentlichen Kummer, entschied Milly. Offenbar hatte ihn Ernests Tod mehr getroffen, als sie es für möglich gehalten hatte. Das hatte sie nicht erwartet. Vielleicht gehörte er zu den Menschen, die der Tod erschreckt, jedenfalls der Tod, den sie so nahe an sich heranlassen müssen. Diese Seite kannte sie nicht an ihm, weil sie niemals mit Tod in Berührung gekommen waren, und in ihren Gesprächen hatten sie dieses Thema nie aufgegriffen. Wenn dem so war, wenn es sich wirklich so verhielt und er einfach entsetzt war, mußte sich sein Entsetzen natürlich bei ihrem Anblick, in diesen schrecklichen Kleidern, verstärken. Es war dann ganz normal, daß er vor ihr zurückwich und sie nicht in die Arme nehmen konnte.

Milly suchte rasch nach sonstigen möglichen Erklärungen, doch gleichzeitig kam ihr zu Bewußtsein, daß keine standhielt. Es mußte etwas anderes sein, was Arthur verändert hatte. Und wieder stemmte sie sich mit aller Kraft gegen die Tür in ihrem Herzen, die der eiskalte Wind aufzustoßen versuchte.

»Liebling«, sagte sie schließlich mit zitternder Stimme – warum nur? War er nicht Arthur? War sie nicht Milly? »es war alles ziemlich traurig und schrecklich, aber es wird *bald* vorbei sein. Eines Tages wird . . . werden wir . . .«

Ihre Worte schienen sich im Nichts zu verlieren. Sie sah ihn an und sagte dann plötzlich, während sie zu ihm hinüberging: »Arthur, warum küßt du mich nicht?«

Er sah zu ihr hinunter. Er war so groß, trotz seiner nach vorn hängenden Schultern, und sie war so klein, trotz ihrer hohen Absätze, daß sie den Kopf in den Nacken legen mußte, um ihn anschauen zu können. Und genau das tat sie und hielt sich mit beiden Händen an seinem Anzug fest, um das Gleichgewicht nicht zu verlieren; er machte keine Anstalten, sie zu umarmen; und weil seine braunen Augen so bekümmert dreinsahen, nahm sie ihn in die Arme und drückte ihn an ihre Brust.

»Nicht, Milly . . . nicht, meine Liebe«, sagte Arthur leise und befreite sich sanft aus ihrer Umarmung; und die Tür in Millys Herz gab nach, und die kalte Angst wehte herein.

Sie sah ihn an, ihre Arme hingen schlaff nach unten. Zögernd, als versuche sie, ihn in der Dunkelheit auszumachen, rief sie leise: »Arthur . . .?«

»Hör zu, Milly«, meinte Arthur betont lässig, was ihm nicht gelang. »Ich muß dir eine Menge erzählen.«

Er nahm ihre Hand in die seine, und sie spürte, daß sein Herz nicht mit dieser Geste im Einklang stand.

»Etwas wirklich Außergewöhnliches ist passiert«, fuhr er fort. »Etwas, das wohl in hundert Jahren nur einmal vorkommt . . «

Und plötzlich leuchteten seine braunen Augen, wie sie es einmal vor langer Zeit getan hatten, vor so langer Zeit . . .

»Und . . . was?« fragte sie schwach, als sie sah, daß er errötete.

Er sah sie an, ihre Hand in der seinen; sie sah ihn an, und ihr Gesichtsausdruck brachte seinen Kummer zurück.

»Vielleicht«, meinte er hilflos und ließ ihre Hand los, »vielleicht sollten wir uns besser setzen . . .« Suchend sah er sich nach etwas um, was dafür in Frage kam.

Es gab nichts dergleichen in diesem Zimmer, nicht in seinen Augen. Der Raum war mit einem Sofa ausgestattet, einem Tisch, einem Gaskocher für den Tee und einer Spüle. Mehr Möbel hatten sie nie gebraucht. Auf dem Sofa hatten sie sich geliebt und später, als die Jahre vergingen, friedlich zwischen den Kissen gesessen; manchmal, wenn er ihr laut vorlas, rutschte sie nach unten, legte ihren Kopf an seine Knie. Aber in diesem Augenblick war Arthurs Knie nicht für Millys Kopf gedacht, und nichts hätte ihn dazu gebracht, mit ihr zu dem Sofa hinüberzugehen, denn das, was ihm passiert war, von dem er in seiner Ignoranz glaubte, daß es niemals geschähe, und wenn, dann nur ein einziges Mal in tausend Jahren, war – ein junges Mädchen hatte sich in ihn verliebt. In ihn, den fünfundfünfzigjährigen; in ihn, der alt genug war, um ihr Vater zu sein.

Es war sehr schwierig für das Mädchen gewesen, ihn von ihrer Liebe zu überzeugen. Und im Grunde war es ihr nur mit Hilfe ihrer Mutter gelungen, die ihn schließlich beiseite genommen und auf dieses und jenes hingewiesen hatte – nur so hatte er wahrgenommen, was für alle anderen völlig klar war. Daraufhin hatte er sich seinerseits in das Mädchen verliebt – heftig und mit dieser Blindheit geschlagen, die ältere Männer befällt, wenn sie von bezaubernden, willigen jungen Mädchen bewundert werden; und dieses Mädchen würde er heiraten, dieses zarte schlanke Geschöpf mit dem Mund einer verlockenden Frucht und den geschmeidigen Bewegungen eines Knaben – und ihr schuldete er, daß er sich von jeglichen Sofas fernhielt. Davon abgesehen widerte ihn allein schon die Idee an. Merkwürdig eigentlich, ging es ihm durch den Kopf, wenn er bedachte, wie schön es gewesen war, Milly zwischen den Kissen zu liebkosen, und wieviel schöner es noch gewesen war, sich zwischen ihnen von ihr liebkosen zu lassen – merkwürdig, daß ihn jetzt der Gedanke an das Sofa, die Kissen und die Liebkosungen abstieß.

Er wollte sie nicht berühren, noch wollte er von ihr berührt werden. Als sie eben die Arme um ihn gelegt hatte, hatte er sich äußerst unbehaglich gefühlt – er schämte sich, und zugleich tat sie ihm leid; und doch hatten sie an eben dieser Stelle gestanden, bei ihrem letzten Rendezvous vor fünf Wochen, und sich verabschiedet – er hatte dabei nichts Besonderes empfunden, denn es war ja völlig normal.

Nun, ich kann es auch nicht ändern, dachte er – irritiert, weil Milly unerwartet Witwe geworden war, und aufrichtig bekümmert, weil er ihr weh tun mußte. Mußte Ernest denn ausgerechnet jetzt sterben? Das war wirklich typisch für diesen Mann.

»Arthur . . .«, sagte Milly, »so sag doch endlich . . . was dir passiert ist.«

»Hier gibt es aber auch nichts, worauf man sitzen kann«, meinte er ungeduldig, als könne er mit ihr nur reden, während er saß.

»Warum, das Sofa . . .«

»Nein, nein«, unterbrach er sie rasch; und in diesem Augenblick verflüchtigte sich ihr letzter Zweifel, an den sie sich geklammert hatte; und nun wußte sie es.

*

Wenn Arthur nach seiner Verlobung an Milly gedacht hatte, und während der Zugfahrt hatte ihn der Gedanke an sie nicht mehr losgelassen, redete er sich ein, daß sie Verständnis für ihn aufbringen würde, weil sie eine vernünftige Frau war. Einerseits war es eine Tatsache, daß sie ihn Ernests wegen nicht heiraten konnte, andererseits war es normal, daß ein Mann in seinen Jahren endlich an eine Ehe denken mußte. Wahrscheinlich ist sie sogar erleichtert, dachte er; und vielleicht ist sie froh darüber, in ihrem Alter nicht mehr den beschwerlichen Weg nach Chelsea auf sich nehmen zu müssen, weil sie inzwischen leichter ermüdete.

Aber nun war Ernest, der arme Kerl, aus dem Leben geschieden, eine Tatsache, die kein Mensch für möglich gehalten hätte, und Arthur fürchtete, daß Milly nun erwartete, er würde sie zu seiner Frau machen. Natürlich würde sie damit rechnen, sie hatte ja keine Ahnung, was ihm in Rom passiert war; und es war normal, daß es sie sehr verletzen würde, wenn er ihr davon erzählte.

Sie rechnet nicht etwa damit, dachte er unangenehm berührt, immer noch nach einem Stuhl suchend, den es in dieser Wohnung nicht gab, nicht etwa aus dem einzigen Grund, der eine Ehe rechtfertigt – die leidenschaftliche Liebe beider, diese Art Liebe, die gerade sein eigenes Leben verändert hatte und ihn mit wunderbar jugendlicher Energie erfüllte –, sondern weil sie davon überzeugt ist, daß es richtig ist, eine langjährige Beziehung zu legalisieren.

In ihrem Fall natürlich konnte es keine solche Liebe geben, wie Arthur sie im Augenblick verspürte. Sie war schließlich fünfundvierzig, eine Frau mittleren Alters. Solche Frauen, sagte sich der ahnungslose Arthur, waren jenseits von Gut und Böse. Er hatte bisher nie über ihr Alter nachgedacht, denn das Rad der Zeit hatte sich, unbemerkt von ihnen beiden, weitergedreht; doch jetzt, nachdem er zum erstenmal wieder klar denken konnte, seitdem er von der Jugend geliebt wurde, erinnerte er sich wieder an alles. Und Milly fiel ihm ein, und ihr Alter und auch sonst alles; und da er die Dinge so sehen wollte, schien es ihm völlig natürlich, daß eine so alte Frau froh sein würde, nicht mehr von einem Geliebten belästigt zu werden, auch wenn dieser noch so geringe Wünsche äußerte.

Tatsächlich hatte er seit Jahren kaum noch irgendwelche Wünsche geäußert; würde es darum nicht ohne Schwierigkeiten möglich sein, ihre nicht mehr existierende körperliche Beziehung in eine wirkliche Freundschaft zu verwandeln? In seinem wie auch in ihrem Alter sollten einstige Liebespaare Freunde sein; gute Freunde, wie er und Milly es ohne Zweifel immer sein würden, denn er schwor sich, nie zu vergessen, wie trostreich und fürsorglich sie ihm über die einsamste Zeit seines Lebens hinweggeholfen hatte.

Er mochte Milly sehr, wirklich sehr. Und ohne Zweifel hatte die Beziehung mit ihr sein Leben bereichert. Aber seine Zuneigung zu ihr war nur noch die eines Freundes. Mit Sicherheit war ihr klar, daß aus ihrer einst so leidenschaftlichen Liebe vor Jahren schon eine liebevolle Beziehung geworden war; und das war schließlich kein Grund zu heiraten. Man stelle sich nur vor, dachte Arthur, an die unkomplizierte Behaglichkeit seines Alleinlebens gewöhnt, man nimmt eine Frau in sein Haus, läßt sie an all seinen Gewohnheiten teilhaben, lebt mit ihr rund um die Uhr in intimster Nähe, und das alles aus schlichter Zuneigung! Natürlich heiratete man nur, weil man im Zustand des Verliebtseins nicht anders konnte, denn wenn man es nicht tat, wenn man diese Gelegenheit – durch die Berührung eines jungen Menschen selbst wieder jung, auf magische Weise wieder lebendig, wieder zur Poesie, zur Schönheit, zur Begierde bereit zu werden, zu all den Dingen, die man zwar früher, aber nun seit melancholischen Ewigkeiten nicht mehr empfunden hatte –, wenn er also diese Gelegenheit nicht am Schopf packte, war er dazu verdammt, langsam zu etwas zusammenzuschrumpfen, was er vielleicht fast schon war: ein lahmer, langweiliger, desinteressierter alter Mann.

Unglaublich, aber wahr! Das Mädchen, das er in Rom kennengelernt hatte, liebte ihn. Wie konnte er ein solches Geschenk ablehnen? Bedeutete das nicht, dem Leben selbst den Rücken zuzuwenden? Natürlich war er zu alt für sie, viel zu alt; aber da es ihr nichts auszumachen schien und sie nur lachte, wenn er darüber sprach, warum sollte es ihn dann belasten? Wie außergewöhnlich, daß ein Mädchen jemanden lieben kann, der alt genug ist, um ihr Vater zu sein, dachte Arthur, der Ignorant; und ebenso außergewöhnlich ist es, daß ich mich im Alter reiferer Väter so wahnsinnig verliebt habe wie ein Zwanzigjähriger, dachte er mit dem Erstaunen des Ignoranten.

Er konnte nicht umhin, darauf stolz zu sein – zu wissen, daß er immer noch in der Lage war, sich zu verlieben, und daß er es getan hatte; und der Stolz, den er an ihrer Seite empfand, war geradezu überwältigend. Mit diesem Mädchen in den Straßen, in den Galerien und Restaurants gesehen zu werden, mit diesem Mädchen, das sich so offenkundig nur auf ihn konzentrierte und bewundernd zu ihm aufsah, wenn er etwas sagte, das so hübsch und adrett war, daß sie die Aufmerksamkeit aller erregte, das erfüllte ihn mit ungeheurem Stolz. Niemand hatte je Milly beachtet, wenn sie, auf der Suche nach einem Taxi, die Kings' Road hinaufschlenderten. Millys Charme – und er hatte keineswegs vergessen, wie hingerissen er einmal davon gewesen war – zeigte sich erst, wenn man sie näher kennenlernte. Sie war zu keiner Zeit eine Frau gewesen, nach der man sich auf der Straße umdrehte. Deshalb erstaunte es ihn so, jetzt zu entdecken, wie angenehm es für einen Mann war, für die Frau an seiner Seite Stolz zu empfinden, in dem Bewußtsein, daß er sie nicht als einziger begehrte, wann immer er das Interesse anderer Männer in deren Augen aufleuchten sah – auch wenn er in diesem Augenblick vielleicht den dringenden Wunsch verspürte, zum Mörder zu werden. Verrückt? Wahrscheinlich. Aber zeigte sich in diesen Empfindungen nicht, daß man am Leben war? Lebendig verrückt zu sein war weitaus besser als weise, abgeklärt und halbtot. Er erkannte, daß er seit sehr langer Zeit weise, abgeklärt und halbtot gewesen war, reduziert zu einem behaglich dahinlebenden Langweiler. Und dieses bezaubernde Kind hatte wie ein Blitz sein schattiges Dasein erleuchtet und ihn mit unberührter Unschuld und eifriger Bewunderung – sie hielt ihn für distinguiert und brillant – wie ein Engel aus den dunklen Tiefen emporgehoben zu einem neuen Leben in Jugend und Liebe.

Und dieses Geschenk des Himmels sollte er abweisen? Wer würde das tun?

Niemand, natürlich; kein einziger Mann in dieser Welt, sagte sich Arthur.

Aber – was war dann mit Milly?

Genau das, dachte Arthur und traf die Entscheidung, nicht länger im Zimmer nach etwas zu suchen, was nicht vorhanden war, genau das ist die Schwierigkeit.

*

Milly hielt still und sah ihn stumm an.

Armes kleines Ding, dachte er mitfühlend und fragte sich gleichzeitig, wie man sich bei solchen Anlässen verhielt, wie man vermied, dem anderen weh zu tun. Wie schrecklich, wenn es ihr etwas ausmachen würde. Ich wünschte bei Gott . . .

Wie sollte er es ihr bloß beibringen?

Und um sich selbst Mut zu machen, fragte er sich, aus welchem Grund Milly sich wünschen könnte, ihn zu . . . angenommen, sie wollte es tatsächlich. Dank seiner ganz neuen Erfahrungen war ihm klar, was für ein armseliger und langweiliger Liebhaber er seit Jahren gewesen sein mußte, wie er alles zur Gewohnheit hatte verkommen lassen, zweifellos angeregt durch ihre bereitwillige Anteilnahme, sich nur mit ihm und seinen Unpäßlichkeiten zu beschäftigen – niemals mit ihr und ihren Unpäßlichkeiten, die sie sicher auch gelegentlich trafen und ihr Leben erschwerten –, vorauszusetzen, daß die Dinge, die ihn interessierten, seine Arbeit, seine Lektüre, auch die einzigen Dinge waren, die sie interessierten, und wenn dem nicht so gewesen wäre und sie angefangen hätte, über ihre eigenen Interessen zu sprechen, dann würde er ihr nicht zugehört haben, weil es ihn gelangweilt hätte. Warum also sollte sie den Wunsch verspüren, eine derart frustrierende Beziehung aufrechtzuerhalten und gar legalisieren zu wollen? Dennoch, nun, nach Ernests Ableben, fürchtete er, sie . . .

In seinen braunen Augen schimmerte ein klitzekleiner Funke der Reue; und Milly, der das natürlich auffiel, dachte: Das war es dann wohl. Das ist es also, was das Schicksal sich ausgedacht hat, um mich zu strafen.

*

Milly erinnerte sich an den langen Weg vom Victoria-Bahnhof nach Chelsea, auf dem sie sich gewundert hatte, wie gut sie davonkam, und sich die Frage gestellt hatte, welche Gelegenheit sich ihr in Zukunft zur Buße bieten würde. Nun, darüber würde sie sich keine Gedanken mehr machen müssen. Von heute an würde sie genügend Zeit und Muße haben zum Büßen . . . genügend Zeit . . . genügend Zeit . . .

Plötzlich kam ihr in den Sinn, daß sie in diesem Augenblick wahrscheinlich wie eine Idiotin aussah; Arthurs Gesichtsausdruck nach zu schließen . . . Sie gab sich einen Ruck und riß sich zusammen. Jetzt auch nur mit einer Wimper zu zucken, gehört sich einfach nicht, sagte sie sich streng. Sinnlos, zwei Menschen unglücklich zu machen. Ein Unglücklicher reichte völlig. Und Arthur sah, weiß Gott, in diesem Augenblick entsetzlich unglücklich aus, wie er so dastand, in seinen armen, glücklichen Gamaschen; tatsächlich ähnelte er einem Baby, das unzufrieden war mit – ja, mit seiner Mutter.

»Ich glaube . . .«, begann sie und versuchte zu lächeln – warum verzog sich der Mund immer gerade dann zu einem scheußlichen Grinsen, wenn man besonders natürlich wirken wollte? Sie war sicher, es war ein scheußliches Grinsen; denn was sollte es sonst sein mit all dem Eis in ihrem Herzen? – »Ich glaube«, fuhr sie fort und versuchte, natürlich zu lächeln, »daß du dich verliebt hast, Arthur.«

Überrascht starrte er sie an.

»Und daß du heiraten möchtest.«

Er starrte sie an, und der Mund unterhalb seines schäbigen Schnurrbarts stand offen. Milly lächelte? Und sah ganz erfreut aus?

»Ist es nicht das, was du mir erzählen wolltest?« fragte sie. Sie legte ihre Hand auf seinen Arm, zog sie aber rasch wieder zurück, weil sie so sehr zitterte. »Meintest du das mit außergewöhnlich? Und warum findest du das so außergewöhnlich, Liebling?«

Sein dünnes Gesicht errötete. Dieses Wort – verriet es nicht, daß sie nicht böse auf ihn war? Im Grunde seines Herzens war er sicher gewesen, daß sie so reagieren würde. Mit Ernest oder ohne, Milly würde ihn niemals enttäuschen, niemals etwas wollen oder tun, was nicht vernünftig und freundlich war.

»Meine Liebe!« rief er, und sein Gesicht strahlte vor Erleichterung und Dankbarkeit. »Meine Liebe, meine liebste Freundin . . . es stört dich nicht?«

»Stören?« wiederholte Milly und zwang ihre Mundwinkel nach oben. »Stören?« sagte sie noch einmal, um dem in ihrer Kehle steckenden Schluchzer Zeit zu geben zu verschwinden.

Wütend hielt sie stumme Zwiesprache mit dem weichen Ding tief in ihrem Innern. Du wirst mir nicht die Schande antun und dich etwa schlecht benehmen. Du wirst jetzt nicht anfangen zu jammern. Wozu bist du sonst gut, wenn du dich nicht einmal benehmen kannst? Lächelnd streckte sie Arthur ihre Hände entgegen und sagte: »Das ist ja eine wundervolle Neuigkeit!«

Arthur holte tief Luft. Sein gerötetes Gesicht strahlte, als er ihre Hände ergriff und mit ehrlicher Überzeugung sagte: »Du warst von Anfang an die beste Freundin, die ein Mann je hatte.«

»War ich das?« fragte Milly. »Es freut mich, daß ich wenigstens das war.«

Um diese Bemerkung – sie war ihr entschlüpft, obwohl sie nicht die Absicht hatte, bitter zu sein – zu kaschieren, wollte sie rasch weitersprechen, aber er unterbrach sie, indem er ihre Hände ganz fest hielt und sie anstrahlte – Arthur, der seit Jahren nichts fertiggebracht hatte, was einem Strahlen auch nur annähernd ähnlich sah.

»Wie bist du darauf gekommen?« fragte er. »Wie, zum Teufel, hast du das erraten, Milly?«

»Was . . . daß du dich verliebt hast?«

Sanft entzog sie ihm ihre Hände. »Aber Arthur . . . es war ganz leicht«, sagte sie und zwang sich weiterzulächeln. Dann deutete sie mit nach untem gebeugtem Kopf, um ihre Tränen zurückzudrängen, auf die Gamaschen.

(Ich habe genug geweint, sagte sie sich. In habe in letzter Zeit nichts anderes getan als zu weinen. Damit muß jetzt ein für allemal Schluß sein. Ich will nicht mehr weinen. Und sie würde nicht zulassen, daß ihr Herz Dinge sagte, die sinnlos und bedauerlich waren; sie würde es einfach nicht zulassen. Oh, sie wußte genau, was es sagen würde, wenn sie ihm eine Chance dazu gab – diese dummen, verrückten Sachen, die von Tränen begleitet wurden. Tränen? Sie hatte es satt zu weinen. Sie hatte es vielleicht sogar satt, jemanden um etwas zu bitten. Flehentlich bitten? Lieber Gott, nein; bestimmt nicht; niemals.)

»Deine Gamaschen haben es mir verraten, Arthur«, sagte sie.

»Aha«, sagte er und lächelte beschämt und jungenhaft. »Ich weiß eigentlich gar nicht, warum ich . . .«

Und er blickte von den Gamaschen zu ihr, dankbar, glücklich, erleichtert, einfältig – albern einfach. Das junge Mädchen, in das er verliebt war, war hingerissen von diesen Gamaschen. Sie sagte, sehr zu seiner Belustigung, daß für sie das Tragen von Gamaschen einen wirklichen Gentleman ausmache. Das hätte er Milly gern erzählt; sie würde sich darüber amüsieren. Aber konnte er dergleichen Milly erzählen? Nun, bald vielleicht . . .

Und Milly dachte verwundert: Arthur albern? Ihr ernsthafter, gelehrter Professor albern?

Zugegeben, es versetzte ihr einen Stich, daß er für sie nie Gamaschen getragen hatte. Nun, er hatte damals natürlich auch noch nicht das entsprechende Alter erreicht. Ganz davon abgesehen, daß sie niemals so jung war wie – nun, wie die Neue.

»Ich nehme an«, entschuldigte sich Arthur, der sich nun in Millys Gesellschaft wieder wohl fühlte, »ich hatte irgendwie das Gefühl, mich verändern zu wollen.«

»Ich nehme an, das wird es sein«, sagte sie lächelnd, weil es ihr keine Mühe mehr machte. »Obwohl ich nicht der Meinung bin, daß du dich hättest verändern müssen.«

»Ah, Milly, du und deine Komplimente. Du hast mir immer

geschmeichelt«, sagte er, und dachte dankbar, wie einfach nun alles war, mit welch natürlicher Selbstverständlichkeit alles über die Bühne ging, wie Sylvy – seine Angebetete hieß Sylvia – so gern zu sagen pflegte. Es würde ihm nicht einmal mehr etwas ausgemacht haben, mit Milly auf dem Sofa zu sitzen, sie und er, zwei alte Freunde und nichts weiter, während er ihr alles erzählte, was passiert war – nun, nicht alles vielleicht, aber zumindest das meiste in groben Zügen. Milly hingegen war überrascht, wie leicht es war, ihn an der Nase herumzuführen, wie zufrieden er plötzlich schien, ohne im geringsten daran zu zweifeln, daß nun alles in Ordnung war und seinem Glück nichts mehr im Weg stand. Tatsache war, daß er in diesem Augenblick an der Nase herumgeführt werden wollte; denn wenn er nicht in der Lage war zu glauben, daß alles in Ordnung sei, wenn sie ihm nicht diesen letzten verlogenen Dienst erweisen konnte, wie schrecklich würde er sich dann fühlen – was keinem nützte. Er war verliebt; sinnlos, das nicht wahrhaben zu wollen; und ein verliebter Mensch, das wußte sie nur zu gut, war außerstande zu bemerken, was in anderen vorging.

»Aber Milly«, sagte er, nicht ganz so blind und zufrieden, wie sie gerade angenommen hatte, und nahm ihre Hände, »warum bist du so blaß? Noch nie habe ich dich so bleich gesehen, meine Liebe.«

»Oh, das ist wegen Ernest und dem ganzen Drumherum«, versicherte sie ihm rasch.

»Mein Gott . . . ja, natürlich«, rief Arthur, dem Ernest erst jetzt wieder einfiel. Ihn hatte er während der letzten paar Minuten wirklich ganz vergessen. Den armen Kerl. In diesem Moment tat Arthur jeder leid, der tot war. Was für ein Jammer, eine Welt verlassen zu haben, die voller Wunder steckte.

»Es muß schrecklich für dich gewesen sein, meine Liebe«, sagte er mit einer Stimme, die in solchen Fällen angebracht war. »Armes kleines Ding, was für eine furchtbare Zeit für dich. Du mußt mir alles erzählen . . .«

Er wußte, der Anstand verlangte es, daß sie ihm ihre traurige Geschichte erzählte, bevor er ihr seine glückliche anvertrauen konnte.

Obwohl – so traurig ist ihre Geschichte eigentlich nicht, dachte er. Für Ernest natürlich schon, aber für Milly? Wenn sie erst einmal den ersten Schock überwunden haben würde ... denn Ernest, der arme Kerl, war ein schwieriger Ehemann gewesen, wahrscheinlich, weil er nicht anders konnte – dachte Arthur, seines Glückes wegen äußerst milde gestimmt –, aber nun war Milly frei und Erbin des riesigen Vermögens und konnte endlich tun, was ihr gefiel. Was für eine beneidenswerte Situation. Das würde sie bald erkennen. In der Zwischenzeit war es natürlich an ihm, sie zu trösten ...

»Erzähl mir darüber, meine Liebe«, sagte er und verbannte taktvoll das Glück aus seiner Stimme; und wieder bewies sie das, was er immer an ihr geschätzt hatte – man konnte sich völlig auf ihr Verständnis und ihre Einfühlsamkeit verlassen –, denn sie ahnte, wie schwierig es für ihn sein mußte, sein eigenes Glück zu vergessen und sich auf die Trauer einer Witwe einzustellen, und das war, lieber Himmel, wirklich zuviel verlangt, weswegen sie erklärte, daß sie es vorzöge, über erfreulichere Dinge zu reden.

»Ich mache uns einen Tee«, schlug sie vor, verzweifelt nach einer Möglichkeit suchend, sich für einige Minuten, während sie ihm den Rücken zuwandte, gehenlassen zu können und nicht mehr lächeln zu müssen. »Ich mache uns einen Tee, während du mir von dem aufregenden Ereignis berichtest, ich habe nämlich nicht zu Mittag gegessen und ...«

»Du hast nichts zu Mittag gegessen, Milly?« rief Arthur, eine Tatsache, die ihn fast so schockierte wie ihre Witwenkleidung. »Aber warum denn nicht?«

»Ich glaube, ich habe es vergessen«, sagte Milly, die sich auf den Moment freute, wenn sie endlich den Wasserkessel in die Hand nehmen würde.

Arthur jedoch hinkte seinerseits in die Ecke, wo sich der Kessel befand. »Du setzt dich jetzt erst einmal hin«, sagte er und deutete auf das Sofa. »Ich mache den Tee. Und bevor du dich versiehst, wird er fertig sein. Ist ja kein Wunder, daß du wie ein Geist aussiehst. Das war wirklich nicht richtig von dir, meine Liebe, nicht zu Mittag zu essen«, fuhr er fort, geschäftig den Kessel mit Wasser füllend, die Tassen mit einem Taschentuch ausreibend,

Kekse aus einer alten Dose schüttelnd, faszinierend aktiv für jemanden, der so lange träge gewesen war. »Gerade jetzt, in dieser Zeit, in der du all deine Kräfte so dringend brauchst. Wo sind denn diese verdammten Streichhölzer? Wo, zum Teufel, können sie denn sein?«

Er benimmt sich exakt so wie vor zehn Jahren, dachte sie und ließ sich auf das Sofa sinken, so vital, so glücklich und aufgeregt. Denn auch damals – schon vor zehn Jahren war er ein Mann mittleren Alters gewesen – hatte er sich wie ein Junge benommen. Und während sie ihn beobachtete, wie er mit lange nicht gewohnter Aktivität die Streichhölzer suchte, sagte sie sich: Nur die Liebe kann einen Mann so verändern. Das letztemal war ich es, die er liebte. Heute . . .

Sie schloß die Augen, lehnte sich müde in die Kissen zurück, ließ ihren Mund machen, was er wollte. In ihrem Herzen herrschte absolute Dunkelheit, und in ihrem Kopf krochen entsetzliche Gedanken wie giftige Schlangen hin und her – was nun? Wohin? Wie? Mit diesem müden alten Körper.

»Milly«, sagte Arthur, »wir hatten doch Streichhölzer das letztemal als wir hier waren, oder nicht? Wir haben doch Tee getrunken?«

»Ich nehme an, sie liegen auf dem Regal«, sagte Milly, ohne sich oder ihre neben ihr liegenden Hände zu bewegen, ohne die Augen zu öffnen. »Warum läßt du mich nicht den Tee kochen?«

»Aber warum denn?« Arthur zündete den Gaskocher an, maß den Tee ab – bereit, alles für sie zu tun, außer sie zu lieben. Sie zu lieben? Wie sollte er sie lieben, wenn die Gefühle verschwunden waren?

»Du erinnerst dich doch«, sagte Arthur, mit Geschirr klappernd, »es war immer ich, der uns Tee gekocht hat« – und das entsprach so wenig der Wahrheit, daß Milly fast ganz natürlich lächelte.

»Na, nicht immer«, sagte sie.

»Na gut, aber sehr oft«, insistierte Arthur.

*

Dann saßen sie beide auf dem Sofa – Milly in der einen Ecke, in die Kissen gelehnt, Arthur in der anderen. Im Grunde ist ein Sofa ein recht unbequemes Möbelstück, dachte Milly, und nur auszuhalten, wenn man sich darauf hingibt. Zwischen ihnen stand, wie Siegfrieds Schwert, der Teller mit den Keksen.

So, dachte er, und jetzt werde ich ihr alles erzählen. Und doch zögerte er, weil er hoffte, von ihr ein aufmunterndes Wort zu hören. Also wartete er ab, mit Mühe seine Ungeduld bezähmend, während sie ihren Tee trank.

»Du mußt jetzt diese Kekse essen«, sagte er und deutete auf den Teller zwischen ihnen.

»Ich kann nicht«, meinte Milly kopfschüttelnd. Sie hatte schon Schwierigkeiten, den Tee hinunterzuschlucken. Die Vorstellung, sie müsse diese Kekse . . .

»Na ja, sehr verlockend sehen sie ja nicht gerade aus«, gab Arthur zu. »Ganz frisch sind sie wohl nicht mehr.«

»Ich denke, sie sind schon seit Jahren hier«, sagte Milly. »Wie wir«, fügte sie lächelnd hinzu.

»Ja . . . es war eine lange Zeit, nicht wahr?« Arthur schlang seine dünnen Hände um seine noch dünneren Knie, er wollte endlich mit seiner Geschichte beginnen. »Eine schöne Zeit, findest du nicht auch? Es tut dir doch nicht leid?«

»Eine schöne Zeit, das finde ich auch«, sagte Milly liebenswürdig.

»Aber das Leben muß weitergehen«, sagte Arthur. »Altes muß beendet werden, um Neues zu beginnen.«

»Ich hoffe doch sehr«, sagte Milly und lächelte ihm über die Kekse hinweg zu, »mit alt meinst du nicht mich, Arthur.«

»Dich, Milly? Ich dachte an Epochen, meine Liebe«, sagte er; aber als er sie nun ansah, wie sie in den Kissen lehnte, den meisten Platz des Sofas für sich in Anspruch nehmend – ihres Gewichtes wegen entstand eine tiefe Kuhle, und der Teller mit den Keksen hatte die Tendenz, auf sie zuzurutschen –, dachte er, daß sie im Vergleich zu gewissen anderen Menschen tatsächlich nicht mehr die Jüngste war, die arme Milly. Nun, warum sollte sie jung sein, und warum nannte er sie arme Milly? Er war davon überzeugt, daß sie nicht den geringsten Wunsch verspürte, wieder jung zu sein oder gar anders, als sie tatsächlich war – eine liebe, anständige Frau, eine verläßliche Freundin, an die man sich jederzeit wenden konnte, wenn es notwendig wurde. Arme Milly? Gewiß konnte man sie nicht arm nennen; nach Ernests Tod war sie in einer Situation, die nicht besser sein konnte. Reich und frei und so lieb, umgeben von Menschen, die sie schätzten und bewunderten – was konnte es Schöneres geben? Wirklich beneidenswert. Und trotzdem – arme Milly. Vielleicht verleitete ihn diese entsetzlich schwarze Kleidung, in die sie gehüllt war, zu diesem Wort. Dieser schwarze Klumpen, mit dem kleinen, runden, bleichen Gesicht . . .

Und plötzlich schob sich ein anderes Gesicht zwischen Milly und ihn – Sylvy, seine Angebetete, in einem blauen Kleid, mit in der Sonne glänzendem hellen Haar und so schlank, daß man sie durch ihren eigenen Ehering ziehen könnte – er war sehr stolz auf dieses hübsche Kompliment, das er ihr gemacht hatte.

Er starrte Milly an, ohne sie zu sehen. Sein Gesichtsausdruck war derselbe wie vor einigen Minuten, als er ihr gestanden hatte, daß etwas Außergewöhnliches passiert sei – Stolz, Verwunderung und ungemeine Zärtlichkeit; und Milly, die es sehr wohl bemerkte, erinnerte sich, daß er auch sie einst so angesehen hatte, und dachte: Warum bleibe ich hier und lasse mich quälen? Ich muß hier weg . . . wohin? . . . Irgendwohin . . .

Doch das einzige Resultat ihres Versuches, ihre Gedanken in die Tat umzusetzen, mit einer spontanen und unüberlegten Bewegung aufzustehen, war eine zerbrochene Teetasse. Ihre Teetasse, die klirrend zu Boden fiel und zerbrach.

»So«, sagte Arthur, sich nach den Scherben bückend und die Teelache mit seinem Taschentuch aufsaugend, »jetzt ist nur noch eine übrig.«

»Tut mir leid. Aber wir brauchen sie ja auch nicht mehr, oder?« sagte Milly, zum Stillsitzen, zum Zuhören gezwungen. Aber war das nicht die einzige Möglichkeit . . . ihm zuzuhören, wenn sie ihn davon überzeugen wollte, daß sie sein Mitleid nicht nötig hatte? Mitleid! Armer Arthur. Wie schrecklich, wenn er

Mitleid haben müßte; wie schrecklich für sie, weil sie sich schämen müßte.

Sie biß die Zähne zusammen, fest gewillt, auch das noch über sich ergehen zu lassen. Das einzige, was dem Opfer in solchen Fällen übrigblieb, war, so zu tun, als mache es einem nichts aus; und das mußte sie – mit Sicherheit war es meistens eine *sie* – so gut spielen, daß sie völlig überzeugend wirkte.

»Da hast du recht«, sagte Arthur. »Soll ich die andere auch noch zertrümmern, damit niemand mehr daraus trinken kann?«

»Wie romantisch«, lächelte Milly.

»Nun, genauso ist mir zumute«, sagte Arthur. »Wir waren schließlich hier sehr glücklich zusammen.«

»Sehr«, sagte Milly.

»Obwohl ich das Gefühl habe«, fuhr er fort, sich an die Jahre erinnernd, in denen er sie zwischen die Ruinen Roms und Griechenlands gepreßt hatte – Sylvia gegenüber hatte er sie noch nicht einmal erwähnt; mit seiner Angebeteten las er Keats und Shelley –, »obwohl ich das Gefühl habe, es muß für dich schrecklich langweilig mit mir gewesen sein.«

»Nur manchmal«, lächelte Milly.

»Es ist nun mal so, ich gehe völlig in meinen Interessen auf«, sagte er in einem Ton, der nachträglich um Entschuldigung bat, »und ich fürchte, wenn ich erst mal ein Steckenpferd gefunden habe, dann reite ich das arme Ding zu Tode.«

»Mit mir als Sozius«, sagte sie. »Aber ich mochte es«, fügte sie schnell hinzu. »Und es war sehr lehrreich.«

»Lehrreich! Mir ist nicht bewußt, daß du . . .«

Er unterbrach sich und trug die Scherben zur Spüle.

»Soll ich wirklich nicht die andere zerbrechen?« fragte er über die Schulter.

»Welche andere?«

»Tasse.«

»Nein. Nimm sie mit nach Oxford. Als Andenken.«

Und Milly lehnte ihren Kopf gegen die Kissen, weil er sie nicht sehen konnte, und dachte: Oh, ich bin so müde . . . ich möchte nach Hause . . . warum kann ich nicht einfach heimgehen . . .

»Milly«, sagte Arthur, der ihr den Rücken zuwandte und mit seinen langen dünnen Fingern die Scherben aufeinanderschichtete, »denkst du, ich bin ein Narr? Sei ehrlich, bitte.«

»Warum, Lieber?« fragte sie mit geschlossenen Augen. »Weil du die andere Tasse zerbrechen möchtest?«

»Nein. Weil ich heiraten möchte.«

»Aber Arthur – warum solltest du es nicht tun?«

Arthur gab dem Scherbenhaufen einen Schubs, kam zum Sofa zurück und blieb vor Milly stehen.

»Sie ist erst neunzehn.« Es klang beschämt und stolz zugleich; und Milly sah ihn an und dachte: Es gibt nichts Jüngeres als Alte, die wieder jung geworden sind.

Sie hingegen fühlte sich sehr alt, traurig und einsam. »Aber das ist doch genau das richtige Alter für dich«, sagte sie sanft.

»Das denkst du natürlich nicht im Ernst.«

Sie seufzte. Diese Mühen . . . es ging fast über ihre Kräfte . . .

»Selbstverständlich meine ich es ernst, Arthur«, sagte sie. »Warum setzt du dich nicht hin und erzählst mir endlich alles?«

»Weil . . . nun . . . es kommt mir so . . . nachdem, was dir gerade passiert ist . . .«

»Aber ich bitte dich!« sagte Milly.

»Weißt du, wenn ich geahnt hätte . . .« Er wollte so gerne das Richtige sagen, sie trösten und . . .

Aber er schaffte es nicht. Er konnte ihr nicht vormachen, daß er sich anders verhalten hätte, wenn er von Ernests Tod gewußt hätte, denn er wußte, es hätte nichts geändert – nicht, nachdem er Sylvia kennengelernt hatte.

»Arthur, bitte . . . willst du dich nicht setzen?«

Es widersprach Arthurs Auffassung von Menschlichkeit, jemanden bewußt zu verletzen, schon gar nicht wollte er Milly etwas antun, seiner einzigen wirklichen Freundin, die ihm all die einsamen Jahre versüßt hatte; darum gab er sich wirklich Mühe, die richtigen Worte zu finden, als er seine Geschichte erzählte. Trotzdem konnte er nicht vermeiden, daß hin und wieder sein Glück mit ihm durchging. Er tat sein Bestes, ihr Sylvy zu beschreiben . . .

»Sylvy?«

»Ja. Ihr richtiger Name ist Sylvia, aber ich . . . ihre Mutter nennt sie Sylvy.«

»Oh.«

Er tat sein Bestes, ihr Sylvy als anständiges, intelligentes Mädchen zu beschreiben – deren Mutter eine so angenehm sensible Frau war, daß die Tochter einfach eine wunderbare Ehefrau werden mußte, dachte er –, Sylvy, die also, wie gesagt, sehr intelligent und sehr behutsam von ihrer sensiblen Mutter erzogen worden war – immer wieder bestand er auf der Sensibilität dieser Mutter, weil er merkwürdigerweise das Gefühl hatte, daß deren Sensibilität der Geschichte etwas Feinfühliges verlieh –, und abgesehen von der Tatsache, daß Sylvy natürlich jeden Tag etwas älter werden würde, würde sie mit Sicherheit die richtige Frau für sein Haus sein, das, wie Milly ja wußte, einfach zu groß war, um von ihm allein in Ordnung gehalten werden zu können; so sehr er auch versuchte, die Lage möglichst nüchtern darzustellen – die Anstrengung trieb ihm Schweißperlen auf die Stirn –, Sylvy tanzte, lachte und funkelte hinter seinen nüchternen Worten, und Milly sah sie tanzen, hörte sie lachen und litt.

Ich bin verrückt . . . absurd verrückt, dachte Milly und gab sich Mühe, nicht zu leiden. Ich klammere mich immer noch . . . in meinem Alter! Ist das möglich? Ist das glaubwürdig? Warum kann ich ihn nicht einfach aufgeben – auf die nette umkomplizierte Art? Und nicht so tun, als ob . . . zehn Jahre gehörte er mir, und er hat mich oft, sehr oft enttäuscht und damit sehr ungeduldig werden lassen, auch wenn er davon nichts weiß, und dann die Sache mit seinen ewigen Erkältungen. Aber . . . die Wahrheit ist: *Er ist alles, was ich noch habe.*

Rein zufällig bemerkte sie, daß Arthur zu reden aufgehört hatte. Und so sagte sie: »Und weiter, Arthur . . .?«

»Fühlst du dich nicht wohl, meine Liebe?« fragte er und starrte in ihr bleiches Gesicht.

»Ich fühle mich ganz wohl«, behauptete Milly. »Erzähl weiter. Sie muß . . .«, es gelang ihr, so natürlich zu lächeln, daß er zufrieden war, »sie muß sehr nett sein.«

Nett. Er mochte das Wort. Es beschrieb genau den Eindruck, den er erwecken wollte – ein anständiges und nettes Mädchen, das einem Mann wie ihm eine gute Frau sein würde. Nur nicht mit Worten übertreiben, vernünftig und sachlich mußte er bleiben.

Er streckte ihr seine Hand über den Keksteller hinweg entgegen. Lächelnd legte sie die ihre hinein.

»Du weißt«, sagte er, sich streng an die Wahrheit haltend, »jahrelang wollte ich, daß du meine Frau wirst.«

»Ich weiß«, antwortete sie und drückte seine Hand, bevor sie die ihrige wieder zurückzog. »Aber es war ja nicht möglich. Erzähl weiter, Lieber.«

Und Arthur erzählte weiter; und er konnte nicht vermeiden, daß seine Worte herzlicher klangen, sein Stolz und seine Freude über das, was ihm passiert war, sich immer mehr in den Vordergrund drängten. Tatsächlich aber hatte er das Gefühl, daß sein Versuch, die Dinge so nüchtern und sachlich wie möglich zu schildern, gelang; gewiß, selbst die Fakten waren so wunderbar und überwältigend, so brennend neu und aufregend, daß sein Gesicht sich immer mehr rötete, als säße er in einem Toaster. Sylvy, dieses entzückende Kind, das ihn liebte, ihm das Leben schenkte . . . so bescheiden, wie er war, konnte er es kaum begreifen. Wenn Milly nur wüßte, wie bezaubernd Sylvy war! Aber das sagte er ihr natürlich nicht; er war sehr taktvoll, sehr zartfühlend; das dachte er zumindest.

Und er erzählte von der Blindheit, mit der er offenbar geschlagen war, bis . . . Sylvys Mutter ihn bei der Hand genommen und ihm deutlich gemacht hatte, was allen anderen in der Pension längst aufgefallen war; und Sylvy selbst hatte ihm später gestanden, wie sehr sie sich geschämt habe, jemanden zu mögen, dessen Augen nicht einen Moment lang auf ihr geruht hatten. Aber das war ja auch normal. War Milly nicht auch der Meinung, es sei normal, daß er nie im Traum daran gedacht habe . . .?

»Ganz normal«, sagte Milly; und sie fragte sich, ob es häufig vorkam, daß ältere Männer so wurden. Oder war Arthur eine Ausnahme? Verzaubert und verhext vielleicht von . . . wer wußte das schon? . . . von der Mutter?

»Gibt es auch einen Vater?« erkundigte Milly sich deshalb.

Ihr Vater sei tot, erklärte ihr Arthur; aber die Mutter, früh zur Witwe geworden und mit einer jungen Familie zurückgelassen, die älteste Tochter war erst neunzehn, war eine außergewöhnlich mutige und starke Frau. Sie war entschlossen, so hatte sie ihm erzählt, für ihre Kinder alles zu tun, ohne dabei an sich zu denken, unabhängig davon, was sie deswegen für Opfer würde bringen müssen; deshalb war sie mit ihrer ältesten Tochter nach Rom gereist, denn sie war der Auffassung, daß solche Reisen bildeten, und wie durch ein Wunder in derselben Pension wie er abgestiegen.

Sie freundeten sich an, die Mutter und Arthur, bevor er die Tochter überhaupt bemerkte, obwohl das Kind ihm schon seit einer ganzen Woche bei jeder Mahlzeit gegenübersaß. Fand Milly das nicht auch außergewöhnlich?

»Aber die Mutter ist dir wohl schon aufgefallen? Wie hättet ihr euch sonst anfreunden können?«

Nein, erklärte Arthur, auch die Mutter war ihm nicht aufgefallen, erst als sie an seinen Tisch getreten und mit ihm gesprochen habe. Dann hatte er sie natürlich wahrgenommen. Milly wußte ja, daß er meist so in seine eigenen Gedanken verstrickt war, daß ihm selten irgend etwas auffiel. Aber diese freundliche Seele, der es nicht entgangen war, daß er seine Mahlzeiten immer allein einnahm, hatte die Initiative ergriffen. Sie hatte in einer Zeitung von seiner Berufung als Tutor gelesen und sich erkundigt, ob er tatsächlich jener Arthur Oswestry war, und hinzugefügt, daß einer ihrer Neffen ebenfalls in Oxford sei.

So freundeten sie sich an. Und sie berichtete ihm von der keineswegs rosigen Situation ihrer Familie, und später gestand sie ihm, wie erleichtert und tröstend es für sie sei, ihr ältestes Kind so gut versorgt zu wissen.

»Daraus schließe ich«, sagte Milly, »daß sie arm sind.«

»Das sind sie. Entsetzlich arm«, sagte Arthur.

»Willst du damit sagen, daß sie nicht mehr als zwei Schillinge und acht Pennies in ihrer Handtasche haben?«

»So genau weiß ich das nicht«, meinte Arthur leicht ungeduldig, weil er den Eindruck hatte, Milly hörte ihm nicht mit der erforderlichen Ernsthaftigkeit zu, »aber viel haben sie nicht. Und in deinen Augen . . . so gut wie nichts. Selbst mir scheint es sehr wenig zu sein. Mrs. Finch-Dawson hat mir natürlich die finanzielle Situation aufgedeckt. Wie die arme alte Seele es bisher geschafft hat, ist mir ein Rätsel. Dabei ist dieses Kind immer so besonders entzückend gekleidet . . .«

Er unterbrach sich, weil er Sylvy wieder vor sich sah, in ihrem niedlichen blauen Kleid, diese entzückende gertenschlanke Figur, das helle Haar . . .

»Wann hast du denn vor . . .«, fragte sie. »Weißt du schon, wann . . .?«

»Ich heirate?«

Sie nickte.

»Nun . . .«

Er räusperte sich, um zu dem bisher mit Erfolg praktizierten sachlichen Ton zurückzufinden, während das Bild dieses herrlich jungen Geschöpfes . . .

»Nun . . . das Haus ist einzugsbereit und wartet nur darauf, versorgt zu werden. Wir dachten, ihre Mutter und ich . . . Sylvy natürlich auch . . . daß wir vielleicht schon möglichst bald . . .«

Natürlich eilte es im Grunde nicht, fuhr er fort, aber Sylvy und ihre Mutter fanden es nur richtig, wenn die Dinge in Gang kamen. Wie Milly wußte, war er ja gerade erst aus Rom zurückgekehrt, weswegen noch keine Entscheidung getroffen worden war. Sie waren gemeinsam nach England zurückgereist, und morgen würde Sylvys Mutter – natürlich auch Sylvy – einen ganzen Tag bei ihm in Oxford verbringen, um sich mit der dortigen Situation gründlich vertraut zu machen. Glücklicherweise schienen sie begeistert von dem zu sein, was er ihnen von dem Haus erzählt hatte, und besonders der Garten und der Apfelbaum hatten es Sylvy angetan, unter dem sie in Zukunft ihre Näh- und Flickarbeiten verrichten würde; er war wirklich froh, sagen zu können, daß ihre Mutter sie zu einer sehr tüchtigen jungen Frau erzogen habe. Die Vorstellung, wie sich das große Haus bald beleben würde, wenn er an die fröhlichen Kinderstimmen dachte . . .

»Kinder?« fragte Milly schwach.

»Oh, sie hat kleine Brüder und Schwestern, dutzendweise«, sagte Arthur und errötete, weil Milly ihm da offenbar etwas unterstellte und es anscheinend für möglich hielt, daß er sich so taktlos benehmen könne; und er fuhr fort, etwas befremdet und enttäuscht von Millys Unterstellung, das Benehmen dieser guterzogenen Kinder zu loben, die alle so hübsch waren. In der Tat, ungewöhnlich hübsch; und was Sylvy betraf und deren Aussehen . . .

Er schwieg plötzlich. Wie gern hätte er Milly die liebliche Schönheit seiner Angebeteten beschrieben. Er wünschte sich, frei von der Leber reden zu können, mit dem einzigen Menschen, mit dem er es gewöhnt war, offen zu reden, der immer und für alles Verständnis aufgebracht hatte.

Sollte er? Konnte er? Verdammte Rücksichtnahme, dachte er. Und er sah Milly an, um in ihrem Gesicht ein Zeichen der Ermutigung zu entdecken, aber als er sah, was er sah, beschränkte er sich darauf zu bemerken: »Ich mute dir zuviel zu.« Sie schien so müde zu sein und war vermutlich deshalb so bleich.

Milly setzte sich schnell auf und fuhr sich mit der Hand verlegen über ihr Haar. »Nein, nein . . . aber ich denke, ich sollte jetzt . . . ich fürchte, ich muß jetzt gehen.«

»Es ist doch erst halb sechs, meine Liebe«, sagte Arthur nach einem schnellen Blick auf seine Uhr. »Vor sechs sind wir noch nie hier weggegangen. Wenn du natürlich . . .«

»Ich denke wirklich, ich gehe jetzt besser, Arthur«, sagte Milly, die mit ihren Kräften am Ende angelangt war. Warum sollte sie noch hierbleiben? Um sich weiter zu quälen? Er war so rundum glücklich, so zufrieden, so sicher, daß sie sich für ihn freute. Mit Hilfe seiner Bereitwilligkeit, ihr zu glauben, war sie der von ihr erwarteten Rolle mehr als gerecht geworden. Ende des letzten Aktes. Vorhang. Heimgehen.

Sie rückte zur Kante des Sofas vor und erstarrte entsetzt. Dieses dumme, dumme Möbel war so niedrig, daß sie ohne seine Hilfe nicht hochkam. Bisher hatte er sie immer an beiden Händen festgehalten und sie mit einem raschen Ruck hochgezogen, so daß sie auf ihren Füßen stand.

Und unweigerlich landete sie in seinen Armen, an seiner Brust, und dann lachten sie und küßten sich.

Das war zu Beginn. Später war aus dem albernen Lachen ein Lächeln geworden, sein Kuß wurde gedankenloser; aber da sie ohne seine Hilfe nicht aufstehen konnte, mußte er sie wohl oder übel hochziehen.

Sie sah ihn an. Hatte er vergessen, daß sie in ihrer Hilflosigkeit auf seine Hilfe angewiesen war?

Arthurs Ellbogen ruhte auf seinem dünnen Knie, seine Finger zwirbelten an den Enden seines zerfransten Schnurrbarts, während er gedankenverloren vor sich hin starrte. Trotz seiner Ferienbräune, der neuen Krawatte und den albernen Gamaschen sah er für sie immer noch aus wie Arthur, ein empfindlicher älterer Mann mit dünnen Wangen und hängenden Schultern; und seine plötzliche Rückkehr zur Jugend und den Aufregungen derselben ließen ihn nur noch zerbrechlicher erscheinen.

Oh, ich hoffe, sie wird ihn immer lieben, immer freundlich zu ihm sein, dachte Milly, die ihn so sehr geliebt hatte.

Er starrte auf Sylvy, die sich ohne sein Zutun wieder zwischen sie drängte, und versank selig in den Träumen des Glücks. Wenn es ihr möglich gewesen wäre, alleine aufzustehen und demzufolge die Wohnung zu verlassen, hätte er es wohl kaum bemerkt. Milly überlegte verzweifelt, wie diese fast unmögliche Aufgabe zu meistern war. Wenn sie sich auf den Boden rollen ließ, dann eine kniende Haltung einnahm und es dann versuchte . . .? Welch entsetzlichen Anblick würde sie bieten? Natürlich würden ihre stöhnenden Verrenkungen ihn aus seinen Träumereien reißen, und er würde sie erstaunt ansehen . . .

Milly verbannte diese schreckliche Vision. »Arthur, ich fürchte, du wirst mir helfen müssen . . .«

Ihre Stimme holte ihn in die Realität zurück, er stand sofort auf und streckte ihr seine Hände entgegen.

»Nicht zu heftig«, bat sie, weil sie Angst hatte, an seiner Brust zu landen.

Arthur erinnerte sich sehr gut an dieses alberne Ritual vergangener Tage. Er hatte einfach nicht daran gedacht, als er Milly bat, sich auf das Sofa zu setzen, während er Tee kochte; er hatte diese sehr speziellen Schwierigkeiten vergessen, die eine Person ihres Gewichts, ihrer Figur und in ihrem Alter haben mußte, und wie sie war er äußerst erpicht darauf, daß sie nicht an seiner Brust landete.

Deshalb zog er mit fast übertriebener Vorsicht an ihren Händen, was den ohnehin komplizierten Vorgang noch erschwerte; die Adern seiner Stirn zeichneten sich reliefartig ab. Milly ist, keine Frage, extrem schwer, dachte er, besonders für jemanden, der im Grunde so winzig ist; fast hätte er das Gleichgewicht verloren und wäre somit beinahe direkt auf sie gefallen, was nun wirklich äußerst peinlich gewesen wäre. Mit hochrotem Gesicht und ziemlich atemlos gelang es ihm endlich, sie dem Sofa zu entreißen.

Einen Augenblick lang sahen sie sich an, er kurzatmig, sie sehr blaß. Dann bedankte sie sich mit einem höflichen Lächeln und holte ihre Haube, die sie bei ihrer Ankunft auf dem Tisch abgelegt hatte. Was für eine monströse Erfindung, dachte Arthur, ihre Haare verschwanden völlig darunter, und übrig blieb nur noch das weiße Gesicht, in dem zwei müde Augen versanken. Und er bemerkte, was er seiner eigenen Angelegenheiten wegen völlig aus den Augen verloren hatte, daß Milly in Schwierigkeiten stekken mußte.

»Milly, meine Liebe«, sagte er besorgt, »die Vorstellung, was du mit Sicherheit alles durchgemacht hast, während ich in meinem jungen Glück schwelgte und nichts davon ahnte, macht mich ganz krank.«

»Lieber Arthur . . . bitte nicht«, sagte Milly.

»Aber so ist es. Und ich fürchte, du hast noch eine fürchterliche Zeit vor dir, bis der unvermeidliche geschäftliche Teil der Angelegenheit geregelt ist. Aber du *wirst* es schaffen. Alles wird in Ordnung kommen, du wirst sehen. Und diese Botts waren ja doch wohl immer sehr freundlich zu dir, oder nicht?«

»Sehr freundlich«, bestätigte Milly.

»Oh, wenn ich dir nur beistehen könnte«, sagte er mit plötzlich echtem Mitgefühl. »Aber ich fürchte . . .«, er lächelte, »unsere gemeinsame Vergangenheit disqualifiziert mich, bei den Botts aufzutauchen. Milly . . .«, er unterbrach sich, eines plötzlichen Einfalls wegen, und nahm ihre Hand.

»Ja, Arthur? Sag schnell, ich kann wirklich nicht länger bleiben . . .«

»Natürlich, das verstehe ich . . . armes kleines Ding, mußt dich jetzt um so vieles kümmern . . . Aber, sag mir, es stört dich wirklich nicht . . .«

»Oh, habe ich dir nicht gesagt, daß es mir nichts ausmacht«, unterbrach sie ihn und versuchte, ihre Hand wegzuziehen. »Es freut mich, ich finde es wunderbar . . . aber ich muß jetzt wirklich . . .«

»Ich denke nicht an die Gegenwart«, sagte er. »Mir ist plötzlich eingefallen, es könnte dich vielleicht unsere Vergangenheit stören.«

»Unsere Vergangenheit?« wiederholte sie.

»Vielleicht hast du mit der Idee geliebäugelt . . . sie in Ordnung zu bringen.«

»In Ordnung zu bringen?« wiederholte sie.

»Ich weiß es nicht, denn ich hatte nie das Gefühl, daß es falsch war, was wir getan haben. Aber ich bin mir nicht sicher, ob du ebenso darüber gedacht hast. Gewiß nicht zu Anfang. Das weiß ich. Du denkst doch heute nicht noch genauso darüber, oder? Du weißt, daß wir nur deswegen nicht geheiratet haben, weil wir es nicht konnten. Du machst dir doch hoffentlich keine Vorwürfe, Milly?«

Sie versicherte, daß sie das nicht tat. »Ich habe meine Vorurteile längst alle über den Haufen geworfen«, sagte sie. »Und wenigstens einer von uns beiden heiratet ja und wird ein respektierliches Leben führen«, fügte sie lächelnd hinzu.

Würde er das? fragte sich Arthur mit gerunzelter Stirn.

»Zumindest bis du gut versorgt«, sagte er, »und wirst keine Geldsorgen haben. Das zu wissen, erleichtert mich wahnsinnig, weißt du. Lieber Gott, was ich mir für Sorgen um dich machen würde, wenn dem nicht so wäre!«

»Nein, du brauchst dir wirklich keine Sorgen zu machen,

Liebling«, sagte Milly; und aus alter Gewohnheit streichelte sie ihm über die Stirn, um die Falten zu glätten. Das hatte sie immer getan, weil sie ihn nicht leiden sehen konnte.

Doch Arthur wich zurück, weil er unwillkürlich an Sylvy denken mußte.

»Oh, entschuldige . . .«, sagte Milly und zog ihre Hand zurück.

»Es ist nur . . .«, begann Arthur, der sich wie ein Narr vorkam; aber er war außerstande, eine Berührung, geschweige denn eine zärtliche, zu ertragen, die nicht von seiner Angebeteten kam. Nur ihr gehörte er. Sie liebte ihn seinetwillen, und alles, was er war, gehörte ihr.

»Ich muß los«, sagte Milly beschämt und verletzt.

Sie griff nach ihrer Handtasche, die auf dem Tisch lag, und ging in Richtung Tür.

»Warte, ich begleite dich zum Bahnhof«, sagte Arthur und folgte ihr. »Jetzt spielt es ja keine Rolle mehr, wenn uns jemand zusammen sieht . . . nachdem der arme Ernsest . . .«

»Oh, aber jetzt gibt es . . . Sylvy«, erinnerte ihn Milly, die den Namen nur mit Mühe herausbrachte.

Sie hat recht, dachte Arthur, der bereits nach seinem Hut und seinem Stock gegriffen hatte. Er hatte bisher nicht daran gedacht, daß Milly jemand war, deren Existenz er Sylvy nur sehr schwer würde erklären können. Sylvys Mutter eventuell schon; oder aber auch nicht. Sylvy, seine süße Unschuld, würde es nicht verstehen, aber ihre Mutter zweifellos um so besser; angenommen, sie gehörte zu der Sorte Frauen, die unaufgeschlossen war? Angenommen, sie würde deshalb annehmen, er eigne sich nicht als Ehemann für ihre Tochter? Angenommen, sie würde ihm das unmißverständlich zu verstehen geben? Nun, dann würde er mit Sicherheit aufgeben, auf der Stelle alt werden und sterben.

»Da hast du recht«, sagte er nachdenklich.

Er hatte eigentlich gehofft, daß Milly später einmal Sylvys Freundin werden würde; jetzt sah er ein, daß es wahrscheinlich nicht möglich war. Er hatte einfach nicht gründlich genug darüber nachgedacht. Es würde letzten Endes bedeuten, daß er Sylvy etwas vormachen mußte. Und das würde er niemals.

Bekümmert sah er Milly an. Es tat ihm unendlich leid, daß sie keine guten Freunde bleiben konnten, obwohl doch jetzt die andere Sache vergessen war – und er hatte sie gründlich vergessen, er konnte kaum noch glauben, daß sie je existiert hatte. Zivilisierte Menschen sollten nicht so ein Theater um diese Dinge machen, dachte er. Und höchstwahrscheinlich taten sie das auch nicht. Mrs. Finch-Dawson allerdings, da war er sich ziemlich sicher, gehörte zu der Sorte von Menschen, die sich in diesem speziellen Fall als nur teilweise zivilisiert herausstellen würde. Das lag vielleicht daran, daß eine große Familie von ihr abhing, zu der immerhin fünf Mädchen gehörten. Arthur gestand sich ein, daß das vielleicht das einzige war, was er an der sensiblen Mutter Sylvys nicht mochte. Frauen – besonders ältere Frauen – neigten häufig dazu, die Zivilisation zu verzögern. Warum sollten Menschen, die sich einmal geliebt hatten, nicht Freunde bleiben können? Nun, gewiß, er kannte nicht sehr viele Frauen, aber Mrs. Finch-Dawson glaubte er zu kennen; und er war sicher, gerade sie würde sich als eine jener Frauen entpuppen, die die Zivilisation verzögerten, wenn er ihr Milly zu erklären versuchte.

Er sah immer noch Milly an, während ihm diese Gedanken durch den Kopf gingen. Würde er Milly also nie wiedersehen? Würde das arme kleine Ding aus seinem Leben verschwinden, ohne daß er je wissen würde, was aus ihr geworden war?

»Du schreibst mit doch, meine Liebe, wenn du irgend etwas brauchst . . . wenn ich irgend etwas für dich tun kann . . .«

»Wir haben uns nie Briefe geschrieben, Arthur.«

»Ja, wegen Ernest. Aber jetzt . . .«

»Und jetzt können wir es nicht wegen . . . Sylvia.«

»Willst du damit sagen«, rief Arthur anklagend, »daß ein Mann, nur weil er einst eine Frau mochte, daß er deswegen nie . . .«

»Oh, Arthur!« stammelte Milly, die bei der Erwähnung des Wörtchens *einst* innerlich zusammenzuckte.

Mit zitternden Händen zog sie ihren Schleier herunter, um ihr Gesicht dahinter zu verbergen.

»Was hat es für einen Sinn, darüber zu sprechen? Was sollte das nützen? Ich muß jetzt wirklich gehen. Auf Wiedersehen, Arthur. Bemüh dich nicht . . .«

Sie riß den Vorhang zurück, öffnete die Haustür, und mit einem leisen »Gott segne dich« war sie verschwunden.

Arthurs Schultern sanken in sich zusammen, als er den Vorhang anstarrte, der sich immer noch leicht bewegte.

Diese Trennungen sind eine scheußliche Sache, dachte er. Und so unsinnig.

10

Zum letzten Mal bog Milly um die Straßenecke, Arthur und die Wohnung für immer hinter sich lassend, und wartete an der Haltestelle in der King's Road auf den Bus, der sie zum Victoria-Bahnhof bringen würde. Sie würde nach Titford zurückkehren.

Ihr Entschluß stand fest. Die endgültige Trennung von Arthur war langwieriger und grauenvoller gewesen, als sie glaubte ertragen zu können. Schlimmer, als wenn er gestorben wäre. Ihre Gefühle, wenn sie überhaupt noch welche hatte, waren paralysiert, und aus ihrem Kopf war endgültig der stupide Traum verschwunden, der sie hatte glauben lassen, daß sie geliebt wurde, daß man ihr vertraute, daß sie jemandem wichtig war.

Sie war keinem wichtig. Du mußt das endlich akzeptieren, sagte sie sich. Es gab keinen Menschen auf der Welt, den es interessierte, ob sie glücklich oder unglücklich, krank oder nicht krank, am Leben oder tot war. Wenn sie in diesem Augenblick überfahren werden würde, wem würde das etwas ausmachen? Die Botts wären ohne Zweifel erleichtert; und Arthur würde sagen und es wahrscheinlich auch meinen: »Arme Milly«, und sich wieder seinem jungen Glück zuwenden. Aggie vielleicht . . . aber Aggie war so weit weg. Außerdem, warum sich etwas vormachen? Aggie wäre vielleicht ebenfalls erleichtert, ihre unmoralische Schwester ein für allemal los zu sein – das ersparte es ihr, dankbar für das Geld sein zu müssen.

Milly saß in dem Bus, der sie zum Bahnhof schaukelte, und versuchte, sich ein klares Bild ihrer Lage zu machen. Ihre augenblickliche Situation war eindeutig. Tatsache war, für sie gab es keine Liebe mehr, und sie war sogar der Illusion beraubt, die ihr erlaubt hatte, zehn Jahre lang zu glauben, daß es jemanden gab, der oft an sie dachte, der sie vermißte, der ungeduldig die Stunden bis zum nächsten Rendezvous zählte. Jenseits der Möglichkeit, noch Gefühle zu empfinden, und deshalb in der Lage, mit dem Verstand zu analysieren, erkannte Milly plötzlich, daß dies alles auf Arthur nicht zutraf, zumindest nicht nachdem die ersten Wochen vorbei waren – weder hatte er oft an sie gedacht noch hatte er sie vermißt noch irgendwelche Stunden gezählt.

Frauen sind unheilbar romantisch, überlegte sie leidenschaftslos und durch den Zustand der Einsamkeit gezwungen, die Dinge klar zu sehen; und in diesem unheilbaren Zustand sehnten sie sich nach Liebe, nach mehr Liebe und nach noch mehr Liebe. Aber natürlich nur nach einer Liebe, die ihren Vorstellungen entsprach, und sie waren fest davon überzeugt, daß es sie irgendwo geben mußte. Aber selbstverständlich begegneten sie ihr nie. Der Mann, der sie kontinuierlich zufriedenstellen konnte, existierte auf dieser Welt nicht. Ganz zu Anfang, wenn er sich noch anstrengte, übertraf er vielleicht sogar noch die in ihn gesetzten Erwartungen; aber auf Dauer konnte er dieses Niveau nicht halten. Frauen dagegen bestanden auf eben diesem anfänglichen Niveau, und wenn es nicht mehr erreicht wurde, ersetzten sie es mit Illusionen; und eines Tages geht es ihnen wie mir, dachte Milly.

Sie betrachtete ihr Dasein unvoreingenommen. Irgendwo mußte man doch hingehören. Aber wenn Frauen außereheliche Beziehungen eingehen, wie sie es getan hatte, dann landeten sie früher oder später an dem Punkt, an dem sie jetzt war – sie verließen etwas, was nicht mehr existierte, um sich Dingen zuzuwenden, die ebenfalls nicht existierten, sie saßen in so einem schrecklichen Vehikel wie diesem Bus, zusammen mit Fremden, die alle eine Trennung hinter sich oder irgendwann eine vor sich haben würden, die desillusioniert mit den Schultern zuckten, weil sie die nackte Wahrheit erkannt hatten.

Wie schrecklich, dachte sie. Aber es machte ihr nichts aus; sie war nicht gerührt; es schien sie nicht zu betreffen.

Mit Sicherheit war die dumme Flucht vor den Botts das Feigste, was sie je im Leben getan hatte. Sie hätte bleiben und zu ihrer Tat stehen müssen, ohne Rücksicht darauf, was andere von ihr dachten, zu ihr sagten oder ihr antaten. Aus Würde wie auch aus Reue für die Sünde. Und aus Humanität; denn davonzulaufen, wie sie es getan hatte, und ihre Verwandten der Erniedrigung auszusetzen, von den Angestellten erfahren zu müssen, daß sie fort war, die Familie in ihrem empfindlichsten Punkt zu verletzen, war ein grausam feiges Verhalten. Es nahm den Botts die letzten Zweifel, falls sie welche gehabt hatten, an ihrer Schuld und an der Richtigkeit des Testaments; es brandmarkte sie endgültig. Nun, sie würde versuchen, so viel wie möglich davon wiedergutzumachen. Zugegeben, sie war gewissermaßen gezwungen, zu ihnen zurückzugehen mit ihren zwei Schillingen und acht Pennies in der Tasche, aber sie würde es auch tun, wenn sie noch im Besitz ihrer tausend Pfund wäre. Sie würde sagen: »Hier bin ich. Ich habe gesündigt und euch damit Schande bereitet, und es tut mir leid. Sagt mir, was ich tun soll, sagt mir, was das Beste für euch ist, was ich tun kann, und ich werde es tun.«

Und wie immer die Entscheidung der Botts ausfiele, sie würde sich danach richten, und wie furchtbar das Unwetter auch sein würde, sie würde es über sich ergehen lassen.

Zumindest würde sie ihre Strafe mit hoch erhobenem Kopf akzeptieren – seltsamerweise hatte sie das Gefühl, keinen besonderen Mut mehr aufbringen zu müssen für diese Konfrontation mit den Botts, für das Erdulden der von ihnen bestimmten Strafe; es schien sie nicht zu betreffen. Sie würde bei ihnen leben, ihr Körper würde unter ihnen weilen, aber ihre Wut, ihre Verachtung würde sie nicht fühlen. Verstandesmäßig erkannte sie die Notwendigkeit, ihre Verfehlung wiedergutzumachen und nie mehr zu lügen; ihr Herz dagegen blieb teilnahmslos. Welchen Unterschied machte es, ob sie bei den Botts in Titford oder irgendwo allein und vergessen die Strafe für ihre Sünde auf sich nahm? Hier wie dort würde sie mit der tödlich langweiligen Routine der Tage fertigwerden müssen: aufwachen, anziehen, essen, herumsitzen, spazierengehen, ausziehen, schlafen – jeden Tag aufs neue würde sie Knöpfe schließen, um sie wieder zu öffnen, Schleifen binden, um sie wieder zu lösen, Haarnadeln ins Haar stecken, um sie wieder herauszunehmen, und überall, wo immer sie sich auch befand, würde auch die *andere* sein, die alternde Närrin. Und, dachte Milly, um die Mundwinkel zum erstenmal in ihrem Leben ein zynischer Zug . . .

»Wollten Sie nicht zum Victoria-Bahnhof, Mum? Wir sind da«, unterbrach sie der Busfahrer in ihren Gedanken.

»Oh, ich danke Ihnen.«

Sie stieg aus dem Bus.

Und, nahm sie ihre Überlegungen wieder auf, genauso denkt wohl jede Frau, die verlassen wurde. Natürlich sollte sie sich schämen, aber das tat sie nicht. Sie sollte sich einen Ruck geben und neu anfangen, aber das konnte sie nicht. Ein einziger Mann, ein einziger Arthur, hatte jede Hoffnung zunichte gemacht – wirklich erstaunlich, unfaßbar geradezu, dachte Milly. Konnte man noch dümmer sein? Ein Arthur gegen den Rest des Lebens. Doch genau das passierte den Frauen, diesen Närrinnen, die sich auf einen speziellen Menschen konzentrieren, aus mütterlichen Instinkten, jenen Instinkten, die mit so vielen zärtlichen und bezaubernden Namen belegt wurden, während die Frauen rücksichtslos und eifrig bestrebt waren, für das Objekt ihrer Wahl mindestens so wichtig zu sein wie Gott der Allmächtige selbst – und in Wirklichkeit waren sie Spenderinnen des Glücks, die Abhängigkeit forderten und Freiheit aufgaben.

Milly überquerte die Straße.

Und wäre dabei fast überfahren worden, so tief war sie in Gedanken. Sie dachte nämlich daran, das Thema Arthur beiseite schiebend, daß sie zumindest für die Botts keine Last bedeuten würde, denn in dem Haus in der Mandeville Park Road befanden sich ihre Juwelen und Pelze, die ihr entweder von Ernest geschenkt oder aus einer Laune heraus von ihr selbst erworben worden waren, lange bevor es Arthur überhaupt gab. Da es sich bei diesen Dingen um ihr rechtmäßiges Eigentum handelte, konnte sie sie verkaufen und – wenn sie lang genug in Titford geblieben war, um jegliche Gerüchte aus der Welt zu räumen, und wenn die Botts gewillt waren, sie gehen zu lassen – sich irgendwo zurückziehen und ein bescheidenes Leben führen, bis sie etwas zu tun fand. Es mußte doch etwas in dieser Welt geben, was sie tun konnte, oder? Stunden nehmen? Lernen? Es ist wirklich ein Jammer, dachte Milly, gerade mit knapper Not dem Tod entgangen, daß man nicht rechtzeitig genug starb.

Sie ging in den Bahnhof.

Der Bus hatte 2 Pence gekostet; die Fahrkarte erster Klasse nach Titford würde einen Schilling und drei Pence kosten, wie sie wußte – sie konnte unmöglich in der dritten Klasse, wie sie es bei ihrer Flucht getan hatte, nach Titford zurückkehren, denn ab heute mußte sie wieder an den Ruf der Botts denken – also blieb ihr gerade noch genug Geld übrig, um vom Bahnhof in Titford ein Taxi in die Mandeville Park Road zu nehmen. Das mußte sie, denn erstens fühlte sie sich noch nicht in der Lage, Bekannten auf der Straße zu begegnen, und zweitens war sie so entsetzlich müde, daß sie das Gefühl hatte, sie würde das Haus nie erreichen, wenn sie sich nicht fahren ließ. Schweigen, Dunkelheit, Alleinsein – das waren die Dinge, von denen sie hoffte, daß sie ihr bevorstanden. Doch was immer der Tag noch bringen würde, sie würde es akzeptieren, und wenn alle Botts anwesend sein sollten, dann würde sie ihnen gefaßt gegenübertreten, und sollten die Angestellten gekündigt oder Ausgang haben, dann würde sie das auch nicht stören. In ihrer Handtasche befand sich immer noch der Hausschlüssel; sie würde gleich zu Bett gehen, in dem Schlafzimmer, vor dem sie sich so gefürchtet hatte, obwohl es lediglich ein Schlafzimmer war wie jedes andere – sie würde sich ausruhen, das Gestern vergessen und nicht an das Morgen denken.

Sie kaufte ihre Fahrkarte.

Die grausame Vernunft, die jede Gefühlsregung ersetzt hatte, weckte die wütende Erinnerung daran, in jenem Schlafzimmer von Ernests schadenfrohen Augen beobachtet zu werden. Panik hat einen seltsamen Einfluß auf das Gehirn, dachte sie und wunderte sich über ihre eigene Dummheit. Ernest hatte keine Macht mehr über sie. Er war verschwunden und übriggeblieben war nur – ich darf mir nichts vormachen, dachte Milly – eine bedauernswerte Erinnerung, das Souvenir an eine verpaßte Gelegenheit, an all die verpaßten Gelegenheiten, bei denen sie es hätte vermeiden können, wenn sie nicht auf Abwege geraten wäre, Ernest in ein so niederträchtiges Verhalten zu treiben. Sie würde in jenem Zimmer genausogut schlafen wie in einem anderen. Es würde keinen Unterschied für sie machen. Schlaf. Was für eine wundervolle Einrichtung. Was für ein Segen. Wenn es doch schon soweit wäre . . .

Sie verließ das Fahrkarten-Häuschen und begab sich in Richtung des Bahnsteigs, von dem der Zug nach Titford abfuhr, und rannte beinahe George Bott über den Haufen.

*

Rannte ist wahrscheinlich das falsche Wort, denn tatsächlich gingen sie beide so langsam, daß es sich eher um ein In-die-Arme-Bummeln handelte. Beide wußten, daß der Zug erst um sechs Uhr fünfunddreißig abfahren würde und daher keine Eile angebracht war, aber sie begaben sich bereits jetzt zum Bahnsteig, weil weder sie noch er einen der zahlreichen Geschäftsleute samt ihren Frauen treffen wollten, die vielleicht mit eben diesem Zug nach Titford zurückkehrten und eine sehr hohe Meinung von den Botts hatten. Milly, in diesem Augenblick befragt, würde geäußert haben, daß sie es vorzog, nie wieder jemandem zu begegnen, der sie je geschätzt hatte; und George wiederum, wie auch die ganze Familie, war gerade jetzt besonders erpicht darauf, allein zu bleiben.

»Lieber Gott!« entfuhr es George, als er die Person erkannte, mit der er fast zusammengestoßen wäre; er blieb wie angewurzelt stehen und die Augen hinter den Gläsern seiner Hornbrille hatten etwas seltsam Starres.

Seit zweieinhalb Tagen konzentrierten er und die Familie sich darauf, eine geschlossene Front gegen die Welt zu bilden. Und hinter dieser soliden Mauer verbarg sich, seit der Eröffnung von Ernests letztem Willen und erst recht nach der Entdeckung von Millys Flucht, der intensive Wunsch, unter sich zu bleiben. Zu Anfang, gleich nach der Beerdigung, entschloß sich Titford, das mit der Familie trauerte, den Hinterbliebenen mit dem erforderlichen Ernst zu begegnen, allzu intensive Kontakte aber zu vermeiden und Zurückhaltung an den Tag zu legen, wenn man sich zufällig im Zug traf. Man brachte sogar Verständnis dafür auf, daß die Botts allen offiziellen Anlässen fernblieben. Als aber durchsikkerte – und zwar auf dem normalen Weg durch Geschäftsleute, die vergeblich in der Mandeville Park Road vorsprachen, um Bestellungen aufzunehmen –, daß Mrs. Ernest, die Witwe, verschwunden war, ihr Verschwinden war weder beobachtet worden, noch hatte sie eine Nachricht bezüglich ihrer Rückkehr hinterlassen, da begann sich Titford zu fragen, was wohl passiert sei; und so wartete man irrsinnig gespannt auf den unvermeidlichen Augenblick, der sich in untrüglichen kleinen Zeichen ankündigte.

In endlosen Zusammenkünften beriet die unglückliche Familie, wie das Unheil am besten abzuwenden sei. Jeden Abend diskutierten sie darüber, welche Maßnahmen man ergreifen könne, um Milly und natürlich sich selbst vor einem Skandal zu bewahren. Am Mittwoch, dem Tag ihres Verschwindens, gelang es ihnen, das verstörte und rebellierende Personal in der Mandeville Park Road davon zu überzeugen, daß ihre Arbeitgeberin aus geschäftlichen Gründen in die Stadt gefahren sei und zum Abendessen zurückkommen würde – das Personal zu beruhigen gelang ihnen nur, weil sie Botts waren und an jenem Tag selbst noch daran glaubten. Es sei doch verständlich, erklärte Fred Bott den versammelten Angestellten – er war derjenige, der als erster wieder zur Vernunft kam, als Alec, Bertie und er morgens Milly von den Plänen informieren wollten, die zu ihrem Besten gemacht worden waren, aber entdecken mußten, daß Milly verschwunden war –, es sei doch verständlich, daß eine Dame, die so plötzlich zur Witwe geworden war und deswegen ganz in ihrem

Kummer aufging, nicht daran dachte, Anweisungen zu geben oder Nachrichten zu hinterlassen; und die weiblichen Angestellten, beruhigt von der Autorität Freds, der der reichste der Brüder war, waren abgesehen von ihrer Entdeckung, daß ihre Arbeitgeberin kein Gepäck mitgenommen hatte, bereit, wenn auch noch etwas irritiert, Mr. Fred zu glauben, und gingen deshalb ihren gewohnten Pflichten nach, indem sie das Haus saubermachten und das Abendessen vorbereiteten.

Das Abendessen, zu dem Milly nie erschien; und Alec Bott, der um neun Uhr anrief – die Familie hatte entschieden, daß er als Ältester den Telefonanruf erledigen sollte, weil er am ehesten dazu in der Lage war, die Ruhe zu bewahren –, reagierte auf die Neuigkeit so offenkundig konsterniert, außerstande, sein Erstaunen und seine Beunruhigung zu verbergen, daß das Mädchen, das den Anruf entgegengenommen hatte, auf der Stelle ihre Arbeitskollegen darüber informierte, welche Wirkung ihre Mitteilung auf den alten Knaben – so sprach sie immer von ihm – gehabt habe. Und am nächsten Tag, als Alecs Frau sofort nach dem Frühstück mit ihrem Koffer erschien, weil die Familie beschlossen hatte, daß sie im Haus bleiben solle, bis andere Entscheidungen getroffen würden, sah diese sich dem versammelten Personal gegenüber, das geschlossen auf einem Monatsgehalt bestand, ehe es das Haus für immer verlassen würde.

In ihrer Not bat sie Fred telefonisch um Hilfe, und es bedurfte all seiner Autorität und seines diplomatischen Geschicks, um sie zum Bleiben zu überreden. Vage deutete er auf die gesetzlichen Konsequenzen hin, wenn sie so überstürzt ihren Arbeitsplatz verließen – vage, weil er genau merkte, daß sie nicht in der Laune waren zu duckmäusern. Besonders die Köchin trug ein unverschämtes Lächeln zur Schau, das ihm nicht gefallen wollte. Offenbar ahnte sie den auf die Botts zukommenden Skandal, und es empörte Fred zu wissen, daß ein Familienmitglied, eine Bott, wenigstens dem Namen nach, der man immer mit Freundlichkeit und Zuneigung entgegengekommen war, sich selbst und damit natürlich die ganze Familie in eine Situation gebracht hatte, über die die Angestellten die Nase rümpfen konnten.

Naserumpfendes Personal! Womit hatte die Familie das verdient? Die Angestellten, so nahm er an, hatten vor der Tür gelauscht, als das Testament vorgelesen worden war, und wahrscheinlich auch die danach stattfindende hitzige Familiendiskussion gehört. Und er verfluchte Milly von tiefstem Herzen, als er der aufsässigen Köchin, der blassen Zofe und der übrigen häubchen- und schürzenlosen Meute gegenüberstand, die fest gewillt war, ein Haus zu verlassen, von dem sie zweifellos glaubten, daß es ihrem Ansehen schadete.

Irgendwie gelang es ihm dann doch, sie zum Bleiben zu überreden; jedenfalls bis zu dem Zeitpunkt, an dem sie das Haus gründlich gereinigt und in einen präsentablen Zustand versetzt haben würden. Er appellierte an ihre Fairneß, nahm schmeichelnd auf ihre jahrelange hervorragende Arbeit Bezug, machte Andeutungen über eine Gehaltserhöhung, mit der ihre Extraleistungen belohnt würden, und versicherte ihnen die baldige Rückkehr ihrer Arbeitgeberin, die geschäftlich in London aufgehalten worden sei.

Wie sehr er sich und sie für diese diplomatischen Ränke haßte, was für eine widerwärtige Aufgabe für einen wichtigen Geschäftsmann! »Sie sind doch«, wandte er sich an die Köchin, als die anderen aufmüpfig murmelnd gegangen waren, »Sie sind doch eine sensible Frau und eine der besten Köchinnen, *die* beste Köchin, die wir je hatten – ich bitte Sie, dafür zu sorgen, daß alle ordentlich ihre Arbeit verrichten, damit Mrs. Ernest bei ihrer Rückkehr alles bestens vorfindet. Wir wollen ihr doch nicht noch mehr Kummer bereiten, oder?« Und er ließ eine Banknote in ihre Hände gleiten.

Es war nur eine Ein-Pfund-Note. Er hätte ihr gern fünf Pfund gegeben, fürchtete aber, daß sie dann annahm, daß er sich ängstigte. Und er nahm seine Schwägerin beiseite, Alecs fromme Frau Ruth, um sich bei ihr, bevor er nun endlich in sein Büro gehen würde, abzureagieren, indem er Milly verfluchte.

»Ja, das ist alles sehr unerfreulich«, sagte Ruth, die bei seinen Worten zu zittern angefangen hatte. »In der Tat sehr unerfreulich.«

Sie war sechsundfünfzig und sehr erschüttert, weil sie zum erstenmal mit einem Aufstand der niederen Klassen konfrontiert worden war, abgesehen von der Gotteslästerung eines Menschen aus ihren Reihen.

Alec war ebenfalls erschüttert; Bertie hatte, was seine Frau seine Zustände zu nennen pflegte; die ganze Familie war bis in die Grundfesten erschüttert; und George, der phlegmatischste von allen, war auf seine ruhige Art mindestens ebenso erschüttert wie sie alle. Am Mittwoch und am Donnerstag morgen begaben sie sich alle mit versteinertem Gesicht und angsterfülltem Herzen in ihre Büros. Und an beiden Tagen kehrten sie abends noch verstörter heim – abgesehen von George, der am zweiten Abend, nach endlosen Stunden schlecht verrichteter Arbeit, auf dem Nachhauseweg an all die Fragen dachte, deren Beantwortung auf jeden Fall unerfreulich sein mußte, und dann am Bahnhof die Urheberin dieser ganzen verdammten Angelegenheit fast umrannte – Milly. Kein Wunder, daß er wie angewurzelt stehenblieb und seine Augen, die hinter den Gläsern der Hornbrille etwas seltsam Starres hatten, und seine Ohren – der einzige Teil seines Körpers, an dem sich starke Emotionen zeigten – aufleuchteten beziehungsweise krebsrot wurden, als er hervorstieß: »Lieber Gott!«

Das war sonst nicht seine Art. Sehr selten sagte er dergleichen, aber offenbar war er aus seinem gewohnten Phlegma gerissen worden.

Es war in diesem speziellen Fall Milly, die George lethargisch anstarrte, träge und schläfrig. Wie eine Schlafwandlerin, dachte George, als er sie sah, und als er wie angewurzelt stehenblieb und »Lieber Gott!« rief, schien sie ihn gar nicht zur Kenntnis zu nehmen, jedenfalls nicht wirklich; und erst nach einer ganzen Weile raffte sie sich auf, träge zu fragen: »George?«

»Das ist richtig«, sagte George, der sich von ganzem Herzen wünschte, dem wäre nicht so. Warum ausgerechnet er? Warum nicht einer der anderen? Fred oder Bertie? Sie würden die Situation besser gemeistert haben, als er es je konnte. Was, zum Teufel, sollte er zu ihr sagen? Sollte er überhaupt mit ihr sprechen?

Hatte sie nicht . . .? War sie nicht . . .? Oh, verdammt und zugenäht, dachte George.

»Nimmst du den Zug um fünfunddreißig nach?« erkundigte er sich, nachdem er ihr nun mal gegenüberstand; es war tatsächlich Milly – und er konnte es nicht vermeiden, mit ihr zu reden. Und er hätte gern gewußt, was man in einer derart heiklen Situation sagt.

Mit gerunzelten Brauen konzentrierte Milly sich auf seine Frage. George, dachte sie, George. Die ersten Sätze auf der ersten Seite des Buches, das man sie zwingen würde zu lesen . . . Das Vorwort gewissermaßen . . .

Ein leichtes Neigen ihres Kopfes deutete ihm an, daß sie ihn endlich zur Kenntnis genommen hatte. »Ja«, sagte sie. »Ich fahre heim.«

Heim? dachte George. Das war ja wohl ein Witz. Heim!

Und er starrte sie weiter an, während er sich das Hirn zermarterte, was er zu ihr sagen sollte. Die Situation ging über seine Verhältnisse. Er konnte einfach nicht verstehen, warum das Schicksal gerade ihn herausgepickt hatte, einen ruhigen, weltfremden Kerl wie ihn. Er konnte ihr natürlich eine Zeitung kaufen; und diese plötzliche Idee setzte er sofort in die Tat um.

»Danke«, sagte Milly, als er sie in ihre passiven Hände drückte.

»Damit du im Zug was zu lesen hast«, sagte George.

»Ja, danke«, sagte Milly.

George schwieg. Das Leben ist verdammt ungerecht, dachte er, warum ausgerechnet ich?

»Soll ich das für dich tragen?« fragte er und deutete mit dem Kopf auf ihre Handtasche, froh, etwas entdeckt zu haben, worüber er reden konnte.

Milly bemerkte mit Erstaunen, daß sie eine Handtasche hatte. Verwundert sah sie darauf. Hatte sie nicht auch noch einen Koffer? Trug sie nicht einen Koffer, als sie aus der Mandeville Park Road fortging? Und auch noch, als sie die Stufen zu der Wohnung in Chelsea hinaufging, wie sie sich jetzt erinnerte . . . aber, wo war er denn . . .? Wie dumm, wenn er sich tatsächlich noch in Arthurs Wohnung befand und dieser es sich in den Kopf setzte, ihn ihr zurückzuschicken. Und wie lächerlich, wenn die letzte Äußerung ihrer Liebesbeziehung ein zurückgesandter Koffer war. Der Vorhang war doch schon gefallen. Sie würde ein grauenvolles Lachen nicht zurückhalten können, wenn er wieder hochgezogen werden mußte und man in der Mitte der leeren dunklen Bühne einen Koffer stehen sähe.

»Nein, danke«, sagte sie. »Sie ist nicht schwer.«

George, der sie immer noch anstarrte, nicht weil er es wollte, sondern weil er so fasziniert war, und der, wie seine Brüder, früher eine gewisse Zuneigung zu ihr empfunden hatte, stieß hervor: »Willst du dich mir nicht anvertrauen, Milly ...«

»Warum?« fragte Milly, die mit weit aufgerissenen Augen einen Punkt unterhalb seiner Hornbrille zu fixieren schien.

Na gut, dachte er, wenn sie es vorzieht, unverschämt zu sein ...

Doch als er ihr Gesicht unter dem Schleier aufmerksamer in Augenschein nahm, stellte er fest, daß es rund wie immer, aber extrem bleich war und irgendwie krank aussah – keinesfalls unverschämt. Warum war sie dann so gefühllos? Ja, gefühllos schien der richtige Ausdruck zu sein; wie konnte sie gerade jetzt so apathisch sein?

Warum mußte ausgerechnet er ihr in die Arme laufen, warum traf es nicht Fred oder Bertie? Er hattte keine Ahnung von Frauen, er wußte weder, was sie wollten, dachten, fühlten, noch wie man mit einer zurückkehrenden verlorenen Frau umging. In seinem bisherigen ordentlichen Leben hatte er keine Vertreterin dieser speziellen Sorte kennengelernt. Fest stand, daß diese hier in den vergangenen zwei Tagen mehr Sorgen und Kummer heraufbeschworen hatte, als es einer anständigen Familie zuzumuten ist. Auf der anderen Seite war ihm völlig klar, wie wunderbar es war, daß sie zurückkam – egal, was sie getan haben mochte –, und das Schicksal hatte ihn für die Rolle vorgesehen, ihr als erster zu begegenen. Deshalb wollte er auf jeden Fall das Richtige sagen und das Richtige tun. Ein Skandal war für George, genau wie für seine Brüder und Schwestern, etwas Verabscheuungswürdiges. Obwohl er nach außen hin schwerfällig, vielleicht sogar dumm wirkte, war er genauso ängstlich wie alle anderen darauf bedacht, das geheimzuhalten, was eventuell geheimgehalten werden mußte. Millys Flucht untergrub alle Chancen, etwas zu verheimlichen; weilte Milly jedoch bei ihnen und jeder konnte sie sehen und mit ihr sprechen, dann bot sich der Familie immerhin die Möglichkeit, alles zu vertuschen. Es war fabelhaft, daß sie wieder zurückkehrte; keine Frage. Nur – er hätte zu gerne gewußt, wie er sich ihr gegenüber verhalten sollte.

Und am meisten interessierte ihn im Moment die Frage – abgesehen von ihrer Schuld, von der inzwischen alle Botts überzeugt waren –, warum sie überhaupt das Haus verlassen hatte. Alles deutete auf eine Flucht hin. Warum hatte sie all die Schwierigkeiten auf sich genommen, um zu verschwinden, um damit nicht nur die Familie in größte Kalamitäten zu bringen, sondern ebenfalls sich selbst, denn ihre Flucht kam einem Schuldgeständnis gleich? Und nun stand sie hier, im Bahnhof, mit einer Fahrkarte und wartete auf den Zug nach Titford?

George konnte es nicht fassen. Für einen einfachen Mann wie ihn war ein solches Verhalten unerklärlich. Milly schien seine Gedanken erraten zu haben, denn sie sah ihn ausdruckslos an und sagte mit einer monotonen Stimme: »Ich nehme an, ihr wart alle sehr überrascht, weil ich heute so früh das Haus verlassen habe.«

»Gestern«, verbesserte sie George.

»Gestern?« wiederholte Milly und fügte nach einer Pause des Nachdenkens, in der sie die unwiderrufliche Tatsache, daß es tatsächlich erst gestern gewesen war, akzeptieren mußte, hinzu: »Ja . . . gestern.«

»Wir waren sehr überrascht«, meinte George. Überrascht? dachte er. Was für eine überaus höfliche Umschreibung für das, was sie tatsächlich empfunden hatten.

Und plötzlich mußte er voller Entsetzen daran denken, was, zum Teufel, er tun sollte, wenn sie jetzt, hier auf der Stelle, anfing, ihm etwas zu gestehen. Er wußte nur allzu genau, was sie getan hatte, und er legte absolut keinen Wert darauf, irgendwelche schrecklichen Details zu erfahren. In was für eine peinliche Situation sie ihn damit bringen würde! Frauen sollten entweder den Mund halten oder sich anderen Frauen oder, in Gottes Namen, Priestern anvertrauen, aber bitte nicht ihm.

»Es war ein besonders schöner Tag heute, findest du nicht?« fragte er abrupt, das Thema wechselnd.

Aber Milly schien ihn nicht zu hören; offenbar dachte sie an etwas anderes. »Ich war in der Stadt, um das Geld abzuholen.«

»Welches Geld?« frage George.

»Meins. Meine Erbschaft.«

»Deine Erbschaft?«

»Ja . . . die tausend Pfund, die Ernest mir hinterlassen hat. Ich war beim Anwalt.«

»Aber Milly, *wir* hätten dir gleich sagen können, daß das keinen Zweck hat«, sagte George unendlich erleichtert. Das war also die Erklärung.

Eine Erklärung, die ihm völlig natürlich erschien. Und kein Geständnis, wunderbar. Vielleicht schaffte er es, sie bis nach Hause zu bringen, ohne mit dergleichen konfrontiert zu werden. Selbstverständlich war es idiotisch von ihr, einfach so davonzurennen und sich damit in ein falsches Licht zu setzen, aber Frauen – und zu dieser Gattung gehörte sie ja wohl –, Frauen neigten dazu, idiotische Dinge zu tun, wer wußte das nicht. Davon abgesehen war sie wahrscheinlich mit den Nerven am Ende – kein Wunder, nach Ernests plötzlichem Tod und nachdem sie erfahren hatte, daß er sie enterbt hatte. Auf jeden Fall war ihre Erklärung einleuchtend und würde auch von seiner Familie akzeptiert werden können.

»Du hättest uns fragen sollen, Milly«, sagte er sehr freundlich, weil er so erleichtert war. »Dann hättest du nicht für nichts und wieder nichts in die Stadt fahren müssen. Diese Dinge brauchen ihre Zeit, mußt du wissen. Bis alle Formalitäten . . .«

In diesem Augenblick mußte er daran denken, daß sie bereits zwei Tage und eine Nacht von zu Hause fort war. Das hatte er in seiner unendlichen Erleichterung total vergessen. Eine Reise von Titford nach London, dazu ein Besuch bei einem Anwalt, das nahm doch nicht zwei Tage und eine Nacht in Anspruch? Ihre Erklärung war wohl doch nicht dazu angetan, die Familie zu beruhigen und ihn zu erleichtern.

Er starrte sie an, die Frage bereits auf den Lippen, warum zum Henker sie so lange dazu gebraucht habe, aber er verkniff sie sich. Natürlich konnte es wahr sein, daß sie versucht hatte, ihr Geld zu bekommen, aber den Rest der Zeit hatte sie wahrscheinlich bei ihrem . . . Nun, das ging ihn nichts an, und er verspürte keinerlei Wunsch, den Schlamm von Millys Geheimnissen aufzurühren. Gerade diese besondere Art von Schlamm war ihm besonders unangenehm. Und seiner Ansicht nach war es wirklich ein skandalöses Verhalten von Milly, sich einfach so davonzumachen, um zu ihrem – wie man das auch immer nennen mag – zu fahren, ohwohl der arme alte Ernest doch gerade erst begraben wurde. Er war sich sicher, daß sie zumindest einen Teil der Zeit mit diesem Kerl verbracht hatte. Er konnte nur hoffen, daß die beiden sich darauf beschränkt hatten, miteinander zu reden. Zumindest sah sie nicht so aus, als sei dieser Besuch sehr angenehm gewesen; andererseits durfte man nicht vergessen, daß sie niemals wie eine Frau ausgesehen hatte, die auf Abwege geraten war.

»Warum hast du nicht einen von uns gefragt?« meinte er ärgerlich. »Dir würde das die unnötige Fahrerei erspart haben und uns . . . nun, auch allerhand.«

»Aber die Reise war nicht vergeblich«, sagte Milly. »Ich habe es bekommen.«

»Was bekommen?«

»Die tausend Pfund.«

»Die hast du bekommen? Wie das denn?«

»Von Ernests Anwalt, Mr. Jenkyns. Er hatte das Geld schon für mich vorbereitet.«

George war sprachlos. Das ging nun endgültig über das hinaus, was sein Verstand in der Lage war zu verarbeiten. Dieser dünnlippige unausstehliche Jenkyns, der seiner Abneigung keinen Zwang angetan hatte, der sie alle in der Tat behandelt hatte, als seien sie alle mitschuldig an Millys lasterhaftem Leben, dieser Jenkyns mußte ihr das Geld vorgestreckt haben. Erstaunlich, er sah nun gewiß nicht aus wie ein Kerl, der irgend jemandem Geld vorstreckte. Andererseits mußte sogar eine Frau ja wohl wissen, ob sie tausend Pfund in der Tasche hatte oder nicht.

Während er Milly anstarrte, schoß ihm plötzlich eine völlig absurde Idee durch den Kopf, das Absurdeste, woran er je gedacht hatte. Vielleicht war Jenkyns ja Millys . . . wie immer man das nennt.

»Ich hoffe«, sagte Milly mit schwacher müder Stimme, »es hat sich niemand zu große Sorgen um mich gemacht, weil ich . . .«

»Das wäre milde ausgedrückt«, sagte George.

»Es tut mir sehr leid«, sagte Milly seufzend; und sie schwankte ein bißchen, als könne sie sich nicht mehr auf den Füßen halten.

»Was ist los?« fragte George und griff nach ihrem Arm. Die Vorstellung, sie würde jetzt womöglich ohnmächtig, raubte ihm fast den Verstand, weil ihn das zwingen würde, etwas zu unternehmen.

Seine Finger schmerzten, so fest hielt er sie. Er war nicht gut in solchen Sachen, sagte er sich ärgerlich; und vor allem wußte er nicht, was man mit einer Frau tat, die im Bahnhof zusammenbrach. »Was ist los, Milly? Ist dir schwindlig?« erkundigte er sich ängstlich.

»Ich bin nur aus dem Gleichgewicht geraten«, beschwichtigte sie ihn und befreite sich aus seinem Griff. »Es sind wahrscheinlich die hohen Absätze.«

Sie sind wirklich unanständig hoch, dachte George. Laut aber sagte er: »Du bist müde, das ist alles.«

»Das stimmt. Ich bin müde. Deswegen gehe ich jetzt zum Zug, in dem kann ich mich wenigstens hinsetzen. Er müßte eigentlich schon da sein . . .«, und langsam machte sie sich auf den Weg Richtung Bahnsteig.

George begleitete sie. Einen Augenblick überlegte er, ob er ihr seinen Arm anbieten sollte. Tat man das, wenn es sich um eine Frau handelte, die . . .? So unsicher er sich seines Armes wegen war, so sicher war er, daß sie unmöglich in verschiedenen Abteilen, aber mit ein und demselben Zug reisen konnten; so ging er neben ihr und beobachtete sie, um sie eventuell aufzufangen, falls sie wieder zu schwanken begann. Sie war unnatürlich bleich; und er fürchtete jeden Augenblick, sie würde etwas so Unschickliches tun, wie sich in aller Öffentlichkeit zu übergeben.

Zu seiner Erleichterung tat sie nichts dergleichen, sie schwieg; und während er neben ihr den Bahnsteig entlangging, sie nicht aus den Augen lassend, bemerkte er, wie viele Menschen unterwegs waren, die sie beide kannten, und als ihm bewußt wurde, welches Interesse sie erregten, da war er heilfroh, daß Milly bald wieder zu Hause sein würde. Schweigend gingen sie den Zug entlang, um das für sie bestimmte Abteil zu finden, und merkten nicht, daß ihnen auf dem überfüllten Bahnsteig die Menschen höflich auswichen; jene, die sie zwar nicht persönlich kannten, die aber von dem offenkundigen Kummer beeindruckt waren, und jene, die sie kannten und es aus Respekt taten. Schweigend saßen sie sich im Abteil gegenüber; George gab vor, die Zeitung zu lesen, Milly gab nichts vor, sondern saß einfach nur da. Schweigend nickte George den Mitreisenden zu, die unfreiwilligerweise das Abteil mit ihnen teilen mußten, weil sie erst in letzter Minute den Zug erreicht hatten. In Titford stiegen sie schweigend aus, gingen die Treppe hinauf und traten vor dem Bahnhofsgebäude ins Freie.

Es wirkte ziemlich melancholisch, dieses seltsame Paar – wie zwei zu groß geratene Krähen. Georges Kleidung war genauso trist wie die von Milly. Die beiden paßten genau in das Theaterstück, das Titford das Trauerspiel der Botts nannte; und Millys Rückkehr auf die Bühne wurde mit Freude registriert und war dazu angetan, die häßlichen Gerüchte zum Verstummen zu bringen, die in Titford kursierten. Wie unglücklich sie aussah, das arme Ding. Wer sie sah, konnte nicht umhin, dankbar ihren Kummer zur Kenntnis zu nehmen, denn wenn eine Witwe derart trauerte, dann mußte die Welt noch in Ordnung sein. Natürlich wagte es keiner, die beiden zu begrüßen; man bewies den allergrößten Takt; ohne im mindesten gestört zu werden, konnten Milly und George den Bahnhof verlassen.

»Ich habe meinen Wagen da«, sagte George. »Es ist vielleicht besser, mein Chauffeur bringt dich he . . . bringt dich in die Mandeville Park Road.«

»Ich danke dir«, sagte Milly.

George fuhr nicht mir ihr; er betrachtete seinen Auftritt als beendet und sehnte sich danach, sie endlich los zu sein. Als er ihr deswegen mit dem notwendigen Ernst und der notwendigen Höflichkeit in den Wagen geholfen hatte, wohl wissend, daß sie beobachtet wurden, sagte er ihr, er würde ein Taxi nach Hause nehmen, weil er seinen Brüdern versprochen hatte, sie um sieben Uhr bei sich zu treffen.

Milly nickte. »Danke«, wiederholte sie; und George verschwand bald aus ihrer Sicht, als sich der Wagen in Bewegung setzte, und sie überlegte, ob der Chauffeur beleidigt sein würde, wenn sie ihm einen Schilling als Trinkgeld in die Hand drückte, was, wenn man von den drei Pennies absah, die sich noch in ihrer Handtasche befanden, alles war, was sie im Augenblick noch auf der Welt besaß.

*

Letzten Endes vergaß sie darauf, dem Fahrer irgend etwas zu geben. Die haubenlose Zofe kam zur Tür geeilt, als sie den Wagen hörte, und Ernests Hund bellte bei ihrer Ankunft, wie er es bei ihrem Verschwinden getan hatte, an dem Morgen, der Ewigkeiten her zu sein schien. Merkwürdig, auf was für Gedanken man manchmal kam. Zu fliehen? Kein Mensch kann je entfliehen. Müde versuchte sie, den Hund zu tätscheln, aber er wich knurrend zurück, und die Zofe rief ihn zur Ordnung.

»Wir haben Sie nicht erwartet, Ma'am«, sagte die Zofe und bat für alles gleichzeitig um Entschuldigung – das Knurren des Hundes, ihr haubenloses Haar, Millys wortloses Verschwinden.

»Ich hätte es Ihnen sagen müssen«, meinte Milly und sah sich in der Halle um – die antike Uhr, die irdenen Töpfe mit Farnen, alles stand noch genauso da, wie sie es beim letztenmal gesehen hatte, was Ewigkeiten her zu sein schien. Und vage nahm sie den Geruch Ernests, seiner Mäntel und Zigarren wahr. Mit einer Hand hielt sie sich an der Hutablage fest, weil ihr wieder schwindlig war.

»Ja, Ma'am. Wir haben uns Sorgen um Sie gemacht. Und Mrs. Alec . . .«

»Ich möchte zu Bett gehen«, sagte Milly.

»Natürlich, Ma'am. Wann?«

»Sofort.«

»Ja, Ma'am . . .«

»Und wenn Sie dafür sorgen, daß ich nicht . . .«

Wer kam da langsam und widerstrebend aus Ernests Büro? Auf beiden Wangen einen roten Fleck? War das nicht Ruth?

Ja, tatsächlich war es die arme Ruth, der die unerwartete Rückkehr Millys, nach einem ohnehin schrecklichen Tag, den letzten Rest gab. Als sie, beim Fenster sitzend, erkannt hatte, wer in dem Wagen saß, fragte sie sich zitternd, warum ausgerechnet sie diejenige der Familie sein mußte, die mit einer so unerfreulichen Begegnung konfrontiert wurde. Das ging über ihre Kräfte. Sie war zu alt für so etwas. Es war einfach unfair. Aber nach einem kurzen innerlichen Kampf zwang sie sich, das zu tun, was offenbar ihre Pflicht war; sie ging in die Halle und näherte sich, würdevoll und aufrechten, steifen Ganges, ihr Inneres aber war von der Konsistenz eines Wackelpuddings, der Ankommenden und sagte: »Guten Abend.«

Milly sah sie an, während sie versuchte, ihre verstreuten Gedanken einzusammeln.

Ruth. Der zweite Teil des Vorworts, für dessen einleitende Sätze George verantwortlich gezeichnet hatte . . .

Nun gut. Was blieb Milly anderes übrig, als es zu akzeptieren. Sie konnte sich schließlich nicht aussuchen, in welcher Reihenfolge das Unvermeidliche stattfinden würde. Botts, wohin sie sah, wohin sie kam. Gab es da nicht ein Lied? *Mit Botts an ihren Fingern und Botts an ihren Zehen?* Ach, Unsinn. Man hatte Nägel an den Fingern und an den Zehen, manchmal vielleicht Frostbeulen, aber bestimmt keine Botts.

»Wie geht es dir, Ruth?« fragte sie höflich. »Erstaunlich, was für eine große Familie wir sind . . .« Und dann wurde sie ohnmächtig.

11

George hatte Milly angelogen, denn die Brüder wollten sich in Wahrheit erst um neun bei ihm zu Hause treffen. Er mochte keusche und zurückhaltende Frauen; die Tatsache, daß er eine bewundert und an sie geglaubt hatte, die diese Eigenschaften nicht aufwies, verärgerte ihn.

Er nahm kein Taxi, wie er es behauptet hatte, sondern ging zu Fuß, wie immer nach seinen Bürotagen in der Stadt, um genügend Zeit zu haben, sich in Gedanken zu versenken. Dann würde er zu seiner Frau heimgehen, deren extrem gute Gesundheit und Vitalität ihm keinen Augenblick des Nachdenkens gestattete.

Manchmal dachte er, er hätte eine ruhigere Frau bevorzugt; aber dieses Wunschdenken schien ihm heute unangebracht. Milly war ihm immer wie eine Frau vorgekommen, zu der ein Mann gern nach Hause kam – was bewies, daß man nie wirklich wußte, woran man war. Seine Gattin hatte nicht genügend zu tun, denn ihr einziges Kind ging bereits zur Schule, und sie war deshalb am Abend, nach einem recht faul verbrachten Tag, frisch, munter und erlebnishungrig. George hingegen sehnte sich ausschließlich nach einem gemütlichen Abendessen, einer in Ruhe gequalmten Zigarre und dem Bett, und er empfand seine Angetraute deshalb als äußerst strapaziös. Natürlich würde er dergleichen nie ausgesprochen haben, denn ein Bott beklagte sich nicht über seine Frau, weder direkt noch hinter ihrem Rücken; und heute, nachdem er nun realisiert hatte, mit was für einem Weib der arme alte Ernest hatte zurechtkommen müssen, fand er sein eigenes ganz in Ordnung. Nora war zwar laut und wie gesagt äußerst gesund, aber sie war wenigstens ehrlich. Während er langsam in Richtung seines Hauses ging und sich all das durch den Kopf gehen ließ, was geschehen war, sagte er sich, daß eine unehrliche Frau dem mit ihr verheirateten Mann tatsächlich jede Lebensbasis raubte.

Auch die anderen Brüder schätzten ihre Ehefrauen im Moment mehr als sonst – abgesehen von Bertie vielleicht, der die seinige noch nie besonders gemocht hatte –, und Fred hatte seiner Mabel gerade heute erst ein entzückendes Schmuckstück geschenkt, und Alec dachte daran, seiner Ruth etwas Gutes zu tun – vielleicht eine neue Garage, die er dringend brauchte, weil die alte viel zu klein war. In der Tat, die mit den fünf Bott-Schwestern verheirateten Männer waren allesamt froh, sich keine Sorgen machen zu müssen, daß ihre grundsoliden Frauen etwas eventuell Verwerfliches im Schilde führten.

»Zu attraktiv zu sein, ist für eine Frau nicht gut«, meinte einer dieser Männer zu seiner Frau als Kommentar zu der Situation – unvorsichtigerweise; genau diese Art Bemerkungen fanden die weiblichen Mitglieder der Familie unerhört, jetzt, da Milly zu dem geworden war, was die Bibel ein Ärgernis und eine Schande nannte. Attraktiv, was war darunter zu verstehen? Der Mann, der leichtsinnigerweise das Wort erwähnt hatte, behauptete, es nicht zu wissen; noch könne er sich im nachhinein erklären, wieso er gerade dieses Wort gewählt habe. Die fünf, die in die Familie Bott eingeheiratet hatten, waren von ihren Geschäften zu sehr in Anspruch genommen, um sich zu Hause Zwistigkeiten erlauben zu können. Deswegen waren sie jederzeit bereit, ihre Frauen zu besänftigen.

George beschloß auf dem Heimweg, seiner Frau die Neuigkeit erst nach dem Essen mitzuteilen; aber Nora, die am Eßzimmerfenster auf seine Ankunft gewartet hatte, kam ihm mit wehenden Haaren entgegengerannt und erzählte sie ihm. Alle wußten es bereits. In der verhältnismäßig kurzen Zeit, die er für den Heimweg gebraucht hatte, hatte nicht nur die Zofe aus der Mandeville Park Road angerufen, sondern auch Ruth, und danach klingelte das Telefon bei allen Botts unaufhörlich, weil jeder vom anderen wissen wollte, ob er es schon wisse.

»Was für eine Erleichterung!« rief Nora und umarmte ihn. »Findest du das nicht auch aufregend, Porge?« – aus unerfindlichen Gründen bestand sie darauf, ihn Porge zu nennen, und es war sinnlos, sie darum zu bitten, das zu lassen, weil sie es trotzdem tat.

»Du sprichst davon, als handle es sich um eine Art Picknick«, brummte George, als sie ihm aus dem Mantel half; sie darum zu bitten, ihn selbst aus dem Mantel schlüpfen zu lassen, war ebenfalls sinnlos, denn Nora war dank ihrer hervorragenden Gesundheit ein Ausbund an Energie. Sie konnte ihn einfach nicht in Ruhe lassen, sobald er in greifbarer Nähe war. Manchmal dachte er, er zöge eine Frau vor, die – nun, nicht gerade krank war, aber sich zumindest gelegentlich nicht ganz auf der Höhe fühlte; natürlich war ihm klar; daß das kein sehr netter Gedanke war.

»Haben wir darum nicht seit zwei Tagen gebetet? Du wirst doch nicht gerade *heute abend* verdrießlich sein, Porge, oder?«

»Pscht«, sagte George, denn sie standen in der Eingangshalle, und die Angestellten lauschten aller Wahrscheinlichkeit nach.

Doch Nora konnte nicht still sein und sich bremsen – und wenn alle dienstbaren Geister in ganz Titford sie hören konnten. Sie nahm ihn bei den Schultern und drehte ihn herum, um ihm in die Augen sehen zu können, und bat ihn erneut, nicht ausgerechnet heute abend mürrisch zu sein; und George, froh darüber, daß alles vorbei war, konnte nicht umhin, recht stolz zu erwidern: »Ich habe sie nach Hause gebracht.«

»Du?« rief Nora. »Du hast sie . . .?«

Fassungslos sah sie ihn an.

George nickte. »Ich habe sie von meinem Fahrer heimbringen lassen. Und bin zu Fuß gegangen«, fügte er bescheiden hinzu.

Einen Moment war Nora außerstande, sich zu bewegen, weil die erstaunte Bewunderung für George sie paralysierte. *Ihr* Mann unternahm Schritte; *ihr* Mann war derjenige, der Milly sicher in den Schoß der Familie zurückbrachte, während die anderen, die sich immer so clever vorkamen und viel redeten und sich damit wichtig machten, gar nichts taten.

»Sie war ohnehin im Begriff heimzukommen«, gab George zu, weil er ehrlich war. »Ich habe sie durch Zufall im Victoria-Bahnhof getroffen.«

»Aber *du* bist es gewesen, der sie dazu überredet hat – ich weiß es«, rief seine Frau und umarmte ihn stürmisch. Manchmal dachte er, er zöge eine Frau vor, die keine Arme hätte; in der Bibel gab es da eine Stelle, die sich mit dem ewigen Arm von jemandem beschäftigte und manchmal in der Kirche vorgelesen wurde; wenn er daran dachte, war er immer sehr froh, nicht an den Himmel zu glauben.

»Laß mich los, Nora«, sagte er und versuchte, sich aus ihren Armen zu befreien. »Ich möchte nach oben gehen und mich waschen.«

»Aber du mußt mir alles erzählen – *alles!*« rief sie und küßte ihn.

George haßte es, geküßt zu werden. Er mochte Frauen lieber, die nahmen und nicht gaben; Frauen, die abwarteten. Aber so war das Leben – Nora gehörte zu jenen, die einen immer küssen mußten; und damit mußte er eben zurechtkommen.

»Nach dem Essen«, sagte er, machte sich los und ging die Treppe hinauf.

Nora folgte ihm und quasselte unaufhörlich auf ihn ein. Manchmal dachte George, es sei leichtsinnig von ihm gewesen, eine Frau zu heiraten, die so viel jünger war als er. Er war sechzig, sie erst vierzig. Vierzig, so sollte man meinen, sei ein ganz anständiges Alter, aber er hatte gemerkt, daß dies nicht stimmte.

»Ruth kommt zum Essen«, informierte ihn Nora atemlos – atemlos nicht etwa wegen des Treppensteigens, sie war so aktiv wie eine Eideichse, sondern wegen der vielen Worte, die alle auf einmal herauswollten. »Sie hat angerufen, um zu fragen, ob es uns recht ist. Sinnlos, in der Mandeville Park Road zu bleiben, jetzt, wo Milly zurück ist. Sie sagt, Milly sei zu Bett gegangen. Mehr konnte ich nicht aus ihr herauskriegen. Und die anderen kommen mit Fred und Bertie, nach dem Essen – Mabel und Edith, meine ich. Übrigens auch Joan und Mary. Maud hat angerufen, weil sie sich vielleicht verspätet – dieses *Telefon!* Es hat nicht aufgehört zu klingeln. So etwas habe ich noch nie erlebt. Maud kommt wahrscheinlich zu spät wegen Edwards Knie, aber jedenfalls so schnell wie möglich. Alle kommen. Maggie kann allerdings nicht, weil es Bee seit dem Nachmittag schlechter geht. Und Katie haben wir nicht angerufen, weil sie sich sonst nur geärgert hätte, nicht dabeisein zu können, aber sie kann ja ihre Mutter nicht allein lassen. Und Mutter weiß besser von nichts, sie würde Milly sonst zu sich holen, bevor alle sie gesehen haben.

Welch ein Glück, daß unser Haus für alle so günstig liegt. Porge, ich bin ja so aufgeregt – merkwürdig, daß Milly wieder aufgetaucht ist! Und merkwürdig, daß gerade *du* derjenige warst, der . . . hat sie etwas gesagt? Hat sie dir gesagt, wer der Mann ist?«

Aber George, die Hand schon an der Klinke der Badezimmertür, sagte: »Später, Nora . . .«, und schloß sie aus.

*

Des Personals wegen konnte beim Abendessen nicht viel gesprochen werden. Sogar Nora mußte das einsehen und achtete auf jedes Wort, das sie sagte, während Alecs Frau Ruth stumm wie ein Fisch dasaß, weil ihr der Schock ihrer unerwarteten Begegnung mit Milly und deren Ohnmacht noch in den Knochen saß. Die Angestellten hatten sie hinauf ins Bett gebracht, wo sie nach kurzem zu sich kam, weswegen es unnötig war, bei ihr zu bleiben. Ruth hatte die Zofe gebeten, der Familie nichts von der Ohnmacht zu erzählen. Was vorbei war, war vorbei. Sinnlos, ein Theater darum zu machen. Davon abgesehen war Milly selbst schuld an ihrer Ohnmacht, und warum sollte man Mitgefühl für Menschen aufbringen, die selbst schuld waren an den Dingen, die ihnen zustießen. Ruth war nervös, gestand sie sich ein. Als sie versuchte, ihren Wein zu trinken, kleckerte sie, und statt das Brot zu essen, zerkrümelte sie es. Immerhin bin ich fünfundsechzig, dachte sie, und sollte eigentlich nicht mit so unerfreulichen Situationen konfrontiert werden. Was für einen Sinn hatte es, eine alte Dame zu sein, mühsam dieses hohe Alter erreicht zu haben, wenn man trotzdem immer noch in unangenehme Sachen verwickelt wurde.

George, am Kopfende des Tisches, hatte das Gefühl, daß ein paar Bemerkungen über Milly – harmlos und liebenswürdig – angebracht waren, die die Angestellten beruhigen würden, nur fiel ihm leider nichts ein. Er war sicher, daß Fred und Bertie gerade in diesem Augenblick das Richtige sagten, um *ihre* Angestellten zu beruhigen: Milly gar nicht zu erwähnen, war ohne Zweifel ein Fehler, denn das Personal wußte, daß Ruth mit ihr gesprochen hatte; aber er war kein Diplomat, dem es leichtfiel, harmlose Bemerkungen zu erfinden, sondern er war ein anständiger Mann, der eine Sache immer sehr direkt anging. Milly machte ihnen allen mehr Ärger und Kummer, als es irgendeine lebendige Frau wert war, dachte er. Trotzdem, man sollte sie erwähnen.

»Wie, glaubt ihr, sieht sie aus?« stieß er plötzlich hervor, sich an Ruth wendend; und Ruth, der gerade Pudding angeboten wurde, ließ vor Schreck den Löffel hineinfallen.

Alle im Raum schienen die Luft anzuhalten. Die Angestellten verrichteten ihre Arbeiten im Zeitlupentempo, oder bildete George sich das nur ein?

»Wer?« erkundigte sich Ruth nervös. Wirklich, George war ein Tölpel. Konnte er das Thema nicht vermeiden, solange die Angestellten anwesend waren?

»Milly«, meinte George, wild entschlossen, es natürlich klingen zu lassen, was ihm aber nicht gelang.

»Ach, Milly . . . ja nun, sehr gut . . . denke ich. Nein . . . ich meine natürlich müde«, sagte Ruth und beugte ihren Kopf tief über den Teller; wieder fragte sie sich, wie alt eine Frau denn nun eigentlich werden mußte, damit sie nicht mehr mit dergleichen belästigt wurde.

»Arme alte Milly«, sagte Nora, die so gerne alles über Milly gewußt hätte; was Ruth über sie dachte, was Milly gesagt hatte, wie sie aussah; und hier saß sie, zum Schweigen und Warten verurteilt wegen der dummen Dienstboten. Man müßte *Hunde* für diese Arbeiten abrichten, dachte sie.

»Sie wird sich in ein, zwei Tagen erholt haben«, sagte George und klopfte mit seinen Fingern auf den Tisch; dann fiel ihm plötzlich ein, daß man von einer Witwe erwartete, daß sie länger als ein oder zwei Tage brauchen würde, um wieder normal zu werden.

Auf Ruths zierlichen gealterten Wangen bildeten sich hektische Flecken, als sie versuchte, ihren Pudding zu essen; es war ihr mehr als unangenehm gewesen, Milly zu treffen, allein auf sich gestellt, ohne die Hilfe von Alec, und zusehen zu müssen, wie sie zu Boden sank. Nein, wirklich, es war ungerecht, daß ausgerechnet sie das auf sich hatte nehmen müssen. Ihr ganzes Leben hatte sie es bewußt vermieden, mit unschönen Dingen konfrontiert zu werden, indem sie die Augen abwandte, sobald sie auch nur ahnte, daß etwas Häßliches auf sie zukam, und auch ihre Kinder hatte sie in diesem Sinn erzogen. Nun war sie seit langem schon Großmutter und der festen Überzeugung, daß Rührseligkeiten kein Zeitvertreib für Großmütter waren. Gehorsam war sie auf Wunsch der Familie in Ernests Haus gegangen, um die Angestellten mit einer gewissen Autorität zu überwachen, gewillt, wie immer, die Obliegenheiten als Frau des ältesten Sohnes zu erfüllen und das zu tun, was Alec und die anderen für richtig hielten, obwohl es traurig genug war, den ganzen Tag in dem vereinsamten Haus von Ernest zu verbringen; aber im Grunde war es eine Zumutung, sie dadurch in die Lage zu bringen, Millys Rückkehr und ihre Ohnmacht ertragen zu müssen. George wußte doch genau, daß sie sich in Ernests Haus aufhielt, warum hatte er Milly nicht begleitet? Milly tat ihr aufrichtig leid, wie alle Frauen, die auf Abwege gerieten, aber sie verspürte keinen Wunsch nach der Gegenwart solcher Frauen. Nicht gerade jetzt. Nicht bevor entschieden war, wie die Familie letzten Endes mit diesem Problem umzugehen gedachte. Und mit Milly allein zu sein und diese wie ein Häufchen Elend zu Boden sinken zu sehen, das hatte Ruth nie und nimmer gewollt.

Als der Kaffee im Salon serviert worden war und man die Angestellten endlich los hatte, wandte sie sich an George und schalt ihn, weil er sie in dieser Situation allein gelassen habe – die Ohnmacht erwähnte sie allerdings immer noch nicht, weil sie ihr keine Wichtigkeit beimaß.

»Genauso habe ich mich im Victoria-Bahnhof gefühlt«, sagte George und stopfte seine Pfeife; Ruth fand diese Antwort unpassend, aber George war ihr schon immer sehr seltsam vorgekommen.

»Also *ich* wäre liebend gerne bei Millys Rückkehr anwesend gewesen!« rief Nora.

»Und wie hättest du dich verhalten?« fragte Ruth lauernd, die sich in Noras vitaler Gegenwart immer besonders alt und gebrechlich vorkam; sie hatte dann das Gefühl, daß ein Fenster offen war und sie genau im Luftzug saß – nicht einem normalen, sondern dem letzten auf dieser Erde.

»Ich hätte sie geküßt«, sagte Nora.

»Du hättest sie geküßt?« fragte George fassungslos und starrte sie an.

»Also wirklich, Nora«, sagte Ruth und versteckte sich in ihrem Pelz.

*

Und doch war das in etwa die Haltung, die man sich entschloß, Milly gegenüber an den Tag zu legen, nachdem die Brüder, ihre Frauen und drei der fünf verheirateten Schwestern in Georges Salon ausgiebig über dieses Thema diskutiert hatten. Man würde Milly zwar nicht wirklich küssen, das war nicht nötig, aber ihr doch mit der Liebenswürdigkeit begegnen, die normalerweise unter glücklicheren Umständen einen Kuß zur Folge hätte.

Ruth, die nach fast fünfzigjähriger Ehe immer noch daran glaubte, man solle wichtige Entscheidungen den Ehemännern überlassen, war immer bereit, sich der Situation anzupassen, wenn sie davon überzeugt war, im Sinne Alecs zu handeln. Und sie verstand auch, warum die anderen zu diesem schwerwiegenden Entschluß gekommen waren, und sah völlig ein, daß im Interesse des guten Rufs der Familie persönliche Gefühle unterdrückt werden mußten; auch Christus hatte Frauen wie Milly vergeben. Stumm saß sie beim Feuer, die kalten Schultern in den Pelz gedrückt, gewillt, den erforderlichen Gehorsam aufzubringen; und plötzlich erhob sich die autoritäre Stimme Freds, der die Diskussion beendete, indem er in kurzen Worten zusammenfaßte, wie sich die Familie gegen Milly zu verhalten habe.

Auch nach außen hin deutlich erkennbare Freundlichkeit sei in diesem Fall nicht nur angebracht, sondern sogar das einzige, was ihnen übrigbliebe, sagte er; Bertie stimmte spontan und herzlich zu, und Alec und George, nach kurzem Zögern, ebenfalls. Millys unverhoffte und unerwartete Rückkehr ermögliche es ihnen, die Ehre und den Ruf der Familie zu retten, meinte Fred und fügte hinzu, er erwarte, daß die Frauen sich diesem Entschluß ohne Widerrede fügten, denn man wolle auf keinen Fall eventuelle Risiken eingehen; Bertie nickte zustimmend, und Alec und George folgten, nach kurzem Zögern, seinem Beispiel.

Er erklärte, daß der kürzlich von Walter Walker unterbreitete Vorschlag tatsächlich die beste Lösung war – nämlich Milly abwechselnd bei sich aufzunehmen und nett zu ihr zu sein. So nett, sagte Fred, mit einem strengen Blick zu den Frauen hinüber, wie man zu Menschen ist, die man wirklich mag; so nett, daß Milly den Eindruck haben mußte, man könne ohne sie gar nicht glücklich sein. Ein paar Monate würde es wahrscheinlich schon dauern, um das Mißtrauen, das man der Familie entgegenbrachte, abzubauen. Dann, wenn die Sache ein wenig in Vergessenheit geraten war, konnte Milly eventuell den Rest ihres Lebens bei der alten Dame auf dem Denmark Hill verbringen, wie Mutter das ja selbst vorgeschlagen habe; aber das kam erst später in Frage; erst einmal mußte, nach ihrer dummen Flucht, die das Faß beinahe zum Überlaufen gebracht habe, der Eindruck erweckt werden, daß Milly auf das rührendste von ihrer Familie versorgt wurde. Dazu gehörte unter anderem, daß man sie, sobald die erste Trauerzeit vorbei war, am normalen Leben teilnehmen ließ, was wiederum bedeutete, daß sie in der Kirche und bei den vielen anderen Gelegenheiten gesehen wurde, kurz, daß sie mit *ihnen* gesehen wurde und allen bewußt wurde, wie sehr sie Milly verehrten.

Diese Verehrung für sie mußte *sichtbar* sein; in dieser Hinsicht durfte keine Mühe gescheut werden. Dieser Eindruck mußte bei den Kindern erweckt werden, und natürlich bei den Angestellten, die kurz über lang gezwungen sein würden, es ebenfalls zu erkennen. Und natürlich war es absurd, ein Geschrei über die dabei anfallenden Kosten zu machen, meinte er und sah die Frauen der Reihe nach an. Was kostete ein Gast schon? Und Milly war nichts anderes als ein Gast, und bevor es überhaupt dazu kam, daß man für sie Geld ausgeben müsse, würde sie bereits zu ihrem nächsten Gastgeber unterwegs sein, erklärte er und grinste. Und außerdem besaß sie ja dieses kleine Vermögen von tausend Pfund.

Fred und Bertie, unterstützt von Alec und George, die beide froh waren, selbst keine Entscheidungen treffen zu müssen, warfen den sieben anwesenden Frauen einen Blick zu, der zu sagen schien: Und wehe ihr stellt euch quer! Doch weder die Frauen noch die Schwestern wagten auch nur protestierend zu murmeln. Wenn es notwendig war, konnten sie sich jederzeit anpassen. Wie Ruth waren sie deshalb bereit, die von ihren Männern und ihren Brüdern getroffene Entscheidung zu akzeptieren, und selbst Berties Frau Edith war jedes Opfer recht, wenn es nur die Leute vom Tuscheln abhielt. Welch schreckliche Vorstellung, dachte sie, falls eine ihrer Töchter, der der Kurator von St. Timothy den Hof machte, plötzlich wissen wollte, was denn nun Tante Milly eigentlich angestellt habe; davon abgesehen, daß der Kurator mit Sicherheit von einer Heirat absehen würde, wenn die Familie seiner Zukünftigen in einen Skandal verwickelt war; schrecklich auch, wenn ihre Söhne aufgrund abfälliger Blicke und Bemerkungen darauf kämen, daß auch Tanten nicht immer so waren, wie man ihnen einzureden versuchte. Im Grunde war sie, wie die anderen auch, so erleichtert über Millys Rückkehr, daß sie vieles auf sich nehmen würde; die anderen übrigens auch, was sie zu einer anderen Zeit in einer anderen Situation strikt abgelehnt hätten.

Nachdem nun alle damit einverstanden waren, Milly abwechselnd bei sich zu beherbergen und sich liebevoll um sie zu kümmern, konnte man endlich ins Detail gehen, was sofort wieder zu einer hitzigen Diskussion führte – und Details gab es viele. Wie lange sollten Millys Besuche dauern? Bei wem würde sie zuerst wohnen? Nach welchen Kriterien sollte die Reihenfolge bestimmt werden? Nach dem Alter? Was war mit den verheirateten Schwestern? Sollten die Brüder sich mit diesen abwechseln?

Die verheirateten Schwestern protestierten lautstark. Was für eine dumme Idee, die Reihenfolge aufgrund des Alters festzulegen; die Rolle des Gastgebers stand den Männern der Familie viel mehr zu; außerdem konnten sie selbst dazu gar nichts sagen, ohne vorher mit ihren eigenen Männern gesprochen zu haben.

»Warum sind sie eigentlich nicht hier?« wollte Fred wissen.

Ja, was haben denn die Ehemänner von Ernests Schwestern mit Milly am Hut? empörte sich Maud, die älteste Schwester.

Schweigend sahen alle zu Alec, der, als er es bemerkte, verlegen an seinem Bart zupfte.

»Nun, Alec?« fragte Fred, als dieser schwieg. Es war ziemlich offenkundig, daß Alec nicht der erste sein wollte, der Milly bei sich aufnahm. Aber er war der Älteste; folglich war es seine Pflicht.

»Nun, Alec?« wiederholte Fred.

Alec räusperte sich, bevor er zu einer Erklärung ansetzte; er wisse wohl, was von ihm erwartet werde, aber leider sei er gezwungen, aus Rücksichtnahme gegenüber Ruth, die in letzter Zeit unter den Folgeerscheinungen ihres fortgeschrittenen Alters leide, seine Rolle als erster Gastgeber abzulehnen. Außerdem sei Ruth, wie sie ja wohl alle wüßten – er sah seine Frau liebevoll an, was sie mit einem Lächeln belohnte –, eine sehr religiöse Frau, und seiner Meinung nach sei eine so fromme Frau – er wolle natürlich nicht die Frömmigkeit der anderen anzweifeln, aber für Ruth sei der Glaube die Basis ihrer Lebensform –, nun, eine so fromme Frau sei vielleicht nicht geeignet, als erste eine . . . nun, Milly eben, in ihrem Haus willkommen zu heißen.

Er machte eine Pause und überlegte, ob Millys Gegenwart für Ruth eventuell später leichter zu ertragen sein würde, vorausgesetzt, die Besuche bei den anderen hatten einen läuternden Effekt; dieser Gedanke schien so kompliziert zu sein, daß er ihn nicht in Worte kleiden konnte, weshalb er schweigend seine langen Finger in seinem Bart vergrub und sich wünschte, diese entsetzliche Frau wäre nie geboren worden.

Ruth sah ihn dankbar an, während sie ihren Pelz an ihren dünnen Hals drückte und den Beweis für die Richtigkeit seiner Worte erbrachte, indem sie fürchterlich hustend an ihr Alter erinnerte. Sie hatte das Gefühl, daß sie nach der Begegnung mit der ohnmächtig werdenden Milly eine Pause verdient habe und folglich ans Ende der Liste gesetzt werden müßte. Merkwürdigerweise hatte auch sie die vage Hoffnung, daß Milly zu diesem späteren Zeitpunkt geläutert sein würde.

»Ich hoffe, dir ist nicht kalt, Liebste?« fragte Alec sie mit der Besorgnis eines liebevollen Ehemannes; und Fred, der es ebenfalls nicht an Aufmerksamkeit gegenüber seiner Gattin mangeln lassen wollte, sagte: »Was hast du gesagt, altes Mädchen?«, als Mabel eine leise Bemerkung machte, und George, der kein Mann vieler Worte war, zeigte der seinigen seine Zuneigung, indem er sich bückte und eine Likörpraline aufhob, die ihr versehentlich auf den Teppich gefallen war, und sie mit seinem Taschentuch von den Flusen befreite, bevor er sie ihr zurückgab.

Nur Bertie verzichtete auf jegliche Liebenswürdigkeit seiner Gattin gegenüber. Er mochte Edith nicht, warum sollte er sie jetzt besser leiden können, nur weil die arme kleine Milly aus den Schienen geraten war? Im Gegenteil, es verstärkte seine Abneigung gegen Edith, deren dünnlippige Tugendhaftigkeit ihn gerade jetzt mehr denn je erboste. Er war ein Mann, der zur Untreue neigte, aber das Gefühl, sie betrogen zu haben, war ihm verhaßt. Mit gerötetem Gesicht, weil er wegen seiner Sorgen soviel Portwein nach dem Essen getrunken hatte, saß er in der Nähe seiner Brüder, um Ediths Gegenwart wenigstens nicht hautnah spüren zu müssen. Seine Sorgen betrafen Milly, deren Seitensprung ihm einen Schock versetzt hatte. Milly auf Abwegen? Kaum zu glauben. Doch ihr plötzliches Verschwinden war kaum anderweitig zu erklären - sie war geflohen, weil sie mit Recht Angst vor der Reaktion der Familie hatte, und Angst wiederum hatte sie, weil ihre Schuld durch Ernests Testament aufgekommen war.

Bertie war sich nicht im klaren darüber, ob er ihr Verhalten verdammen oder ob er Freude darüber empfinden sollte, daß es der armen Seele gelungen war, ihr schreckliches Leben mit diesem Schuft Ernest durch ein bißchen außereheliches Glück aufzuwerten. Aber was war in London geschehen? Welche unerwartete Katastrophe hatte sie bewogen zurückzukommen? Die

Geschichte, die sie Ruth und George versucht hatte weiszumachen, daß sie wegen des Geldes in London gewesen sei, war eine Ausrede, nichts weiter. Nun, er freute sich für sie, daß Jenkyns ihr das Geld ausgehändigt hatte, und es erfüllte ihn mit wohltuender Schadenfreude, wenn er daran dachte, daß George und die anderen nie herausfinden würden, wie sie in den Besitz der tausend Pfund hatte gelangen können. Dieser Jenkyns war natürlich ein Schurke, aber ein verschwiegener. Und leider sehr hinterhältig, denn er hatte ihm versprochen, ihn anzurufen, sobald Milly sich bei ihm meldete, es aber nicht getan. Ein Jammer, wirklich, denn er hätte ihr eventuell helfen und sie vielleicht sogar vor dem Schicksal bewahren können, das nun auf sie zukam, weil die Familie sich einbildete, sie von ihrer Schuld reinwaschen zu können, indem sie sie, aus Angst vor einem Skandal, an ihr Herz drückte.

Arme Milly, dachte er, süßer kleiner Pechvogel; ihr Leben lang schien sie an die falschen Männer zu geraten. Erst traf sie auf Ernest, weiß Gott, das Leben mit ihm war kein Zuckerschlecken, und dann traf sie diesen Kerl, der sie offenbar sitzengelassen hatte – warum wäre sie sonst zurückgekommen? Ja, Bertie machte sich wirklich ernsthafte Sorgen um Milly; deshalb trank er schon zum Abendessen mehr Wein als gewöhnlich und schüttete den Portwein hinterher. Und zwischen seinen Brüdern sitzend, dem silbergrauen Alec und dem grüngesichtigen Fred, sah er noch röter aus, als er es wirklich war.

Als einziger der Familie schätzte er Millys Rückkehr nicht besonders. Ihm wäre es lieber gewesen, sie wäre fortgeblieben, er hätte sich dann einbilden können, ihr Liebhaber besäße wenigstens einen gewissen Anstand. Bertie konnte überhaupt nicht begreifen, daß man Milly Böses antat – so eine weiche kleine Frau, die immer freundlich war. Wie konnte sich ein Mann derartig mies verhalten? Er selbst war gegenüber den Frauen, mit denen er etwas zu tun hatte – so wie Milly mit diesem Kerl –, immer die Güte selbst. Abgesehen von Edith vielleicht, aber das war ja auch etwas ganz anderes ... Was sagte George gerade eben?

George erwähnte gerade, daß Milly bereits im Besitz ihrer

Erbschaft sei. »Sie hat mir erzählt, daß sie bei Jenkyns war – und der hat ihr das Geld ausgehändigt.«

»Das ist seltsam«, meinte Fred.

»Sehr seltsam, in der Tat«, stimmte Alec zu und streichelte seinen Bart.

»Ich frage mich, wie sie das geschafft hat«, sagte Fred nachdenklich.

George starrte den Teppich an. »Nun, er muß ihr die Summe geliehen haben«, sagte er. »Jenkyns, meine ich.«

Die Frauen äußerten sich nicht dazu, weil sie nicht verstanden, warum Milly ihr Geld nicht zu diesem Zeitpunkt hätte holen sollen, wenn ihr daran lag; aber Alec und Fred dachten, sie muß Jenkyns becirct haben, weil kein Mann normalerweise einer Frau tausend Pfund lieh, die sie vielleicht nie zurückzahlen würde, außer sie ging ihm um den Bart; wenn sie es aber tatsächlich geschafft hatte, den Anwalt mit dem grimmigen Mund für sich zu gewinnen, wo waren dann die Grenzen ihrer Listen und Tücken?

Ein unerfreulicher Gedanke, sich vorzustellen, dieser offenbar tückischen Frau ausgeliefert zu sein, wenn sie sie erst unter ihrem Dach wohnen ließen. Natürlich würden sie selbst gegen dergleichen gefeit sein, aber ihre Frauen konnten auf die Idee kommen, daß sie es nicht waren, und dann . . .

»Ich glaube, ich rufe Jenkyns einfach mal an«, sagte Fred.

»Das würde ich an deiner Stelle nicht tun«, warf Bertie schnell ein.

»Und warum nicht?«

»Am besten ist es, die Sache auf sich beruhen zu lassen«, meinte Bertie und goß sich ein Glas so voll mit Whiskey, daß für Soda wirklich kaum mehr Platz übrigblieb. »Ich finde es nicht gut, in Millys Vergangenheit herumzustochern. Unsere Strategie sollte vielmehr sein, ihre Vergangenheit völlig zu ignorieren, besonders den letzten Teil, und einen fairen Neubeginn zu versuchen – auf der Basis hoffnungsvollen Vertrauens.«

»Vielleicht solltest dann du derjenige sein, der ihr als erster sein hoffnungsvolles Vertrauen entgegenbringt«, meinte Fred sarkastisch.

»Oh, *nein* . . .«, meinte Berties Frau. »Wir sind doch die Jüngsten von euch allen. Ich meine, Bertie ist der Jüngste. Und damit sind wir die letzten, die dran sind.«

»Übrigens«, fuhr Bertie fort, um die Aufmerksamkeit von dem Thema Jenkyns abzulenken, »ich habe heute mit meinem Anwalt gesprochen. Er ist der Meinung, diese Worte in Ernests Testament – ihr erinnert euch, die Worte, mit denen Ernest darauf hinwies, seine Frau wisse schon, warum er sie enterbe –, diese Formulierung sei diffamierend, und er wird ein Gesuch einreichen, daß sie in der gerichtlichen Bestätigung des Testaments gestrichen wird. Er ist ziemlich sicher, der Richter wird seinem Gesuch stattgeben und bestimmen, daß sie nicht publiziert wird.«

»Ich dachte immer, ein Testament sei etwas Heiliges«, sagte Nora.

»Nicht die Klauseln, die der Richter für ungerechtfertigt und ungerecht befindet«, erklärte Fred, den Berties Neuigkeiten erleichterten.

»Aber es war doch nicht ungerechtfertigt«, sagte Edith.

»Und deswegen kann man es auch kaum ungerecht nennen«, meinte Maud.

»Wie dem auch sei, man wird diesen Satz herausstreichen«, sagte Bertie kurz angebunden. »Und wir können alle von Glück reden, daß Ernests niedere Gelüste auf Rache nach seinem Tod somit im Keim erstickt werden.«

»Das stimmt, dafür sollten wir dankbar sein«, sagte Fred und sah in die Runde. »Auf diese Weise ist es sehr viel leichter, Milly vor einem Skandal zu bewahren.«

Und da Alec der gleichen Meinung war und hinzufügte: »In der Tat, das müssen wir«, und George zustimmend nickte, mußten sich die Frauen und Schwestern wohl oder übel damit abfinden.

Das änderte aber nichts daran, daß sie empört waren, wie Bertie über den armen Ernest sprach. Schon am Tag seines Begräbnisses hatte er Dinge gesagt, die kaum zur Ehre des Toten gereichten, und auch seine jetzigen Äußerungen waren weit davon entfernt. Edith sollte wirklich dafür sorgen, daß er sich besser benahm und sich zurückhielt, wenn es angebracht war. Und Edith, die Bertie mit schmalen Augen beobachtete, hatte plötzlich einen furchtbaren Verdacht. Vielleicht, dachte sie, hat Ernest sich nur deswegen nicht von Milly scheiden lassen, weil er wußte, daß es sich bei dem Rivalen um ...

Nein, das durfte sie einfach nicht denken; sie mußte diese Idee schon in ihren Anfängen aus ihrem Verstand verbannen, wenn sie ihren Seelenfrieden erhalten wollte; und sie bat Nora, das Fenster zu öffnen, weil ihr plötzlich sehr schlecht war.

Kaum war das Fenster geöffnet worden, erinnerte ein Hustenanfall an Ruths Anwesenheit.

»Seht ihr?« nickte Alec, als er sich verständlich machen konnte. »Sie braucht dringend eine Luftveränderung. Ich dachte vielleicht an Brighton oder so. Tatsächlich habe ich diesen Plan schon seit Ewigkeiten. Sie hat's auf der Brust«, sagte er und klopfte sich auf seine eigene.

»Nichts weiter als eine Ausrede, alter Mann«, sagte Fred. »Du willst dich nur davor drücken, Milly als erster bei dir aufzunehmen.«

Ruth hielt diesen Augenblick für günstig, derart fürchterlich zu husten, daß ihr dünner Kopf hin und her geschüttelt wurde. Es war wirklich sehr unangenehm für die anderen.

»Den Husten hat sie schon den ganzen Winter«, erklärte Alec, ohne auf Freds Bemerkung einzugehen. »Und ich glaube, in Anbetracht ihres Alters ...«

»Nun, Maud ... wie wäre es, wenn du den Anfang machen würdest?« fragte Fred und sah seine älteste Schwester an. »Warum eigentlich nicht? Nichts spricht dagegen, daß eines von euch Mädchen die erste ist. Schließlich ist das sowieso eher eine Aufgabe für Frauen als für Männer. Warum nicht mit der ältesten Schwester beginnen, wenn der älteste Bruder nicht will?«

»Es ist keine Frage des *Wollens*, Bruderherz«, meinte Alec, während Ruth ihre Meinung hustend kundtat.

»Du machst wohl Witze, Fred«, erklärte Maud ernst, der nicht nur Fred auf die Nerven ging, sondern auch Ruth mit ihrem verdammten Husten. »Edward würde das nie zulassen. Was hat er mit Milly und deren ekelhaften Affären zu tun?«

»Genau ... und wir heißen ja nicht einmal mehr Bott«, erlaubte sich Joan, die andere Schwester, darauf hinzuweisen.

»Wir sollten erst als allerletzte an die Reihe kommen«, sagte Mary, die dritte Schwester. »Nachdem ihr alle schon dran wart.«

Nora lehnte sich aufgeregt vor. »Und wenn George und ich den Anfang machen? Ich würde Milly liebend gern bei mir haben.«

Die anderen sahen sie fassungslos an, bis auf Bertie, der Milly ebenfalls gern bei sich gesehen hätte.

»Also wirklich, Nora!« sagte Berties Frau; und auch Ruth, geschwächt durch ihre Hüstelei, fügte leise hinzu: »Wirklich, Nora.«

»Meine Liebe, wir können nicht einfach aus der Reihe tanzen«, sagte George mit gerunzelter Stirn zu seiner Frau. »Wenn Alec nicht will ...«

»Nicht *kann*«, verbesserte Alec.

»Dann kommt Fred vor uns dran.«

»Ja, ich finde auch, daß ihr, Mabel und du, für mich einspringen solltet, denn ich werde so schnell wie möglich mit Ruth abreisen.«

»Na, wunderbar«, murmelte Mabel schwach.

Freds Augen fixierten unter buschigen schwarzen Augenbrauen die Runde. Ziemlich mies von Alec, sich zu drücken, dachte er. Warum nahm er Milly nicht mit nach Brighton? Genau das würde ein besonders gutes Licht auf die Familie werfen.

Aber er wußte, daß solche Spekulationen sinnlos waren, denn wenn Alec sich einmal etwas in den Kopf gesetzt hatte, dann war absolut nichts zu machen; warum sollte er also nicht mit gutem Beispiel vorangehen und diese Last mit scheinbarer Alertheit und gutem Willen auf seine Schultern nehmen? Und wenn es nur war, um den anderen zu zeigen, wie man sich in einer solchen Situation benahm.

»Alec hat recht«, sagte er und schlug mit der Faust auf den Tisch, auf dem die Gläser standen. »Ich bin dabei. Du doch auch, Mabel? Wir machen den Anfang. Wie lange soll so ein jeweiliger Besuch dauern, haben wir gesagt? Drei Monate?«

»Na, wunderbar«, murmelte Mabel leise.

»Na, sagen wir zwei Monate. Was? Nicht so lang? Sechs Wochen also? Was . . . nicht einmal sechs Wochen? Also gut . . . vier Wochen.«

Damit war entschieden, daß jeder Besuch von Milly einen Monat dauern sollte, wobei Fred den Anfang machte und schon am folgenden Tag Milly bei sich aufnehmen würde.

»Na, wunderbar«, kommentierte Mabel hilflos.

An diesem Abend, um halb zwölf, läutete das Telefon in der kleinen Halle, von der man in den Salon gelangte, in dem die alte Mrs. Bott, die wenig Schlaf brauchte und deshalb bis Mitternacht wach blieb, eine Patience legte.

Ihre jüngste Tochter Katie Noakes, die für ein paar Tage zu Besuch war, lief hinaus, um den Anruf entgegenzunehmen, während die alte Dame friedlich auf die Neuigkeiten wartete, die Katie ihr gleich mitteilen würde.

Denn um Neuigkeiten irgendwelcher Art mußte es sich bei einem Anruf handeln, in diesen Tagen, seit Milly Reißaus genommen hatte – oben, in einem Zimmer im ersten Stock, wartete das frisch bezogene Bett auf Milly. Wie schade, daß sie nicht darin schlief. Statt den sinnlosen Versuch zu unternehmen, vor irgend etwas davonzulaufen, könnte sie ihre müden Glieder zwischen den sauberen, kühlen Laken ausruhen; dort oben, wo ihr niemand weh tun würde. Diesen Kindern fehlte es an Einsicht und Verständnis, sonst würden sie begreifen, wie einfach die Dinge in Wirklichkeit waren. Sie bräuchten sich nur zu küssen und Freundinnen zu sein. Aber einige Familienmitglieder hatten die fixe Idee, daß sie gerügt würden, und die anderen waren von der Idee besessen, daß es ihre Pflicht sei zu rügen. Wenn sie doch nur auf sie hören würden; sie könnte ihnen sagen, daß nichts Gutes dabei herauskam. Spinnereien, so nannte sie diese Ideen, dumme Spinnereien; der Stoff, aus dem die Träume sind, dachte die alte Mrs. Bott, die ihren Shakespeare sogar noch besser kannte als ihre Bibel und ersterem den Vorzug gab, weil ihr Ausländer gleichgültig waren.

»Nun, Katie?« sagte sie, ohne von ihren Karten aufzusehen.

»Milly ist zurück«, berichtete Katie atemlos.

»Was . . . hier?« erkundigte sich die alte Dame und nahm eine Karte auf.

»Nein . . . in Ernests Haus. Nora hat angerufen. Ab morgen wird sie bei Fred wohnen.«

»Sie kommt also nicht hierher?«

»Nein . . . sie wollen sie bei sich in Titford behalten.«

»Aha«, sagte die alte Dame. »Ihr habt euch also alle in der amen Milly geirrt.«

»Ja . . . so scheint es«, sagte Katie errötend.

»Ich hoffe nur, ihr versucht wenigstens, es wiedergutzumachen«, sagte die alte Dame, deren Patience nicht aufging.

»Ja . . . so scheint es«, wiederholte Katie, heilfroh, daß sie als jüngste Schwester als letzte an der Reihe war mit dem Wiedergutmachen.

12

Die Familie Fred Bott lebte im teuersten Viertel Titfords, in dem alle Häuser riesengroß waren und alle Gärten die Ausmaße eines kleineren Golfplatzes hatten. Sie waren stolze Besitzer eines Billard-Zimmers, mehrerer Empfangsräume, eines mit Eichenholz getäfelten Salons mit einer riesigen Treppe, die auf eine Galerie führte, und eines Wintergartens. Außerdem hatten sie einen Butler, und zum Abendessen zog man sich fein an. Kein anderer der Botts beschäftigte einen Butler, obwohl sich manche von ihnen ebenfalls zum Abendessen umzogen, und im Grunde war der Wintergarten die Ursache, die zur Anstellung eines Butlers geführt hatte; denn als Fred anfing, ihn mit Riesenfarnen auszustatten, war es nur noch eine Frage der Zeit, bis er merkte, daß er dringend einen Butler brauchte.

Die Anwesenheit des Butlers erdrückte die wuschelige und unbedeutende Mabel. Sie empfand ihre allein eingenommenen Mittagessen, bei denen er ihr servierte, als absolute Alpträume. Einfach schrecklich, von einem Mann von hinten beobachtet zu werden. Ein Rücken war so etwas Hilfloses, er hatte ja nicht einmal Augen. Sie war sicher, daß der Butler sie nicht besonders schätzte, was sie allein schon daraus entnahm, wie er ihr die Speisen servierte; als mache er ihr persönlich einen Vorwurf daraus. An den meisten Tagen aß sie mittags allein, das heißt allein mit dem Butler. In dem Schweigen, das in dem Raum lastete, konnte sie ihn atmen hören, denn er war einer jener Butler, die atmen, während er hinter ihrem Stuhl stand und darauf wartete, ihren Teller abzuräumen, sobald sie Messer und Gabel darauf ablegte. Sie spürte seinen Atem in ihrem Nacken, wenn er sich beim Servieren über sie beugte, und ihre Haare, die auch mit Haarnadeln nicht zu bändigen waren, bewegten sich dann wie Grashalme im Wind. Sie litt. Da er jahrelang bei einem Bischof beschäftigt gewesen war, war es ihm irgendwie gelungen, ihr das Sprechen von Familiengebeten aufzuzwingen, zu denen weder Fred noch die Jungs erschienen; mit zitternder Stimme las sie Stücke aus der Bibel vor, während die Angestellten ihr mit versteinerten Mienen zuhörten und der Butler auf seine riesige Nase heruntersah.

Mabel fürchtete sich. Er war ein Mann, der von seinen Arbeitgebern erwartete, daß sie Prinzipien hatten. Sein Gott war die Achtbarkeit, sein Standard maß sich an Bischöfen. Wie sollte sie diesem tugendhaften Mann beibringen, daß er vier Wochen lang der armen Milly würde servieren müssen? Ohne Zweifel wußte er alles über Milly; viele unmißverständliche Anzeichen deuteten darauf hin, daß im Dienstbotentrakt ausführlich über Ernests Testament, Millys Verschwinden und den Grund für beides diskutiert worden war.

Niedergeschlagen und ziemlich geistesabwesend hörte Mabel den Instruktionen Freds zu, während sie zu Fuß nach Hause gingen. Warum mußten ausgerechnet sie den Anfang machen? Ziemlich gemein von Alec, sich vor seiner Pflicht zu drücken. Wenn sie sich vorstellte, wie ihr Butler darauf reagieren würde! Noch schlimmer allerdings war die Sache für Rosemary, ihre Tochter; das ernste Mädchen, das seine Osterferien in Jerusalem verbrachte und anglikanische Nonne werden wollte, wurde zu Hause erwartet, bevor Millys Monat um war. Mit Sicherheit würde Rosemary Fragen stellen. Mit Sicherheit würde sie die

Gründe für Millys plötzliche Armut und ihren Aufenthalt bei ihnen im Haus wissen wollen. Der Familie mochte es eventuell gelingen, die Details von Millys abwegigem Lebenswandel zu vertuschen, aber die Armut war etwas, was sich nicht verheimlichen ließ. Ihre Kleidung wie auch ihre Trinkgelder für das Personal würden immer schäbiger werden. Mabel erwog ernsthaft, die Sache mit den Trinkgeldern selbst zu regeln, um die Dienstboten nicht unnötig zu verärgern. Wenn Milly das Haus verlassen hatte, konnte sie ja sagen: »Mrs. Ernest hat mich gebeten, Ihnen das hier zu geben . . .«

Und dann ihre Jungs. Einer war verheiratet, aber die beiden anderen kamen jeden Abend zum Essen nach Hause. Ohne Zweifel hatten sie die ängstlichen geflüsterten Bemerkungen gehört, mit denen, besonders in den letzten zwei Tagen, die Situation kommentiert worden war; ihr war sehr wohl aufgefallen, daß sie ihre Ohren gespitzt hatten, wenngleich sie nichts sagten. Konnte man diese intelligenten jungen Burschen davon überzeugen, daß zwischen Onkel Ernest und Tante Milly alles in Ordnung gewesen war? Und daß er aus einer philanthropischen Laune heraus sein Geld der Wohlfahrt vermacht hatte? Blieb nur zu hoffen, daß sie nie herausfanden, um welche Art Wohlfahrt es sich handelte. Eigentlich dürfte es solche Einrichtungen gar nicht geben, dachte Mabel, nicht, solange es so viele junge Männer auf dieser Welt gab. Warum sollten diese Sünderinnen gerettet werden? Und nun kam ausgerechnet eine solche zu ihnen zu Besuch und sollte als Gast herzlich willkommen geheißen werden, wie Fred ihr auf dem Heimweg nahelegte – sie wünschte sich, Fred würde sie nicht immer so herumkommandieren und es ihr überlassen zu gehorchen, so gut sie es eben konnte. Und Fred klang so entsetzlich entschlossen, was diese Sache betraf; er schien so sicher zu sein, daß es klappen würde, daß es klappen mußte. Typisch Mann, würde er Milly am nächsten Tag abholen, sie an seiner Haustür absetzen und in sein friedliches Büro weiterfahren, während es seiner Frau überlassen war, mit der Situation fertig zu werden.

Ihre müden Beine versuchten, mit Fred Schritt zu halten, an

dessen Arm sie hing. Er hatte ja keine Ahnung von all den Schwierigkeiten, mit denen sie ständig zu kämpfen hatte. Was wußte er schon über den Butler? Er sah ihn morgens und abends und jeweils nur sehr kurz, während Mabel den ganzen Tag über gezwungen war, seine stumme Disziplin zu ertragen. Reichtum ist mit Sicherheit etwas Angenehmes, aber nicht, wenn er zur Anstellung eines Butlers führt, dachte Mabel, der es äußerst unangenehm war, den Mann von dem Besuch Millys in Kenntnis setzen zu müssen. Weitaus weniger unangenehm waren ihr die verschiedenen Stadien ihres zunehmenden Wohlstands gewesen; nachdem sie sich erst einmal an die Annehmlichkeiten gewöhnt hatte, kam sie ganz gut damit zurecht; nur an den Butler konnte sie sich nicht gewöhnen – nicht an diesen speziellen, der mit einer gewissen Arroganz auf sie hinuntersah. Fred davon zu erzählen, war sinnlos, denn er hörte ihr nicht zu; sobald sie davon zu reden begann, stellte er sich taub und blieb es, bis sie aufhörte davon zu reden.

»Am besten gibst du schon heute deine Anweisungen«, sagte Fred, als er die Haustür aufschloß. »Ich werde sie gleich morgen nach dem Frühstück abholen.«

»Angenommen, sie will nicht zu uns kommen«, meinte Mabel, sich verzweifelt an diese letzte Hoffnung klammernd.

»Aber sie muß zu uns kommen. Und sie *wird* kommen«, sagte Fred.

»Oh, Fred . . .«, murmelte Mabel leise.

»Nun komm schon, altes Mädchen, reiß dich zusammen«, ermutigte er sie, obwohl er selbst ziemlich entmutigt war. Er hatte nicht damit gerechnet, den Anfang machen zu müssen, weil er es als selbstverständlich vorausgesetzt hatte, daß Alec sich nicht vor seiner Pflicht drücken würde; nun war er wegen des Zeitdrucks nicht gut vorbereitet. Na ja, dann mußte eben Mabel die Details ausarbeiten und dafür sorgen, daß alles seine Ordnung fand, während er in der Stadt war. Schade, daß sie den Dingen nicht mit etwas mehr Enthusiasmus entgegensah. War eine Frau schließlich nicht weitaus besser geeignet, sich Millys anzunehmen, als ein Mann? Hoffentlich befleißigte sich Milly einer den Umständen angemessen Zurückhaltung, dachte er unruhig, als er seinen Hut aufhängte, weil ihm eingefallen war, wie sie Jenkyns, dem Anwalt, um den Bart gestrichen sein mußte, um von ihm das Geld geliehen zu bekommen. Angenommen, sie benahm sich nicht anständig und probierte ihren Charme an ihm und seinen Söhnen aus, anstatt die Familie bei ihren Bemühungen zu unterstützen, ihren Ruf wiederherzustellen? Soweit er wußte, gab es nichts, was eine gefallene Frau nicht tun würde. Ihr Neffe oder Schwager zu sein, bedeutete keinerlei Schutz; angenommen, so ein weiches kleines Frauchen legte es darauf an, einen Mann nach dem Essen, nach einem guten Essen, wenn seine Frau gerade nicht im Zimmer war, zu . . .

»Ich kommte gleich nach«, sagte er zu Mabel und küßte sie ungewöhnlich zärtlich. »Ich sage nur noch schnell den Jungs, daß ihre Tante zu Besuch kommt.«

Fred ging schnurstracks in die Bibliothek, wo er mit Sicherheit seine Söhne vorfinden würde. Sie verbrachten dort die meisten ihrer Abende, weil sie, genau wie er, das Geldverdienen irgendwelchen Vergnügungen vorzogen.

»Morgen«, verkündete er am Kamin, »kommt eure Tante zu Besuch.«

»Welche?« fragte Percy, der älteste, ebenfalls ohne Enthusiasmus, weil er acht davon hatte, und ohne den Blick zu heben, denn er las gerade *The Financial Times*.

»Tante Milly.«

»Ach so . . . es gibt schlimmere«, murmelte er und las weiter.

»Ich dachte immer, Witwen bleiben zu Hause«, sagte Dick, der jüngere.

Fred gab sich große Mühe, den beiden die philanthropische Anwandlung ihres Onkel Ernest zu erklären, deren Folge war, daß seine Witwe kein Dach mehr über dem Kopf hatte. Er schilderte die Angelegenheit eher in groben Zügen und nicht im Detail und verbreitete sich im allgemeinen über die Tatsache, wie schwer es sei, die wahre Natur eines Menschen zu erkennen, und wie sogar manchmal der eigene Bruder, wie in diesem Fall, Ideale in seinem Herzen trug, von denen nie jemand etwas geahnt hatte.

»Arme alte Tante Milly«, meinte Dick.

»Ja, das finde *ich* auch . . . aber ich bin ja auch kein Wohltäter«, sagte Fred. »Jedenfalls müssen wir ihr helfen.«

»Meinst du finanziell?« erkundigte sich Percy, den der Artikel, den er gerade las, zu faszinieren schien.

»Nein, indem wir nett zu ihr sind«, sagte Fred.

»Nun, Nettigkeit kostet wenigstens nichts«, sagte Dick.

»Für mich ist das kein Problem, ich mochte Tante Milly immer sehr gern«, sagte Percy.

»Ja, die Alte ist in Ordnung«, stimmte Dick zu.

»Aber ich verstehe nicht, warum Onkel Ernest . . .«, begann Percy und sah zum erstenmal hoch.

»Das habe ich doch erklärt. Seit zehn Minuten tue ich nichts anderes . . . wenn ein Mann von dem Wunsch besessen ist, den Wohltäter zu spielen . . .«

Fred unterbrach sich und nahm seine Uhr heraus. »Ich gehe zu Bett«, sagte er abrupt. »Es war ein anstrengender Tag, und ich bin hundemüde.«

*

Es war schon zwölf, als Milly endlich eintraf. Fred, der um neun, wie verabredet, in das Haus in der Mandeville Park Road fuhr, war gezwungen gewesen, die ganze Zeit zu warten, während sie packte; aus Angst, Milly könne erneut auf dumme Gedanken kommen, opferte er den Vormittag, den er eigentlich in seinem Büro hätte verbringen sollen, und wartete geduldig, bis sie fertig war, weil er sie persönlich bei Mabel abliefern wollte.

Milly leistete keinerlei Widerstand. Wie ein Lamm fügte sie sich in ihr Schicksal. Bei seiner Ankunft lag sie noch im Bett – die Zofe erzählte ihm, daß Mrs. Ernest sich den Abend zuvor nicht wohl gefühlt hätte –, stand aber sofort auf, als sie hörte, daß er mit ihr zu sprechen wünschte. Als er sie davon unterrichtete, daß sie abwechselnd bei einem von ihnen wohnen würde, schien sie etwas verwirrt zu sein; aber bald darauf begriff sie offenbar die Tragweite dieser gütigen Geste und bedankte sich, wie es sich gehörte. Während er ihr den Plan erklärte und sie ihm dankte, sahen sie sich nicht an; sie starrte ins Feuer, er starrte zum Fenster hinaus. Und er war es, der darauf bestand, daß sie sämtliche Dinge einpackte, die ihr gehörten, und nicht nur ein paar Schmuckstücke, wie sie es vorschlug.

»Je mehr du hast«, sagte Fred zur Natur außerhalb des Fensters, »desto weniger wirst du wollen.«

»Ja. Ich verstehe«, meinte Milly und beobachtete die züngelnden Flammen.

Lieber Gott, wie lange sie zum Packen braucht, dachte Fred, der alle paar Minuten auf seine Uhr sah; konnte sie sich denn nicht vorstellen, wie wertvoll ein Vormittag für einen arbeitenden Mann war? Lange nachdem er der Köchin erklärt hatte, daß das Personal eine großzügige Abfindung bekommen würde und noch heute das Haus verlassen könne, war Milly noch immer oben in ihrem Schlafzimmer und packte. Eigentlich ist es ziemlich unhöflich von ihr, mich so lange warten zu lassen, dachte er. Noch viel mehr aber ärgerte ihn der Umstand, daß ihn ihre Gegenwart einschüchterte. Als sie das Zimmer betrat, war er außerstande, ihr in die Augen zu sehen. Wirklich, höchst ärgerlich, dieser verkrampfte Zustand. Wenn sie nur ein klein wenig mehr jenen Frauen geähnelt hätte, die . . . Oh, dann hätte er genau gewußt, wie er mit ihr umzugehen hatte. Wenn sie frech und aufmüpfig oder schuldbewußt gewesen wäre, dann wäre er seinerseits in der Lage gewesen, damit fertig zu werden. Aber nichts an ihr deutete auf ihre Verfehlung, auf ihren lasterhaften Lebenswandel hin; im Gegenteil, sie sah noch genauso freundlich und bescheiden aus wie früher, sie war haargenau die kleine, ruhige Taubenfrau, für die er immer schon eine Schwäche gezeigt hatte – wenn er sich auch eingestehen mußte, daß ihr blasses Gesicht, in dem die Augen groß und dunkel wirkten, ihn von Herzen rührte. Sie sah nicht so aus, wie er es erwartet hatte, und das warf ihn völlig aus dem Gleichgewicht. Es kam ihm sogar in den Sinn, daß ihre Verdächtigungen eventuell grundlos waren. Angenommen, erst Ernest und dann der Rest der Familie taten dem armen Ding unrecht?

Der bloße Gedanke daran brachte Fred in allergrößte Verlegenheit. Wie furchtbar peinlich, wenn dem so war. Dann allerdings erinnerte er sich daran, daß sie geflohen und danach zwei Tage und eine Nacht verschwunden war. Dieses Verhalten deutete nicht gerade darauf hin, daß sie unschuldig war, oder?

Andererseits ... war sie zurückgekommen ...

Nun, es hatte keinen Sinn, sich in solche Spekulationen hineinzusteigern; auf jeden Fall, ob schuldig oder unschuldig, war sie eine Närrin, die die Familienehre aufs Spiel gesetzt hatte; um weitere Vorfälle dieser Art zu verhindern, würde man sehr auf sie achtgeben müssen.

Aber als sie endlich herunterkam, eine kleine, triste schwarze Person, und höflich etwas über seine und Mabels Freundlichkeit äußerte, fühlte er sich wieder schüchtern, gerührt und unsicher, denn, du lieber Himmel, viel Freundlichkeit war hierbei eigentlich nicht im Spiel.

Das kann nicht klappen, dachte er, sich zusammenreißend. Genauso muß es Jenkyns ergangen sein. Auch er war wahrscheinlich gerührt und unsicher gewesen und hatte sich deshalb von den tausend Pfund getrennt. Fred, als reicher Mann, wußte den Wert von tausend Pfund genau einzuschätzen, und die Vorstellung, daß ihm Milly bald so leid tun würde, daß er sich seinerseits vielleicht von seinem Geld trennen würde, behagte ihm ganz und gar nicht. Zugegeben, sie sah wahrlich nicht aus wie jemand, der versuchen würde, von irgend jemandem irgend etwas herauszuleiern; aber Vorsicht war besser als Nachsicht.

Er war unendlich erleichtert, als er Milly endlich der Obhut seiner Frau anvertrauen konnte, seiner Mabel, über die er alles wußte und die genau das war, was sie zu sein schien. Seinen Anweisungen entsprechend, erwartete sie sie auf der Türschwelle; und bei ihrem Anblick vergaß er sofort seine Schüchternheit und war imstande, den jovialen Gastgeber zu spielen.

»So, da sind wir«, rief er Mabel munter über die Schulter zu, als er Milly aus dem Wagen half; und Mabel, die mit gerötetem Gesicht und sehr nervös die Stufen herunterkam, streckte Milly ihre schwere Hand entgegen und sagte: »Oh ... Milly. Wie schön.

Wie geht es dir? Ich ... ich freue mich, daß du da bist.« Und Freds Blick auffangend, beugte sie sich hastig vor und berührte mit ihren Lippen den schwarzen Schleier.

Fred wurde immer herzlicher. Während er sie in das Haus begleitete, erklärte er ihr – laut genug, damit es der Butler hören mußte –, daß sie das Haus und alles, was sich darin befand, als ihr Eigentum betrachten solle. »Wir möchten, daß du dich richtig daheim fühlst«, sagte er. »Mabel und ich möchten, daß du dich hier bei uns ausruhst und erholst, und vor allen Dingen tust, was dir Spaß macht.«

Und dann klopfte er Milly sogar auf die Schulter, wenn auch nur des Butlers wegen, sah auf seine Uhr und meinte: »Bis später, meine Damen«, und eilte zu dem wartenden Wagen, Mabel ihrem Schicksal überlassend.

»Fred«, rief sie ihm nach und stolperte die Stufen hinunter. »Du bist doch zum Abendessen zurück? Du wirst dich nicht verspäten?«

Aber Fred, im Fond seines Wagens, hörte sie nicht, weil er sich erleichtert in den Sitz lehnte und die *Times* aufschlug.

Das war das letzte, was Mabel von ihrem Mann durch das Fenster des anfahrenden Wagens sah; und langsam stieg sie wieder die Stufen hinauf, zurück zu der geduldig in der Halle wartenden Milly und dem großnasigen Butler, der seinerseits darauf wartete, die Tür hinter ihr schließen zu können.

Was für ein Paar, mit dem sie hier allein im Haus zurückblieb – was für ein *Paar*, dachte Mabel mit weichen Knien.

»Smith, bitte haben Sie die Freundlichkeit, sich um das Gepäck unseres Gastes zu kümmern«, sagte sie mit der Demut, mit der sie immer mit ihm sprach, »und es in das Mahagonizimmer zu bringen.«

Und dann zwang sie sich, gemäß den Anweisungen ihres Gatten, Milly, die Sünderin, aber auch Schwägerin, sacht am Arm zu berühren.

»Sollen wir hinaufgehen?« fragte sie. »Du möchstest dich sicher frisch machen nach deiner ...«

Entsetzt unterbrach sie sich. Sie hatte sagen wollen: »Nach deiner Reise«, denn so begrüßte man normalerweise ankommende Besucher; nur: Milly hatte ja gar keine Reise unternommen.

»Es war sehr lieb von Fred, mich abzuholen«, murmelte Milly. »Und ich weiß es zu schätzen, daß ihr mich aufnehmt.«

Mabel zog Milly fast ungeduldig in Richtung der Treppe. Natürlich stimmte es, daß sie sie bei sich aufnahmen, aber aus Millys Mund klang es, als suche sie eine Zuflucht; und Fred hatte ihr in der vergangenen schlaflosen Nacht ausdrücklich klargemacht, daß die Bediensteten, koste es, was es wolle, glauben mußten, es handle sich um einen freiwilligen Besuch. Als ob sie, Mabel, darauf Einfluß habe. Als ob das Personal nicht die wahre Bedeutung kannte. Aber Fred stellte sich taub, als sie ihm das zu erklären versuchte. Blieb nur zu hoffen, daß wenigstens Milly sich vorsah, was sie in Anwesenheit der Angestellten von sich gab, und ganz besonders, was sie in Gegenwart des Butlers sagte. Beim Mittagessen, zum Beispiel, würden sie eine halbe Stunde mit ihm zusammen sein müssen, und es wäre schrecklich, wenn Milly sich etwa so benähme, als sei er nicht da; dem Himmel sei vor, daß sie die Wahrheit offenbarte. Sie mußte sie unbedingt darauf hinweisen, vorsichtig zu sein. Sie mußte sie daran erinnern, daß . . .

Mußte Milly wirklich an ihren ruinierten Ruf erinnert werden? War nicht gerade sie der letzte Mensch in dieser Welt, der das auch nur einen Augenblick lang vergessen konnte? Fred bestand darauf, daß dies mit keinem Wort erwähnt werden durfte; Millys ruinierter Ruf hatte ignoriert zu werden. Wie sollte man das aber anstellen, wenn Milly selbst darauf zu sprechen kam? Vielleicht nicht geradeheraus, aber andeutungsweise – eine Bemerkung, wie die von eben? Ich weiß es sehr zu schätzen, daß ihr mich bei euch *aufnehmt!* Und das in Gegenwart des Butlers . . .

»Wir *freuen* uns ja so, daß du bei uns bist«, sagte Mabel; sie sah aus wie eine kleine verängstigte Krabbe, mit ihren schwarzen Knopfaugen in dem roten Gesicht.

Entschlossen drängte sie ihren bleichen Gast die Treppe hinauf; und der Butler, der ihnen von unten grimmig nachsah, dachte bei sich, was für ungehörige Zustände in diesem Haus herrschten; wo kam man denn da hin, wenn man als Butler gezwungen war, sich um das Gepäck und die Wünsche einer Frau zu kümmern, die zwar wie eine trauernde Witwe gekleidet, aber alles andere als eine solche war. In weiße Tücher gehüllt gehört eine solche Person und aus der Kirche ausgeschlossen, dachte er empört. Sein Bischof würde kurzen Prozeß mit einer solchen gemacht haben.

Der Butler – er hieß übrigens auch Butler und hatte sich mit Händen und Füßen gewehrt, als seine neuen Arbeitgeber ihn in Smith umtauften, denn der Bischof hatte ihn ohne Schwierigkeiten bei seinem richtigen Namen angesprochen, und auf die wiederholten Fragen Fremder, warum er seinen Butler Butler nenne, einfach geantwortet: »Weil er ein Butler *ist*« – der Butler erfüllte also höchst widerwillig die Bitte der Krabbe Mabel. Aber als Mrs. Ernest, wie er sie wohl immer noch nennen mußte, ohne ihre Haube mit dem dazugehörigen Schleier zum Mittagessen erschien und er ihr von Trauer gezeichnetes Gesicht, ihr sorgfältig gekämmtes Haar und ihre ehrlichen Augen, die ohne weiteres einer aufrechten Christin gehört haben könnten, erblickte, begann er, sich Gedanken zu machen, die im krassen Widerspruch zu den vorherigen standen; und während er ihr servierte, wurde sein Atem hörbar lauter, denn es fiel ihm auf, wie wachsartig ihre Wangen waren, auf die der Schatten ihrer dunklen Wimpern fiel – womit sie genauso aussahen, wie Wangen nach dem Tod des geliebten Ehemannes auszusehen haben. Und er dachte erstaunt, daß sich diese Mrs. Ernest, genau so wie sie war und ohne daß man etwas an ihr verändern müßte, sehr gut im Bischofspalast an der mittäglichen Tafel gemacht hätte.

Auch Mabel, die sie argwöhnisch beobachtete, mußte zugeben: Milly sah sehr gut aus. Wie verlogen sie ist, dachte Mabel. Wie konnte sie es wagen, so gut auszusehen! Natürlich war das für alle besser, aber wie schaffte sie es? Alle wußten genauestens über sie Bescheid, und das wiederum wußte sie. Mit Sicherheit war ihr klar, daß sie eine Bombe war; also war es die schiere Schamlosigkeit, sich wie eine nasse Zündschnur zu benehmen. Welcher Betrug, sich als Täubchen zu geben, wenn man doch als

Schlange entlarvt worden war. Eine ehebrechende Taube, welch grauenvolle Kombination. Mabel hielt erschrocken in ihren merkwürdigen Gedanken inne.

Ehebrechende Taube. Wie kam sie überhaupt auf so etwas? Welcher unerforschte, häßliche Teil ihres Verstandes gab ihr solche Formulierungen ein? Nie zuvor waren ihr so vulgäre Worte je in den Sinn gekommen. Ging das vielleicht von der Person aus, die mit ihr bei Tisch saß und ganz ruhig ihr Lammfleisch verspeiste? Himmel, was für eine furchtbare Vorstellung: wie entsetzlich, wenn Milly ein Medium sein sollte, dem es gelang, harmlose Gehirne mit schlechten Gedanken zu verseuchen. Das konnte ja heiter werden. Wenn sie an ihre unschuldigen Jungs dachte, die einen ganzen Monat lang jeden Tag mit ihr Kontakt haben würden, und selbst Fred – sie konnte sich nichts Schlimmeres vorstellen, als zusehen zu müssen, wie Fred langsam verpestet wurde.

Mit größter Besorgnis beobachtete Mabel ihren Gast. Eigentlich sollte Milly kein Lamm essen, dachte sie. Irgendwie erschien ihr das nicht richtig, obwohl Mabel nicht hätte sagen können inwiefern. Zugegeben, sie aß nicht gerade mit Genuß; aber trotzdem . . . Lammfleisch. Toast wäre für Witwen angebrachter, dachte Mabel vage; trockener Toast für Witwen, und trockener Toast mit Sicherheit für Sünderinnen. Davon abgesehen, hätte Milly das Lammfleisch abgelehnt, dann hätte sie sagen können: »Warum ißt du denn nichts?« und Milly hätte geantwortet: »Weil ich keinen Hunger habe«, und Mabel hätte daraufhin sagen können: »Du mußt trotzdem etwas essen, das weißt du doch . . .«, auf diese Weise wäre zumindest eine Unterhaltung zustande gekommen.

Denn worüber sollte man mit Milly reden? Über was? Ohne darauf zu achten, wie sie auf ihrem Stuhl saß, was sie sonst immer in Anwesenheit des Butlers tat, suchte Mabel verzweifelt nach Themen, die Milly nicht für taktlos halten würde. Alles schien taktlos zu sein, und gefährlich außerdem. Mit einer Frau, deren Mann erst vor drei Tagen beerdigt worden war, über das Wetter zu reden, schien herzlos. Über die Familie zu klatschen, ging ebenfalls nicht, denn nicht nur war Klatsch als solcher herzlos, sondern auch hatte sich die Familie in letzter Zeit völlig auf die entsetzlichen Diskussionen über Milly konzentriert, worüber sie ja mit Milly schlecht reden konnte. Ernest konnte sie ebenfalls nicht erwähnen; selbst wenn der Butler nicht anwesend gewesen wäre, hätte sie ihn nicht erwähnen können, weil er nicht nur ein gehörnter Ehemann, sondern auch tot war – tröstende Worte Milly gegenüber erübrigten sich also. Das Testament war tabu, Kleidung ebenfalls, weil sie ein Jahr dieselbe tragen würde. Selbst über Gärten ließ sich nicht reden, weil das unweigerlich zu einer Unterhaltung über Blumen führen würde, und Blumen – nun, Kränze wurden eben aus Blumen gemacht; und von da war es nur noch ein winziger Schritt, und man landete bei Friedhöfen. Lieber Himmel, es war wirklich zum Aus-der-Haut-Fahren! Dieses entsetzliche Schweigen, in dem man den Butler so deutlich atmen hörte.

Mabel, deren Röte im Gesicht nicht nachließ, sich eher vertiefte, dachte mit Schrecken an die dreißig Mittagessen dieser Art, die vor ihr lagen – das heißt, nicht ganz, denn Rosemary kam ja vorher nach Hause, was die Dinge allerdings nicht erleichterte, sondern eher verschlimmerte. Natürlich war es auch sinnlos, jemanden aus der Verwandtschaft zum Essen einzuladen, da dies mit Sicherheit abgelehnt werden würde mit dem Hinweis, daß sie noch viel Zeit mit Milly verbringen müßten, wenn sie erst einmal selbst an der Reihe waren. Wenn man doch nur *wirklich* wüßte, was Milly getan hat, dachte Mabel – oder vielmehr mit *wem*, denn welches Gebot sie gebrochen hatte, war ihr ja klar –, es würde einem gewiß helfen. Dann wüßte man wenigstens, woran man war. Ruth hatte ihr am vergangenen Abend zugeflüstert, daß Milly in Georges Wagen in der Mandeville Park Road angekommen war; damit wolle sie zwar nichts andeuten, aber Tatsache war eben, daß es sich um *Georges* Wagen handelte. Wahrscheinlich gab es dafür eine harmlose Erklärung; aber es bewies doch, wie unangenehm es war, daß alle im dunkeln tappten; da kam man natürlich leicht auf abwegige Gedanken. George? Ihr eigener Schwager? Oh, nein . . . ausgeschlossen. Er trug doch diese abscheuliche Hornbrille. Mit so jemandem konnte man doch unmöglich das tun, was Milly getan hatte. Und wenn Milly nun gar nichts getan hätte, dachte Mabel gegen Ende der Mahlzeit, wenn Ernest sie fälschlicherweise beschuldigt hätte? Also, das wäre wirklich die Höhe . . .

*

Als endlich der Butler das Ritual letzter Handgriffe ausübte und sie das Eßzimmer und damit Smith und seinen unangenehmen Atem verlassen konnten, erkundigte sich Mabel bei Milly, ob diese sich nicht bis zur Teestunde in ihrem Zimmer ausruhen wolle, wärend die Zofen ihre Kleider auspackten. Es wäre wirklich für alle das beste, wenn Milly die meiste Zeit in ihrem Bett verbringen würde, dachte Mabel; das würde zweifellos viel Kummer ersparen.

»Möchtest du denn, daß ich mich ausruhe?« fragte Milly demütig.

Was für eine taktlose Bemerkung, dachte Mabel errötend.

»Es geht nicht darum, daß ich es *möchte*«, sagte Mabel beleidigt. »Ich dachte nur . . .«

Milly ging in ihr Zimmer hinauf, um sich auszuruhen. Mabel wies die Zofe an, dem Gast um fünf Uhr den Tee in ihrem Zimmer zu servieren, rannte zu ihrem Wagen und fuhr bis nach Kent, weil sie wußte, daß sie dann erst kurz vor dem Abendessen zurück sein konnte. Bei ihrer Rückkehr verharrte sie einen Moment vor Millys Zimmertür und hörte dahinter zu ihrer Überraschung eine männliche Stimme.

Percy. Es war einwandfrei Percys Stimme.

Percy bei Milly. Nun, warum auch nicht? War es nicht völlig normal, daß er seine Tante begrüßte, wenn er aus dem Büro nach Hause kam? Merkwürdig, daß sie das störte. Tatsache war, daß Percy nichts wußte, nichts wissen konnte, denn jeder in der Familie hatte darauf geachtet, weder den aufschlußreichen Satz aus dem Testament noch Millys Verschwinden der jüngeren Generation gegenüber zu erwähnen; trotzdem störte es Mabel, daß ihr Sohn bei seiner Tante war. Es störte sie sogar mehr, als sie sich eingestehen wollte. Vor allem die Tatsache, daß er allein mit Milly war; das wollte sie nun auf gar keinen Fall. Millys Umzug war so rasch vor sich gegangen, daß sie keine Zeit gehabt hatte, darüber nachzudenken, wie sich ihr Besuch auf die Jungs auswirken würde, denn immerhin war sie ja ihre Tante, was die Sache noch schwieriger machte. *Sie* wußten ja nicht, daß ihre Tante eine Ehebrecherin war. Du lieber Himmel, jetzt denke ich schon wieder an dieses peinliche Wort, dachte Mabel. Und ihr kam erst jetzt wirklich zu Bewußtsein, was für ein immenses Opfer Fred von ihr verlangte. Oh, diese Familie soll der Teufel holen; was ging sie deren Ehre an, was kümmerte es sie, wenn die Botts in einen Skandal verwickelt wurden? Sie mußte schließlich an ihre Kinder denken.

»Ich glaube, es ist an der Zeit, sich umzuziehen, Percy«, sagte sie ziemlich scharf, die Tür öffnend.

Percy saß auf dem Teppich vor dem Kamin, während Milly auf dem Sofa ruhte; ein Bild überwältigender Friedlichkeit und so hübsch mit all den Blumen, die sie selbst hinaufgetragen hatte.

»Ist es das, Mutter?« meinte Percy. »Wie du siehst, bin ich bereits umgezogen. Ich bin heute früher nach Hause gekommen, um Tante Milly zu begrüßen.«

»Oh«, sagte Mabel und schloß die Tür; mißmutig ging sie in ihr Schlafzimmer und stellte sich vor den großen Spiegel, um ihr Haar hochzustecken, das schon voller Haarnadeln war; und dabei fragte sie sich, ob es nicht vielleicht wichtiger war, die friedliche familiäre Atmosphäre in ihrem Haus zu erhalten – in Gottes Namen mit langen Gesprächen –, als Millys Ruf zu retten. Warum sollte sie bei Millys Rehabilitierung helfen? Weil die Botts – oh, wie satt sie diese Botts hatte – sagen würden, daß nur so ein Skandal vermieden werden konnte. Sie wußte, daß dies die Antwort auf ihre Frage war, aber – ganz ehrlich – das war ihr von Herzen Wurscht.

*

Beim Abendessen jedoch, angesichts der teilnahmslos wirkenden Milly, schämte Mabel sich ihrer verwerflichen Gedanken – vielleicht auch, weil Fred und die Jungs anwesend waren. Das war ziemlich ekelhaft von ihr gewesen; sehr ekelhaft, um ehrlich zu sein. Voller Reue kümmerte sie sich besonders aufmerksam um Milly, unterstützte emsig Freds Bemühungen, ein herzliches Gespräch zu führen, kurz, sie tat ihr Bestes.

Fred belohnte sie mit einem anerkennenden Blick, worauf sie sich noch mehr Mühe gab. Dank der Anwesenheit ihrer Männer, und besonders dank Percy, der sich seiner Tante gegenüber nicht anders benahm als früher, war das Abendessen sehr viel leichter zu überstehen als das Mittagessen, wie Mabel mit Dankbarkeit im Herzen zur Kenntnis nahm. Wenn die Unterhaltung ins Stocken zu geraten drohte, überbrückte Fred geschickt die Pausen, indem er mit seinen Söhnen über Geschäftliches sprach.

Aber leider war sich Mabel immer noch sicher, daß sich dieses merkwürdige Gefühl, das sie vor Millys Zimmertür empfunden hatte, bei dem geringsten Anlaß wiederholen würde. Es war unfair und vielleicht auch völlig unbegründet, aber sie würde sich nicht dagegen wehren können. Fred hatte sie wirklich in eine unmögliche Situation gebracht. Früher oder später ...

Nach dem Essen begaben sich alle in den Wintergarten, um den Kaffee dort zu trinken; es wurde sogar der Springbrunnen in Betrieb gesetzt, um dem Butler deutlich zu machen, daß es sich bei Milly um einen besonderen Gast handelte; dann nahmen sie Milly mit ins Billardzimmer, wo sie den Jungs beim Spiel zusahen, wenngleich die Kugeln des dichten Zigarrenrauchs wegen häufig aus der Sicht gerieten; und nach einiger Zeit wechselten sie in den Salon, um sich ein paar Platten anzuhören, dankbar, daß die Musik jegliche Unterhaltung verbot, und Mabel achtete sehr aufmerksam darauf, daß Dick seine Auswahl auf ernste Stücke beschränkte.

Wie wunderbar, sich nicht unterhalten zu müssen, dachte Mabel. Wenn sie es schafften, das einen Monat lang durchzuhalten, dann gelang es vielleicht, das Schlimmste zu vermeiden. Ärger entstand meist erst dann, wenn die Menschen miteinander redeten. Kein Wunder, daß die Restaurants Kapellen engagierten.

Für Mabel und Milly endete der Abend mit einem Glas Sprudel, das ihnen Fred um punkt zehn Uhr servieren ließ; fünf Minuten später wünschte man Milly gute Nacht, und Mabel brachte den Gast nach oben. Sie knipste die Lampen an, überzeugte sich davon, ob die Zofe auch nicht vergessen hatte, das Bett mit einer Wärmflasche anzuwärmen, schüttelte die Kissen auf.

Sie gestand sich ein, daß sie sich vor dem Augenblick fürchtete, in dem sie sich von Milly verabschieden mußte. Würde sie sie küssen müssen? Ja; darum würde sie wohl kaum herumkommen.

»Also dann . . . Gute Nacht, Milly.«

»Gute Nacht, Mabel.«

»Ich hoffe, du hast alles, was du brauchst.«

»Ich bin sicher, ich habe alles, was ich brauche.«

»Gut, dann . . .«

Mabel zwang sich zu dem, was unvermeidlich schien. Sie hauchte einen Kuß auf Millys bleiche Wange.

»Ich glaube, sie schläft«, sagte Mabel, als sie erleichtert wieder nach unten kam.

»Schon?« fragte Fred überrascht mit einem Blick auf seine Uhr.

»Nun, nicht *wirklich*, meine ich«, stotterte Mabel, außerstande zu erklären, was sie eigentlich damit meinte.

*

Milly stand bewegungslos in dem luxuriösen Raum und starrte auf die Tür, durch die Mabel mit so offensichtlicher Erleichterung verschwunden war.

So also ist es, dachte sie, und so würde es auch in Zukunft bleiben. Die Botts hatten sich entschlossen, das kurzfristig verlorengegangene schwarze Schaf wieder in ihrer Mitte aufzunehmen, und zwar mit der allergrößten Liebenswürdigkeit, auch wenn diese ihnen noch so schwerfallen mußte. Und obwohl sie sie für schuldig hielten, benahmen sie sich, als seien sie von ihrer Unschuld überzeugt.

Titford ... Familienehre ...

Mit unendlich langsamen Bewegungen zog sie die Haarnadeln aus ihrer Frisur, in dem Bestreben, ihren unendlich schweren Kopf von überflüssigem Gewicht zu befreien, und ließ eine nach der anderen auf den Teppich fallen, ohne zu merken, was sie tat. Was für eine merkwürdige und unerwartete Entwicklung, dachte sie. Offenbar begann nun die Epoche, in der ihr die Möglichkeit gegeben wurde, endlich zu büßen – denn eine Buße blieb es, auch wenn sie sich liebenswürdig präsentierte.

Dieses Lächeln; es paralysierte sie. Natürlich wußte sie, daß sie weder das Recht noch die Möglichkeit hatte, sich ihre Strafe auszusuchen; aber, lieber Himmel, wieviel lieber wäre es ihr gewesen, man hätte sie beschimpft und mißhandelt. Sicher, das wäre im ersten Augenblick unangenehm, aber andererseits hätte sie dann zumindest eine Chance gehabt, anschließend ihres Weges zu ziehen. Doch die Botts hatten sich für eine Strategie entschieden, die sie um keinen Preis mehr aufgeben würden, außer sie würde etwas wirklich Gemeines tun: verlegene Freundlichkeit, gespielte Zuneigung. Soweit sie es beurteilen konnte, war sie gezwungen, den Rest ihres Lebens mit den Botts zu verbringen und deren falsche, honigsüße Art zu ertragen.

Indem sie als Gast von einem zum anderen weitergereicht wurde! Der Anfang ihrer Reihum-Besuche war bereits gemacht. Sie konnte es kaum glauben. Langsam begann sie, ihr Haar zu zwei Zöpfen zu flechten, wie sie es immer vor dem Zubettgehen tat. Ob man sie ihres Weges ziehen ließ, wenn sie alle besucht hatte? Oder war dann wieder Fred an der Reihe, und sie mußte ihre Besuche fortsetzen, bis der Tod schließlich alle Beteiligten von dieser Qual erlöste? Die armen Botts. Auch sie kamen so in den Genuß des Büßens. War es gerecht, daß die arme Mabel mit ihrem geröteten unglücklichen Gesicht sich zu Küssen und liebenswürdiger Gastfreundlichkeit überwinden mußte, weil sie heroisch versuchte, sich strikt an die ihr gegebenen Anweisungen zu halten? War es gerecht, daß sie wegen Arthur, den sie nie gesehen hatte, leiden mußte?

Es war nicht gerecht; aber Milly, die mechanisch ihre Zöpfe flocht, wollte kein Ausweg aus dem Dilemma einfallen. Da die Familie so offenkundig darauf bestand, daß sie unschuldig war –, was blieb ihr anderes übrig, als das Theater zu spielen und sich dementsprechend zu benehmen, wenn sie ihnen ihre Aufgabe nicht unnötig erschweren wollte? Und wie ließ sich das mit ihrem Entschluß, nicht mehr zu lügen, vereinbaren?

»Das kann ich nicht – ich kann es einfach nicht!« sagte sie laut und verzweifelt und wußte doch im selben Moment, daß sie keine andere Wahl hatte. Hatte sie sich nicht geschworen, es an den Botts wiedergutzumachen und sich jedem ihrer Wünsche zu fügen? Wenn sie der Meinung waren, daß dies der beste Ausweg aus der Situation war, in die sie durch ihre Schuld geraten waren, dann blieb ihr nichts anderes übrig, als ihnen, so gut sie konnte, zu helfen. Was für eine Strafe! Was für eine Strafe für alle! Ja, wenn sie ihr so freundlich und liebenswürdig entgegengekommen wären, obwohl sie sich etwas zuschulden hatte kommen lassen – dann hätte sie, bis an ihr Lebensende, mit echter Dankbarkeit und spontaner Liebe reagieren können.

Doch daran zu denken erübrigte sich und war außerdem dumm. Welches Recht hatte sie auf echte Zuneigung einer Familie, die sie entehrt hatte? Die Botts waren schließlich keine Heiligen, und nur Heilige konnten Sünder akzeptieren. Davon abgesehen, um noch einmal bei der Wahrheit zu bleiben, würde sie auch nur den winzigsten Gedanken an die Botts verschwendet haben, wenn sie Arthur geheiratet und mit ihm glücklich geworden wäre?

»Oh, was bin ich für ein verachtenswertes Wesen«, sagte sie laut und starrte mit weit aufgerissenen Augen ins Nichts.

13

Der nächste Tag war ein Samstag; doch obwohl der Gong laut durch das Haus hallte, erschien Milly nicht zum Frühstück.

Mabel, die sich wegen der vom Butler aufgezwungenen Gebete immer als erste im Eßzimmer einfand, rückte nervös die völlig richtig plazierten Kaffeetassen zurecht, ohne die Tür aus den Augen zu lassen; die Minuten vergingen; als erster erschien Percy, dann Fred und zuletzt Dick, und alle begannen, ihr Porridge zu essen; doch Milly war immer noch nicht aufgetaucht, als sie sich bereits ihren Würstchen widmeten.

Sie verspätete sich. Erleichterung schlich in die Mienen der Anwesenden. »Sie verspätet sich«, flüsterte Mabel leise, um das Schicksal nicht herauszufordern.

Nach zehn Minuten lockerte sich die Stimmung am Frühstückstisch merkbar. Niemand verspürte den Wunsch nach Millys Anwesenheit, nicht einmal die Jungs, die das Gefühl hatten, daß die bleichgesichtige, schwarzgekleidete Tante nicht zu ihrem Heißhunger paßte, mit dem sie die Würstchen verzehrten; und Fred konnte sich des Eindrucks nicht erwehren, daß die fingerdicken Dinger auf seinem Teller immer köstlicher schmeckten, je mehr sich Milly verspätete; und Mabel wurde immer besserer Laune, weil sie so dankbar über das Fehlen ihres Gastes war.

Während des Betens hatte Mabel ängstlich die Tür beobachtet, falls Milly auftauchte, bevor sie damit fertig waren. Denn schon am ersten Tag war es Mabel aufgefallen, daß Milly ein überkorrekter Gast war, der nicht nur pünktlich erschien, sondern eher ein oder zwei Minuten zu früh; deswegen hatte Mabel befürchtet, daß sie auch an ihrem ersten Morgen überpünktlich zum Frühstück kommen würde – weil sie sich mit Sicherheit vorgenommen hatte, in kleinen Dingen sehr korrekt zu sein, nachdem sie sich im Großen als Unruhestifterin bewiesen hatte – und damit mitten in das Gebet platzen würde.

Mabel wollte auf keinen Fall, daß Milly bei der Beterei anwesend war. Daher leierte sie die frommen Verse mit rasanter Geschwindigkeit herunter und wagte erst wieder Luft zu holen, als sie damit fertig war und das Porridge serviert wurde. Wie hätte sie in Millys Gegenwart beten können? Schlimm genug, es unter den strengen Blicken des Butlers tun zu müssen, aber zumindest war dieser als äußerst moralischer Mann bekannt. Mabel war sicher, daß ihr die Bibelverse auf den Lippen vertrocknen würden, wenn Milly anwesend wäre. Sie hatte sogar am Abend zuvor versucht, den Gast zu überreden, das Frühstück im Bett einzunehmen, aber Milly schien nicht nur ihre Tugend, sondern auch ihre Einfühlsamkeit – die von den Männern immer so gelobt worden war – verloren zu haben und bestand darauf herunterzukommen. Wahrscheinlich, so nahm Mabel an, um keine Umstände zu machen; dabei war der weitaus schlimmere Umstand doch der, daß sie frei im Haus herumwandern und damit in Kontakt mit den Jungs kommen konnte, und alle gezwungen waren, Theater zu spielen.

Das Bett war effektiv der beste Platz für Milly, dachte Mabel, als sie Kaffee einschenkte, während sie mit einem Ohr auf eventuell näher kommende Schritte lauschte. Das Idealste wäre, wenn Milly krank würde – nichts Ernsthaftes natürlich, aber immerhin krank genug, um mindestens eine Woche das Bett hüten zu müssen. Eigentlich war es geradezu die Pflicht einer Frau, die durch einen schrecklichen Autounfall gerade eben erst zur Witwe gemacht worden war, einen Zusammenbruch zu erleiden. Das war es, was Menschen erwarteten; alle würden es als normal empfinden; und wenn das Leiden sich über einen Monat lang hinzöge, dann würde Mabel sich mehr als glücklich schätzen und nicht, wie im Augenblick, das Gefühl haben, benachteiligt zu sein, weil sie Milly als erste bei sich aufnehmen mußte. Was könnte einen Besuch angenehmer gestalten? *Jeden* Besuch übrigens, dachte Mabel, die ihre Rolle als Gastgeberin noch nie gemocht hatte. Solange Milly gezwungen wäre, in ihrem Zimmer das Bett zu hüten, würden nur die Zofen und Mabel sie zu Gesicht bekommen, was wiederum bedeutete, daß Percy außer Gefahr wäre, daß Fred nicht gezwungen wäre, Konversation zu machen, daß der Butler keine Sünderin bedienen müßte.

Als Antwort auf diese heimlichen und unausgesprochenen Wünsche kam in diesem Augenblick der Butler herein, der während des Frühstücks nur gelegentlich die Familie in Atem hielt, mit der Nachricht, daß Mrs. Ernest sich entschuldigen lasse, aber heftiger Kopfschmerzen wegen oben bliebe.

Entschuldigen? Oh, liebend gerne, dachte Mabel.

»Aber natürlich, natürlich«, rief Fred besonders herzlich und nahm sich ein großes Stück Butter. »Im Bett ist man am besten aufgehoben, wenn man . . . wenn man nicht . . . lassen Sie ihr die Nachricht zukommen, Smith, wir sind alle sehr glü . . . wir sind alle sehr froh . . . ich meine, es tut uns leid. Nein, warten Sie . . . Mabel, am besten gehst du hinauf, sieh nach, ob sie alles hat . . . muntere sie ein bißchen auf und sag ihr, sie soll auf sich aufpassen . . . das ist alles, Smith . . . und dann kannst du sie gleich fragen«, fuhr er an Mabel gewandt fort, deren gute Laune bei der Aussicht hinaufgehen zu müssen bereits wieder im Schwinden war, »wo sie ihre tausend Pfund hat.«

»Was für tausend Pfund?« fragte Percy und hörte zu essen auf.

»Die Erbschaft deiner Tante«, erklärte Fred kurz angebunden, der es bedauerte, daß ihm die Bemerkung vor den Jungs herausgerutscht war. So schnell kam eins zum anderen, und weiß Gott, die Dinge, die Milly betrafen, waren allesamt verdammt unerfreulich.

»Ich dachte, sie hat nichts geerbt. Gestern abend hast du doch gesagt . . .«

»Gib mir die Marmelade, bitte«, befahl sein Vater.

»Wie hat sie es denn geschafft, so bald an den Zaster ranzukommen?« insistierte Percy. »Ich dachte . . .«

»Das glaube ich wohl«, unterbrach ihn sein Vater und brachte ihn mit einer Bewegung des Marmeladenlöffels zum Schweigen. Mabel, im Begriff, ihrem Mann zu gehorchen, war bereits aufgestanden und hatte dabei Kaffee verschüttet, den sie nun mit ihrer Serviette aufzusaugen versuchte, als Fred fortfuhr: »Sie muß das Geld oben in ihrem Zimmer haben. Sag ihr, daß es leichtsinnig wäre, es übers Wochenende so lose herumliegen zu lassen. Am Montag werde ich es für sie anlegen, aber bis dahin ist es in meinem Safe sicherer aufgehoben. Sag ihr, sie soll es dir geben.«

»Aber Fred . . . soll ich das wirklich? Sie hat doch Kopfweh«, meinte Mabel. Warum spricht er nicht selbst mit Milly, wenn es um etwas Geschäftliches geht, dachte sie erzürnt. »Ich glaube nicht, daß ich sie damit jetzt belästigen kann, wenn sie sich nicht wohl fühlt.«

»Dann sieh dich im Zimmer um, bis du es findest.«

»Aber Fred . . .«, protestierte Mabel schwach.

»Es ist den Angestellten gegenüber nicht fair, eine solche Summe im Zimmer einer Frau herumliegen zu lassen«, sagte Fred. »Das muß sie ja auf dumme Gedanken bringen. Davon abgesehen, reden sie dann darüber, und die Folge ist, daß bei uns eingebrochen wird.«

»Lieber Himmel!« rief Mabel, die vor Einbrechern eine Heidenangst hatte; und sie machte sich schnell auf den Weg in den oberen Stock.

Doch als sie klopfte und keine Antwort bekam, öffnete sie die Tür und entdeckte, daß Milly schlief – oder zu schlafen schien. Ihre Augen waren jedenfalls geschlossen und blieben es auch trotz des Lärms, den das Öffnen der Tür verursacht hatte.

»Milly . . .«, begann Mabel.

Keine Antwort.

Sie schläft wirklich, sagte sich Mabel; und fragte sich, ob sie hier oben warten sollte, bis Milly aufwachte, oder hinuntergehen und ihr Frühstück beenden. Sie entschied sich für das Frühstück und schloß leise die Tür hinter sich.

»Sie schläft«, erklärte sie, als sie ins Eßzimmer zurückkam.

»Dann wecke sie eben«, sagte Fred. »Ich muß den Zug um zehn Uhr erwischen, und das Geld will ich vorher in den Safe schließen.«

»Aber ich kann sie doch nicht wecken, wenn sie Kopfschmerzen hat«, protestierte Mabel; und die Jungs schienen der gleichen Meinung zu sein.

Fred hingegen stellte sich stur, wie immer, wenn er eine Entscheidung getroffen hatte. Er legte seiner Familie nahe, ihm die Beurteilung solcher Dinge zu überlassen; er war nicht gewillt, den Verlust von tausend Pfund zu riskieren, weil eine Frau ein

Schläfchen machte und seine Familie es für unangebracht hielt, sie dabei zu stören; außerdem mußte er seinen Zug erwischen. Mabel solle also sofort wieder hinaufgehen, und Mabel, gewöhnt zu gehorchen, wenn Fred in diesem Ton mit ihr sprach, ging.

Doch nachdem sie nun zum zweitenmal die Tür geöffnet hatte und die Lage unverändert vorfand, setzte sie sich über seine Befehle hinweg, was auf die Distanz einfacher war als in seiner Nähe; weder weckte sie Milly, noch suchte sie nach dem Geld, sondern sie schlich auf Zehenspitzen durch den Raum bis zu dem Stuhl vor dem Kamin, in den sie sich setzte und wartete.

Wie herrlich ruhig es hier war, und wie sicher sie sich hier fühlte – es war tatsächlich das einzige Zimmer im Haus, das Fred nicht ohne Erlaubnis betreten durfte. Und das Geld? Nun, darum sollte er sich gefälligst selbst kümmern, wenn er zum Mittagessen nach Hause kam, was in spätestens zwei Stunden sein würde, denn heute war Samstag; bis dahin war Milly sicher wach, vielleicht sogar schon angezogen; sollte er doch selbst mit ihr reden. Und die Einbrecher? Soweit sie über diesen Beruf informiert war, wurde er meist nach Anbruch der Dunkelheit ausgeübt; und die Zofen würden sich ja wohl kaum trauen, nach Geld zu suchen, während sich jemand im Raum befand. Freds plötzliche Anwandlung ist wirklich lächerlich, dachte Mabel, die von Minute zu Minute mutiger wurde. Gestern hatte er das Geld mit keinem Wort erwähnt – obwohl es doch die ganze Nacht irgendwo in Millys Zimmer herumlag. Einfach vergessen hatte er es gestern; und diese Tatsache sprach dafür, daß die Gefahr und das Risiko nicht so immens groß sein konnten, wie er heute plötzlich vorgab.

Mabel machte es sich in ihrem Stuhl bequem, in der Absicht, hier oben zu bleiben, bis Fred in die Stadt gefahren war. Wie angenehm zu wissen, daß er hier nicht einfach hereinstürmen konnte, wieviel leichter ihm nicht zu gehorchen, wenn man sich an einem Ort befand, der für ihn tabu war. Und wenn er später tatsächlich wütend auf sie war, würde sie sich damit herausreden, daß sie sich um Milly kümmern mußte und einfach gar keine Zeit mehr hatte, an das dumme Geld zu denken.

Arme Milly. Nein, man durfte sie nicht wecken. In diesen Tagen ist es bestimmt nicht sehr lustig für sie, wach zu sein, dachte Mabel, dankbar, daß ihr Gast im Bett geblieben war. Es mußte schrecklich für Milly sein zu wissen, daß alle an ihre Schuld glaubten, ob es nun berechtigt war oder nicht. Warum war sie zurückgekommen? Mabel glaubte nicht, daß sie selbst den Mut aufgebracht hätte, schon gar nicht mit tausend Pfund in der Tasche. Warum hatte Milly nicht Zuflucht bei ihrer Schwester gesucht? Hieß es nicht: Gleich und gleich gesellt sich gern . . .?

Aber konnte man überhaupt sicher sein, daß Milly . . .? Im Augenblick ähnelte sie einem braven Schulmädchen, bis zum Hals in die Bettdecke gekuschelt, das sanfte Gesicht von zwei dicken Zöpfen umrahmt. Mabels Gesicht hingegen sah aus wie ein verschrumpelter Apfel, obwohl sie nur zwei Jahre älter als Milly war. Aber waren Falten nicht allemal besser als ein gemeiner Charakter? Vielleicht haben Falten etwas mit Tugend zu tun, überlegte sie, und man besitzt entweder beides oder keines von beiden. Sie betrachtete die Schlafende, bereit, den Blick sofort abzuwenden, wenn sich deren Wimpern bewegten. Seit Ernests Unfall hatte sie zum ersten Mal die Gelegenheit, Millys Gesicht aufmerksam zu studieren; eigentlich ist es eine Frechheit, so gut auszusehen, wenn man dem charakterlich nicht entspricht, dachte sie. Es war dieses anständige Aussehen, das es so schwierig machte, *sicher* zu sein; und es war so beunruhigend, nicht mit *Sicherheit* zu wissen, ob sie oder ob sie nicht . . . Angenommen . . .?

Unsinn; ausgeschlossen, daß sich die ganze Familie irrte; ausgeschlossen, daß ihr eigener Mann sich geirrt haben konnte. Und wenn das doch der Fall war?

In diesem Augenblick öffnete Milly überraschend die Augen und ertappte Mabel nun doch bei ihrem ungehörigen Tun.

»Oh . . . du bist ja wach«, sagte Mabel verlegen, stand auf und ging zum Bett hinüber.

»Du bist nicht böse, daß ich nicht zum Frühstück gekommen bin?« murmelte Milly und streckte ihr die Hand entgegen.

Was blieb einem in einem solchen Fall übrig? Mabel ergriff Millys Hand.

»Aber natürlich nicht«, sagte sie. »Es war angenehm ... ich meine, es ist angenehm zu wissen, daß du genau das tust, worauf du Lust hast.«

»Du bist so freundlich zu mir ... so furchtbar freundlich ...«, sagte Milly und zog ihre Hand zurück. »Aber ich habe entsetzliche Kopfschmerzen.«

»Ich bin *sicher*, die hast du«, sagte Mabel in einem Ton, als wolle sie ihr gratulieren. »Ich meine, es ist völlig normal, Kopfweh zu haben nach all den Aufregungen.«

Milly antwortete nicht darauf. Sie schloß die Augen, und ihr Mund öffnete sich leicht, als sei sie außerstande, die Kraft aufzubringen, erstere zu öffnen und letzteren zu schließen.

Mabel betrachtete sie unruhig. Wurde Milly etwa wirklich krank? Mußte man einen Arzt holen? Es würde natürlich einen äußerst günstigen Eindruck machen, wenn Milly einen Arzt brauchte; aber angenommen, sie bekam hohes Fieber und würde in Gegenwart des Arztes zu reden anfangen, wie es Patienten manchmal taten, wenn sie ihr Gewissen erleichtern wollten? Eine grauenvolle Vorstellung. Nein, so krank zu werden durfte man ihr einfach nicht erlauben. Natürlich mußte sie sich ausruhen, wenn sie müde war; im Gegenteil, das war das beste, was passieren konnte. Die Hauptsache war, Milly blieb im Bett und ihr Zustand veränderte sich weder zum Guten noch zum Schlechten – bis es Zeit für ihren nächsten Besuch wurde. In diesem Fall war Mabel sogar bereit, sie liebevoll zu pflegen.

»Das beste ist, du bleibst im Bett«, sagte sie und versuchte, nicht zu erfreut zu klingen.

»Es stört dich wirklich nicht?« fragte Milly, ohne ihre Augen zu öffnen.

»Unsinn. Wenn man sich nicht wohl fühlt, ist man wirklich im Bett am besten aufgehoben«, meinte Mabel so überzeugend, daß Milly kurz die Augen aufschlug und sie ansah.

Dann drehte sie sich zur Wand und murmelte etwas, das Mabel nicht verstand.

»Was meinst du?«

Aber sie bekam keine Antwort; Milly schien schon wieder zu

schlafen. Auf Zehenspitzen schlich Mabel aus dem Zimmer, in der Gewißheit, daß Fred bereits das Haus verlassen haben mußte, und gab dem Personal die Anweisung, eine starke Rindsbouillon und heißen Tee zuzubereiten.

*

Zehn Tage lang war Milly wirklich krank; glücklicherweise äußerte sich die Krankheit in einem eher komaartigen Zustand und nicht in diesen gefährlichen Fieberanfällen, in denen man dazu neigt, Geheimnisse auszuplaudern – man konnte also ohne Gefahr einen Arzt holen. Keine Krankenschwester, denn denen vertrauten sich Patienten besonders gerne an. Mabel erinnerte sich, bei ihren Entbindungen der Schwester alle möglichen intimen Dinge über Fred erzählt zu haben; allein der Gedanke daran trieb ihr die Schamesröte ins Gesicht. Nein, Mabel würde Milly selbst pflegen, keine besonders schwierige Aufgabe bei einem so apathischen Patienten. Vor allem war sie darüber erleichtert, daß auf diese Weise weder Fred noch die Jungs in Kontakt mit Milly kamen, denn nur sie selbst und der Arzt würden das Krankenzimmer betreten.

Der Arzt war sehr verständnisvoll; es handle sich um die Folgen des kürzlich erlittenen Schocks, meinte er, empfahl strikte Bettruhe und tat damit Mabel einen unendlichen Gefallen. Ihre gute Laune, die auf ihre Dankbarkeit zurückzuführen war, veranlaßte Fred, sich ihr gegenüber besonders nett zu verhalten, und manchmal nannte er sie sogar zärtlich *sein altes Mädchen*, eine Formulierung, die er nur verwendete, wenn er sehr zufrieden mit ihr war; allerdings machte er sich Sorgen, weil er immer noch nicht in den Besitz der tausend Pfund gelangt war.

»Du mußt dich gedulden«, meinte Mabel, die in diesen Tagen endlich das Gefühl hatte, auch einmal wichtig zu sein; und da es schwierig schien, Menschen zu waschen und zu füttern, ohne eine gewisse Zuneigung für sie zu empfinden, ertappte sich Mabel, nachdem sie die geduldige Milly eine Woche lang gepflegt hatte, bei der Vorstellung, daß ihrer Patientin womöglich ein

Unrecht angetan worden war; unbewußt war sie fast versucht, Freds verstorbenen Bruder als *diesen Ernest* zu bezeichnen.

Einmal – sie redete oft, ehe sie nachgedacht hatte – rutschte ihr diese neue Bezeichnung für Freds Bruder in Gegenwart von ihren Schwägerinnen Edith und Maud heraus, die, wie auch die anderen weiblichen Mitglieder der Familie, häufig voller Neugier vorbeischauten, seitdem sie sicher sein konnten, Milly nicht zu begegnen. Überrascht und entsetzt starrten sie Mabel an.

»Mabel, ich werde nicht zulassen, daß du so von meinem armen Bruder sprichst«, sagte Maud, eine geborene Bott.

»Du hast dich von Milly einwickeln lassen«, erklärte Edith, deren dünne Lippen in den Mundwinkeln nach unten kippten.

Oh, wie gerne sie mit einer schlagfertigen Bemerkung auf diese unverschämte Unterstellung reagiert hätte, aber sie gehörte leider zu der Sorte Menschen, denen immer dann nichts einfiel, wenn es darauf ankam.

Wie sich herausstellte, war Ediths Beurteilung von Milly richtiger, als Mabel es je für möglich gehalten hätte. Schon eine Woche später ergab sich die Möglichkeit zu dieser schmerzlichen Einsicht. Wie *konnte* Milly nur . . . nachdem sie sie so aufopfernd gepflegt und umsorgt hatte – und Milly hatte darauf wie ein dankbares Baby reagiert –, oh, nie wieder würde Mabel einem Mann, einer Frau oder einem Kind vertrauen . . . und was den armen Ernest betraf . . .

Vierzehn Tage nach Beginn ihrer Krankheit war Milly – dank der ausgiebigen Ruhe und der starken Rindsbouillon und dank Mabels Fürsorge – so weit erholt, daß der Arzt ihr erlaubte, einige Stunden am Tag auf dem Sofa zu verbringen, um wieder zu Kräften zu kommen; sobald Fred davon hörte, bestand er darauf, Milly seine Aufwartung zu machen. Später erinnerte sich Mabel, daß ihr Instinkt sie gewarnt hatte, weil es ihr seltsam vorgekommen war, daß Fred nicht abwarten wollte, bis Milly kräftig genug war, um nach unten zu kommen. Aber er war so wild entschlossen gewesen, endlich dieses Gespräch mit Milly zu führen, daß Mabel nachgab. Geschäftliches Gespräch! Wie viele Männer mochten diese Ausrede benutzen, um dann das zu tun, wobei sie

Fred erwischt hatte? Und später fiel ihr auch ein, wie er von Tag zu Tag ruheloser geworden war, wie ungeduldig, aber beharrlich er sie über Millys Gesundheitszustand ausgefragt hatte, immer unter dem Vorwand, er müsse mit ihr über Geschäftliches reden. Geschäfte! Nie wieder würde sie ihm glauben, wenn er über Geschäfte mit ihr sprach, dachte Mabel.

»Du kannst nicht zu ihr hinaufgehen«, wehrte sie anfangs ab, da Milly ihrer Autorität unterstand. »Was für eine Idee!«

»Warum denn nicht? Sie ist doch angezogen, oder nicht?«

»Du kannst nicht in Millys Schlafzimmer gehen, Fred. Das gehört sich nicht.«

»Das gehört sich nicht? Aber sie ist doch angezogen, und ich bin ihr Schwager! Sei nicht so albern, Mabel.«

Langsam begann Mabel, gegen ihr Gefühl, nachzugeben. Vielleicht hatte er ja wirklich recht, und es war albern von ihr. Sofas waren schließlich keine Betten, und Milly war völlig angezogen, wenn man davon absah, daß sich in ihrem Haar keine Haarnadeln befanden. Sie konnte Fred den Besuch genausowenig verbieten, wie sie es, damals in der ersten Nacht, Percy verbieten konnte, seine Tante zu begrüßen. Dennoch, die Vorstellung behagte ihr ganz und gar nicht. Fred wußte, daß Milly keine Schwägerin im üblichen Sinn war, oder glaubte es zumindest zu wissen. Mabel selbst hatte ihre Meinung in dieser Hinsicht zwar geändert, weil sie Milly so lange gepflegt hatte, aber ihr war bewußt, daß die Familie sich niemals von ihr überzeugen lassen würde. Und außerdem war Freds Wunsch, in ein *solches* Zimmer zu gehen, einfach unschicklich.

»Warum bestehst du darauf?« fragte sie unsicher. Denn obwohl sie sich in den vierzehn Tagen ein ziemlich autoritäres Verhalten gegenüber Milly angewöhnt hatte, war sie außerstande, sich ihrem Mann gegenüber zu behaupten.

»Ich möchte mich mit ihr über Geschäftliches unterhalten«, sagte er. »Das weißt du doch. Und du weißt auch, welche Sorgen ich mir wegen des Geldes mache. Ich möchte mit ihr darüber reden, wie man die Summe am besten anlegt. Aber dazu muß ich erst einmal herausfinden, wo sich die tausend Pfund befinden.«

»Kann ich nicht versuchen, das herauszufinden?«

»Darum hatte ich dich vor Ewigkeiten gebeten . . . und was ist dabei herausgekommen? Nichts. Also muß ich mich selbst darum kümmern. Ich bin für dieses Geld verantwortlich, der Familie gegenüber. Du scheinst dir nicht im klaren darüber zu sein, was eine Summe von tausend Pfund wert ist. Also sag ihr, daß ich zu ihr komme, sobald sie ihren Tee getrunken hat.«

»Oh, Fred . . . da geht sie doch wieder ins Bett.«

»Also gut, dann morgen.Gleich nach dem Frühstück.«

»Oh, Fred . . . da ist sie doch noch gar nicht wach.«

Mabel hatte den Bogen offenbar überspannt, denn Fred starrte sie einen Augenblick an und sagte dann: »Dann gehe ich jetzt gleich hinauf.«

*

Es war wieder ein Samstag; an einem Samstag vor vierzehn Tagen war Milly krank geworden. Fred hatte sich mit George nach dem Mittagessen zum Golfspielen verabredet. Nun, George würde eben auf ihn warten müssen, sagte sich Fred, denn er würde sich nicht länger von Mabels *Oh's* abhalten lassen, verdammt noch mal. Während der vergangenen zwei Wochen war er häufig mit seinen Brüdern und Schwagern zusammengekommen, die sich einig darin waren, daß es äußerst riskant war, eine solche Summe so lange in irgendeinem Schlafzimmer herumliegen zu lassen, ja, sie fanden es sogar befremdend, daß er das Geld nicht gleich am Tag von Millys Ankunft an sich genommen und in Sicherheit gebracht habe – was einer Zurechtweisung gleichkam; und er ärgerte sich daraufhin noch mehr über sich selbst, als er es ohnehin tat. Doch auf seine Bemerkung hin, er könne ja nicht das Zimmer einer kranken Frau plündern, mußten sie zugeben, daß dies mit Sicherheit die falsche Methode wäre.

»Aber ihr könnt euch auf mich verlassen, ich werde die erste Gelegenheit nutzen«, versprach er; diese erste Gelegenheit bot sich ihm, und er nutzte sie.

Mabel hatte auf ihre Art alles getan, ihn an seinen Absichten zu hindern, und um Milly eine Mauer errichtet – was er, besonders in letzter Zeit, für eine übertriebene Vorsichtsmaßnahme hielt –, aber er würde ihr nicht gestatten, ihn weiterhin von seiner Pflicht abzuhalten, sich um die tausend Pfund zu kümmern. Die Tatsache, daß sich eine solche Summe in seinem Haus befand, hatte ihn, besonders in letzter Zeit, mehrere schlaflose Nächte gekostet, und es ärgerte ihn, daß er dies seiner eigenen Vergeßlichkeit zuzuschreiben hatte; Millys erzwungene Bettruhe, die ihm normalerweise mehr als gelegen kam, war nun, während ein Tag nach dem anderen verging, der Grund tiefster Sorge. Angenommen, das Geld kam in seinem Haus abhanden! Dann würde die Familie ihm die Verantwortung dafür zuschieben und womöglich erwarten, daß er die Summe aus seiner eigenen Tasche bezahlte. Und das fand er alles andere als witzig.

Der Gedanke daran beschleunigte seine Schritte, als er, zwei Stufen auf einmal nehmend, nach oben eilte, laut an Millys Tür klopfte und diese, als er keine Antwort bekam, einen Spalt aufmachte und automatisch herzlich werdend fragte: »Kann ich reinkommen?«

Das Schweigen der Bettlägerigen ließ darauf schließen, daß sie offenbar überrascht war. Dann hörte er Millys leise und schwache Stimme. »Bist du es, Fred? Aber bitte, komm doch herein.«

Sie ruhte auf dem Sofa, das vor den Kamin gerückt worden war; die frühe Nachmittagssonne schien zu den offenen Fenstern herein, liebevoll arrangierte Blumensträuße unterstrichen die Gemütlichkeit des Zimmers. Auf einem kleinen Beistelltischchen zeugten Bücher, Weintrauben und ein Kännchen Tee dafür, daß man sich aufopfernd um die Genesende kümmerte. Sauber und sorgfältig gekämmt, das Haar zu zwei Zöpfen geflochten, ruhte Milly in einem rosaroten Morgenmantel auf dem Sofa. Ohne Zweifel, Mabel hatte sich beinahe selbst übertroffen. Als Fred sie so sah, überkam ihn wieder diese Verlegenheit, die ihm schon zu schaffen machte, als er sie aus der Mandeville Park Road abgeholt hatte. Hatte Mabel recht? Hätte er besser nicht heraufkommen sollen? Er hatte Milly noch nie mit Zöpfen gesehen, ein Umstand, der eine intime Atmosphäre schaffte – und das war nun das letzte, was er wollte. Übertrieben laut und herzlich wandte er sich daher an sie.

»Hallo, Milly. Wie geht es dir? Besser, wie ich sehe. Tut mir leid, daß du krank warst, aber du wirst sehen, wir kriegen dich schon wieder hin. Sobald der Appetit wieder da ist . . .«, fügte er mit einem Blick auf das Tablett mit Essen hinzu. »Prima. Das ist recht so.«

Und er zog den Stuhl heran, in dem sonst Mabel saß, und informierte Milly darüber, daß er mit ihr reden müsse.

Millys Gesicht rötete sich sekundenlang.

»Du mußt wissen, seitdem du krank bist, habe ich mir Sorgen gemacht«, sagte er unüberhörbar ernst, worauf sie ihn überrascht und gerührt ansah.

»Das brauchtest du doch nicht«, murmelte sie. »Mabel war wie ein Engel zu mir.«

»Ich habe mir Sorgen gemacht«, insistierte Fred. »Wegen des Geldes.«

»Welches Geld?« fragte Milly verwirrt. Tatsächlich hatte sie das Geld völlig vergessen. Es gab so viele Dinge, über die sie hatte nachdenken müssen – schließlich galt es, die Vergangenheit zu bewältigen und die Zukunft neu zu arrangieren –, daß ihr die tausend Pfund völlig entfallen waren.

»Welches Geld?« wiederholte Fred, griff nach einer Traube und steckte sie in den Mund, um etwas zu tun zu haben, denn in einem Krankenzimmer konnte er wohl nicht rauchen. »Aber, Milly . . . hast du denn so viel Geld, daß du nicht weißt, von welchem ich rede?«

»Oh, du meinst . . .«

Da sie zum erstenmal nach ihrer Krankheit auf war, machte es ihr ungeheure Mühe, sich auf das Gespräch zu konzentrieren. »Du meinst das Geld, das Ernest mir vererbt hat. Nein, ich habe sonst keines.«

Sie zögerte.

»Das heißt, noch nicht. Nicht, bis ich meinen Schmuck verkauft habe. Ich hoffe . . . das bald erledigen zu können.«

»Eine gute Idee«, stimmte Fred nickend zu. »Aber von George

weiß ich, daß dir deine Erbschaft ausgezahlt wurde, und ich finde, du solltest mir das Geld geben, damit ich es für dich anlegen kann. Ich denke, du kannst mit fünf Prozent Zinsen rechnen. Ich könnte natürlich versuchen . . .« Er machte eine Pause, um die Traube in seinem Mund mit der Zunge zu zerdrücken und andere Möglichkeiten in Betracht zu ziehen. »Nein, lieber nichts riskieren. Besser, wir gehen auf Sicherheit. Natürlich hätte ich dich gleich bei deiner Ankunft um das Geld bitten müssen, dann hättest du nicht die Zinsen von zwei Wochen verloren; es tut mir leid.«

»Aber«, sagte Milly verwirrt, »ich habe es ja gar nicht.«

»Du hast es nicht?« fragte Fred fassungslos. »Aber wie das denn . . . George hat uns erzählt, daß du bei Jenkyns warst und . . .«

»Das ist richtig«, meinte Milly, »aber . . .«

Tiefe Röte schlich sich in ihr rundes Gesicht. Es war ihr bisher nicht in den Sinn gekommen, was für eine unangenehme Überraschung es für die Botts bedeuten würde, wenn sie feststellten, daß sie das Geld nicht mehr hatte. Da sie nicht im entferntesten damit gerechnet hatte, als permanenter Gast der Familie zu enden, nicht im Traum wäre sie auf diese Idee gekommen, warum sollte sie dann diese dumme Geldangelegenheit aus der Sicht der Botts betrachten? Wann hätte sie auch in den drei Tagen, bevor sie erschöpft zusammenbrach, nachdenken sollen? Ständig auf der Flucht von einer schrecklichen Situation in die nächste, war sie einzig und allein ihren Emotionen ausgesetzt gewesen. Aber nun kehrte die Erinnerung zurück; klar und deutlich. Sehr erstaunt sah sie Fred an.

»Aber . . . ich habe . . .«

»Was hast du?« fragte Fred.

»Ich habe das Geld bekommen.«

Fred starrte sie an. »Ja, wo ist es denn dann? Entschuldige bitte meine Frage, aber . . . an dem Tag, an dem ich dich in der Mandeville Park Road abholte, da habe ich dir doch erklärt, daß die Familie beschlossen hat, dich bei sich aufzunehmen, und wir tun das natürlich alle sehr gern, aber . . . selbstverständlich muß das Finanzielle geklärt werden.«

»Ich dachte ... es gehört mir«, sagte Milly, und auf ihrer Oberlippe bildeten sich kleine Schweißperlen.

»Natürlich gehört es dir«, meinte Fred, den ihre Bemerkung zutiefst beunruhigte; er konnte das Gefühl nicht loswerden, weitere Fragen seinerseits würden eine unangenehme Überraschung zur Folge haben, ihn eventuell sogar mit diesem Kerl konfrontieren, mit dem Milly ohne Zweifel in London zusammengewesen war. *Er* hat das Geld, dachte er plötzlich. Und obwohl das keine sehr angenehme Vorstellung war, war er ziemlich sicher, daß es sich so verhielt. Angenommen, er stellte Milly weitere Fragen, bis sie es zugab ... nein, ausgeschlossen! Das würde ja bedeuten ... wie entsetzlich! Das würde bedeuten, daß man die Existenz dieses Kerls und Millys Verhältnis mit ihm nicht mehr ignorieren, den guten Ruf der Familie nicht mehr retten konnte.

Mit nachdenklich gerunzelter Stirn und mit einer Bewegung, die seinen verwirrten Geisteszustand deutlich offenbarte, griff er nach einer weiteren Traube; und Millys Blick folgte furchtsam seiner Hand, bis die Frucht endlich in seinem Mund verschwand.

»Natürlich geht das weder mich noch die anderen etwas an. Wenn du das Geld nicht mehr hast, dann hast du es eben nicht mehr. Solltest du es jedoch zur Bank gebracht haben, dann sage mir das bitte. Versteh mich bitte richtig, aber die Zinsen ... nun, sie bedeuten eine große Hilfe, da wir ...«

»Es ist nicht auf der Bank«, sagte Milly.

Es entstand eine kleine Pause, bis Fred die Traube hinuntergeschluckt hatte.

»Ich habe das Geld ... verschenkt.«

»Aha«, sagte Fred.

Da haben wir den Salat, dachte Fred. Ich habe es ja geahnt. Sie hat die tausend Pfund diesem Schurken gegeben. Würde sie ihm das etwa gleich gestehen? Und die Sache damit für alle noch schlimmer machen? Es sah beinahe so aus. Schon war sie im Begriff, den Mund zu öffnen ...

»Lieber Himmel, Milly«, sagte er rasch und recht scharf,

während sich seine zerzausten Augenbrauen zusammenzogen. »Lassen wir die Sache auf sich beruhen. Ich möchte auf keinen Fall . . .«

»Aber Fred . . . ich möchte es dir sagen. Ich habe es meiner Schwester gegeben.«

»Deiner Schwester?« fragte er fassungslos. »Etwa der, die . . .«

»Ich habe nur eine«, sagte Milly.

»Aber lebt die nicht in der Schweiz? Ich glaube mich zu erinnern . . .«

»Das tut sie. Aber als sie in der Zeitung von Ernests Tod las . . .«, Milly wischte sich über die nasse Oberlippe, ». . . ist sie nach London gekommen, um mich zu sehen.«

»Und hast du sie gesehen?«

»Ja, in London. Und da habe ich ihr das Geld gegeben.«

Fred schwieg nachdenklich. Dann sagte er plötzlich spontan mit völlig veränderter Stimme: »Ich bitte dich um Entschuldigung, Milly.«

»Oh, Fred . . . wofür denn?« fragte sie; doch dann fiel ihr ein, daß sie auf diese dumme Frage lieber keine Antwort wollte, und sie fügte, bevor er etwas sagen konnte, hinzu: »Ich mußte es ihr einfach geben. Jeder an meiner Stelle hätte sich so verhalten . . .« Und stockend berichtete sie ihm von Agathas hoffnungsloser Situation und deren Absicht, fortan bei Milly in der Mandeville Park Road zu leben, weil sie natürlich nichts von Ernests Testament ahnte.

Während ihre Haare hinter den Ohren langsam feucht wurden, ließ Milly sich erschöpft, aber mit einem schwachen Lächeln, weil sie so erleichtert war, in die Kissen zurücksinken und sagte: »Ich bin sicher, ihr hättet nicht gern uns beide bei euch aufgenommen, oder irre ich mich?«

»Aber die tausend Pfund . . . mehr hattest du ja nicht . . . wußte sie das?«

»Nun, sie wußte natürlich, daß ihr mich mit allem . . . versorgen würdet.«

»Gewiß, das leuchtet mir ein, aber trotzdem . . . einer Frau jeden Penny, den sie besitzt, abzunehmen . . .«

»Das hat sie ja nicht getan. Ich habe immer noch meinen Schmuck. Ich werde versuchen, ihn so bald wie möglich zu verkaufen, das sagte ich dir doch schon. Er müßte einiges wert sein, glaubst du nicht auch?«

»Trotzdem«, sagte Fred, dem Agathas Verhalten zu denken gab, »einer Frau jeden Penny, den sie besitzt, abzunehmen . . .«

Natürlich war es dumm von Milly, ihr das Geld zu schenken. Aber was für ein unmögliches Geschöpf mußte diese Schwester sein, um es tatsächlich auch anzunehmen. Aber, ehrlich, war von *der* etwas anderes zu erwarten? Mit peinlicher Exaktheit erinnerte er sich an den damaligen Skandal, und seine Mundwinkel rutschten angewidert nach unten.

Es fiel Milly nicht schwer, seine Gedanken zu erraten. »Ich mußte sie regelrecht zwingen, es zu nehmen«, sagte sie. »Und natürlich hat sie sich keine Sorgen um mich gemacht, weil sie ja annahm, daß ich h . . .«

Sie biß sich auf die Lippen. Ahnte er, was ihr da beinahe herausgerutscht wäre? Wenn diese Unterhaltung nicht bald vorüber war, würde sie Dinge verraten, die die Botts auf keinen Fall wissen wollten. Oh, sie war einfach noch zu schwach, um ein derartiges Gespräch über sich ergehen zu lassen. Man hätte ihr ein Stück Fleisch zu essen geben müssen oder etwas ähnlich Kräftigendes, bevor Fred sie besuchte. Dann hätte sie gerade eben nicht beinahe . . . kein Wunder, mit nichts im Magen als klarer Rindsbouillon und Milchpudding, abgesehen von ihrem ängstlichen Bestreben, die arme Aggie in Schutz nehmen zu wollen . . .

Doch Fred hatte nichts bemerkt, weil er immer noch an diese grauenvolle Schwester dachte, die damals . . .

»Ihr hattet doch jahrelang keinen Kontakt miteinander, oder? Seit sie . . .«

»Seit sie davongerannt ist«, beendete Milly seinen Satz; und es kam ihr in den Sinn, daß sie endlich die Chance hatte, über etwas offen zu reden und Fred etwas anzuvertrauen, was niemandem mehr schadete, weil es längst vorbei und vergessen war; dankbar griff sie das unverfängliche Thema auf und gestand Fred den Briefwechsel mit ihrer Schwester. Natürlich sei ihr klar, sagte sie, wie gemein es war, hinter Ernests Rücken so etwas zu tun, aber die Liebe zu Agatha sei größer gewesen als ihre Bedenken, und die Vorstellung, mit ihr auf immer und ewig zu brechen, sei einfach unerträglich gewesen.

Und wieder hatte sie das Gefühl, dieses Gespräch wäre ihr weitaus leichter gefallen, wenn sie etwas Anständiges im Magen gehabt hätte.

»Er hat dir verboten, ihr zu schreiben, nicht wahr? Ernest, meine ich«, sagte Fred, der aufmerksam zugehört hatte. »Ich glaube mich zu erinnern, daß er so etwas uns gegenüber erwähnte.«

»Ja, er hat es mir verboten. Aber ich habe es trotzdem getan. Wie würdest du dich an meiner Stelle verhalten haben, Fred?«

Er grinste. »Ich weiß es nicht. Die Vorstellung, Mabel verbietet mir etwas, ist so lächerlich . . .«

Im Gegensatz zu seiner betont forschen Herzlichkeit schlich sich eine echte Wärme in seine Stimme, und zwar in dem Augenblick, als sie über Agatha zu sprechen begonnen hatten, die von Minute zu Minute deutlicher wurde. Zu wissen, es war nicht dieser Kerl, dem sie das Geld gegeben hatte, zu wissen, Milly war in London mit ihrer Schwester zusammengewesen, war so erleichternd und beruhigend, damit war zumindest ein schwarzer häßlicher Punkt aus Millys neuester Vergangenheit erhellt. Davon abgesehen bot sich jetzt die Möglichkeit, ihre heimliche Reise nach London zu begreifen. Verständlicherweise hatte sie niemanden von ihrem Vorhaben in Kenntnis gesetzt, da sie mit einer ziemlich feindseligen Kritik der Familie rechnen mußte. Niemand hätte akzeptiert, daß Milly ihre magere Erbschaft ihrer Schwester zukommen ließ. Denn Milly wußte genau, wie sehr alle damals unter dem peinlichen Skandal gelitten hatten und wie unbeliebt ihre Schwester deswegen war. Da sie jedoch fest entschlossen war, Agatha zu sehen und ihr zu helfen, blieb ihr nichts anderes übrig, als sich heimlich, und ohne eine Nachricht zu hinterlassen, davonzuschleichen. Nein, Milly hatte keinen schlechten Charakter, wie die Familie ihr zu unterstellen versuchte. Und hatte er sie nicht immer besonders gern gemocht? Und wie bezaubernd die kleine

Milly aussah mit ihren beiden Zöpfen. Und mit Sicherheit war sie viel zu schwach, um die Unwahrheit zu sagen. Für Fred wurde es von Sekunde zu Sekunde schwieriger, bei ihr zu sitzen und mit ihr zu sprechen und sich daran zu erinnern oder etwa zu glauben, daß sie ein gemeines, schlechtes Ding sein sollte. Und was das Geld betraf – was bedeutete schon der Verlust von, na, sagen wir, fünfzig Pfund im Jahr, wenn man wußte, daß Milly im Grunde doch die anständige Frau war, für die man sie immer gehalten hatte.

Plötzlich fiel ihm etwas ein, und er beugte sich gespannt nach vorn, während er hastig fragte: »Hat er es jemals herausgefunden? Ernest, meine ich«, und fügte schnell hinzu, weil Milly ihn so ängstlich ansah und ihn nicht zu verstehen schien, »die Sache mit den Briefen.«

»Ich glaube nicht. Warum?«

»Vielleicht hat er es herausgefunden . . . und du wußtest es nur nicht. Das könnte doch sein, oder nicht?«

Sie zögerte. »Das *könnte* sein«, sagte sie langsam, sich an das erinnernd, was er wirklich herausgefunden hatte. Ernest war ein Meister darin, Dinge herauszufinden, dachte sie. Warum sollte er nicht auch über die Briefe Bescheid gewußt haben?

»Gesetzt den Fall, er hat es herausgefunden . . . er hätte dir das doch nie verziehen, oder?«

»Oh, *niemals*. Ich kann mir nicht vorstellen, daß ausgerechnet Ernest . . .«

»Das kann ich auch nicht«, stimmte Fred zu. »Nein, ich bin mir sicher, er hätte es nicht getan.«

Fred beugte sich vor, sein mageres Gesicht war jetzt ziemlich gerötet, und seine Augen leuchteten seltsam.

»Meine liebe, liebe Milly«, sagte er. Und sein Arm schwebte einen Moment über dem Tisch, auf dem die Weintrauben lagen, bevor er seine Hand auf die ihre legte.

Millys Hand zuckte hilflos, aber er ließ sie nicht los, im Gegenteil, sein Griff wurde fester.

»Liebe kleine Milly«, sagte er heiser und sah ihr in die Augen. »Jeder einzelne von uns, wir alle werden versuchen, es an dir wiedergutzumachen . . .«

Die Röte auf Millys Wangen vertiefte sich, als sie begriff, zu welcher Schlußfolgerung er gekommen war.

»Aber Fred«, begann sie konsterniert; er war jetzt so von ihrer Unschuld überzeugt, daß sie gezwungen sein würde, nicht nur ihre Rolle in diesem Theaterstück zu spielen, bei dem alle so emsig mitmachten, sondern auch den armen, lieben Fred zu täuschen. »Aber Fred«, begann sie erneut – und wer weiß, was sie als nächstes gesagt hätte, wenn nicht in diesem Augenblick die Tür aufgegangen und Mabel erschienen wäre, die wie angewurzelt stehenblieb.

Seit Fred oben bei Milly war, raste sie wie eine wütende Löwin im unteren Stock hin und her, weil sie die Tatsache nicht akzeptieren konnte, daß Fred da oben mit Milly allein war. Und nun das!

Selbst eine Person, die nicht mit ihm verheiratet war, mußte auf der Stelle den Eindruck gewinnen, daß ihr Auftauchen unerwünscht war; man brauchte sich nur die beiden anzusehen, mit ihren roten und offenkundig erregten Gesichtern, abgesehen davon, daß er sich, obwohl es sicher unbequem war, über die Bücher und Weintrauben lehnte, nur um ihre Hand halten zu können.

Nichts regte sich in Mabels Gesicht; der Ausdruck ungläubigen Entsetzens blieb darin, als sei er eingemeißelt. Ediths Bemerkung fiel ihr ein. Merkwürdig, daß sie nun doch recht behalten sollte; sie selbst hatte sich von Milly täuschen lassen, daran bestand kein Zweifel, so schwer es auch fiel, sich das einzugestehen. Und Fred? Niemals hätte sie für möglich gehalten, daß er . . . bei der ersten Gelegenheit, wenn man ihn mit ihr allein ließ. Und Milly? Milly, von deren Unschuld sie überzeugt gewesen war, die sie so aufopfernd gepflegt und die sich so dankbar dafür gezeigt hatte . . .

»Ich nehme an, du weißt, daß George seit geraumer Zeit auf dem Golfplatz auf dich wartet«, sagte sie langsam, bemüht, ihre Stimme im Gleichgewicht zu halten.

*

Fred entdeckte zum erstenmal, was es bedeutete, wenn Mabel wütend war.

Weder hatte er geahnt, daß sie dazu in der Lage war, noch welche winzige Rolle ihr Verstand dabei spielte. Nun war er damit konfrontiert. Denn als er die Treppe hinuntereilte, um seine Schläger zu nehmen und sich endlich mit George zu treffen, der sich seit fast einer Stunde die Füße in den Bauch stand – »lieber Himmel, wie schnell die Zeit vergeht«, rief er nach einem Blick auf seine Uhr –, stellte sich ihm Mabel in den Weg und sagte in einem Ton, den er nicht an ihr kannte: »Ich möchte mit dir reden. Im Büro.«

»Nicht jetzt ... später«, sagte Fred.

Trotzdem folgte er ihr und fand sich im Büro wieder, offenbar aus freien Stücken dorthin gelangt, und die Tür wurde hinter ihm geschlossen; und hier lernte er zum erstenmal seit seiner Hochzeit Mabel wirklich kennen.

Genauso wie es ihr im ersten Stock schwergefallen war zu glauben, daß es sich um Fred handelte, genauso schwer fiel es Fred zu glauben, daß es sich bei dieser Frau in seinem Büro um Mabel handelte. Sie sah zwar aus wie Mabel; sie trug auch ihre Kleidung. Und man konnte fast den Eindruck haben, es handele sich bei ihr um ein normales, vernünftiges menschliches Wesen – mit einem Gesicht, einer Stirn und all dem. Was konnte er ihr antworten? Was konnte er zu einer Frau sagen, die aus nichts anderem zu bestehen schien als aus heftigen, besitzergreifenden Emotionen, über die der Verstand, wenn auch nur in begrenztem Ausmaß vorhanden, jegliche Kontrolle verloren hatte?

Ungläubig starrte er sie an, ungläubig hörte er ihr zu. Jahrelang hatten sie nun Seite an Seite gelebt, sie kümmerte sich um den Haushalt, er um das Denken; gewiß, manchmal war er versucht gewesen, sie für ein wenig dumm zu halten, aber dann hatte er sich damit beruhigt, daß Frauen im allgemeinen sich gelegentlich ein wenig dumm aufführten – und es hatte ihn nicht gestört.

Nun entdeckte er, daß ihre Dummheit, die Unfähigkeit, zu

verstehen oder zumindest zuzuhören oder es zu versuchen, Mabels Normalzustand war und immer gewesen war, kaschiert von dem gelegentlichen Wunsch, etwas Intelligentes zu sagen.

»Wenn das, was ich gerade gesehen habe, das ist, was du mit einem geschäftlichen Gespräch bezeichnest, dann laß dir von mir gesagt sein, daß ich das nicht dulden werde«, sagte sie mit zitternder Stimme und wütend vibrierendem Körper. »Hast du mich verstanden, Fred? Ich dulde es nicht.«

Und als er sie etwas begriffsstutzig ansah, weil er nicht gleich verstand, was sie meinte, fügte sie hinzu: »Mir willst du vormachen, es handle sich um Geschäftliches . . . und warum hast du dann Millys Hand gehalten und dabei einen so roten Kopf gehabt? Geschäfte! Reizende Geschäfte. Nun, in Zukunft weiß ich ja, was ich davon zu halten habe, wenn du mir weismachen willst, du hast geschäftlich zu tun.«

In welchem Ton redete Mabel eigentlich mit ihm? Seine Mabel!

Mit der ruhigen Stimme eines Psychiaters versuchte er ihr zu erklären, was er herausgefunden hatte – wie falsch sie alle die arme Milly eingeschätzt hatten, daß sie gar kein Verhältnis mit einem Kerl gehabt haben konnte, der nicht existierte, und daß Ernest sie nur deswegen enterbt hatte, weil sie trotz seines Verbotes mit ihrer Schwester in brieflichem Kontakt geblieben war. Und Mabel? Mabel stützte die Hände in die Hüften und lachte – laut und widerlich.

Noch nie hatte er derartige Laute aus ihrer Kehle kommen hören; und weil er ihre Erregung immer noch nicht verstand und ein kalter Schauer an seinem Rückgrat entlanglief, fragte er: »Was, um Himmels willen, ist denn los? Warum, zum Teufel, bist du so merkwürdig?« Da lachte sie sehr häßlich und sagte: »Du bist ein Idiot.«

Ein Idiot? Er? Was sagte Mabel da?

Und langsam begann es ihm zu dämmern. Und er machte einen letzten Versuch, sie wieder einigermaßen unter seine Kontrolle zu bringen und ihr die Augen zu öffnen, indem er sie *meine Liebe* nannte – »Nenne mich nicht einen Idioten, meine Liebe« –, was er bisher nur einmal getan hatte, als sie nämlich, vor Jahren, mit seiner Lieblingsstute ausfuhr, trotz seines Verbots. Sie hatte die Herrschaft über sich oder das Pferd verloren, die Stute hatte sich beide Kniegelenke gebrochen, und die Anrede *meine Liebe*, in diesem Ton vorgebracht, den er auch jetzt anschlug, hatte zum sicheren Erfolg geführt und ihr ins Bewußtsein gerufen, was sie Schreckliches angestellt hatte. Aber heute war der Effekt gleich Null, weil Mabel, die ein gutes Herz, aber keinen Verstand besaß – ihr Kopf schien zwar vorhanden und an der richtigen Stelle zu sitzen, aber er ähnelte einer seltsamen kleinen Schachtel, in der ein heilloses Durcheinander herrschte –, sich weder konzentrieren noch zuhören konnte. Sie spürte nur ihr Herz, das ihr zuzuflüstern schien, daß sie aufs gemeinste hintergangen worden war.

Fred bemerkte, daß er es in Wirklichkeit mit einer Person zu tun hatte, die zwar das enorm große Herz einer Frau, aber nur den Verstand eines Kindes besaß. Was für eine Kombination, dachte er; aber vielleicht existierte sie häufiger, als man dachte. Dank ihres langweiligen, in geordneten Bahnen verlaufenden Lebens hatte er das bisher nicht wahrgenommen. Und er gestand sich ein, daß ihn diese Erkenntnis ziemlich deprimierte, denn ein Mann möchte schließlich, daß seine Frau auch einen Kopf hat.

Die Erkenntnis hielt ihn jedoch davon ab, wütend zu werden und Dinge zu sagen, die kein Bott-Ehemann bisher je geäußert hatte. Seine kleine, arme Frau tat ihm sehr leid, weil sie so unglücklich über etwas war, was gar nicht stattgefunden hatte. Mabel dagegen, in dem Gefühl, von ihrem Mann, dem sie ihr Leben geopfert hatte, betrogen und von Milly, der sie schließlich fast geglaubt hätte, hintergangen worden zu sein, brach in Tränen aus.

Fred setzte sie auf seine Knie. Sie war ein Kind; ein liebes, unvernünftiges Kind, sagte er sich, und das würde sie immer bleiben. Und er fühlte sich plötzlich sehr allein auf dieser Welt, als ob etwas verschwunden sei, von dem er angenommen hatte, es sei da. Und da er Mabel seit den allerersten Anfängen ihrer Ehe nie mehr auf den Schoß genommen hatte, war sie davon so gerührt, daß ihr Zorn verrauchte. Sie legte ihre Arme um seinen Hals, drückte ihre nasse Wange an seine Krawatte, was deren Ruin zur Folge haben würde, und fragte ihn schluchzend, warum er mit Milly . . . obwohl sie ihm doch immer eine gute Frau gewesen sei und ihn so geliebt habe . . .

»Warum?« fragte Fred. »Weil ich mich geschämt habe . . . für mich, für uns alle, weil wir tatsächlich glauben konnten, was wir ihr unterstellt haben.«

»Aber Ernest . . .«, schluchzte Mabel. »Er würde doch nie . . . wegen nichts und wieder nichts . . . wegen ein paar Briefen . . . oh, Fred, als ob er so etwas getan hätte!«

»Nein?« Und Fred, der sich sehr gut an Ernest erinnerte, fügte überzeugt hinzu: »O doch.«

»Du bist also eher bereit zu glauben, daß dein toter Bruder . . .«

»Viel eher. Was meinst du?«

»Ich glaube«, sagte Mabel, ihr Schluchzen gegen tiefe Hoffnungslosigkeit eintauschend, »du magst Milly sehr gern. Mehr, als du es dürfest.«

Und Fred erkannte traurig, daß er seine ehelichen Schwierigkeiten weder dem alten George noch jemand anderem anvertrauen konnte, denn Mabel war seine Frau, und die Familientradition verlangte, daß man dergleichen für sich behielt.

14

Während dieser Ereignisse genoß die Familie Alec Bott seit vierzehn Tagen die frische Seeluft, den milden Sonnenschein und eine sorgenfreie Zeit in Brighton. Am Vormittag unternahmen sie lange Strandspaziergänge, am Nachmittag fuhren sie über Land, und abends beobachteten sie, in einer Ecke der Hotelhalle sitzend, die anderen Feriengäste, mit denen sie allerdings nicht redeten; anschließend nahmen sie ihr köstliches Abendessen mit mehreren Gängen zu sich.

Von der Familie erhielten sie keine Post, denn die Familie war böse auf sie; dementsprechend verlief ihr Aufenthalt absolut friedlich. Alec liebkoste seinen Bart und gratulierte sich zu seiner ausgezeichneten Idee. Ruth, von Herzen dankbar, Millys Besuch entkommen zu sein, tat alles in ihrer Macht Stehende, damit ihr Retter sich wohl fühlte; besonders glücklich darüber, daß sie ihren Mann ganz für sich allein hatte, wiederholte sie häufig, sie käme sich vor wie in ihren Flitterwochen, eine Bemerkung, der Alec höflich zustimmte, obwohl seine Vorstellung von Flitterwochen eine andere war.

Anfangs fühlte er sich mehr als wohl in seiner Haut, einerseits, weil er Millys lästigen Besuch verhindert hatte, andererseits, weil seine tugendhafte Frau ihm so ergeben war; sobald jedoch die zweite friedliche Woche anbrach, begann er an Ruth gewisse Dinge zu entdecken, die einem erst auffielen, wenn man ununterbrochen mit ihr zusammen war, und in der dritten Woche fragte er sich, aus dem Fenster auf das grenzenlose Meer starrend, ob man diese Tugend und Bewunderung auf die Dauer aushalten konnte, wenn man ihr ohne Beistand ausgeliefert war. Kein Zweifel, sie war überglücklich, ihn allein für sich zu haben; und so sehr ihm das zu Beginn ihres Aufenthaltes gefallen hatte, so sehr beengte ihn jetzt diese Zweisamkeit. Seit ihren Flitterwochen waren sie nie mehr allein verreist, und Ruth fand es ausnehmend angenehm, mit niemandem reden zu müssen, was sie ihn wiederholt und begeistert wissen ließ. Das und nichts anderes war es, was sie wolle, versicherte sie ihm – sie wolle sich ausschließlich mit ihm unterhalten; in Wahrheit verhielt es sich jedoch so, daß sie nicht wollte, daß er mit jemand anderem sprach, aber das behielt sie für sich. Und sie fragte ihn: »Warum können wir nicht immer so leben . . . nur ich und du?«

Was für eine dumme Frage, dachte Alec, aus dem Fenster starrend, denn sie wußte genau, daß dies unmöglich war, selbst wenn sie es beide gewollt hätten. Und er beschränkte sich darauf, um einer direkten Antwort aus dem Weg zu gehen, sie darauf hinzuweisen, daß man immer erst den anderen nannte und dann sich selbst – »nur du und ich, müßte es demzufolge heißen« –, und sie akzeptierte dankbar seinen Tip, weil sie wußte, was für einen gebildeten Mann sie hatte.

Ihre Sanftmut, Ergebenheit und Tugend begleitete jeden seiner Schritte – was konnte sich ein Mann mehr wünschen? Er wünschte sich nicht mehr, eher weniger, sagte sich Alec, nachdem er zwei Wochen lang in den Genuß dieser Eigenschaften gekommen war. Und nach einer weiteren Woche war ihm endgültig klar, daß er Ruth satt hatte.

Diese Erkenntnis machte ihm sehr zu schaffen, und er wurde immer schweigsamer; und je stiller er wurde, desto mehr verfolgte sie ihn mit ihrer Ergebenheit. Schließlich konnte er es kaum noch aushalten. Dann, an einem Abend, nach drei nervtötenden Wochen, als sie sich im Eßsaal gegenübersaßen, er im Abendanzug, einem Kleidungsstück, in dem Ruth ihn am liebsten sah und von dem sie immer sagte, er sähe dann wie ein richtiger Gentleman aus – sah er etwa am Morgen nicht wie ein Gentleman aus? War er nicht zu jeder Zeit ein Gentleman? – an diesem Abend sah er seinem abendlichen Kampf entgegen, seinen Bart nicht in den Suppenteller zu tauchen oder vice versa den Bart nicht mit Suppe zu bekleckern, und er dachte daran, daß es schlimmere Dinge in der Welt gab, als seinen Kummer über die tugendhafte Ruth. Und plötzlich wünschte er sich, ohne sich dessen bewußt zu sein, Ruth möge anders sein, völlig anders, und wenn es nur für einige Stunden wäre oder eine Stunde oder eine halbe, oder auch nur für fünf Minuten – da betrat Fred den Speisesaal.

»Fred? Hallo, *mein Alter!*«

In seiner Freude und Erleichterung erkannte Alec nicht sofort die Bedeutung dieses plötzlichen Auftauchens von Fred; Ruth hingegen reagierte augenblicklich; sie hatte einen siebenten Sinn für unerfreuliche Überraschungen; daher war ihr auf der Stelle klar, daß Freds Anwesenheit hier in Brighton nur Unangenehmes bedeuten konnte, und ihr Herz setzte ein paar Atemzüge aus, ehe es schwer nach unten sank. Was tat er hier? Und warum hatte er Mabel mit der Sünderin allein gelassen?

So befremdend, geheimnisvoll und beunruhigend Freds Auftauchen auch war, Ruth hatte genügend Platz in ihrem sinkenden Herzen, sich darüber zu wundern, wie sehr sich Alec über Freds Ankunft zu freuen schien. Nachdem er sich eine Woche lang ausgeschwiegen hatte, aufgrund einer schmerzhaften Leberreizung, wie er ihr erklärt hatte, war er plötzlich, von einem Augenblick zum anderen, offenbar gesundet und unübersehbar guter Laune, und zwar nur, weil Fred, ausgerechnet der, auftauchte. Waren sie nicht nach Brighton gefahren, um gerade Fred und seinen monströsen Plänen zu entgehen? Ungehalten beobachtete Ruth, wie sich die Brüder herzlich und erfreut auf die Schultern klopften, als hätten sie sich seit Jahren nicht gesehen. Und sie fühlte, wie Alec ihr und der friedlichen und manchmal recht intimen Zweisamkeit entschlüpfte, die ihr diese Ferien wie ein Geschenk Gottes hatten vorkommen lassen.

Und dieses Gefühl verstärkte sich, als Fred, offenbar bester Laune, aber mit traurigen Augen – sie sah das sofort – eine Flasche Champagner bestellte. Alec, der in letzter Zeit nur Sprudel getrunken hatte, weil Ruth ihre Sanftmut verlor, sobald es um sein leibliches Wohl ging, und wegen seiner Leberreizung auf Abstinenz bestand, wurde von ihr liebevoll und ernst, und zwar in Anwesenheit des Obers, darauf hingewiesen (und damit vor diesem zum Idioten gemacht), daß er doch wisse, daß Alkohol Gift für ihn sei. Er war jedoch außerordentlich erfreut über Freds Bestellung. So entschlüpfte er ihr, von einem Augenblick zum anderen, und das nach drei wundervollen Wochen, in denen sie sich so nahe gekommen waren . . .

»Klar, altes Haus, ich bin dabei«, rief Alec. »Ober . . .?«

»Aber Alec . . .«, begann Ruth, deren Herz einem Lehmklumpen glich.

»Ober! Bringen Sie mir die Weinkarte«, rief Alec.

Warum veränderten sich Männer, sobald sie sich in Gesellschaft anderer Männer befanden? Warum war Fred hierhergekommen? Was konnte der Grund sein, daß er es wagte, ihr ruhiges Glück zu stören?

Die Antwort auf ihre letzten Fragen ließ nicht lange auf sich warten, denn Fred, der die Weinkarte studierte, wobei ihn Alec mit fachmännischen Vorschlägen unterstützte, während der Ober sich wartend vornüberbeugte, sagte ganz nebenbei, als handle es sich um die natürlichste Sache der Welt: »Milly ist hier.«

Milly?

Ruth lehnte sich zurück, als könne die Stuhllehne ihr den moralischen Halt vermitteln, den sie brauchte, um diese Bemerkung zu verkraften. Natürlich hatte Fred dies mit Absicht vor dem Ober gesagt, um ihnen jede Möglichkeit für eine Reaktion zu nehmen, die ihm nicht angemessen erschien, dachte Mabel.

Merkwürdigerweise war Alec, obwohl das völlig normal gewesen wäre, keineswegs so erstaunt wie sie. Im Gegenteil, er sah sich lebhaft und suchend im Eßsaal um und fragte: »Hier? Wo denn?«, als erwarte er die schreckliche Frau jeden Moment an ihrem Tisch.

Ruth nippte mit zitternden Lippen an ihrem Champagner und überlegte, daß es vielleicht ganz gut war, daß Alec sich so sehr beherrschen und seine wahren Gefühle verheimlichen konnte, denn die Ober standen mit eindeutig gespitzten Ohren in der Nähe, und die Leute am Nebentisch, mit denen sie sich in den letzten Tagen soweit angefreundet hatten, daß man sich immerhin stumm zunickte, konnten jedes Wort hören; vielleicht war Alec einfach überaus clever und diplomatisch und würde seinem Ärger, den er empfinden mußte, weil Fred ihnen so übel mitspielte, erst dann Luft machen, wenn sie unter sich waren. Das sieht ihm ähnlich, dachte Ruth und sah ihren Mann stolz und vertrauensvoll an. Sein Bruder hingegen . . . sie fürchtete, daß sie ihn nie wieder als ehrenvollen Mann betrachten konnte; und nach einem weiteren winzigen Schlückchen Champagner, das sie stärken sollte, um dem trickreichen Fred gewachsen zu sein, fiel ihr plötzlich ein, daß er dieses an und für sich wohlschmekkende Getränk bezahlte, und mit einem Ruck stellte sie ihr Glas ab.

»Sie ist sofort auf ihr Zimmer gegangen. Nummer neunzehn. Ich habe mich erkundigt, in welcher Etage ihr wohnt, und sie in eurer Nähe unterbringen lassen«, beantwortete Fred die Frage Alecs sehr laut und für jedermann hörbar.

Natürlich. Das war seine Absicht. Jeder sollte ihn hören, dachte Ruth, und ihr Blut fing an zu kochen.

»Sie ist sehr krank gewesen, müßt ihr wissen«, wandte sich Fred an Ruth.

Ruth sagte nichts. Sie konnte ihn nicht einmal ansehen. Wie sehr sie sich in Fred getäuscht hatte! Und die Ober standen immer noch mit gespitzten Ohren in ihrer Nähe, und die Leute am Nebentisch, die ihnen in letzter Zeit immer so freundlich zunickten, konnten jedes Wort hören.

»Tatsächlich? Das tut mir leid«, meinte Alec, seine wahren Gefühle verbergend.

»Ja. Sie hatte einen Zusammenbruch. Und der alte Wilson hat gemeint, Brighton sei genau der richtige Ort für sie, um wieder auf die Beine zu kommen. Deshalb habe ich sie hergebracht. Sie ist noch nicht ganz wiederhergestellt, aber mit ein bißchen Fürsorge und Liebe . . . ein paar Tage mit euch hier, und auch das wird sich geben«, erklärte Fred.

Und Alec, viel klüger und beherrschter als Ruth, sagte: »Natürlich, natürlich werden wir für sie tun, was in unserer Macht steht.«

Und Fred erklärte, sehr schnell und sehr laut, er müsse noch heute zurückfahren. »Ein kleiner Tratsch mit euch, mehr Zeit habe ich nicht, weil ich unbedingt den Zug um zehn Uhr erwischen muß«, meinte er gut gelaunt.

»Warum hast du Mabel nicht mitgebracht?« erkundigte sich Alec. Wie gut er sich hält, dachte Ruth, trotz ihres Ärgers, bewundernd.

»Das wollte ich eigentlich«, meinte Fred und rief den Ober, den er anwies, eine halbe Flasche derselben Marke und eine gegrillte Seezunge auf Zimmer neunzehn bringen zu lassen – »aber man muß sie wieder aufpäppeln«, erklärte er Ruth, die Löcher in die Tischdecke starrte und dennoch bemerkte, wie geschickt er von Mabel ablenkte. »Das werdet ihr doch tun, nicht wahr?«

Und während er noch einmal betonte, Milly müsse dringend aufgeheitert werden, überkamen Ruth erneut Zweifel, ob sie Fred je wieder für einen achtbaren Mann halten würde.

Später begaben sie sich in die Halle, um sich dort in eine Ecke zu setzen, wo sie verhältnismäßig ungestört waren. »Ihr hättet einen Salon anmieten sollen«, meinte Fred fast vorwurfsvoll, und Ruth antwortete spontan und ziemlich patzig: »Wir schmeißen doch unser Geld nicht zum Fenster raus!«

Fred rückte seinen Stuhl so dicht wie möglich an ihre Sessel heran, und bevor Alec seinen Unwillen über Freds Benehmen äußern konnte, erzählte ihnen Fred hastig, weil er nicht viel Zeit hatte, und leise, weil so viele Menschen in der Nähe waren, wie er Millys Unschuld herausgefunden hatte, erklärte ihnen den wahren Grund für Ernests Testament und fügte hinzu, daß seiner Meinung nach Milly ein Opfer entsetzlicher Ungerechtigkeit geworden war.

Alec lehnte sich erstaunt nach vorn und begrub seine Hand in seinem Bart, der nur einen Teil seines geröteten Gesichtes verdeckte. Ruth spielte nervös mit ihrem Kaffeelöffel, während sie schweigend und mit gesenktem Kopf zuhörte. Schon wieder Milly. Diese Gespräche über Milly verursachten ihr regelrecht Übelkeit. Schuldig oder nicht, unschuldig hatte Milly jedenfalls nicht gewirkt. Warnte der heilige Paulus nicht jeden eindringlich davor, sich in die Nähe des Bösen zu begeben? Nun, daran hatte sich Milly mit Sicherheit nicht gehalten. Dabei gehörte es sich, besonders für Frauen, die Worte des heiligen Paulus ernst zu nehmen. Und welchen Beweis hatte Fred, daß sie die Wahrheit sagte, wenn sie vorgab, das Haus nur eines Treffens mit ihrer Schwester wegen heimlich verlassen zu haben? Ganz davon abgesehen, daß es sich nicht schickte, sich mit einer so schrecklichen Schwester zu treffen . . .

So bereit Ruth war, das Gute im Menschen zu suchen, im Fall Millys sah sie dafür keine Chance.

»Offen gesagt«, meinte Fred, »ich habe mich schon lange über nichts mehr so gefreut wie über diese Erklärung.«

»Ich auch nicht«, sagte Alec und trank einen großen Schluck Cognac – das schiere Gift, verkündeten Ruths Augen, aber die Botschaft erreichte ihn nicht, weil er seine Frau nicht ansah. Und als er sein Glas abstellte, wiederholte er im Brustton der Überzeugung: »Ich auch nicht.«

»Ich bin sicher, *dir* geht es ebenso, Ruth«, sagte Fred, entschlossen, die Schweigende zu einer Reaktion zu veranlassen. Gerade sie, als gläubige Christin, mußte doch dankbar dafür sein, daß die Welt nun um eine Sünderin ärmer war. Beschämt erinnerte er sich, wie er die arme kleine Milly in Ruths Klauen zurückgelassen hatte, als er in Ernests Haus die rebellierenden Angestellten beruhigen mußte. »Das beweist mal wieder, wie vorsichtig man sein muß, ehe man einen Mitmenschen für schuldig erklärt.«

»Vielleicht beweist es aber auch, wie vorsichtig man sein sollte, bevor man jemanden für unschuldig erklärt«, sagte Ruth.

Fred starrte sie an und fragte sich, wie Alec mit einer solchen Frau zurechtkam.

»Was sagt denn Mabel?« erkundigte sich Ruth.

Fred zuckte unmerklich zusammen. Warum gelang es Frauen so gut, sich den schwächsten Punkt herauszupicken? Und Mabel war im Moment sein schwacher Punkt. Sein Versuch, sie zur Vernunft zu bringen, war gescheitert wie das Vertreiben einer lästigen Fliege – eine langwierige und sinnlose Bemühung. Er hatte sie so oft auf seinen Schoß gesetzt, daß seine Hose völlig aus der Form geraten war, und trotzdem hatte es nichts geholfen, weil sie, kaum aufgestanden, wieder genau an dem gleichen Punkt einhakte; sie weigerte sich, sich weiterhin um Milly zu kümmern, sondern übertrug diese Aufgabe den Zofen, was die Stimmung im Haus so beeinträchtigt hatte, daß der Butler wie auch die Köchin mit einer Kündigung drohten, weil sie mit der feinen Nase, die Angestellten eigen ist, ahnten, daß dies alles mit Milly zu tun hatte. Die gemeinsamen Mahlzeiten, bei denen die Jungs so taten, als bemerkten sie nichts, wurden zu einer einzigen Quälerei, und im Grunde war all dies Mabels Schuld, und letztendlich lag hierin auch die Erklärung, warum er in Brighton war. Er hatte in diesen Tagen häufig über die *Macht* von Ehefrauen nachgedacht; diese Macht, die einen Mann fix und fertig machen konnte . . .

»Mabel?« wiederholte er und setzte das sorglose Gesicht eines zufriedenen Gatten auf. »Was soll sie dazu sagen? Sie freut sich natürlich auch – aber sie ist erschöpft, weil sie sich so aufopfernd um Milly gekümmert hat, und ist für ein paar Tage bei der alten Dame, um sich etwas auszuruhen.«

»Ach ja?« sagte Ruth und versuchte die Situation aus jeder Sicht zu betrachten. »Das wird ihr sicher gut tun«, sagte sie schließlich.

Ihr war klar, daß Mabel eine schlimme Zeit verbracht haben mußte; und nicht von ungefähr kam es ihr in den Sinn, daß auch ihr noch eine schlimme Zeit bevorstand. Offenbar hatten Mabel und Fred sich wegen Milly in die Haare gekriegt; bestand die Möglichkeit, daß Alec, ihr Alec, ihr über alles geliebter Mann, und sie eines Tages ebenfalls unterschiedlicher Meinung sein und deswegen streiten würden? Nun, vielleicht würden sie nicht gerade streiten, aber immerhin vielleicht außerstande sein, die gleiche Auffassung zu teilen. Traurige Tage liegen vor mir, dachte sie. Schwierige Tage. Was war wohl der eigentliche Grund für den Streit zwischen Mabel und Fred? Vielleicht akzeptierte Mabel die Geschichte von Millys Unschuld nicht, weil es dafür keine Beweise gab? Oder gab es einen anderen Grund?

»Ich muß jetzt aber los«, sagte Fred und holte sie aus ihren trübsinnigen Gedanken, indem er abrupt aufstand.

»Völlig normal, daß du diesen bitteren Geschmack im Mund hast, Ruth«, meinte er und streckte ihr seine Hand entgegen. »So geht es uns allen, nehme ich an. Weil wir uns ein bißchen schämen, die arme kleine Milly falsch beurteilt zu haben. Aber du hast ja jetzt Gelegenheit, diesen Fehler wiedergutzumachen. Sie nimmt es sich sehr zu Herzen, müßt ihr wissen, aber sie trägt uns nichts nach. Gott sei Dank. Bis bald also. Begleitest du mich zum Bahnhof, altes Haus?«

Alec kam der Aufforderung mit sichtlicher Freude nach.

»Dein Mantel, Alec«, murmelte Ruth. »Vergiß nicht deinen *Mantel* anzuziehen«, aber Alec war längst gegangen.

*

Kaum waren die beiden Männer unter sich, fühlten sie sich sehr viel wohler in ihrer Haut als in der bedrückenden Gesellschaft Ruths. Sobald keine Frauen anwesend waren, schien alles leichter zu sein. Man konnte in Ruhe diskutieren, ohne auf irgendwelche dummen, emotionalen Einwände eingehen zu müssen, und rasch zu einer Einigung kommen. In diesem Augenblick, auf dem Weg zum Bahnhof, verspürten sie plötzlich dieses Zusammengehörigkeitsgefühl, das auf gegenseitiger Sympathie und Verständnis beruhte und unter Brüdern üblich war, auch wenn es zwischendurch im alltäglichen Leben unterging; und keiner von beiden erwähnte deshalb seine Frau. Alec tat es auf der Stelle leid, nach Brighton gekommen zu sein, um Milly loszuwerden; andererseits freute er sich natürlich darüber, daß die Familie nun letzten Endes doch noch der Schande entgangen war und sich seine Schwägerin als unschuldig herausgestellt hatte. Ernests mieses Verhalten erwähnten sie nicht, weil das Thema allzu heikel schien, aber Fred machte den Vorschlag, dem Alec sofort zustimmte, George und Bertie zu bitten, gemeinsam diesem Jenkyns die tausend Pfund, die er Milly vorgestreckt hatte, zurückzuzahlen. Es sprach nicht für die Hilfsbereitschaft der Familie, wenn sie einem Außenstehenden erlaubte, Milly Geld zu leihen. Die Tatsache, daß Milly die tausend Pfund ihrer Schwester gegeben hatte, bekümmerte Alec zwar, aber das änderte nichts daran, daß Jenkyns bis zur Beglaubigung des Testaments auf eine Rückzahlung des Geldes würde warten müssen, wenn sie ihm das Geld nicht vorher übergaben. Warum, fragte Fred, sollte der Kerl ihretwegen knapp bei Kasse sein? Warum sollte er ihrer Familie Geld leihen – denn darauf lief es ja hinaus? Ja, warum? wiederholte Alec. Da sie zu viert waren, brauchte jeder von ihnen nur zweihundertfünfzig Pfund aufzubringen; George und Bertie seien mit Sicherheit mit dieser Lösung einverstanden, meine Fred; die paar Pfund taten keinem weh; und dieser impertinente Jenkyns konnte sich sein Geld an den Hut stecken, wenn er wollte.

Alec sah die Dinge genauso. Nach drei Wochen Familienabstinenz war er zu fast jeder Kooperation bereit. Im Grunde tat es ihm zwar leid, sich von zweihundertfünfzig Pfund trennen zu müssen, wie Fred ebenfalls, vor allem wenn er daran dachte, daß in Wirklichkeit Millys schreckliche Schwester davon profitierte, aber er schwieg darüber; selbstverständlich würde er seiner natürlichen Sparsamkeit Gewalt antun müssen, dachte er, andererseits war dies immer noch angenehmer, als Jenkyns in dem Glauben zu lassen, er sei der einzige, der Milly helfen wollte. Fred stimmte ihm stumm zu; Worte darüber zu wechseln war unnötig zwischen

Brüdern. Also kehrte Alec frohen Mutes – dankbar über Freds Besuch, erfreut über die Neuigkeiten, gerührt von dem brüderlichen Verständnis – und in bester Laune zu Ruth zurück, deren Gesellschaft ihm nun nicht mehr ganz so schlimm vorkam, und es tat ihm fast leid, daß ihre Zweisamkeit in Brighton zu Ende war und sie schon in einer Woche nach Hause reisen würden, zurück zu ihren gewohnten Beschäftigungen und zwangsläufigen Trennungen.

»Schläfst du schon?« fragte er und zog den Pyjama an, den Ruth zum Vorwärmen vor den Kamin gehängt hatte.

Nein, sie war hellwach; sie versuchte immer, Alecs Wünschen zu entsprechen.

»Das sind doch gute Neuigkeiten über Milly, findest du nicht?« sagte Alec.

Ja, sehr gute Neuigkeiten; fabelhafte Neuigkeiten.

»Warst du bei ihr und hast ihr einen Gute-Nacht-Kuß gegeben?«

Nein, Ruth war nicht zu ihr gegangen, weil sie fürchtete, daß Milly vielleicht schon schliefe.

Bestens, dachte Alec, als er ins Bett schlüpfte, Ruth würde keine Schwierigkeiten machen. Sie würde ihm aus der Hand essen; das hatte sie immer getan, und so würde es bleiben. Ein bißchen pampig dem armen alten Fred gegenüber, aber das war wahrscheinlich normal, wenn man bedachte, wie überraschend dieser aufgetaucht war. Ruth brauchte immer eine Weile, bis sie den richtigen Weg fand, aber wenn das erst einmal der Fall war, ließen ihr Gehorsam und ihre Ergebenheit nichts zu wünschen übrig. Er konnte das ja, weiß Gott, beurteilen. Was für ein Geschenk des Himmels, mit so einer Frau gesegnet zu sein, dachte er zufrieden.

»Gute Nacht, altes Mädchen«, sagte er freundlich.

»Gute Nacht, Alec. Spürst du die Wärmflasche? Ich habe sie extra auf deine Seite gelegt. Hoffentlich hast du dir keine Erkältung geholt.«

*

Aber auch die beste Ehefrau von allen kann nicht ruhig mit ansehen, wenn ihr Mann eine andere Frau mit Aufmerksamkeiten überschüttet, schon gar nicht, wenn diese extrem teuer sind. Dazu war nur imstande, wer selbst schlecht war und auch Dreck am Stecken hatte. Ruth jedoch war die beste aller Ehefrauen, und als Alec begann, die arme Milly zu verwöhnen, weil er den verständlichen Wunsch hatte, das ungerechte Verhalten der Familie an ihr wiedergutzumachen, sah Ruth gezwungenermaßen zu, aber keineswegs ruhig. Hatte er sich dazu überwinden müssen, Milly zu verwöhnen, und es nur getan, weil er es für seine Pflicht hielt! Aber nein, es schien ihn keinerlei Überwindung zu kosten, im Gegenteil, alles sprach dafür, daß er es gerne und mit Freude tat. Richtig war, daß Alec, nach der extrem langweiligen und faulen Zweisamkeit mit Ruth, jede noch so geringe Gelegenheit beim Schopf gepackt hätte, um aktiv zu werden.

Das Beste war für Milly gerade recht. Neigte er auch zu fast übertriebener Sparsamkeit gegenüber seiner eigenen Frau, für Milly war ihm nichts zu teuer. Zum Mittag- *und* Abendessen ließ er ihr Champagner servieren, und da Milly ihn nicht trank – Ruth wäre vom Gegenteil entsetzt gewesen, lastete ihr aber jetzt Undankbarkeit an –, schüttete Alec das Getränk in seine durstige Kehle, ungeachtet, daß es sich um Gift handelte, und offenbar ohne bestrafende Beschwerden. Im Gegenteil! Nach jedem Glas schien sich seine Laune zu verbessern. Milly wurden luxuriöse Spezialitäten aufgetischt, und Austern gehörten fast immer zu den Vorspeisen. Ein privater Salon wurde angemietet, in dem Tag und Nacht der Kamin brannte, wie natürlich auch in Millys Schlafzimmer. Jeden Morgen holte er Zeitungen für sie, Illustrierte und häufig sogar Blumen; und er bestand darauf, daß ihr ein Rollstuhl zur Verfügung gestellt wurde, den er durch den Garten schob wie ein liebender Ehemann.

Das Beste war für Milly gerade recht. War nicht in Wirklichkeit alles viel zu gut für sie? fragte sich Ruth heimlich und bebenden Herzens. Diese Geschichte von Fred, für die es keinerlei Beweis gab – wie konnte Alec so leichtgläubig sein? Sie mußte unbedingt mit Mabel sprechen. Sobald sie zu Hause waren, würde sie sie am Denmark Hill besuchen und sich irgendwo allein mit ihr unterhalten, um sicherzugehen, daß sich die alte Dame nicht einmischte, deren Ansichten einen den letzten Nerv kosten konnten. Doch dieses sicher aufschlußreiche Gespräch mit Mabel konnte erst in einer Woche stattfinden; sieben endlose Tage würde sie sich noch gedulden müssen. In der Zwischenzeit blieb ihr nichts anderes übrig, als die Augen offenzuhalten und zu beten.

Sie fand ziemlich schnell heraus, daß sich diese beiden Dinge nicht unter einen Hut bringen ließen. Hielt sie die Augen offen, konnte sie nicht beten, und das Beten wiederum lenkte ihre Aufmerksamkeit von den Dingen ab, die sie im Auge behalten wollte. Sie löste das Problem, indem sie ihre Gebete in den Abendstunden sprach und sich während des Tages auf ihre nächste Umgebung konzentrierte; so wurde sie immer schweigsamer, was endlich sogar Alec auffiel, der sie in Anwesenheit Millys darauf ansprach. Alles fand nun in Anwesenheit Millys statt, es gab keine Privatsphäre mehr, keine Intimität, ausgenommen abends in ihrem Schlafzimmer, und eigentlich auch dort nicht mehr, weil Alec entweder schlief oder nicht intim wurde – und fragte, was mit ihr los sei.

In dem Augenblick, als er die Frage ausgesprochen hatte, erkannte er, daß er einen Fehler gemacht hatte. Wußte er nicht seit Ewigkeiten, daß ein Mann seine Ehefrau niemals fragen sollte, was mit ihr los sei, weil sie es ihm sonst eventuell erzählte? Aber Ruth wies lediglich darauf hin, daß ihre Leber schmerzte, worauf Alec den Blick von ihr abwendete und sich auf seinen Bart konzentrierte. Es ist wohl am besten, diese Erklärung hinzunehmen, dachte er, auch wenn es sich dabei um eine Ausrede handelt, aber er wollte keinen Streit mit Ruth, nur weil er sich entschlossen hatte, in dieser einen verbleibenden Woche Milly zu verwöhnen.

Seine Entschlossenheit war unnötig, wie sich herausstellte, denn niemand versuchte, ihn daran zu hindern. Ruth traute sich offenbar nicht, und Milly konnte es nicht, weil sie sich in einem Zustand der Halb-Narkose zu befinden schien. Da es unangebracht war, sich bei Milly mit Worten für etwas zu entschuldigen, von dem sie nichts ahnte, weil Fred ein einwandfreies Benehmen der Familie gefordert hatte, blieb ihm nichts anderes übrig, als sie mit kostspieligen Aufmerksamkeiten zu verwöhnen. Deswegen erwartete er natürlich auch keine Dankbarkeit von Milly, aber es wäre ihm lieb gewesen, zumindest das Gefühl zu verspüren, daß sie sein Tun schätzte oder wenigstens zur Kenntnis nahm.

Doch abgesehen von den Kellnern, die ihn wie eine Meute aufgescheuchter Paparazzi auf Schritt und Tritt verfolgten, schien niemand etwas zu bemerken, geschweige denn die meist schweigsamen Damen. Ruth hatte er im Verdacht, sie ignoriere mit Absicht seine zügellose Geldverschwendung, während Milly anscheinend nichts aus ihrem Dämmerzustand reißen konnte. Trotzdem hielt er eisern durch und versuchte die Damen bei den Mahlzeiten aufzuheitern, indem er mit fröhlicher Stimme dafür sorgte, daß die Unterhaltung bei Tisch nicht abriß, auch wenn er sie mit sich allein führen mußte. Gegen Ende der Woche begann er geistig abzubauen, denn er kam sich vor wie der vitale Mittelpunkt einer Party, deren Gäste zwei nasse Schwämme waren; vollgesogen mit Tinte statt mit Wasser. Auf einer Seite saß Milly, für deren Passivität es natürlich eine Entschuldigung gab, auf der anderen saß die stumme Ruth mit ihrer Leberschwellung – was blieb einem Mann in solch einem Fall anderes übrig, als in seinen Bemühungen nachzulassen?

Zwei nasse Schwämme aufheitern zu wollen, schien ihm ein völlig sinnloses Unterfangen zu sein. Und da der ungewohnte Genuß von Champagner sich schließlich doch bemerkbar machte, wurden seine Gedanken, Ruth betreffend, böser und böser. Ruth, sagte er sich bitter, hätte ihn wirklich mehr unterstützen müssen, anstatt sich auf ihre Leber auszureden, wie er es manchmal tat, wenn er etwas satt hatte. Ihn derart im Stich zu lassen, das hätte er nie von ihr erwartet. Schon gar nicht nach den gemeinsam verbrachten drei Wochen, die sie die glücklichste Zeit ihres Lebens genannt hatte! Offen gestanden, ihr Verhalten erstaunte und erzürnte ihn. Tatsache war jedenfalls, daß Ruth ihn zutiefst enttäuscht hatte, und nicht nur das; sie hatte diese fabelhafte Gelegenheit ungenutzt vorbeigehen lassen, zu beweisen, was eine gläubige Christin alles leisten konnte. Milly war, weiß Gott, das ideale Objekt, um Mitleid und Mitgefühl zu üben. Und was tut Ruth? fragte er sich und zog zornig an seinem Bart. Briefe schreiben! Briefe an Kinder und Enkelkinder, die diese gar nicht haben wollten. Er wußte genau, daß dies nur ein Vorwand war, um nicht mit der armen Milly sprechen zu müssen. Das war einfach unglaublich von Ruth, und er schämte sich für sie. Fromme Frauen können mir von nun an gestohlen bleiben, dachte er böse. Und so kam es, daß er und Ruth am letzten Abend ihres Aufenthaltes in Brighton zum ersten Mal stritten.

*

Es war nach dem Abendessen, und sie waren im Begriff, zu Bett zu gehen; vielmehr, Alec hatte sich bereits hingelegt, und Ruth schickte sich eben an, dasselbe zu tun. Das heißt, er lag nicht, sondern saß aufrecht gegen die Kissen gelehnt, während sein langer Bart auf seiner mageren Brust ruhte; und plötzlich begann er ihr Vorhaltungen über ihr ungehöriges Verhalten zu machen; Ruth, die diesen Augenblick gefürchtet, aber es nicht für möglich gehalten hatte, daß es tatsächlich so weit kommen würde, hörte ihm mit blassem Gesicht zu, ungeachtet seines Wutanfalls, geduldig und voller Liebe. Sie wußte, daß dafür nicht nur der übermäßige Genuß von Champagner und Austern verantwortlich war, sondern Milly. Milly war der eigentliche und einzige Grund, warum ihr Alec, nach vierzig Jahren harmonischer Ehe, so barsch mit ihr sprach. Barsch war vielleicht ein etwas milder Ausdruck, denn wenn Alec etwas tat, dann tat er es gründlich – er brüllte.

»Ich habe geahnt, daß es dazu kommen würde«, sagte sie sanft, als er schließlich wütend schwieg, um sie zu provozieren; und weil sie ihm behilflich sein wollte, wieder zu seiner wahren Natur zurückzufinden, ihn wieder in ihren lieben, netten Alec zu verwandeln, versicherte sie ihm zärtlich, daß der viele Champagner schuld an seinem Ausbruch war. Eigentlich hatte sie ja die

Wahrheit sagen wollen – diese schreckliche Milly –, aber den Champagner vorzuschieben war taktvoller.

Daraufhin erklärte Alec mit zornig bebendem Bart, daß er noch nie im Leben so sehr er selbst gewesen sei, und seine Vorhaltungen hätten absolut nichts mit dem Champagner zu tun, sondern einzig und allein mit ihrem ungehörigen Benehmen. »Ich fühle mich ganz ausgezeichnet, danke, und bin mehr denn je im Besitz meiner geistigen Kapazitäten«, sagte er sehr laut und über alle Maßen ärgerlich.

»Das denken alle, die zuviel Gift zu sich genommen haben«, meinte Ruth besänftigend. »Aber du wirst sehen, morgen früh geht es dir besser. Am besten, du versuchst jetzt zu schlafen.«

Schlafen? Alec wollte nicht schlafen. Was er wollte, war eine Frau, die wußte, was sich gehörte, eine Frau, die ihm demütig zur Seite stand. Schlafen? Sprach man so mit seinem Mann, der zu Recht erzürnt war? Er war schließlich kein Idiot und auch kein Kind.

Empört erkundigte er sich bei ihr, für welches von beiden sie ihn hielt; und Ruth, endlich fertig mit dem Flechten ihrer mageren Zöpfe, sagte blaß und milde: »Pscht . . . du solltest nicht versuchen zu sprechen, schlaf lieber, damit du morgen wieder der alte bist.«

»Wenn du glaubst, du kannst mir den Mund verbieten . . .«, begann Alec aggressiv.

»Pscht . . .«, sagte Ruth und kniete sich neben das Bett. »Ich möchte jetzt beten.«

»Wage es nicht, etwa für *mich* zu beten«, schrie Alec außer sich.

»Aber Alec«, sagte Ruth, traurig den Kopf schüttelnd, *»das* kannst du mir nicht verbieten.«

Sie schloß ihre Augen, faltete die Hände und versank in Andacht; und da er nicht mit einer betenden Frau streiten konnte, bearbeitete Alec hilflos seinen Bart und ergab sich dem Gefühl der Einsamkeit.

15

Wenn Nora, Georges Frau, besonders guter Laune war, pflegte sie dies eventuell anwesenden Schwägerinnen mitzuteilen, indem sie betonte, sie habe keine Zeit, den Kopf in den Sand zu stecken. Der Ausdruck wirkte eigenartig. Aber an Nora war vieles eigenartig. Sie war alles andere als eine Dame. Zum Beispiel liebte sie es, zu schlemmen und zu trinken, und sie machte auch keinen Hehl daraus; sie redete gern und eindeutig über Sex, und man mußte sie sofort unterbrechen, wollte man vermeiden, daß sie sich über höchst peinliche Details ausließ, sobald dieses Thema durch Zufall zur Sprache kam; ihre Sinnlichkeit war so offenkundig wie bei jemandem, der seine Lippen ständig mit der Zunge befeuchte. Nora war, alles in allem, vulgär. Sehr vulgär sogar. Deshalb nannten alle in der Familie ihren Ehemann immer nur den armen George.

Nora hatte Milly von jeher als altmodische Langweilerin bezeichnet, eine Frau, die den Kopf in den Sand steckte, und obwohl sie gut miteinander auskamen, unterschieden sich Noras Gefühle für Milly nicht von denen, die sie einer gezähmten Maus oder einem zahmen Kaninchen gegenüber empfunden hätte, wenn ihr eines von beiden begegnet wäre. Milly war für sie eine graue unscheinbare Maus, ohne Drang nach Aktivität, obgleich immer liebenswürdig, immer kompromißbereit, immer sanft; deshalb regte sich Nora über alle Maßen auf, als sie herausfand, wie sehr sie sich geirrt hatte. Was für eine großartige schauspielerische Leistung – die Rolle einer Maus, eines Kaninchens und einer Langweilerin so fabelhaft durchzuhalten und in Wirklichkeit nebenbei, heimlich, still und leise ein Leben zu führen, in dem es Geheimnisse, Ekstase, Leidenschaft und Liebe gab! Freds lächerliche Geschichte, in der kein Mann vorkam, sondern nur diese dämliche Schwester, fegte sie ungeduldig beiseite; die Vorstellung, daß es irgendwo Menschen gab, die sich stöhnend und keuchend amourösen Aktivitäten widmeten, wenn es ihnen erst einmal gelungen war, das Land der Mäuse und Kaninchen hinter sich zu lassen, war einfach zu schön; und vor allem war Nora nicht gewillt zu glauben, daß der Grund für Millys jahrelangen Betrug an der Familie diese dämliche Schwester gewesen sein sollte. Im Gegenteil, sie war sich hundertprozentig sicher, daß es weder die Schwester war, mit der Milly sich heimlich in London versteckt hatte, noch hatte Ernest sie wegen einer Schwester enterbt, noch war es die Schwester, die von ihr die tausend Pfund bekommen hatte. Das war weiter nichts als eine absurde Theorie, die sich durch nichts beweisen ließ. Nora konnte sich ohne Schwierigkeiten vorstellen, dem Mann, den sie liebte, ihr ganzes Vermögen zu geben, oder was sie sonst besaß, falls er es wollte. Völliger Unsinn, sich vorzumachen, wie Fred es tat, daß kein Mann von einer Frau Geld annahm. Ein richtiger Mann würde sich alles nehmen – zumindest hoffte sie das inständig. Sie selbst hatte nie Gelegenheit gehabt, so etwas zu erleben, weil sie nicht zu der Sorte Frauen gehörte, von der ein Mann je etwas gewollt hatte; insgeheim bedauerte sie, diese Erfahrung nie gemacht zu haben.

Erregt von ihren Überlegungen, bereitete sie alles für Millys Besuch vor, der heute, einen Tag nach Alecs Streit mit Ruth, beginnen sollte; und sie begrüßte ihren Gast mit soviel ungestümem Enthusiasmus und offenkundiger Freude, daß Ruth, die Fred angewiesen hatte, Milly auf dem Weg vom Victoria-Bahnhof bei Nora abzusetzen, sie schockiert durch das Fenster des Wagens beobachtete. Sie konnte nur hoffen, daß die Erklärung für Noras übertriebenes Getue in deren Vertrauen in Millys Unschuld zu suchen war; allerdings glaubte sie sich zu erinnern, daß Nora schon vor dieser absurden Geschichte ein Faible für Milly gehabt hatte. Warum? Zweifellos, weil sie eine gewöhnliche Frau war, der jede Art von Aufregung willkommen war. Angewidert lehnte Ruth alle gastfreundlichen Angebote ab und gab dem Chauffeur zu verstehen, sie so schnell wie möglich nach Hause zu bringen; mit geschlossenen Augen versuchte sie die eben erlebte Szene, Milly und Brighton zu vergessen, wie auch die Tatsache, daß Alec seit ihrem Streit kein einziges Wort mehr mit ihr geredet hatte, ganz zu schweigen von der immens hohen Hotelrechnung.

»Lieber Himmel, Milly, du siehst wirklich krank aus!« rief Nora, als sie mit ihrem Gast allein war – es war wunderbar aufregend für sie zu wissen, daß in Milly das Feuer der Leidenschaft brannte, während sie äußerlich genau wie ein Kaninchen aussah, das im Regen naß geworden war. Mit leuchtenden Augen betrachtete sie Milly.

»Was hat Ruth nur mit dir gemacht?« fragte sie. »Ich wette, sie war nicht besonders nett zu dir. Das sehe ich dir an. Aber was kann man von ihr auch erwarten? Ruth ist eine alte Jungfer, sage ich immer, trotz ihrer Kinder und Enkelkinder. Sollen wir gleich in dein Zimmer gehen? Möchtest du vor dem Mittagessen etwas? Ein Glas Milch vielleicht? Wir essen um eins. Bist du sicher, du kannst es bis dahin aushalten? Oh, wie ich mich freue, dich hier bei uns zu haben! Deine Koffer sind heute morgen angekommen. Fred hat sie vorbeigeschickt. Weißt du schon, daß Mabel bei der alten Dame ist? Ich finde es ziemlich merkwürdig, daß sie Fred einfach allein gelassen hat, du nicht? Hier ist dein Zimmer ... ganz in der Nähe von meinem. Wenn du etwas möchtest, brauchst du nur zu rufen. Schau, hier im Ankleidezimmer sind deine Koffer. Ich werde sie nachher für dich auspacken ... keine Widerrede, natürlich mache ich das. Und dann können wir uns unterhalten. Oh, wie ich mich auf ein Gespräch mit dir freue ... schon seitdem das alles passiert ist. Du wirst mir doch alles erzählen, oder? Oh, Milly, du siehst wirklich krank aus!« unterbrach sie sich plötzlich. »Das beste ist, du legst dich erst mal hin; und du brauchst nicht wegen des Mittagessens aufzustehen, wenn du keine Lust hast. Willst du dich nicht hinlegen? Ich werde sofort dafür sorgen, daß du eine Wärmflasche gebracht bekommst.«

Freundlichkeit; Herzlichkeit; alles, was auf echte Zuneigung schließen ließ. Der Temperaturwechsel war so abrupt, daß Milly die Luft wegblieb. Erst dieser eisige Nord-Ost-Wind heute morgen, und nun, zur Mittagszeit, war es warm genug für Alligatoren. Hier herrschte Hochsommer; hier schien eine wohltuende tropische Sonne; im Augenblick jedenfalls.

Milly blinzelte erstaunt. Nach Ruths eisigem Schweigen war Noras aufgeregtes und unkonventionelles Geschnatter die reinste

Wohltat. War das nicht zu schön, um wahr zu sein? Würde es so bleiben? Und ihr kam in den Sinn, daß es die Frauen in einer Familie waren, die die Temperatur bestimmten; und in diesem Haus brauchte sie sich nicht vor plötzlichen Regenschauern zu fürchten. Langsam begann sie sich zu entspannen, aufzutauen, sich in die angenehme Atmosphäre fallenzulassen; und sie hatte das Gefühl, nach einem endlosen Marsch endlich an einen Ort gekommen zu sein, an dem sie sich eine Weile vor den brennenden Kamin setzen und ihre müden, steifen Glieder ausruhen konnte.

Nora half ihr beim Ausziehen und überprüfte den Verschluß der Wärmflasche, bevor Milly ins Bett kroch; und nachdem sie sie gefüttert hatte, beugte sie sich über sie, küßte sie herzhaft auf die Wange und riet ihr zu schlafen, bis es an der Zeit war, Tee zu trinken – »Das wird dir helfen, Ruth zu vergessen«, sagte Nora mit dem erfrischend lauten Lachen, das die Damen der Familie jedesmal zusammenzucken ließ, und Milly seufzte, dankbar für die Zeit, die sie hier verbringen durfte, bevor sie an die rigorose und unwirsche Edith weitergereicht würde, und murmelte, mit geschlossenen Augen, entspannt in die Kissen gekuschelt: »Engel.«

»Wer ... ich?« rief Nora und lachte wieder. »Da solltest du George hören. Aber laß dir von mir sagen, was *du* bist ... du bist die einzige wirklich lebendige Frau, die ich je kennengelernt habe.«

»Wer ... ich?« fragte nun Milly ihrerseits, öffnete die Augen und sah Nora erstaunt an. »Ich, Nora?« Und mit einer müden Geste hob sie für einen Augenblick die Hand, bevor sie sie wieder auf die Decke fallen ließ. »Ich bin doch tot. Das müßtest du doch wissen. Ich bin tot.«

»Das ist doch das Phantastische«, rief Nora aufgeregt über diese einmalige Darstellung. »Du bringst es fertig, tot auszusehen, bist aber in Wirklichkeit die einzige in der Familie, die lebt. Du wirst es mir nicht glauben, aber ich habe dich jahrelang für eine Art Kaninchen gehalten. Ehrlich. Und das beweist es doch. *Du* ein Kaninchen!«

Milly sah sie schweigend an. Und Nora fuhr fort: »Weißt du,

daß ich dich aufrichtig bewundere? Wirklich. Du bist so talentiert, Milly, es ist einfach fabelhaft, wie du dich beherrschen kannst. Du wirst sicher lachen, aber ich respektiere dich ungemein. So, und jetzt wird geschlafen. Ich muß schnell weg, bin aber rechtzeitig zum Tee wieder da.«

Und mit keineswegs damenhaften Schritten hüpfte Nora aus dem Zimmer.

*

Milly war über alle Maßen verwirrt. Bewunderung? Respekt? Waren das tatsächlich die Worte, die Nora gesagt hatte? Nach der frommen kühlen Ruth in Brighton, nach den schrecklichen letzten Tagen bei Mabel, in denen man sie der Fürsorge der offenkundig unwilligen Angestellten und damit sich selbst überließ, hatte sie zwangsläufig genügend Zeit, den Grund für diese Veränderung herauszufinden, wenngleich es eine Weile dauerte, bis sie daran glauben konnte – nach all diesen Erfahrungen konnte sie mit diesen seltsamen Worten nichts Rechtes anfangen.

Was konnte Nora damit meinen?

Milly versuchte angestrengt, ihren Verstand zu aktivieren, der sie in letzter Zeit ziemlich im Stich gelassen hatte und sich, seit Mabels merkwürdigem Benehmen, im Zustand höchster Verwirrung befand, und sie war glücklich festzustellen, daß er langsam wieder zu funktionieren begann, ohne Zweifel eine Folge der Herzlichkeit, mit der Nora sie willkommen geheißen hatte. Aller Wahrscheinlichkeit nach bewunderte und respektierte Nora sie – Milly wurde rot vor Scham bei dieser Überlegung – für ihre Geduld, mit der sie die falschen Beschuldigungen ertrug; denn Nora glaubte mit Sicherheit an ihre Unschuld.

Dagegen muß ich dringend etwas unternehmen, dachte Milly, sich im Bett aufsetzend. Das fehlte ihr gerade noch, daß sie plötzlich als Heilige betrachtet und verehrt wurde, was Nora voraussichtlich demnächst tun würde. Eine groteske Vorstellung, auf einem Podest zu stehen und von Nora verehrt zu werden. Nahm es denn nie ein Ende, daß man sie zur Falschheit zwang? Es war nicht sehr fair vom Schicksal, so rachedurstig zu sein. Noras Zuneigung – und alle Anzeichen sprachen dafür – war eine unerwartete Entwicklung in ihrer miserablen Situation; und jemanden, der einen liebte und an einen glaubte, in seinem eigenen Haus zu hintergehen und dessen Bewunderung und Respekt zu akzeptieren, ohne ein Wort zu sagen, wäre mit Sicherheit ebenso niederträchtig wie all das, was sie sich bereits zuschulden hatte kommen lassen. Oh, ich will mich nie mehr so niederträchtig verhalten, dachte Milly, und ihre Finger verkrallten sich verzweifelt in der Bettdecke. Die einzige Möglichkeit, dieses Blatt zu wenden, war, die Wahrheit zu sagen. Nora wäre sehr unglücklich, wenn sie die Wahrheit erfuhr. Denn obwohl sie so unbekümmert die Dinge ansprach, die der Rest der Familie für vulgär hielt, hatte sie nie in ihrem Leben etwas Unanständiges getan und war in ihrem Herzen ohne Zweifel genauso konventionell wie all die anderen. Davon abgesehen, wenn sie Nora die Wahrheit sagte, würde jeder davon erfahren; erst George, dann die anderen. Und die Folge davon? Die Ehre und der Frieden der Familie wären damit schließlich doch noch zerstört.

Nein, dachte Milly, das ist ihnen nicht zuzumuten. Niemals dürfen sie die Wahrheit erfahren. Ich muß es schaffen, allein damit zurechtzukommen . . .

Und sie sah sich in ihrem Zimmer um, ohne eines der bunten Objekte zu bemerken, die auf Noras Persönlichkeit hindeuteten, ohne zu bemerken, wie ihre Finger die Bettdecke zerknautschten, die, wie der Rest der Bettwäsche, von intensivem Orange war, und dachte: Ich finde, man kann eine Bestrafung auch übertreiben . . .

*

Die Zofe erschien und erkundigte sich, ob sie Milly den Tee servieren solle oder ob sie lieber auf die Rückkehr der Hausfrau warten wolle.

Tee? Schon? Milly konnte es kaum begreifen; sie hatte das Gefühl, Nora habe sie erst vor zehn Minuten verlassen. Wie die Zeit vergeht, wenn man versuchte sein Leben in den Griff zu bekommen, wenn es einem überaus schwierigen Puzzle gleicht, in dem nichts zusammenpaßt.

»Es ist schon nach fünf, Ma'am«, meinte die Zofe und sah sie freundlich an – nicht wie Mabels Zofe, die nie auch nur einen einzigen Blick auf sie geworfen hatte, nicht wie dieser schreckliche Butler, der bei ihrem Abschied seine riesige Nase so arrogant in die Luft gestreckt hatte, um ihr noch einmal deutlich zu machen, daß für ihn der Umgang mit Menschen wie ihr unter seiner Würde war.

»Mrs. George hatte vor, mit mir gemeinsam Tee zu trinken«, meinte Milly.

»Ich weiß, Ma'am . . . um halb fünf. Aber nun ist es schon ein Viertel nach, und ich dachte, ich bringe Ihnen vielleicht lieber jetzt den Tee herauf.«

Milly wußte nicht, wie sie reagieren sollte. Hatte Nora nicht darauf bestanden, mit ihr Tee zu trinken? Wo war sie nur so lange?

Die Zofe brachte den Tee herauf, den Milly, auf Noras Rückkehr hoffend, kalt werden ließ. Sie stand auf und begann sich anzukleiden, und als sie damit fertig war, war es bereits halb sieben, und von Nora war nicht die geringste Spur zu sehen. Was konnte passiert sein? Unruhig ging sie nach unten, in den Salon, in dem George mit besorgtem Gesicht vor dem brennenden Kamin stand; und in dem Augenblick, als sie ihn ansprach, wußte sie, daß George sie, im Gegensatz zu seiner Frau, nicht respektierte.

Er war von beleidigender Zurückhaltung. Ganz anders als beim letztenmal, als sie ihn gesehen hatte, an jenem Nachmittag, an dem sie im Victoria-Bahnhof beinahe mit ihm zusammengestoßen wäre und er sie dann nach Hause gebracht hatte. Damals hatte er einen erregten, verlegenen, eben menschlichen Eindruck auf sie gemacht; heute wirkte er kalt und abweisend.

Und sie sagte: »Oh, George, du bist schon daheim?« und erwartete, er würde sich so wie Fred und Alec verhalten, erwartete es geradezu mit Bestimmtheit nach Noras herzlichem Empfang.

Doch er antwortete mit einem Gesicht, das so leer war wie eine Kirche: »Wie geht es? Wo ist Nora?«

Das war alles. Nicht mehr und nicht weniger. Es folgte nicht einmal der leiseste Versuch, ihr die Hand zu geben.

Das einzige, was sie in diesem Augenblick mit Sicherheit wußte, war, daß George sie in keiner Weise respektierte – er tat eher das Gegenteil, obwohl er doch Noras Mann war. Nun, eigentlich darf mich das nicht überraschen, dachte Milly; wenn sie an Fred und Mabel dachte, oder an Alec und Ruth. Trotzdem, in diesem Haus, in dem alles auf Noras Persönlichkeit hindeutete, hätte sie mit Sicherheit . . .

»Ja . . . wo ist Nora?« sagte Milly verwirrt und eingeschüchtert.

George gab sich keine Mühe, seine Respektlosigkeit zu verbergen, und schwieg. Eingehend untersuchte er seine Hände und kam offenbar zu dem Entschluß, daß sie dringend gewaschen werden müßten, worauf er an ihr vorbeieilte und nach draußen verschwand.

Milly sah ihm nach, mit demselben Gefühl, das sie überkommen hatte, als sich der flirtende Jenkyns in einen Eiszapfen verwandelt hatte – als ob sie geschlagen worden sei. Konnte sie in einem Haus bleiben, in dem der Gastgeber sich weigerte, mit ihr zu sprechen? Was war überhaupt los mit George? Gerade von ihm hatte sie nicht erwartet, daß er sich anders verhalten würde als seine Brüder und seine Frau. Warum benahm er sich so rüde, obwohl er doch akzeptiert hatte, daß sie einen ganzen Monat lang unter seinem Dach weilte? Es war schließlich sein Haus. Er hätte sich doch weigern können, sie bei sich aufzunehmen. Warum sollte er einen Gast empfangen, gegen den seine Abneigung so groß war, daß er sich nicht einmal überwinden konnte, mit ihm zu sprechen?

Unglücklich setzte sie sich vor den Kamin. Warum verhielt man sich ihr gegenüber, wohin sie auch kam, einerseits so gemein und andererseits so liebenswürdig? Und sie war so dankbar gewesen, endlich an einen Ort zu kommen, an dem sie Ruhe finden würde.

Milly starrte in die Flammen. Wo war Nora? Warum kam sie nicht heim?

Und obwohl sie die Ohren spitzte, um eventuell Noras Schritte draußen im Flur zu hören, nahm sie keinerlei Geräusch im ganzen Haus wahr außer dem Ticken der Uhr auf dem Kaminsims und einem blattlosen Ast, der gegen das Fenster schlug.

*

George blieb absichtlich in seinem Ankleidezimmer oben im ersten Stock, weil er sich hier vor Milly sicherer fühlte als in seinem Arbeitszimmer. Wenn er von Noras Abwesenheit gewußt hätte, wäre er natürlich nicht so früh nach Hause gekommen. Er hatte sich vorgestellt, vor dem Abendessen mit Nora eine Weile allein zu sein, weil er Sorgen hatte; zwar konnte er ihr nicht erzählen, was ihn so bedrückte, aber er hatte das Gefühl, daß ihn ihre leichtsinnige Quecksilbrigkeit aufmuntern würde; ihr sagenhafter Optimismus war vielleicht das einzige, was ihm im Moment helfen konnte.

Was für ein Pech, die wahre Geschichte die tausend Pfund betreffend genau an dem Tag herauszufinden, an dem Milly ihren Besuch in seinem Haus antrat, dachte er; und als er heimkam und dieser Frau plötzlich allein gegenüberstand, fing er sogar an zu glauben, daß ihn das Pech verfolgte. Warum war er eigentlich in den Salon gegangen? Warum nicht in sein Arbeitszimmer, wo er nach einem Angestellten hätte klingeln können, der Nora von seiner verfrühten Ankunft unterrichtet hätte? Weil er so in Gedanken und von dem für ihn ungewöhnlichen Wunsch besessen war, mit Nora allein zu sein. Deswegen hatte er den Salon betreten, in dem sie sich zu dieser Stunde normalerweise aufhielt. Und wen traf er dort? Milly. Und wieder war er mit ihr allein, wie damals auf dem Bahnhof, und niemand war da, der ihm half oder Ratschläge erteilte.

Obwohl er natürlich wußte, daß er mit ihr reden mußte, war er außerstande dazu. Später vielleicht, mit der Hilfe Noras, wäre er dazu in der Lage gewesen; aber nicht in diesem Augenblick, denn er war ein einfacher Mann, der es nicht gewöhnt war, seine Gefühle verbergen zu müssen. Was sollte er von der neuesten Entwicklung in Sachen Milly halten? Nicht einmal Alec und Fred wußten, wie sie darüber denken sollten. Heute morgen, in Freds Büro – er hatte sie telefonisch zu einer Zusammenkunft gebeten – saßen sie fassungslos auf ihren Stühlen. Bertie? Nicht die Tatsache an sich, daß er ihr das Geld vorgestreckt hatte, war schlimm; im Gegenteil, es war eine anständige, lobenswerte Aktion; aber es heimlich zu tun und kein Sterbenswörtchen davon zu verraten, als sie sich alle bei George getroffen hatten und so überrascht gewesen waren, und diesem Kerl Jenkyns zu verbieten, ihnen etwas zu sagen, das war es, was sie so beunruhigte; offenbar hatte er Angst davor, daß es herauskam. Warum hatte Bertie Angst davor? Keiner sprach darüber, aber ihre Beunruhigung äußerte sich in ihrem hilflosen Schweigen; in der Art, wie Alec seinen Bart bearbeitete; in den Blicken, die sie einander nicht zuwarfen.

Fred hatte versucht, Bertie zu erreichen, weil er ihn fragen wollte, ob er einverstanden sei, sich an der Rückzahlung an Jenkyns zu beteiligen; aber Bertie weilte geschäftlich in Birmingham, und da Fred die Sache nicht auf die lange Bank schieben wollte und sich Berties Zustimmung sicher war, weil ja auch Alec und George der Ansicht waren, dies sei die beste Lösung, rief er diesen Kerl an und teilte ihm mit, daß er ihm einen Scheck über die Summe, die er seiner Schwägerin, Mrs. Ernest Bott, geliehen habe, schicken würde – freundlicherweise geliehen habe, hatte Fred kühl und höflich betont. Und Jenkyns, ebenso kühl und höflich, weil er die Botts und ihre Transaktionen und Verbindungen seit den Besuchen Berties, Millys und Agathas satt hatte, ließ ihn daraufhin wissen, daß er nicht das Privileg gehabt habe, das Geld selbst zu verleihen, der Scheck solle an Mr. Herbert Bott geschickt werden – freundlicherweise an jenen geschickt werden, betonte er –, da dieser die Firma Jenkyns und Rowe lediglich als ausführendes Organ für seine Großzügigkeit benutzt habe.

Mr. Herbert Bott. Damit war zweifellos Bertie gemeint. Fred war so überrascht, daß der Hörer von seinem Ohr abrutschte.

Die Stimme am anderen Ende jedoch sprach weiter. Was sagte

der Kerl? Fred rückte den Hörer wieder an die Stelle, wo er seinen Zweck am besten erfüllte.

Der Kerl meinte, er hoffe, sich keiner Indiskretion schuldig gemacht zu haben, denn ihm fiele erst jetzt wieder ein – Mr. Herbert Bott hatte tatsächlich ausdrücklich darauf bestanden, daß die Sache nicht erwähnt wurde. Ohne Zweifel könne er sich wohl aber auf Mr. Frederick Bott verlassen . . . er sprach doch mit Mr. Frederick persönlich, oder? . . . nun, die Information nicht zu mißbrauchen.

»Sie vor Mrs. Ernest geheimhalten, nehme ich an?« sagte Fred.

»Ich hatte das Gefühl«, fuhr die professionell schleimige Stimme des Anwalts fort, »Mr. Herbert wollte auch nicht, daß seine Brüder etwas davon erfahren. Noch . . .«, er schwieg, um sich zu räuspern, ». . . noch seine Frau.«

Fred hatte Alec und George natürlich sofort von diesem Telefongespräch in Kenntnis gesetzt – sinnlos, es nicht zu tun, sinnlos zu versuchen, diese Neuigkeit nicht weiterzugeben, und so saßen sie jetzt stumm auf ihren Stühlen und wußten nicht so recht, was sie davon halten sollten. Eindeutig war, was Jenkyns vermutete, kein Wunder, er war ein Schurke und somit gewöhnt, das Schlimmste für möglich zu halten. Und er hatte etwas gegen ihre Familie, das hatten sie schon an dem Tag bemerkt, als er Ernests Testament vorlas. Aber abgesehen davon: Jenkyns hatte seine Informationen aus erster Hand, von Ernest nämlich, und deswegen brauchte er es nicht zu glauben – er wußte es.

Dieser lähmende Gedanke kam allen dreien fast gleichzeitig. Und jeder von ihnen versuchte, ihn sofort wieder zu verdrängen. Was war denn schon passiert, sagten sie sich, abgesehen davon, daß Bertie seine Großzügigkeit verheimlicht hatte und sie ihn durch Zufall erwischt hatten; ebenso rein zufällig mußte Fred in diesem Augenblick daran denken, wie er Milly um Entschuldigung gebeten hatte, weil er sich seiner dummen Verdächtigungen schämte, und wie er die anderen versucht hatte dazu zu bringen, sich ebenfalls zu schämen, und an die wiederholten Szenen mit der armen alten Mabel mußte er denken, die in diesem furchtbaren Streit endeten, nach welchem sie weinend zu ihrer

Mutter geflüchtet war. Ebenso rein zufällig mußte Alec in diesem Augenblick an den Aufenthalt in Brighton denken, in dem er sich in die gräßlichen Unkosten stürzte, um Milly sein Vertrauen in ihre Schuldlosigkeit zu beweisen, und an seinen Streit mit der armen alten Ruth mußte er denken, mit der er seitdem kein Wort mehr gewechselt hatte, und auch an die horrend hohe Hotelrechnung, die am Morgen ihrer Abreise zu bezahlen war. Was hatten diese Erinnerungen mit ihrer neuesten Entdekkung zu tun? fragten sich alle drei. Und als Alec es wagte, Fred anzusehen, bemerkte er, wie dieser ihn ebenfalls fixierte, und ihrer beider Blicke verrieten Reue.

Nur George dachte an nichts, denn er war ja bisher von Millys Besuch verschont geblieben. Und er empfand auch keine Reue für Vergangenes, aber Angst vor der Zukunft, denn wenn er heimkam, würde Milly bereits angekommen sein. Wie sollte er sich verhalten? Er war so erleichtert gewesen, von Fred zu hören, daß sie trotz allem eine tugendhafte Frau sei, aber jetzt, was sollte er jetzt darüber denken? Es konnte einen Mann wahrlich um den Verstand bringen, wenn dauernd etwas Neues passierte. Die tausend Pfund stammten also von Bertie; und keiner von beiden hatte etwas davon verraten? Und gerade in diesem Stadium der Entwicklungen, in dieser unerwarteten Krise, mußte er Milly für einen Monat bei sich aufnehmen? Er fand das ziemlich grausam. Er hoffte nur, Alec oder Fred würden ihm Verhaltensregeln geben für die Zeit, in der sie zu Besuch weilte. Er selbst hatte nämlich nicht die geringste Ahnung, wie er die Sache anpacken sollte. Am allerliebsten wäre ihm gewesen, er hätte die Frau weder je wiedergesehen noch mit ihr reden müssen – aber so gütig meinte es das Schicksal nicht mit ihm. Vom heutigen Tag an war er gezwungen, den Gastgeber zu mimen. Irgend jemand mußte ihm doch einen Rat geben können. Er nahm an, alle würden sich weiterhin so benehmen, als ob nichts passiert sei. Was sollten sie auch sonst tun, jetzt, da Bertie in die Sache verwickelt war. Armer alter Bertie – sie hat ihn um ihren kleinen Finger gewickelt, dachte George. Kein Wunder, er war ja so ein gutmütiger Kerl. Aber dieses Spielchen soll sie ja nicht mit mir versuchen, dachte George und atmete tief durch.

Und dann endlich bekam er von Fred den erhofften Fingerzeig, denn plötzlich stand dieser auf, sah auf seine Uhr und sagte: »Also, ich gehe jetzt zum Mittagessen«, und während er mit fahrigen Gesten die Papiere, die auf seinem Schreibtisch zu einem ordentlichen Stapel geschichtet waren, durchsah und dabei ein heilloses Durcheinander anrichtete, erklärte er, er fände Berties Verhalten lobenswert; und wenn er eine Großzügigkeit geheimhalten wollte, warum sollten sie diese Macke nicht akzeptieren?

»Sie hat den alten armen Kerl immerhin tausend Pfund gekostet«, sagte Fred und nahm seinen Hut. »Tausend Pfund, von denen letztendlich diese gräßliche Schwester Millys profitiert hat.« Er drückte seinen Hut tief in die Stirn und sah sie an. »Ich finde, es sollte unter uns bleiben. Je weniger man darüber redet, desto besser für alle. Und erzählt um Himmels willen vor allem den Frauen nichts davon.«

Alec und George stimmten ihm furchtsam zu. Kein Wort sagten sie ihren Frauen; aber am Abend desselben Tages bekamen sie die Neuigkeit von den Frauen unter die Nase gerieben.

*

Nora hatte alles im Haus der alten Dame erfahren, sie hatte ihr einen Besuch abgestattet, nachdem sie Milly verlassen hatte; einerseits wollte sie etwas für ihre körperliche Fitneß tun, andererseits wollte sie den Dampf ablassen, der ihr Unbehagen verursachte; und natürlich wollte sie einen Blick auf Mabel werfen, die sie zwar schon öfter getroffen hatte, nachdem diese Fred verlassen hatte, aber sie war dem Grund für dieses mysteriöse Verhalten nicht auf die Spur gekommen. Zudem war dieser Spaziergang über die Anhöhe eine willkommene Gelegenheit, sich gehen zu lassen; und obwohl sie sich schon häufig gewundert hatte, warum Frauen nur in der Lage waren, sich auf der Spitze einer Anhöhe gehenzulassen, empfand sie diese spezielle Anhöhe heute als Wohltat, die es ermöglichte, bei einer der schönsten, aufregendsten Familienkrisen anwesend zu sein, die man sich nur wünschen konnte. Schon zehn Minuten nach ihrer Ankunft begann sich die Angelegenheit, in die erhoffte Richtung zu entwickeln, und ihre Neugier veranlaßte sie zu bleiben; so kam es, daß sie ihr Versprechen, mit Milly Tee zu trinken, völlig vergaß und mit knapper Not rechtzeitig zum Abendessen wieder zu Hause war.

Um die Dinge der Reihe nach zu erzählen (die Lieblingsformulierung von Ruth): Die alte Dame saß stumm in ihrem Stuhl beim Kamin, um die Schultern einen mauvefarbenen Schal, die kleinen Füße auf einen Schemel gelegt, froh, von Milly zu hören, im Gegensatz zu Mabel, die in ihrem Pelzmantel aussah wie ein kranker Affe, dem die Haare ausgingen, und schwieg, auch wenn Nora noch so neugierig war zu erfahren, was zwischen ihr und Fred vorgefallen war. Und dann gesellte sich Ruth zu ihnen, auch das war nichts Ungewöhnliches, weil um diese Tageszeit immer alle Frauen der Familie im Haus der alten Dame zusammenkamen, besonders jetzt, da sie niemanden anderen in Titford besuchen konnten. In diesem Augenblick deutete noch nichts auf die kommenden Ereignisse hin.

Ruth war über Noras Anwesenheit nicht sehr erfreut – aber auch das war normal –, und Nora, die auf dem Teppich vor dem Kamin stand, mit unschicklich gespreizten Beinen, beobachtete Ruth und die alte Dame, die darüber hinwegsah, was jemand mit seinen Beinen machte, solange die Person ein gutes Herz hatte, obwohl auch ihr natürlich eine damenhafte Ausrichtung der Beine lieber war, und rief ironisch: »Hallo, Ruth, lange nicht gesehen, was?« Eine Bemerkung, die Ruth ignorierte, weil sie weder einen Sinn für Ironie noch für Nora hatte.

»Ich hätte mich gern mit Mabel unterhalten«, sagte Ruth und sah die alte Dame an.

»Aber bitte«, ermutigte sie Nora. »Wenn dir das gelingt. Seitdem ich hier bin, hat sie nicht ein einziges Wort herausgebracht, aber vielleicht hast du ja mehr Glück.«

Armer George, dachte Ruth und gab sich Mühe, keine Notiz von Nora zu nehmen; und Nora, deren lebenslustige Augen über Ruths bitter-frommes Gesicht huschten, dachte: armer Alec. Denn alle Bott-Frauen bemitleideten die Ehemänner der anderen.

»Du meinst, du willst mit Mabel unter vier Augen sprechen, meine Liebe?« erkundigte sich die alte Dame. »Vielleicht im Eßzimmer? Dort brennt auch ein hübsches Feuerchen. Vielleicht solltet ihr euch dahin zurückziehen für euer gemütliches Plauderstündchen.«

»Als ob Mabel darauf Lust hätte«, rief Nora; und tatsächlich sah Mabel nicht so aus, als läge ihr etwas an gemütlichen Plauderstündchen.

Bevor Ruth darauf reagieren konnte, ging die Tür auf, und Edith kam herein.

»Lieber Himmel . . . jetzt gehe ich aber«, sagte Nora, als sie sah, um wen es sich handelte, und griff eilig nach ihren Handschuhen, die sie auf das Sofa geworfen hatte.

»Nicht jetzt«, meinte die alte Dame, die Noras Ausruf deplaziert fand. »Setz dich, Nora. Du solltest dich noch etwas ausruhen nach dem langen Spaziergang. Du möchtest doch sicher gern eine Tasse Tee, bevor du . . .«

»Nein, danke, Mutter. Ich muß heim, denn ich habe Milly versprochen . . .«

»Du kannst deinem Gast eine Nachricht von mir überbringen«, unterbrach Edith sie mit schneidender Stimme.

»Das ist lieb von dir, Edith, an die arme Milly zu denken«, sagte die alte Dame mit zitternder Stimme. »Komm, setz dich hier zu mir und wärm dich auf. Mir scheint es ziemlich kalt zu sein, obwohl die hübschen Frühlingsblumen schon alle blühen.«

»Du kannst ihr sagen«, meinte Edith an Nora gewandt, »daß sie mich von der Liste streichen kann.«

»Von welcher Liste, meine Liebe?« wollte die alte Dame wissen.

»Ich finde nämlich, es ist höchste Zeit, Milly nicht mehr mit Glacéhandschuhen anzufassen.«

»Von was für Handschuhen sprichst du, meine Liebe?« fragte die alte Dame. »Mabel, würdest du bitte nach Jenny klingeln und ihr sagen, daß wir jetzt gerne unseren Tee hätten? Und es gibt auch frischgebackenen Kuchen. Ich bin sicher, der wird euch schmekken.«

»Ich kann doch dableiben, Mutter?« sagte Edith. »Mein Koffer steht in der Halle.«

»Dableiben, meine Liebe? Du meinst, für eine Nacht?«

»Nächte«, sagte Edith kurz angebunden; in diesem Augenblick zog sich Nora einen Stuhl heran, in dem sie es sich gemütlich machte, fest entschlossen, sich zu amüsieren.

»Nächte?« wiederholte die alte Dame. »Nun, natürlich, wenn du das möchtest. Mabel ist ja auch für länger hier. Dann hast du wenigstens etwas Gesellschaft. Und zum Abendessen gibt es ein gebratenes Hühnchen und Blumenkohl, wenn mich meine Nase nicht täuscht. Mabel, meine Liebe, sagst du bitte Jenny Bescheid?«

Edith begab sich zum Kamin und wartete, sich die Hände wärmend, bis die ältere Angestellte ihre Anweisungen erhalten hatte und wieder hinausgegangen war. Ihre Nase wirkte heute sehr spitz, ihr Mund war ein einziger dünner Strich. Nora war etwas überrascht über Ediths verändertes Aussehen, und Ruth, die ahnte, daß ihre Beine gleich unter ihr nachgeben würden, ließ sich auf das Sofa sinken, um mit gesenktem Kopf die wahrscheinlich unangenehmen Neuigkeiten über sich ergehen zu lassen, während Mabel mit tristem Blick aus dem Fenster starrte.

»Ich war schon immer der Auffassung«, sagte die alte Dame, kaum hatte die Angestellte die Tür hinter sich geschlossen und noch ehe Edith den Mund aufmachen konnte, »daß man alles so viel wichtiger nimmt, als es nötig ist, meine Lieben . . . viel zu wichtig nimmt man alles.«

»In deinen Augen spielt wohl kaum etwas eine Rolle, nicht wahr, Mutter?« preßte Edith schmallippig hervor; Ruth konnte ihr insgeheim nur zustimmen. Ich bin froh, daß Edith das gesagt hat, dachte sie. Sie fand es nahezu tragisch, daß eine so alte Dame wie ihre Schwiegermutter immer noch nicht in der Lage war, obwohl sie sich doch unaufhaltsam der Ewigkeit näherte, eine Entscheidung zu treffen, was richtig und falsch, gut und böse war. Tatsächlich hatte sie manchmal das Gefühl, das Oberhaupt der

Familie wisse nichts von der Existenz der Sünde – was natürlich kaum möglich war –, oder aber sie wußte davon, aber es machte ihr nichts aus – was wohl auch kaum möglich war. Deswegen war Ruth froh über Ediths Worte.

Die alte Dame jedoch erwiderte nichts, saß einfach nur kopfschüttelnd da, was in ihrem Fall natürlich nicht unbedingt Widerspruch bedeutete.

»Ich bin jedenfalls heute nachmittag hier, um euch etwas mitzuteilen, was vielleicht sogar Mutter als wichtig empfinden wird«, fuhr Edith fort.

»Aber sicher, meine Liebe. Wenn du nicht über die Fehler anderer sprichst. Jeder von uns hat Fehler, auch wenn ich mich heute nur noch an meinen eigenen erfreuen kann. Warum setzt du dich denn nicht endlich, Edith? Ich finde es so viel gemütlicher, wenn alle sitzen.«

Typisch Mutter, dachte Ruth traurig. Aber ändern ließ sich daran nichts mehr, weil sie schon so alt war; und so stur. Was sagte Edith da?

Scheinbar immer noch in das Muster des Teppichs vernarrt, spitzte Ruth aufmerksam die Ohren; Mabel machte beim Fenster eine erschreckend abrupte Bewegung; Noras Augen wurden doppelt so groß.

Edith, die sich mit einer Hand am Kaminsims festhielt, verkündete gerade, daß sie wisse, wer der Mann sei.

»Der Mann, meine Liebe? Was für ein Mann?« fragte die alte Dame. »Es gibt so viele, finde ich.«

»Oh . . . *Mutter*!« rief Nora ungeduldig. »Millys Mann natürlich. Weiter Edith, weiter . . .«, und sie beugte sich gespannt nach vorn, um ja nichts zu verpassen.

Aber Edith spannte sie auf die Folter. Irgendwie schien sie Schwierigkeiten zu haben fortzufahren.

»Millys Mann?« wiederholte die alte Dame. »Ja, hat die arme Milly denn nun doch einen Mann? Ich dachte, ihr habt entschieden, sie habe keinen. Ach, du lieber Gott . . . arme kleine Milly. Männer sind so eine Last. Aber sie wird nicht lange einen haben, denke ich.«

»Mutter . . .«, begann Ruth und ließ geschockt das Teppichmuster im Stich. Sinnlos, ihrer Schwiegermutter klarmachen zu wollen . . . sie war einfach zu alt und zu verbohrt.

»Eigentlich wollte ich es euch nicht sagen . . . nicht heute«, fuhr Edith schließlich fort. »Im Grunde bin ich nur hergekommen, um euch mitzuteilen, daß ich mit Milly nichts zu tun haben möchte. Ich will es einfach nicht, ich kann es nicht. Aber ihr werdet es bald erfahren . . . alle werden es wissen, die Kinder, die Angestellten . . . alle . . .«

Vor Wut und Scham bebend brach sie ab.

»Gott, o Gott, o Gott«, sagte die alte Dame. »Dann müssen wir aber besonders nett zu der armen Milly sein. Nichts wie Ärger hat man mit Männern, sage ich immer. Ein Glück, daß sie einem nicht bleiben.«

Ruth schauderte. Soviel Dummheit am Rand des Grabes.

»Ich bin gespannt, ob du noch nett zu ihr sein wirst, wenn du erfährst, daß es sich um einen deiner Söhne handelt.«

»Ach, du lieber Himmel!« stieß Nora hervor und sprang auf. »Ich meine, wie schrecklich«, verbesserte sie sich schnell und ließ sich wieder fallen. Und plötzlich, sie wußte eigentlich nicht warum, fragte sie atemlos: »Es handelt sich doch nicht um George?«

»George!« Edith sah sie verächtlich an. »George? Diesen Langweiler?«

»Und stehe uns bei in den Zeiten unserer Leiden . . .«, murmelte Ruth, sich in ein Gebet flüchtend, um den schrecklichen Worten, die gesagt wurden und noch gesagt werden würden, nicht zuhören zu müssen. Welchen Sohn? Welcher? Wenn es sich nicht um George handelte – um wen dann ? Doch nicht um . . . nein, das war völlig ausgeschlossen . . . oder war es doch möglich? War das die Erklärung für all den Champagner, die Extravaganzen, die entsetzlichen Worte, die er ihr an den Kopf geworfen hatte, weil sie ihm nicht geholfen hatte, sie zu verwöhnen, weil . . . *und Gott erlöse uns von unserer Schuld, erlöse uns, erlöse uns . . .* betete sie fieberhaft, weil sie nichts hören, sich nicht erinnern, nicht denken wollte . . .

Und Mabel begann am Fenster zu weinen.

Es handelt sich um Fred, dachte Nora, die sie beobachtete. Natürlich. Deswegen haben sie gestritten, deswegen ist sie zu der alten Dame gezogen. Du lieber Himmel, und sie hatte geglaubt, die Botts seien altmodische Langweiler!

»Nicht weinen, Mabel, meine Liebe«, sagte die alte Dame. »Es gibt keinen Grund für Mabel zu weinen, nicht wahr, Edith?«

»Mabel?« sagte Edith verwundert. »Ich glaube nicht. Ihr denkt doch nicht etwa, es handele sich um *Fred?*«

Und dann folgte etwas, was in den Annalen der Familie noch nie vorgekommen war – ein Bott-Ehemann wurde von seiner eigenen Frau denunziert.

Die Worte sprudelten wie frisches Quellwasser in den Raum, der sofort unter Wasser zu stehen schien, auf dem die Zuhörer wie Schiffbrüchige hilflos auf- und niedergeschaukelt wurden und nicht den Felsen sahen, auf den sie zutrieben. Nicht einmal die alte Mrs. Bott sah ihn, sie war viel zu beschäftigt, diese armen verstörten Kinder zu bemitleiden und daran zu denken, wie traurig es war, daß man Frauen ihre Fehler übelnahm. Je mehr Fehler sie hatten, desto weniger mochte man sie. Die arme Edith, zum Beispiel – alle ihre Fehler wurden ihr nun zum Verhängnis. Sie konnte sich nicht erinnern, die arme Edith je in einer Situation erlebt zu haben, in der sie so im Nachteil war. Das war wirklich arg; war man denn nicht schon genug bestraft, wenn man so viele Makel hatte?

Edith kam der alten Dame in diesem Augenblick noch weniger liebenswert vor als sonst. War es die Art, wie sie etwas erzählte? Oder war es die Geschichte selbst? Die alte Dame hörte sich kopfschüttelnd – und keiner wußte, ob sie damit Sympathie oder Ablehnung zum Ausdruck brachte – und aufmerksam Ediths Geschichte an; wie sie heute morgen in die Stadt gefahren sei und sich dann, schon auf dem Heimweg, entschlossen habe, in Berties Büro vorbeizuschauen . . .

»Aber warum denn, meine Liebe? Bertie ist doch noch verreist, oder nicht?«

Eben darum wollte sie ja in seinem Büro vorbeischauen, weil

sie wußte, er war nicht da, und weil sie seit einiger Zeit so ein merkwürdiges Gefühl gehabt habe, mit gutem Grund, wie sie ihnen versichern konnte, und weil sie sich mal gründlich umsehen wollte in seinem Büro, sozusagen für alle Fälle . . .

Oh, die armen Kinder, dachte die alte Dame; gelegentlich mißtrauten sie ihren Männern und mußten hinter den Männern herspionieren. Dabei war noch nie jemand glücklich geworden, der etwas herausgefunden hatte.

. . . und da, auf dem Tisch lag ein Brief, auf dem in großen Lettern PRIVAT vermerkt war, worauf Edith ihn natürlich sofort aufmachte, und er war von diesem Anwalt Ernests . . .

Kein sehr netter Mann, dachte die alte Dame.

. . . und er entschuldigte sich in diesem Brief, er habe in einem Augenblick beruflichen Stresses völlig vergessen, daß Bertie ihn gebeten habe, der Familie gegenüber nichts von den tausend Pfund zu erwähnen, die er Milly gegeben hatte – »und noch vor ein paar Tagen hat er behauptet, er könne sich das nicht leisten, worum ich, seine Frau, ihn gebeten hatte!« fügte Edith außer sich ein –, aber er könne ihm versichern, es würden sich daraus keine unerfreulichen Konsequenzen ergeben, da er Fred mit dem nötigen Feingefühl darauf hingewiesen habe, die Sache diskret zu behandeln und vor allem dafür zu sorgen, daß die Frauen nichts davon erfuhren. Natürlich hatte sie auf der Stelle diesen Anwalt aufgesucht und ihn ausgefragt, und obwohl dieser sehr zurückhaltend und auf der Hut war, hatte er genügend gesagt, um sie zu der Überzeugung zu bringen, daß Ernest seine Frau Milly wegen Bertie enterbt hatte.

Das war in etwa die Geschichte, die sich die alte Dame aus Ediths Worten zusammenreimte, deren Redefluß nur einmal durch das Servieren des Tees unterbrochen wurde, den niemand außer ihr selbst trank – so ein Jammer um den schönen Tee und den frischgebackenen Kuchen – und den die immer schriller werdende Edith sofort wieder aufnahm – arme Edith, durch ihre hysterische Stimme schien sie noch weiter an Attraktivität zu verlieren. Aber wie kann man ein Mädchen daran hindern, all ihre Fehler zu offenbaren, wenn es sich erst einmal in diesem Zustand befindet? dachte die alte Dame. Jeglicher gesunde Menschenverstand schien dabei verlorenzugehen, was natürlich dazu führte, daß man keinen Gedanken an die Konsequenzen verschwendete. Und wenn die Wut vielleicht auch berechtigt war, die Tatsache, daß man verheiratet war, ließ sich damit nicht auslöschen, und all der Ärger erleichterte das Leben auch nicht gerade. Arme, arme Kinder. Irgendwann würde Edith aufhören, diese schrecklichen Worte durch ihren strichartigen Mund zu pressen, und verstummen. Jeder mußte früher oder später aufhören zu reden, Gott sei Dank. Das Ganze bewies mal wieder, daß man die Briefe anderer nicht öffnen, geschweige denn lesen sollte. Der entsetzliche Ärger kam nur daher – durch das Lesen dieses Briefes an den armen Bertie. Zugegeben, auch sie hatte einmal einen von Alexanders Briefen gelesen, erinnerte sich die alte Dame; sie hatte ihn nicht selbst geöffnet, denn er lag schon geöffnet auf seinem Schreibtisch; natürlich war der Inhalt nicht für ihre Augen bestimmt gewesen, und ihr unbefugtes Lesen hatte eine Menge Schwierigkeiten zur Folge – zwischen ihr und Alexander; damals wußte sie noch nicht, daß die Ursachen solcher Briefe flüchtiger Natur waren.

»Ein Jammer, daß du den Brief geöffnet hast, meine Liebe«, sagte sie deshalb, als Edith endlich ihre Geschichte zitternd unterbrach. Die alte Dame schien nicht zu bemerken, wie alle sie daraufhin mit geöffneten Mündern anstarrten und sogar Edith durch diese offenkundige Unfähigkeit, das Wesentliche zu begreifen, aus der Fassung geriet. Ruth fragte sich, ob dahinter etwa böswillige Absicht lag, und sagte sanft: »Und vielleicht ist alles weniger schlimm, als du meinst, meine Liebe.«

»Wie bitte? Findest du es etwa nicht schlimm genug, daß er . . .«

»Sag es nicht . . . bitte nicht«, bat Ruth entsetzt.

»Es war doch wirklich nett und lieb von Bertie, der armen Milly zu helfen«, fuhr die alte Dame fort, wild entschlossen, ihre Meinung zu äußern.

»Was? Lieb und nett findest du das, sein Geld . . . *unser* Geld, dieser . . . seiner . . .«

»Oh, Edith . . . bitte!« flehte Ruth und rang verzweifelt die Hände.

»Ganz davon abgesehen, Edith, meine Liebe . . . auch das geht vorüber, glaube mir.«

Das gab Edith den Rest. »Das geht vorüber?« schrie sie hysterisch. »Da kannst du recht haben, Mutter. Und sehr schnell, darauf kannst du dich verlassen. Dafür werde ich sorgen. Ich werde mich nämlich von ihm scheiden lassen.«

*

Scheidung.

Dieses Wort traf sie wie ein Blitz aus heiterem Himmel. Selbst Nora sah erschreckt aus. Das geht nun entschieden zu weit, dachte sie. Natürlich war es aufregend, sich zu amüsieren, Geheimnisse zu haben, seiner Leidenschaft nachzugeben – aber doch nicht, wenn es mit einem gräßlichen Skandal endete! In den ein Schwager verwickelt war! Nein, es war besser, man benahm sich anständig, sah sie ein; weitaus besser, man fand sich damit ab, ein langweiliges Leben zu führen, und zwar mit dem erforderlichen Anstand. Scheidung? In Titfort hat sich noch nie jemand scheiden lassen, dachte sie. Der Begriff war hier völlig unbekannt. Scheidung? Bedeutete das nicht auch, daß man keine Angestellten mehr bekam? Und ausgerechnet die Familie, die das meiste Ansehen genoß, mußte nun damit anfangen! Und Titford würde zur anderen Straßenseite überwechseln, wenn es zu einer Begegnung kam! Die Familie schneiden, das würde man.

»Aber Edith . . .«, stöhnte Ruth. Wie schrecklich, dachte sie. Die Zeitungen würden natürlich darüber berichten. Man mußte Edith unbedingt daran hindern, die Familie zu ruinieren. Sah sie denn nicht, was da auf sie alle zukam?

»Und mit welchem Grund?« erkundigte sich die alte Dame mit zitternder Stimme. »Merkst du nicht, daß du gar keinen Grund hast?«

Aber Edith, uneinsichtig und ohne an die Konsequenzen zu denken, besessen von dem Wunsch, Bertie zu zerstören, auch wenn sie dabei sich selbst ruinierte, versicherte den Anwesenden erregt, sie würde mit Sicherheit genügend Gründe finden, um sich scheiden zu lassen; und die alte Dame verstummte, weil sie sich an den Nachmittag von Ernests Begräbnis erinnerte, an dem ihr aufgefallen war, wie geräuschlos Bertie die Schlafzimmertür geöffnet und geschlossen hatte. Schon damals war sie zu der Ansicht gekommen, daß er in derlei geübt sein müsse. Ja, Edith würde aller Wahrscheinlichkeit nach Gründe finden, wenn sie erst einmal zu suchen begann.

Ach, wie gerne hätte sie Edith gebeten, die Sache auf sich beruhen zu lassen, aber das Kind war ja nicht in der Verfassung, ihr zuzuhören. Und was würde für die Arme dabei herauskommen? Nichts als Unglück. Was für ein dummer Fehler, Nachforschungen anzustellen, was Ehemänner in ihren privaten Stunden machten, wie schrecklich dumm, diese flüchtigen Momente männlichen Leichtsinns so wichtig zu nehmen. Diese armen Kinder schienen keinen Sinn für Proportionen zu haben. Ihr verhältnismäßig kurzes Leben vertrödelten sie damit, Kleinigkeiten aufzubauschen und Wesentliches zu übersehen. Nun, es war ihr Leben, und sie mußten allein damit zurechtkommen.

Leidenschaftslos betrachtete sie Edith und ihr von Gefühlen verzerrtes Gesicht und konnte den armen Bertie nur zu gut verstehen. Nur – war eine andere Frau auf die Dauer etwa besser als die eigene? Auch wenn sie anfangs vielleicht angenehm verschieden wirkte, wurde sie im Verlauf der Liaison der eigenen nicht immer ähnlicher? Und niemand und nichts konnte daran etwas ändern.

»Nora, meine Liebe, meinst du nicht, Milly wartet auf ihr Abendessen, nachdem sie vermutlich den Tee ausfallen ließ?« fragte sie und seufzte, denn sie war plötzlich sehr müde; ein Blick auf die Uhr auf dem Kaminsims bestätigte, daß sie jedes Recht hatte, müde zu sein – es war schon halb acht.

Die Anwesenden schwiegen überrascht. Millys Tee, Millys Abendessen. Wie war es möglich, an solche Lappalien zu denken, nachdem man Ediths Geschichte gehört hatte?

»George wird auch Hunger haben«, fuhr die alte Dame fort.

»Und Alec sicher auch. Wird er sich nicht wundern, wo du bist, Ruth, meine Liebe?«

Oh, man wußte ja, wie infantil die Menschen im Alter werden und außerstande, das Wesentliche zu erfassen. Aber Mutter? Nun, man durfte einfach nicht auf sie hören. Unglaublich, wirklich, sich um Georges Appetit zu sorgen und um Alecs Verwunderung, wenn das Leben, wie sie es bisher kannten, gerade auseinanderzubrechen drohte.

»Gute Nacht, ihr Lieben«, sagte die alte Dame und streckte ihnen ihre kleine, zerknitterte Wange entgegen. »Ich bin müde.«

Nach diesem deutlichen Wink mit dem Zaunpfahl standen Nora und Ruth sofort auf und küßten die alte Dame auf die entgegengestreckte Wange.

»Du auch, Mabel, meine Liebe. Ich nehme doch an, du willst gleich nach Hause zu Fred, nicht wahr?«

»Wenn es dir nichts ausmacht, Mutter«, sagte Mabel, die sich dringend danach sehnte, in Freds Armen zu liegen und ihn um Verzeihung zu bitten. Schrecklich, natürlich, diese Geschichte mit Bertie ... aber sie war ja sooo dankbar ...

»Warum sollte es mir denn etwas ausmachen, meine Liebe? Es ist immer nett, wenn alle nach Hause gehen. Edith wird natürlich hierbleiben, weil sie ärgerlich ist, das arme Kind. Wir zwei werden gemütlich zusammen essen. Es gibt einen Rhabarberkuchen, Edith. Der wird dir schmecken. Der erste Rhabarber ist immer der beste, sage ich stets.«

Edith war sprachlos und erholte sich erst wieder von diesem Zustand, als sich die Tür hinter den beiden anderen geschlossen hatte. »Rhabarber!« zischte sie bitter.

»Ja. Und Schlagsahne dazu«, nickte die alte Dame.

Edith blickte wütend auf die alte Dame und sagte mit schneidender Stimme: »Du hast nicht viel Sinn für Proportionen, nicht wahr, Mutter?«

»Ach, das mag sein, meine Liebe«, meinte die alte Dame und fügte dann hinzu: »Hast du das denn?«

16

Keiner von den Botts, weder geborene noch angeheiratete Familienmitglieder, kamen vor den frühen Morgenstunden ins Bett. Sich sicher fühlend, weil sie gerade ein Desaster abgewendet hatten, mußten sie nun zu ihrem Schrecken erkennen, daß der unglücklichen Familie ein neues und weitaus schlimmeres bevorstand.

Ruth, Mabel und Nora eilten nach Hause, um ihren ohnehin besorgten Männern die schrecklichen Neuigkeiten zu überbringen. Bertie? Ihr eigener Bruder? Und Edith, die im Gerichtssaal auspacken würde? Damit war die Familie ruiniert, gesellschaftlich ruiniert. Nie wieder konnten sie erhobenen Hauptes durch Titford gehen; ihnen blieb dann nichts anderes übrig, als zu emigrieren.

Wenn Edith nicht daran gehindert wurde – aber wer kann schon eine betrogene Ehefrau aufhalten, eine Frau, die nicht nur den Verlust ihres Mannes, sondern auch einen Teil seines Geldes zu beklagen hat? Ihr würde es verdammt egal sein, wer ihr Wehgeschrei hörte; sie dachte nur daran, sich zu rächen, weil ein Mitglied der Familie sich in einem Moment des Leichtsinns vergessen hatte; statt an die Familie als Ganzes, an deren Leben, Ruf und Ehre und Glück und gesellschaftliche Stellung zu denken.

Die Brüder waren sprach- und fassungslos; und Ruth, für die schon eine Scheidung an sich etwas Ungewöhnliches war, ganz zu schweigen von einer, die mit einem öffentlichen Skandal verbunden sein würde, vergaß in ihrer Aufregung sogar, ihren Alec darauf hinzuweisen, wie richtig ihr Instinkt gewesen war, während Mabel, unendlich dankbar, daß Fred nicht derjenige war, welcher . . . inständig hoffte, er möge ihr verzeihen.

Fred, in seiner Wut auf Edith, fuhr erst einmal seine Frau an, weil sie der Meinung war, daß Jenkyns Brief das wirkliche Übel war; dabei ging daraus doch nur hervor, wie freundlich und großzügig sich Bertie erwiesen hatte; mehr ließ sich damit nicht beweisen; schon gar nicht vor Gericht. Allerdings würde er eventuell Edith auf eine Spur bringen, an deren Ende sie auf Milly stoßen würde, dessen war er ziemlich sicher. Jenkyns wußte es. Ernest hatte seinem Anwalt offenbar alles erzählt. Und Jenkyns Benehmen war von Anfang an das Benehmen eines Mannes gewesen, der Bescheid wußte. Darüber war Fred so konsterniert, daß ihm der Atem fehlte, um auszuführen, was er von diesem indiskreten Winkeladvokaten hielt.

Die Bestürzung war in allen drei Bottschen Häusern gleich groß; und in den frühen Morgenstunden dehnte sie sich auf fünf weitere Familien aus – denn nun wußte man auch in den Häusern Bescheid, in denen die angeheirateten Familienmitglieder wohnten. Denn Fred begann zu telefonieren, sobald seine größte Wut verraucht war, und bat mit belegter Stimme die bisher nicht informierten Familienmitglieder zu einem Gespräch in sein Haus, und sie folgten seiner Bitte, obwohl es für Titfords Verhältnisse sehr spät war und alle bereits daran dachten, zu Bett zu gehen; und die Schwager begleiteten pflichtbewußt ihre Ehefrauen. Natürlich ging es wieder um Milly; immer wieder Milly. Freds merkwürdige Einladung konnte einfach nichts anderes bedeuten, vermuteten sie.

Sobald sie ihr erstes Staunen überwunden hatten, stimmten sie ihm zu, als er sagte, das beste sei, so bald wie möglich Edith am Denmark Hill bei der alten Dame aufzusuchen und vereint den Versuch zu unternehmen, sie von weiteren Schritten abzuhalten. Sie mußte unbedingt zur Vernunft gebracht werden. Man mußte ihr die fatalen Auswirkungen auf die gesamte Familie vor Augen führen, wenn sie sich von Bertie scheiden ließ. Und gleichzeitig wurde ihnen klar, wie einfach es gewesen war, die Sache mit Milly zu regeln, dank deren sanftmütigem Charakter, und wie schwer es sein würde, mit Edith klarzukommen. Diese tugendhaften Frauen, sagten sich die Schwager insgeheim, wurden zu Teufelinnen, wenn sie sich erst einmal auf dem Kriegspfad befanden.

Sie beschlossen also, sich gleich nach dem Frühstück im Haus der alten Dame zu treffen, um dort mit Edith – so ruhig wie möglich – über die Angelegenheit zu sprechen; man mußte sie deutlich auf die Konsequenzen ihrer Absicht hinweisen, sie einzuschüchtern versuchen und ihr, wenn es nötig war, sogar etwas Angst einjagen. Vielleicht hatte sie inzwischen die Zeit genutzt, um über die Sache nachzudenken, und stand den Argumenten der Vernunft aufgeschlossener gegenüber als am Nachmittag. Es schien ratsam, daß auch die Frauen zu dieser Zusammenkunft erschienen, sagten die Ehemänner, die inzwischen eingesehen hatten, daß deren Intuition oder Riecher oder wie man diese unangenehme Sache nannte, über die Frauen häufig verfügten, ihnen ermöglichte, Recht zu behalten, obwohl es eigentlich den guten Sitten entsprochen hätte, daß sie sich irrten. Die Frauen, jede einzelne von ihnen, waren rigoros gegen alles, was mit Scheidung zu tun hatte, und damit waren sie am besten geeignet, Druck auf Edith auszuüben.

Und natürlich mußten sie auf jeden Fall ihre erwachsenen Kinder ins Spiel bringen, deren Existenz Edith offenbar völlig vergessen haben mußte. Unvorstellbar, daß eine Frau sich so von ihren Rachegelüsten beherrschen ließ, daß es ihr egal war, wie sehr ihre Kinder darunter leiden würden. Sie würden Edith an ihre Kinder erinnern, indem sie sie so oft wie möglich erwähnten; sie würden alles in ihrer Macht Stehende tun und an ihren weichen Kern appellieren. Aber hatte Edith überhaupt einen weichen Kern? Die Frage ließ sich nicht so leicht beantworten. Wenn sie es mit Milly zu tun gehabt hätten . . . ja, Milly bestand aus nichts anderem; Milly konnte man zureden, sie beschwören, ihr ins Gewissen reden – und zwar mit Erfolg.

In den frühen Morgenstunden gingen alle nach Hause und in ihre Betten, obwohl sie nicht schliefen; und Fred, den einigermaßen der Umstand tröstete, daß Mabel neben ihm lag – die jetzt allerdings genauso starrsinnig darauf bestand, Reue zu empfinden, wie sie vorher an ihrer Dummheit festgehalten hatte, und er mußte eine ungewohnte Ausdauer bei dem Vorgang des Verzeihens an den Tag legen –, sah vor seinem inneren Auge Millys Bild und daneben das von Edith, wie sie laut Mabels Beschreibung an diesem Nachmittag ausgesehen hatte.

Er starrte in der Dunkelheit auf die beiden Frauen, während er sie miteinander verglich; und einen Augenblick lang fragte er sich, ob das Sündigen eine Frau nicht weicher und freundlicher machte, ob die Sünde sie nicht erzog, ihr zu Weisheit und Verständnis verhalf – er meinte natürlich die Sünde, bei der, in der einen oder anderen Form, Liebe mit im Spiel war, wie es bei Milly und Bertie der Fall gewesen sein mußte.

Als er realisierte, welch merkwürdige Gedanken ihm durch den Kopf gingen, war er so geschockt, daß er sie schnellstens verdrängte. War er dabei, den Sinn für moralische Werte zu verlieren?

»Ja, ja, altes Mädchen . . .«, murmelte er endlich. »Ist schon gut. Natürlich weiß ich, du hast es nicht so gemeint . . .«

*

Nora hingegen hielt ihren George auf dem Nachhauseweg liebevoll und ermutigend am Arm, sie drückte ihn hin und wieder und sagte: »Du zumindest hattest immer dein Nora, Porge . . .«, worauf er aber nicht antwortete.

Was immer Nora sagte, George schwieg; sogar, als sie zu Hause ankamen und die Treppe in den ersten Stock hinaufstiegen und Nora ihn, beunruhigt über sein seltsames Schweigen, testweise informierte, sie ginge jetzt Milly gute Nacht sagen. Um drei Uhr morgens jemandem gute Nacht wünschen? Und ausgerechnet der Person, der man, nach Georges Auffassung, nie wieder irgend etwas Gutes wünschen sollte? Nora nahm an, daß ihn diese Provokation wieder zum Leben erwecken würde. Aber das tat sie nicht. Er reagierte nicht. Da begann sie sich ernstlich Sorgen zu machen, daß ihm sein Elan, der aufregenden Ereignisse wegen, abhanden gekommen war.

Ernüchtert stellte sie fest, daß ein leidenschaftliches, gewagtes Leben nicht so wahnsinnig erfreulich sein mußte, wenn es letzten Endes nur zu Georges Sprachlosigkeit und zu Millys Entdeckung führte. Und sie nahm an, das Wichtigste sei wohl, im Interesse aller, und nicht nur im eigenen Interesse, nie erwischt zu werden; aber selbst Milly war es nicht gelungen, das zu verhindern, trotz ihrer überraschenden Klugheit und ihres erstaunlichen schauspielerischen Talents.

Arme alte Milly. Nora empfand das dringende Bedürfnis, zu ihr hineinzugehen und sie zu küssen – bevor der morgige Tag anbrach, der mit Sicherheit für niemanden besonders angenehm werden würde.

Zögernd stand sie im Flur, während sie überlegte, ob ein kleiner Kuß auf Millys Wange unerfreuliche Folgen haben würde. Wenn die Menschen sich öfter küssen würden, dachte sie, gäbe es weitaus weniger Streitigkeiten. Edith, zum Beispiel, würde aller Wahrscheinlichkeit nach ganz ruhig und zufrieden sein, wenn sich ein überzeugter Menschenfreund fände, der sie richtig küssen würde. Man sollte sich unbedingt küssen, solange man es konnte, dachte Nora, die nicht wußte, wie viele Tage Milly noch bei ihnen bleiben würde. Die anderen hatten mit George über dieses Thema gesprochen, aber aufgrund seines verschwundenen Elans hatte er nicht geantwortet, und Nora fürchtete, daß ihr Porge in ein, zwei Tagen wieder soweit in Ordnung sein würde, um Milly hinauswerfen zu können – oder aber die anderen kamen und erledigten es an seiner Stelle.

Dazu kam, daß sie nach dem Abendessen keine Gelegenheit gefunden hatte, mit Milly zu sprechen. Es war eine gräßliche Mahlzeit gewesen; sie selbst war in letzter Minute erschienen, und George saß bei Tisch, als habe er einen Taktstock verschluckt; sie hatte das fälschlicherweise auf ihre Verspätung geschoben; Milly wirkte eher wie ein Stilleben und nicht wie die Urheberin entsetzlicher Familienzwistigkeiten; und obwohl Nora gezwungen war, sich heiter und gelassen zu geben, und weil es in ihr wegen der Ereignisse rumorte, die sie George anschließend in seinem Arbeitszimmer erzählen wollte, hatte sie völlig vergessen, Milly eine gute Nacht zu wünschen, ehe sie, nach dem Anruf von Fred, mit George umgehend das Haus verließ.

War es nicht deswegen ihre Pflicht, wenigstens jetzt zu ihr zu gehen und sie zu küssen, unabhängig davon, wie spät es war?

Doch dann entschied sich Nora doch dagegen. Es war besser, sie ließ die arme Milly schlafen und ging selbst schnellstens zu Bett. Davon abgesehen war sie sich nicht sicher, ob sie in all ihrer Aufregung vielleicht etwas sagte, was besser ungesagt blieb, und damit Milly den Schlaf rauben würde, den sie doch so dringend nötig hatte, ehe sie zum Opfer dieser Explosion wurde, die sich in der Familie bereits anbahnte.

Nora schlich also auf Zehenspitzen in das Zimmer, in dem George bereits im Bett lag, zog sich leise aus und kroch vorsichtig unter die Decke, ohne daß ihr elanloser Porge etwas davon bemerkte.

*

In eben diesen frühen Morgenstunden sagte sich Milly, die manchmal im Bett lag, manchmal im Zimmer auf und ab ging, manchmal vor dem niedergebrannten Kaminfeuer saß, daß sie unmöglich länger in diesem Haus bleiben konnte.

In der Tat war sie noch nie in ihrem Leben so entrüstet gewesen. Was immer sie sich hatte zuschulden kommen lassen, es rechtfertigte nicht, was sie hier über sich ergehen lassen mußte. Georges Feindseligkeit war weitaus schwieriger zu ertragen als die von Mabel oder Ruth, wahrscheinlich weil sie sie gerade von ihm nicht erwartet hatte. Ausgerechnet George, der Unwichtigste des ganzen Clans, der Gutmütigste und Begriffsstutzigste, der sich immer so verhielt, wie es ihm seine Brüder vormachten – seine Abneigung kam so unerwartet und war so erniedrigend, als würde ein Hund plötzlich anfangen, sich gegen die Menschen aufzulehnen. Und er war ihr Gastgeber. Sie wußte jetzt, daß die Feindseligkeit eines Gastgebers weitaus schlimmer war als die einer Gastgeberin. Er war derjenige, der alles bezahlte, und man war deshalb in jeder Weise abhängig von ihm. Georges Essen blieb ihr im Hals stecken. Und sie hatte es nicht einmal fertiggebracht, das Feuer in ihrem Schlafzimmer zu schüren, obwohl ihr immer kälter wurde; schließlich war es sein Kamin und sein Holz.

Eine absurde Situation. Unheimlich auch, weil sie absolut unverständlich war. Und was sollte sie von Nora halten? Ihr Verhalten war noch unverständlicher; erst versprach sie, zum Tee zurück zu sein, kam aber erst zum Abendessen; dann verließ sie, ohne ein Wort der Erklärung, ihr Heim erneut und blieb fast die ganze Nacht fort. Was bedeutete das alles? Davon abgesehen, war die Nora, die das Haus nach dem Mittagessen verließ, nicht mit der zu vergleichen, die zum Abendessen zurückkam. Was war davon zu halten? Wo war sie mit George hingegangen, wo war sie während all der Stunden? Und je später es wurde, desto mysteriöser wurde ihre Abwesenheit für Milly. Warum hatte sich die sonst so ehrliche, offene Nora so verändert und verschwand, ohne einen Ton darüber verlauten zu lassen? Wie sollte man in einem Haus bleiben, in dem die Gastgeberin dazu neigte zu verschwinden?

Diese schrecklichen Besuche, zu denen man sie zwang, waren mehr, als sie ertragen konnte. Und der nächste war immer noch schlimmer als der vorangegangene. Es war eine Qual für alle Beteiligten. Es gab nur ein Haus, in dem sie . . .

Milly war der Kälte wegen ins Bett zurückgekrochen; ihre Hände, die nervös in die Decke gekrallt waren, entspannten sich. Warum war ihr das nicht früher eingefallen? fragte sie sich. Das Haus auf dem Denmark Hill. Das war der einzige Ort, wo sie eventuell zur Ruhe kommen konnte. Mutters Haus. Mutter, die über den Dingen zu stehen schien, um die andere so viel Geschrei machten; Mutter, die keine Neugier kannte, keine Kritik übte.

Aber würde sie jetzt auch noch freundlich zu ihr sein?

Milly wußte es nicht. Sie hatte keine Ahnung, obwohl es geradezu lebenswichtig war, ob Mutter ihr immer noch freundlich gesonnen war.

Vielleicht fiel einem die Freundlichkeit leichter, wenn man Mutters Alter erreicht hatte, überlegte Milly. Befreit von den Leidenschaften und Sorgen des Lebens, lebte sie zurückgezogen dort oben auf der Anhöhe und betrachtete mitleidig und geduldig aus der Vogelperspektive die Kämpfe, die die Menschen unten austrugen. Wenn Mutter sie in ihr Haus aufnehmen würde, selbst wenn sie weder freundlich noch unfreundlich zu ihr wäre, dann hätte sie endlich eine Zuflucht gefunden. Dort wäre sie nicht nur sicher vor den kaum erträglichen Aversionen, sondern auch vor den kaum weniger belastenden, bemühten Aufmerksamkeiten, die Zuneigung vortäuschen sollten. In Mutters Haus würde sie endlich zur Ruhe kommen – falls die alte Dame sie bei sich aufnähme. Ob sie das tun würde? Vielleicht wenn ihr klar wurde, daß sie Millys letzte Hoffnung war? Und nur so lange, bis die Familie sie endlich ihres Weges ziehen lassen würde?

Von Minute zu Minute sah Milly deutlicher, wie erstrebenswert diese Lösung war. Erstaunlich, daß bisher niemand daran gedacht hatte. Wenn sie erst einmal bei Mutter untergeschlüpft war, war sie niemandem mehr im Weg, für Titford aber trotzdem vorhanden und jederzeit vorzeigbar, wenn die Lage es erforderte. George wäre damit des Objekts seiner Abneigung beraubt, Nora bräuchte nicht mehr zu verschwinden, der bevorstehende Besuch bei Edith, an den sie mit Schaudern dachte, würde sich erübrigen. In der Tat, die beste Lösung für alle. Wer sollte sich dagegen sträuben? Natürlich würde es die Pläne der Familie etwas durcheinanderbringen, aber das war auch alles; und später, wenn den Botts endlich klar war, was sie eigentlich wollten, konnte sie die Besuche ja wiederaufnehmen . . .

Milly warf die Decke zurück und stand auf. Aufgeregt und ungeduldig sehnte sie den Morgen herbei, um Nora zu sehen und zu erklären, daß dies das einzig Richtige war.

Die Uhr von St. Timothy schlug gerade drei; eine Sekunde später erkannte sie den ernsten, tiefen Glockenschlag von St. Jude, der aus dem Westen Titfords über die Felder herüberklang. Sie kannte sie beide. Jahrelang hatte sie sie gehört. Stunde für Stunde hatten sie ihr Erwachsenenleben begleitet.

Sie warf sich den Morgenmantel über und ging zum Fenster. Es war ruhig unter dem sternklaren Himmel. Die Nacht schien tief in Gedanken versunken zu sein. Wo war Nora in dieser immensen Stille?

Milly lauschte. Endlich glaubte sie Geräusche in dem vereinsamten Haus zu hören – die Haustür, die vorsichtig geöffnet und geschlossen wurde; leise Schritte auf der Treppe; leise Schritte im Flur, die vor ihrer Tür zögernd anhielten . . .

Barfüßig eilte sie zur Tür hinüber, legte ihr Ohr daran. Stand jemand vor der Tür? Hörte sie nicht ein Herz, das klopfte? Oder war es ihr eigenes?

»Bist du es, Nora?« flüsterte sie; und wiederholte nach einer Pause: »Nora, bist du es?«

Keine Antwort. Nur das sanfte Schließen einer Tür weiter hinten im Flur.

*

Selbst am nächsten Morgen war die Situation unverändert – keine Reaktion; kein Mensch zu sehen; Nora war offenbar schon wieder verschwunden.

Milly übte sich in Geduld, bis George gefrühstückt und endlich das Haus verlassen haben würde, versuchte sich dann einzureden, daß Nora wahrscheinlich den Speiseplan mit der Köchin besprach und daß es nur Minuten dauern würde, bis sie zu ihr kam. Aber Nora ließ sich nicht bei ihr blicken. Eine Stunde später wartete Milly immer noch – vergeblich, denn Nora und George steckten in einer Art Stau, verursacht von den zahlreichen Wagen, in denen übermüdete Botts saßen, die sich wie eine Prozession langsam den Denmark Hill hinaufbewegten.

Denn Fred, der Noras leichtsinnige Zunge fürchtete, hatte angerufen, noch bevor sie damit fertig war, den lethargischen George zu füttern, und ihr geraten, sich zu beeilen; er und Mabel machten sich ebenfalls gerade auf den Weg, um in keinem Fall zu spät zu kommen, da Edith in ihrem Zustand unberechenbar sei und womöglich Dinge tat, die nicht mehr zu reparieren waren.

»Und es ist besser, du vermeidest jeden direkten Kontakt mit deinem Gast«, fügte er hinzu, »bis wir bei unserem Treffen zu einem Entschluß gekommen sind, was wir tun werden. Es ist in diesem Fall von besonderer Wichtigkeit, daß wir alle auf die gleiche Weise agieren.«

»Sie ist sicher ohnehin noch nicht wach«, meinte Nora, erleichtert, daß sie der Versuchung widerstanden hatte, Milly nachts zu küssen; und Fred sagte daraufhin zu ihrem allergrößten Erstaunen: »Schlafende Millies soll man nicht wecken.«

Milly ging in den Flur hinaus, lehnte sich über das Geländer und rief nach eventuell Anwesenden, ohne eine Antwort zu bekommen.

Das Haus schien wie ausgestorben zu sein; Fenster und Türen standen weit offen, Noras Bett war zum Lüften aufgedeckt, Georges Pyjama hing über einer Stuhllehne in seinem Ankleidezimmer, und die leeren Hosenbeine flatterten im sonnigen Aprilwind. Es roch nach Seife, Zahnpaste und taufrischem Garten. Im weit entfernten Dienstbotentrakt wurde offenbar gefrühstückt, das Klappern von Geschirr war das einzige, was zu hören war.

Milly ging nach unten und inspizierte alle Räume, sogar Georges Arbeitszimmer, ohne jemandem zu begegnen.

Sie kehrte in den Salon zurück und klingelte.

Von der Zofe erfuhr sie, daß Nora ausgegangen war, aber keine Nachricht hinterlassen habe. Milly war dieses wirklich seltsame Gebaren derart suspekt, daß sie sich auf der Stelle entschloß, das Haus zu verlassen.

Sie war mit ihrer Geduld am Ende. Keine Stunde länger würde sie in Georges Haus bleiben. Sie würde sich auf den Weg zum Denmark Hill machen; ihre Koffer konnten geholt werden, sobald sie wußte, ob die alte Dame sie bei sich aufnahm.

Für den Fall, daß Mutter sich weigerte, war Milly notfalls bereit, auf einem Spielplatz oder in einer Kirchenbank zu nächtigen – aber zu Nora und George würde sie nicht zurückkehren. Wer hätte gedacht, daß Nora sich so benahm? Wer hätte Nora je solcher Unfreundlichkeit, solcher Unfairneß für fähig gehalten?

Mit Tränen der Wut in den Augen machte sich Milly daran, die kleine Tasche zu packen, mit der sie in Brighton gewesen war; und mit zwei verschiedenen Bussen und einer Straßenbahn erreichte sie kurz nach elf Denmark Hill, und dort begab sie sich schnurstracks, an der fassungs- und sprachlosen Jenny vorbei, zu dem Schlafzimmer der alten Dame, die, wie sie wußte, um diese Zeit noch im Bett lag, klopfte und öffnete die

Tür, nachdem die vertraute zitternde Stimme sie aufgefordert hatte hereinzukommen. Und da sah sie sich, zu ihrem größten Erstaunen, mit der ganzen dort versammelten Familie Bott konfrontiert.

*

Das Zimmer war von den vielen Botts fast überfüllt. Sechzehn erstaunte Augenpaare starrten sie an, als sei sie eine Erscheinung. Bewegungslos stand sie auf der Türschwelle, und starrte ihrerseits fassungslos auf die Anwesenden, hinter denen sie die alte Dame im Bett vermutete, die sie aber nicht sehen konnte.

Was machten all die Botts hier? Kein Geräusch schien auf diese Versammlung hinzuweisen, als sie die Treppe heraufgestiegen war. Nora – hier war sie also. Und George ebenfalls – nicht etwa in seinem Büro, wo er eigentlich hätte sein müssen. Alec und Mabel natürlich – alle, die zu ihrer Generation gehörten, waren da – abgesehen von Bertie, den konnte sie nirgends finden.

Milly vergaß für einen Moment, daß sie der Schandfleck der Familie war, so groß war ihre Verblüffung.

Die Anwesenden betrachteten sie schweigend.

Milly.

Nach dem langwierigen Versuch, Edith zur Vernunft zu bringen – sie hingegen nannte es den feigen Wunsch, die Familie zu retten –, nach einer Stunde, in der sie sich erregt und ängstlich bemüht hatten, sie von ihren rachedurstigen Plänen abzubringen, empfanden die Ehemänner Millys Auftauchen als seltsam erfrischend. Milly, die immer bereit war, sich überzeugen zu lassen, die so sanft und nachgiebig war! Heimliche Erleichterung überkam die Schwager, als sie sich von Ediths destruktiver Tugendhaftigkeit ab- und der sanften Sünderin zuwandten.

Milly! Der Grund all ihrer Schwierigkeiten! Und trotzdem waren sie in diesem Augenblick bereit, ihr zu verzeihen, wenn auch nur, weil sie das exakte Gegenteil von Edith war, dachten die erschöpften Botts. Ediths Persönlichkeit war schuld an dieser mit Sicherheit tadelnswerten Reaktion. Aber Tugendhaftigkeit sollte sich nicht so rabiat, so zornig bemerkbar machen. Führte sie sonst nicht dazu, daß man sie verachtete? Und selbstverständlich durfte sie nicht eine Familie in den Untergang treiben. Sogar die Frauen nährten vage die verrückte Vorstellung, daß alles sehr viel leichter wäre, wenn Edith nur ein kleines bißchen der charakterschwachen Milly ähneln würde.

Milly schien es unter den schweigenden Blicken der Botts unmöglich, sich auch nur einen Zentimeter voranzubewegen. Und die alte Dame, der zwar das veränderte Schweigen auffiel, die aber den Neuankömmling nicht sehen konnte, merkte zum erstenmal, daß ihre Gewißheit über die Vergänglichkeit aller Schwierigkeiten nicht ausreichte, um sie zu beruhigen. Von ihrem Bett aus fragte sie irritiert: »Wer ist gekommen?«

Aber niemand antwortete ihr. Die Anwesenden starrten weiterhin auf Milly, deren Blicke schließlich an Edith hängenblieben.

In diesem Augenblick erwartete eigentlich jeder, daß sie sich schuldbewußt zurückziehen würde; aber nichts dergleichen geschah. Ihr verblüfftes Gesicht nahm den Ausdruck besorgten Erstaunens an. Das war alles.

Edith stand am Fußende des Bettes und sah so unglücklich, so hoffnungslos und leidend aus, daß jeder sich sofort ernstliche Sorgen um sie gemacht hätte – auf jeden Fall jeder, der nicht seit einer Stunde gegen ihre Verbohrtheit und Unvernunft ankämpfte – jeder, so sollte man meinen, außer Milly. Warum war Milly besorgt? Ausgerechnet sie? Das ist mehr als geschmacklos, dachten die Botts.

Doch die Frage des guten Geschmacks stand nicht zur Debatte, vor allem aber blieb ihnen keine Zeit, darüber nachzudenken, denn Edith sagte mit wütend funkelnden Augen zu Milly: »Erstaunlich, daß du es wagst, hier aufzutauchen . . .«, worauf sich alle anwesenden Männer von Herzen wünschten, weit weg zu sein. Es gab keinen Mann auf der Welt, der freiwillig Zeuge eines Streites zwischen zwei Frauen werden wollte, noch dazu, wenn eine davon verletzt war und die andere verletzend.

Ach, es ist Bertie, dachte die alte Dame, als sie Ediths Bemerkung hörte – armer Bertie, wie konnte seine Frau so mit ihm sprechen? »Komm rein, Bertie, mein Lieber, und mach die Tür hinter dir zu«, rief sie. »Du weißt, ich hasse es, wenn es zieht.«

»Eines kann ich dir zumindest zugute halten«, fuhr Edith fort, »du konntest nicht wissen, daß du *mich* hier treffen würdest. So schamlos bist nicht einmal du.«

Du lieber Himmel, so mit seinem Ehemann zu reden, dachte die alte Dame. Natürlich war Edith ärgerlich, ihn hier zu sehen, weil sie sich innerlich bereits darauf festgelegt hatte, ihm erst wieder vor Gericht gegenüberzustehen, wie sie hartnäckig seit einer Stunde wiederholte. So ein unangenehmer Platz für ein Wiedersehen, hatte die alte Dame entgegnet, aber niemand hörte auf sie. Trotzdem war es sehr ungehörig von ihr, so mit dem armen Bertie umzuspringen.

»Bertie, mein Lieber, hör nicht auf sie«, sagte die alte Dame hör-, aber nicht sichtbar. »Komm zu deiner Mutter.«

Milly sah Edith mit entsetzter Verständnislosigkeit an. Was war mit Edith los? Warum sah sie so krank aus? Warum klang ihre Stimme so haßerfüllt?

»Ich . . . verstehe dich nicht«, stammelte sie.

»Ach, du bist es, Milly!« rief es vom Bett her. »Das ist aber eine Fr . . . eine Überraschung. Komm rein, meine Liebe, und mach die Tür hinter dir zu. Manche von euch ärgern sich ja über Ehemänner, aber ich werde wütend, wenn es zieht.«

»Wenn sie hereinkommt, dann gehe ich«, sagte Edith.

»Edith ist ein bißchen böse wegen ihrem Bertie, meine Liebe«, erklärte die alte Dame lauter als gewöhnlich, um sich Aufmerksamkeit zu verschaffen. »Aber das geht vorüber. Könnt ihr ein wenig zur Seite rücken, damit ich die arme Milly sehen kann? . . . ja, so ist es besser. Danke.«

»Wegen Bertie?« wiederholte Milly, so offenkundig verwirrt, daß ein leiser Schimmer Hoffung in den dunklen Herzen der Botts aufkeimte. »Aber warum? Was ist passiert?«

»Oh«, zischte Edith. »Du falsche Schlange.«

»Edith«, rief Fred zurechtweisend.

»Keine Schimpfnamen bitte, Edith«, rief die alte Dame, die

endlich sichtbar wurde, weil alle etwas zurücktraten, und bei Milly den Eindruck erweckte, daß sie scheinbar völlig angezogen im Bett saß, mit ihrer Haube auf dem Kopf, dem Schal um die Schultern und all den vielen Schleifchen. »Man sollte doch meinen, ihr seht alle, daß die arme Milly keine Ahnung hat, wovon ihr redet.«

»Oh«, meinte Edith mit einem empörten Blick, »du gibst dich Illusionen hin, du arme alte Frau.«

Die Familie sah sie entsetzt an. Was bildete sich Edith ein, so mit Mutter zu reden? Wie konnte sie es wagen, sie eine alte Frau zu nennen?

Protestierendes Stimmengewirr erfüllte den Raum. Und die Söhne der alten Dame machten einen drohenden Schritt auf Edith zu.

»Edith! Wirst du wohl deine böse Zunge im Zaun halten!« wies Alec sie böse zurecht.

»Wie kannst du es wagen, so mit Mutter zu reden?« sagte Fred vorwurfsvoll.

»Oh, Edith, mußt du so furchtbar beleidigend sein«, meinte Ruth vom Fenster her.

»Das arme Kind . . . so unglücklich!« erklärte die alte Dame.

»Ihr seid absurd«, sagte Edith zu den erbosten Gesichtern und ging auf die Tür zu, an der Milly bewegungslos lehnte.

»Laß mich, bitte, vorbei«, befahl Edith.

»O nein, meine Liebe, du bleibst hier«, rief die alte Dame. »Fred, such einen Stuhl für Edith. Sie soll sich setzen . . . so lange auf den Beinen und all der Ärger und so . . .«

»Laß mich vorbei«, wandte Edith sich direkt an Milly.

»Du wirst tun, was Mutter sagt«, meinte Fred ärgerlich und hielt sie am Arm fest.

»Ich will nicht, ich will nicht«, antwortete Edith und brach in Schluchzen aus.

Die Anwesenden waren peinlich berührt. Niemand hatte Edith je weinen sehen. Milly preßte sich entsetzt, mit dunklen Augen in dem bleichen Gesicht, an die Tür, und der Kopf der alten Dame wackelte schneller als sonst.

»Aber Edith ... warum? Was ist los?« fragte Milly stammelnd.

»Sie denkt, du hast dir ihren Ehemann unter den Nagel gerissen«, meinte die alte Dame, zum erstenmal in ihrem Leben wenig damenhaft. »Ich sage immer, so etwas zu denken, bringt nichts Gutes ... wenn es wahr ist, führt es zu Schwierigkeiten, wenn es nicht wahr ist, ist es verwerflich, einen so bösen Gedanken gehabt zu haben. Viel besser ist es«, fuhr sie fort, als nur Ediths bitteres Weinen zu hören war, »sich nicht aufzuregen und abzuwarten. Männer kommen immer zurück, wenn man auf sie wartet – und manchmal ist das nicht mal erstrebenswert. Mabel, meine Liebe, gib Edith das Riechsalz. Es steht in dem Regal hinter dir.«

»Aber ...«, sagte Milly, ihren Blick auf die bebende Edith gerichtet, »ihren Ehemann unter den Na ... meint ihr damit Bertie? Unter welchen Nagel? Und warum?«

»Genau das glaubt die arme Edith, und ob sie nun recht hat oder nicht, es ist für uns alle sehr traurig, weil sie sich nämlich jetzt von ihm scheiden lassen will. Und das, wie du weißt, ist gar nicht gut für die Familienehre. Besonders, weil es sich um dich handelt, seine Schwägerin, fürchte ich. Nora, meine Liebe, kannst du mir diese Schleife neu binden? Man muß in jeder Situation vorteilhaft aussehen, sage ich immer.«

Millys dunkle Augen fixierten verwirrt die nickende alte Dame im Bett. »Warum sollte sich Edith ... ich verstehe das nicht ... was hat ihre Scheidung von Bertie mit *mir* zu tun?«

»Habe ich es nicht gesagt?« meinte die alte Dame. »Das arme Mädchen weiß von nichts. Edith, meine liebe Milly, glaubt, du hast ... sinnlos, es nicht beim Namen zu nennen, da ihr Kinder alle daran denkt ... sie glaubt, du hast mit dem armen Bertie Ehebruch begangen.«

Die Familie hielt gespannt den Atem an.

»Ehebruch?« wiederholte Milly flüsternd das entsetzliche Wort. »Ehebruch?«

»Ja, meine Liebe ... Ehebruch. Was die Leute eben so tun«, erklärte die alte Dame, etwas irritiert, weil Millys Gesicht ausdruckslos blieb. »Manche jedenfalls«, fuhrt sie fort. »Ein Jammer, sage ich immer, weil so was immer zu Schwierigkeiten führt. Glücklicherweise dauert so etwas nicht lange.«

Milly sah alle der Reihe nach an.

»Mit . . . Bertie?« flüsterte sie.

»Ja, meine Liebe . . . Bertie. Mit meinem Sohn und deinem Schwager. Ziemlich mies von Edith so etwas zu denken. Aber sie besteht darauf, daß es die Wahrheit ist, und ich fürchte, die Familie wird darunter zu leiden haben.«

»Aber . . .«, begann Milly.

»Du wirst dich doch nicht erdreisten . . .«, stieß Edith hervor, das Riechsalz, das Mabel ihr zitternd reichte, beiseite schiebend; gleichzeitig versuchte sie verzweifelt, die Tränen zurückzuhalten. »Du wirst dich doch nicht erdreisten abzuleugnen, daß du einen Ehebruch begangen hast, Milly?«

»Oh, wie schrecklich«, stöhnte Ruth. »Das halte ich einfach nicht aus.«

»Antworte auf Ediths Frage, Milly«, meinte die alte Dame. »Sei ein liebes Mädchen und antworte ihr.«

Und Milly, die Hände hinter ihrem Rücken haltsuchend an die Tür gepreßt, mit einem zur Maske erstarrten Gesicht, sagte langsam, als koste sie jedes Wort einen Tropfen ihres eigenen Blutes: »Aber nicht mit . . . Bertie.«

*

Der Raum bestand nur noch aus Gesichtern, die dem ihrem immer näher kamen, um sich an ihrer Scham zu erfreuen. Oder schämte sie sich etwa nicht? War sie nicht erleichtert?

Ja; sie war sogar über alle Maßen erleichtert. Hier endlich, in diesem Raum, war sie am Ende ihrer Qual angelangt; sie war frei . . . frei . . .

Sie empfand die außerordentliche Dankbarkeit einer Kranken, die eben erfahren hat, sie sei geheilt; die Gesichter schienen im Nebel der Erinnerung zu verschwinden, als sie an ein Gedicht dachte, das Arthur ihr vor langer Zeit laut vorgelesen hatte – *und dann befreit von Ungewißheit, Sorgen, Bürden schweben . . .*; es handelte von den Empfindungen nach dem Tod.

Und genau das fühlte man, wenn man keine Angst mehr haben mußte. Was für eine Wohltat für gequälte Seelen. Endlich Frieden.

»Schnell, das Riechsalz«, hörte sie jemanden sagen.

»Nein, meine Liebe . . . Milly braucht kein Riechsalz«, sagte die alte Dame vom Bett her.

Langsam kehrte Milly in die Realität zurück, die immer noch aus Gesichtern zu bestehen schien – vor allem Ediths Gesicht, mit den rotgeweinten, ungläubig aufgerissenen Augen.

Warum glaubte sie ihr nicht? Sie mußte ihr glauben! Es war der letzte Gefallen, den Milly den Botts erweisen konnte, bevor sie endgültig aus deren Leben verschwand – sie mußte die Familie zwingen, ihr zu glauben, sie mußte die ganze Wahrheit gestehen, um sie vor einer Tragödie zu retten.

»Nein«, sagte sie und tat vorsichtig einen Schritt vorwärts – auf die Anwesenden zu, anstatt wie sonst vor ihnen zurückzuweichen, selbst überrascht, keine Angst mehr zu empfinden. »Ich will kein Riechsalz. Ich möchte euch alles erzählen.«

Und sie war gerade im Begriff, all ihre Lügen zu offenbaren, ihnen alles zu beichten, ohne allerdings Arthurs Namen zu erwähnen, sie mit Details zu überzeugen, als eine laute zitternde Stimme sie unterbrach, bevor sie überhaupt begonnen hatte.

»Das, meine Liebe, würde ich an deiner Stelle nicht tun«, protestierte die alte Dame.

Noch nie hatte jemand sie so laut sprechen hören. Gegen die Kissen gestützt saß Mutter da wie eine Königin auf ihrem Thron, und ihr Kopf wackelte so gefährlich, daß ihre Haube verrutschte und die Bänder ebenso zitterten wie der Rest von ihr, und ihr altes Gesicht war entschlossen gerötet, als sie mit erhobener Hand Milly zum Schweigen brachte.

»Wir wollen kein Wort mehr hören, Milly, meine Liebe«, sagte sie autoritär. »Was wir wissen wollten, wissen wir jetzt. Du hast uns eine große Last von der Seele genommen, und ich bin sicher, alle sind dir aufrichtig dankbar, besonders die arme Edith. Aber lange Geschichten soll man an Regentagen und Winterabenden erzählen, wenn wir alt sind, sage ich immer . . . nein, Milly, sprich nicht weiter . . . und nicht im Frühling, wenn noch keiner von uns auch nur annähernd so alt ist, wie wir es einmal sein werden. Davon abgesehen ist es gleich Zeit, Mittag zu essen. Wir wollen doch an einem so herrlichen Vormittag nicht in einem Zimmer zusammenhocken und über etwas reden, was vorbei ist; die Jungs, dessen bin ich sicher, sind froh, endlich in ihre Büros zu kommen, und die Mädchen müssen sich um ihren Haushalt kümmern.«

Sie machte eine Pause und fixierte Millys Mund, um gegebenenfalls sofort einzugreifen, sollte sich dieser öffnen. Schluß mit all diesem Unsinn, dachte sie. Offenbar waren diese armen Kinder nicht in der Lage, ihr Leben in die Hand zu nehmen. Nun, sie würde ihnen diese schwere Aufgabe abnehmen und es für sie tun. Diese Dummchen hatten genug darüber geredet, was andere getan oder nicht getan hatten, genug darüber geredet, was sie als nächstes tun oder nicht tun würden; und sie würde nicht zulassen, daß Milly sich ebenfalls so idiotisch benahm.

Erst als die alte Dame realisierte, daß Milly nichts unternehmen würde, wandte sie den Blick von ihr ab und den anderen zu, und es war erstaunlich, wie sie es trotz ihrem wackelnden Kopf fertigbrachte, sie genau anzusehen.

»Ich bin müde«, erklärte sie abrupt.

Die Gruppe der Schwiegersöhne, die bei den Fenstern stand, geriet in Bewegung.

»Ich bin müde, meine Lieben«, wiederholte die alte Dame ermutigend. »Es ist ein solcher Trost zu wissen, daß man ein Büro in der Stadt hat, in das man gehen muß, sage ich immer.«

Ein Schwiegersohn nach dem anderen begann, sich aus der Gruppe zu lösen, mit seltsam verlegener, aber auch erleichterter Miene.

»Walter Walker, mein Lieber, du verläßt uns?« fragte die alte Dame äußerst zufrieden, als sich ihr ältester Schwiegersohn einen Weg zur Tür bahnte. »Recht hast du. Du auch, Noakes? Gut so. Katie, du willst doch sicher deinen Mann begleiten. Meine Lieben, ich bin müde«, sagte sie mit einem auffordernden Blick auf ihre Söhne, die bei ihren Frauen standen und nicht recht zu wissen schienen, was sie tun sollten.

Endlich kam es zum allgemeinen Aufbruch. Hände griffen nach Handtaschen, zogen verrutschte Westen glatt. Die alte Dame verfolgte aufmerksam jede dieser Gesten und sagte noch einmal ausdrücklich: »Ich bin müde, meine Lieben . . .«, und als Maud, ihre älteste Tochter, zu protestieren begann, weil sie den Zeitpunkt ihres Gehens selbst bestimmen wollte, schnitt ihr die alte Dame das Wort ab wie einem vorlauten Kind und bat sie streng, den Mund zu halten.

Die Zurechtweisung einer zweiundsechzigjährigen Frau und deren sofortiger Gehorsam veranlaßte die Töchter, ebenfalls aufzubrechen. Davon abgesehen – Mutters Gesicht hatte eine ungesunde Röte angenommen. Angenommen sie erlitt einen Herzanfall und starb? Wie würden sie das mit ihrem Gewissen vereinbaren können?

»Ich bin *müde*, meine Lieben . . .«, wiederholte die alte Dame verärgert über die allgemeine Langsamkeit, und die Röte in ihrem Gesicht vertiefte sich.

Daraufhin griffen die Söhne nach ihren Frauen und zogen sie zur Tür, ungemein erleichtert, weiteren Szenen und Erklärungen zu entgehen, für den Augenblick jedenfalls. Mutter hatte völlig recht, Milly daran zu hindern, sich alles von der Seele zu reden. Lieber Himmel, sie hatten Millys Seele reichlich satt. Was spielten die Details ihrer Sünde nun noch für eine Rolle? Das Wichtigste war, daß Bertie nichts damit zu tun hatte und die Familie so vor einer Scheidung bewahrt wurde. Den einen oder anderen überkam der Wunsch, der armen Milly, die am Fußende des Bettes stand und nicht zu wissen schien, was genau von ihr erwartet wurde, die Hand zu schütteln, und Nora und Mabel hätten sie sogar gern geküßt, denn fest stand, daß sie die Familie immerhin aus einem Faß ohne Boden gezogen hatte; aber die alte Dame hetzte zum Aufbruch, indem sie noch einmal in sehr strengem Ton sagte: »Ich bin *müde!*«

Edith verließ den Raum als erste, wie die alte Dame höchst zufrieden beobachtete.

»Edith ist gegangen«, sagte sie und gab damit den anderen den Hinweis, ihrem Beispiel zu folgen. »Wie feinfühlig von ihr. Das nächstemal, wenn wir sie sehen, wird es ihr schon bessergehen. Uns allen . . . meine Lieben . . . und wir werden ausgeruhter sein.«

Der Raum wirkte sehr viel größer und heller, als nur noch Milly übrigblieb, deren Hand das Bettgestell umklammerte.

Es war plötzlich ganz still, abgesehen vom Vogelgezwitscher im Garten und dem Verkehr auf der Straße unten.

Die beiden Frauen sahen sich an – Milly, am Fußende des Bettes, mit ihrem bleichen, von dem zurückgeschlagenen schwarzen Schleier umrahmten Gesicht, das sich von dem hellen Fenster hinter ihr abhob, und die alte Dame, die mit ihren zitternden Schleifen im Bett thronte.

»Darf ich«, sagte Milly schließlich leise, »darf ich jetzt auch gehen?«

»Gewiß, meine Liebe«, meinte die alte Dame. »Nach oben, um endlich diese monströse Haube abzunehmen.«

Schweigen; nur das Gezwitscher der Vögel und das vereinzelte Zuschlagen von Türen waren zu hören, als die Botts in ihre Autos stiegen.

»Du kannst dieses Ungetüm schließlich nicht dein Leben lang auf dem Kopf behalten, oder?« meinte die alte Dame fröhlich.

Durch die Fenster schien jetzt die Sonne herein und tauchte den Raum und das Gesicht der im Bett Thronenden in helles, warmes Licht.

»Du meinst . . .«, begann Milly.

»Komm her, meine Liebe«, unterbrach sie die alte Dame im zitternden Befehlston, »und gib mir einen Gutenmorgen-Kuß. Das hast du bisher nicht getan, und wir müssen doch auf unsere Manieren achten, wenn wir unter einem Dach leben, nicht wahr? Und außerdem, meine liebe Milly . . .«, fügte sie hinzu und streckte ihr ihre beiden zitternden Hände entgegen, ». . . und außerdem möchte ich dich segnen.«

Elizabeth von Arnim

Elizabeth auf Rügen
Ullstein Buch 30228

Vater
Ullstein Buch 30272

Ullstein

Die sieben Spiegel der Lady Frances
Ullstein Buch 30292

Fräulein Schmidt und Mr. Anstruther
Briefe einer unabhängigen Frau
Ullstein Buch 30314

Vera
Ullstein Buch 30335

Liebe
Ullstein Buch 30349

Sommer ohne Gäste
Ullstein Buch 30360

Die englische Reise
Ullstein Buch 30371

Die Farm im Jasmin
Ullstein Buch 30372

Die Glücksammlerin
Ullstein Buch 30374

Das Geheimnis der Schwestern
Ullstein Buch 30375

Priscilla und das Haus in Devon
Ullstein Buch 30376

Als gebundene Ausgabe:

Jenseits des Meeres
Ullstein 06734